# ALMAS EN JUEGO

# ALMAS EN JUEGO

Aunque no recuerdes las reglas,
la ignorancia no te librará de jugar

## Guillermo Ferrara

**Almas en juego**

Primera edición: septiembre de 2018

D. R. © 2018, Guillermo Ferrara

D. R. © 2018, derechos de edición mundiales en lengua castellana:
Penguin Random House Grupo Editorial, S. A. de C. V.
Blvd. Miguel de Cervantes Saavedra núm. 301, 1er piso,
colonia Granada, delegación Miguel Hidalgo, C. P. 11520,
Ciudad de México

www.megustaleer.mx

ISBN: 978-607-317-004-8

Impreso en México – *Printed in Mexico*

El papel utilizado para la impresión de este libro ha sido fabricado a partir de madera procedente
de bosques y plantaciones gestionadas con los más altos estándares ambientales, garantizando
una explotación de los recursos sostenible con el medio ambiente y beneficiosa para las personas.

Penguin
Random House
Grupo Editorial

Para todos los magos y sacerdotisas de corazón noble

# Agradecimientos

A mis editores de Penguin Random House por su confianza en esta obra, Michelle Griffing y David García.

Al doctor Arturo Ornellas, gran amigo y abanderado del despertar.

A Virginia Solano, por el aporte de conciencia en cada encuentro.

A Luis Lorenzo Gómez, un fiel amigo que ya partió hacia el origen.

A mis lectores de la trilogía de la luz. Espero que Arthur Parker les agrade tanto como Adán Roussos.

A mis alumnos de la universidad de la conciencia.

A David Escandon y Samantha Hernández, fieles amigos de México.

Álvaro Garnica, por llevar adelante la miniserie de la trilogía de la luz.

Paula Cano, Jose Zaragoza y Marina Arias por ser amigos, lectores e investigadores del crecimiento personal y van más allá de los límites establecidos en busca de la verdad.

A Simón Ferrara, pequeño gran mago que está conociendo el poder de sus alas.

A Mariela D´Amato noble alma de luz.

A mis padres, Carmen y Julio por cada latido de vuestros corazones.

A mi amigo Ismael Cala, un caballero de tiempos antiguos trayendo el néctar del crecimiento personal a través de la nueva tecnología.

Y sobre todo a Sandra Cano por tu amor, tu sabiduría, tus logros espirituales y por transitar juntos por el camino mágico.

Cuando la muerte se precipita sobre el hombre, la parte mortal se extingue; pero el principio inmortal se retira y se aleja sano y salvo.

PLATÓN

El actor que muere en la escena cambia de máscara y reaparece en otro papel, pero verdaderamente no ha muerto. Morir es cambiar de cuerpo como cambian de máscara los actores.

PLOTINO

Nuestra condición es como la del que está en la oscuridad tratando de adivinar lo que es la luz. No tiene otra manera. La oscuridad es una forma muy tenue de luz. Es la condición del mínimo posible de luz. Donde no hay ninguna luz, no hay tal cosa como oscuridad. La luz podrá ser más allá del poder de nuestros ojos para alcanzarla.

OSHO

El oponente puede ser tu mejor aliado porque sacará lo mejor de ti. Una vez que tengas la victoria serás un alma más fuerte, inteligente y despierta por haber pasado su prueba.

PRINCIPIO CABALÍSTICO

El último misterio es uno mismo. Cuando se pesa el sol en la balanza, se miden los pasos de la luna y se trazan los siete cielos estrella por estrella, aún queda uno mismo. ¿Quién puede calcular la órbita de su propia alma?

Oscar Wilde

El hombre es superior a las estrellas si vive en el poder de la sabiduría suprema. La persona que domina el cielo y la tierra con su voluntad, es un mago, y la magia no es brujería sino sabiduría suprema.

Paracelso

El hombre habla de aquello que sabe; ve aquello que conoce; sabe lo que ocurrió ayer; conoce lo visible y lo invisible; por medio de lo mortal aspira a lo inmortal.
De esta suerte está dotado el hombre.

Aitareyaranyaka, II, Ill. 2

Escoge una persona que te mire como si fueras magia.

Frida Kahlo

Esotéricamente, el ahorcado es el espíritu humano que está suspendido del cielo por un solo hilo. La sabiduría, no la muerte, es la recompensa por este sacrificio voluntario durante el cual el alma humana, suspendida sobre el mundo de la ilusión y meditando en su irrealidad, es recompensada por el logro de la autorrealización.

Manly P. Hall

# Nota del autor

Éste es un libro que intenta recuperar parte del conocimiento ancestral que ha sido censurado. Es de utilidad atravesar sus páginas con la mente abierta a nuevas posibilidades, buscando activar un recuerdo olvidado en el tiempo.

Todos los datos científicos e históricos aportados en esta obra son reales, como las investigaciones sobre los descubrimientos de Nikola Tesla y el Mapa de la Multiplicación, las prácticas de Pitágoras en la Grecia antigua, el Trinity College de Dublín, asimismo las medidas de monumentos, calles y fechas históricas de la actualidad.

Los nombres de científicos sobre los estudios de la inteligencia artificial, los personajes asesinados, los estudios sobre los componentes de la sangre, las sociedades secretas y los rituales de alta magia, son también reales.

Los argumentos hipotéticos del pasado están basados en diversas teorías que se han barajado a lo largo de los siglos por varios historiadores y buscadores de la verdad que no necesariamente se adhirieron a la historia preestablecida.

La imaginación del lector que esté orientado a despertar e iniciarse a sí mismo determinará hasta dónde llega la ficción y qué es real.

# 0

## Vancouver, Columbia Británica, Canadá
## En la actualidad

Los cuatro hombres que permanecían en aquel dormitorio de finos muebles llevaban capuchas en la cabeza y una túnica medieval color ébano larga hasta los pies.

Estaban descalzos, quizá porque lo que iban a realizar era un extraño ritual o bien porque no querían dejar las huellas de sus zapatos. La tenue luz de cuatro velas encendidas sobre un pequeño altar temporal hacía danzar las sombras de sus cuerpos reflejadas en la pared como sinuosos pilares de un templo.

Frente a ellos, un hombre con una soga al cuello colgada de una fuerte lámpara de techo se encontraba de pie sobre una silla que costaría más de quinientos dólares, tapizada en terciopelo azul y ribetes rojos, la cual sostenía su vida literalmente de un hilo. Se apoyaba de puntillas con los pies desnudos igual que todo su cuerpo.

El hombre estaba fuertemente atado con cinta de embalaje en las rojizas muñecas detrás de la cintura. Tenía la cara ligeramente morada por la presión de la cuerda en su garganta, el mentón hacia abajo debido al peso de su cabeza con la que observaba de costado como un borracho buscando la salida del bar. Los ojos apuntaban a la única ventana que daba a la calle y desde donde nadie podía verlo ya que uno de los encapuchados se había encargado de cerrar las cortinas.

Otro de aquellos hombres sacó una especie de aparato para realizar tatuajes y comenzó a escribir con tinta azul sobre el brazo derecho del sujeto. Sin ninguna delicadeza, taladró una frase en menos de cinco minutos. A juzgar por la manera en que lo hizo, se notaba que era un experto en el arte de tatuar sobre la piel humana.

Al finalizar secó las gotas de sangre que se deslizaron como una sutil y premonitoria catarata de la muerte que cabalgaba en dirección hacia él.

En un pequeño estuche guardó los elementos que utilizó y los cuatro encapuchados se reunieron para hablar algo en privado unos pasos más atrás, justo delante de una pequeña mesita con un costoso jarrón de porcelana japonesa.

El amenazado se sintió vulnerable. No había sentido dolor alguno. Tenía los azules ojos entreabiertos. Sobre la frente sudorosa le caía un mechón de su abultada cabellera negra que normalmente llevaba prolijamente peinada hacia atrás. En un instante de lucidez dedujo que le habían colocado un tranquilizante en la última bebida que había llevado a sus labios.

Su memoria danzó en la habitación de los recuerdos y vio cómo, minutos antes, los cuatro hombres lo invitaban a beber un whisky de doce años de añejo, que uno de ellos había llevado para celebrar un descubrimiento científico.

"Me drogaron. ¡Traidores!", alcanzó a pensar.

No pudo articular las palabras porque le habían amordazado la boca para que no gritara.

La ira corrió como un disparo eyaculatorio por la sangre entintada en adrenalina. Se sintió impotente. Aquélla era su propia casa. No podía morir engañado de semejante manera. Era un hombre rico y había descubierto algo demasiado valioso para no poder gozar el éxito que le vendría una vez que el mundo lo supiera. Era el logro de toda una vida de investigaciones.

Hizo un último e impotente intento para quitarse lo que sujetaba sus muñecas.

Fue en vano.

Respiró profundo. Pensó en las consecuencias de su trabajo.

"¡Cómo no lo vi venir! —razonó—. Debí suponer que el veneno de la envidia iba a infectarlos. Robarán mi hallazgo. Estoy perdido."

La mente de J. J., tal como lo conocían, estaba empezando a funcionar mejor a medida que el tranquilizante disminuía su efecto y el filo de la muerte se aproximaba.

Se escucharon los acelerados pasos de uno de los hombres que subió casi corriendo la escalera desde la planta baja de la casa.

—Dejé todo limpio. No hay rastros de huellas o documentación —dijo con marcado acento del norte de Inglaterra.

Los otros tres se miraron a los ojos, los cuales eran negros como el petróleo. El hombre que todavía sostenía la máquina de tatuar, giró su flaco y blanco rostro marcado por una antigua cicatriz en la mejilla. Aquella cicatriz era el estigma de su pasado delictivo, inconsciente y sin sentido, antes de lo que el encapuchado conoció como "El Propósito".

\* \* \*

Era la hora.

El reloj de pared con números romanos marcaba dos minutos antes de las seis de la tarde.

El hombre de la cicatriz se aproximó a la silla. Le dio una vuelta al indefenso amordazado, cual tiburón antes de iniciar el ataque. Tomó plena conciencia de la maniobra que estaba por ejecutar y de las consecuencias positivas que traería para todo el grupo que era fiel a El Propósito.

Verdugo y víctima se dirigieron una última mirada a los ojos. Las azules pupilas de J. J. gritaban en silencio impotentes.

"¡Es mi descubrimiento!", intentó decir, pero sólo se escucharon balbuceos inconexos.

El encapuchado lo observó con ironía en la mirada.

—Gracias por todo —dijo.

Se colocó tras su espalda y de una patada seca, cargada de furia, odio y resentimiento, arrojó la silla que sostenía a J. J. varios metros hacia la pared.

Los instantes siguientes fueron la desesperada lucha de un hombre intentando apoyarse en el vacío. Ni aquellos encapuchados ni las leyes de la física lo permitirían.

Su último pensamiento fue en Jesús.

La mente de J. J. se preguntó cómo habría podido caminar sobre el agua. Y al parecer el apóstol Pedro también. Aunque sea unos pasos antes de hundirse debido al temor que lo invadió.

A lo largo de la historia, nadie había podido hacer algo igual a aquella proeza realizada por el llamado hijo del Hombre. Aunque al parecer el mismísimo Cristo había prometido que "esas y otras cosas superiores a Él cualquiera podía hacerlas si tuviera un poco de fe".

Lo cierto era que ni los sucesivos papas ni místicos lo habían logrado. Ni convertir el agua en vino ni dar la vista a los ciegos.

"¿Por qué tengo estos extraños pensamientos en estos momentos?", se preguntó, consciente de que iba a morir.

La proximidad de la muerte aceleraba todos los sentidos.

"Tendría que haber dejado un manual para hacer milagros."

J. J. era un hombre religioso a su manera. Un individuo rico que además de su casa y su fortuna, también había heredado el culto ancestral irlandés de sus padres y hermanas.

"¿Quizá Jesús habría dejado ese manual y se perdió? ¿O lo ocultaron?"

J. J. se sorprendió por la velocidad de sus pensamientos en sus últimos momentos.

Se aferró a sus cortas y jadeantes respiraciones. Sintió el cuello como un embudo cada vez más pequeño. Un espiral que rebobinaba la vida en sentido inverso.

Debido a que J. J. se había destacado en su empresa por ser un brillante matemático y un lúcido creativo de la física cuántica le vinieron números después de aquellas frases. Como flashes de colores: 10, 9, 8… Respiró con dificultad, pataleó con desesperación ante la mirada impávida de los cuatro hombres llenos de morbo al ver a aquel hombre bajo su poder.

4, 3, 2, 1…

El cero fue un alivio.

La extraña liberación de su cuerpo físico comenzó a llenar su conciencia de una expansiva sensación de profunda libertad.

Exhaló su último aliento y dejó de pertenecer al planeta Tierra.

# 1

## Vancouver, Columbia Británica, Canadá
## En la actualidad

Caminé hacia mi Jeep en el estacionamiento del supermercado y coloqué en el maletero de la camioneta las tres bolsas de alimentos.

Caía la tarde y vi a lo lejos el cielo teñido de anaranjado tras las montañas de picos nevados. Respiré profundo aquel aire puro y antes de subir contemplé con detenimiento la belleza del lugar. Encendí el motor y conduje hacia mi casa luego de haber terminado mi jornada de trabajo en la jefatura policial.

Desde hacía años colaboraba para resolver extraños casos que escapaban a los recursos policiales avanzados, homicidios y asesinatos en extrañas circunstancias. En realidad mi trabajo se había iniciado más de diez años atrás, después de que unos peculiares fenómenos psíquicos se activaron en mi mente. Desde aquel momento comencé a ir más allá de la visión del común de los mortales.

Los estudiosos llamaban a los casos como el mío IEI, "Individuo empático intuitivo". Eso significaba una larga lista de diferencias con las personas menos sensitivas, ya que a nosotros nos afectan las energías de la gente y tenemos una capacidad innata de sentir intuitivamente y percibir el mundo emocional de los demás. En realidad, va mucho más allá de la simple empatía que mucha gente posee. En ocasiones de profundo trance era, ni más ni menos, una puerta abierta al conocimiento universal en una biblioteca mental que se abría y desde donde podía obtener información.

Aquella facultad psíquica, que la mayoría de los seres humanos ni remotamente sospecha que posee dormida en su interior, era sumamente importante para los servicios secretos de los países poderosos como Inglaterra, Israel, Estados Unidos, Rusia o Canadá y detectaban desde adolescentes a las personas que tuvieran activos aquellos dones. Muchas veces este don (que al mismo tiempo era un inconveniente) había hecho que pudiera percibir los deseos, sueños, pensamientos y estados de ánimo de otras personas como si fueran míos. Los empático-intuitivos podemos percibir sensibilidades físicas e impulsos espirituales, así como simplemente saber las motivaciones e intenciones de los demás.

En mi caso, mi mente tenía activo en estado de profunda meditación lo que los científicos llaman PES o percepciones extra sensoriales, mi conciencia estaba abierta a la telepatía, la clarividencia y la premonición. Al principio fue sorprendente y, hasta si se quiere, mágico. Poco a poco lo incorporé como algo normal, ya que para mí fue progresivo. Conocía casos de personas que despertaban estas facultades genéticas latentes y ocultas del ADN por medio de la caída de una escalera o de un momento imprevisto de miedo, por la fuerza magnética de un elevado amor, por la prolongada actividad sexual mística, por la práctica constante de meditación e incluso sabía de niños que actualmente ya nacían de esta manera. Aquello era parte de la inevitable evolución genética humana, del mismo modo que un teléfono inteligente de la actualidad avanza año con año en su programa operativo y sus funciones.

En teoría —me habían dicho unos especialistas británicos que me diagnosticaron hace años—, es un don que está latente en los seres humanos, pero casi nadie sabe que lo posee.

Estaba a pocas calles de llegar a mi casa cuando sonó mi teléfono celular. Activé el manos libres y respondí.

—Parker, ¡repórtate de inmediato! —ordenó mi jefe con voz seca.

—¿Qué sucedió, teniente?

—Tienes que regresar ahora mismo —ordenó.

—¿A la jefatura?

—No. Te enviaré la dirección exacta.

—De acuerdo, allí estaré.

Casi de inmediato apareció la localización del sitio en mi *Whats-App*, hundí el dedo en el link y mi GPS me indicó la ruta. Llegaría en catorce minutos.

Giré el volante en sentido inverso rumbo a la zona oeste, un barrio con las mejores casas de clase alta en las montañas de Vancouver.

Conduje con precaución y activé el limpiaparabrisas del coche debido a la fina llovizna que comenzaba a caer.

Aquella ciudad era mi residencia desde hacía un año, después de que me habían transferido por un pedido especial del Servicio de Investigaciones del Reino Unido (digamos que fue una extraña alianza entre naciones como quien cambia jugadores de futbol de un club a otro). Lo cierto, para mí, que había nacido en Irlanda y que extrañaba un poco el olor de la historia en las empedradas calles de Dublín, los cantos en los bares y los castillos medievales, es que aquella joven ciudad se me hacía fría y distante de todo el mundo. De todos modos siempre sospeché que, como en Canadá había menos trabajo policial, me habían transferido de mi trabajo en Londres para no destapar ciertos casos que no convenían a los intereses ocultos de ciertas logias secretas de personas poderosas.

Eran ya las siete y cuarto de la noche al pasar por el majestuoso Stanley Park, un frondoso bosque natural de un diámetro que supera con creces al Central Park de Nueva York, y cuyo suelo estaba alfombrado en aquel otoño por coloridas hojas de los árboles, una amalgama de anaranjados, amarillos y ocres. Pasé el famoso Puente de los Leones y doblé hacia la izquierda para subir a la zona oeste.

Aceleré aprovechando el espacio sin tráfico y el rugido del motor de mi Jeep tronó con fuerza sobre el puente.

"¿Qué habrá pasado?"

Conduje velozmente durante poco más de seis o siete minutos por las ondulantes calles ascendentes en la montaña del elegante barrio de British Properties. Al llegar vi tres patrulleros y media docena de agentes de policía con cordones amarillos delimitando la zona.

Bajé rápidamente del coche y mostré mi placa de investigador privado.

Muchos policías ya me conocían, pero aun así les molestaba que invadiera su territorio. Mi presencia simbolizaba que ellos habían llegado a sus propios límites y necesitaban ayuda extra.

—Me llamaron, ¿qué sucedió? —le pregunté al oficial.

—Al parecer un suicidio. Un sujeto apareció ahorcado.

Miré las pequeñas pupilas de mi interlocutor, un obeso agente que sólo quería dar el parte policial lo más rápido posible para ir en busca de cerveza, hamburguesas y ver el partido deportivo de la noche.

—¿Quién le llamó? —me preguntó.

—El teniente Bugarat —respondí.

Me miró de arriba abajo.

—Pase.

Para el teniente Richard Bugarat yo era una especie de "Google místico", un buscador humano que permitía saltar los límites del intelecto y las pericias policiales. En numerosos casos me hizo colaborar también con la policía de otras ciudades descubriendo las pistas ocultas de los crímenes.

Subí rápidamente la entrada de ladrillos rojizos y entré a aquella casa con sigilo. Era el hábitat de una persona rica. Todo estaba ordenado y pulcramente acomodado. Era notorio ver cómo la decoración de una casa dice mucho de la mente de quienes viven en ella. Allí las paredes barrocas me hicieron deducir a simple vista que había más muebles de los necesarios para mantener el equilibrio con el espacio vacío. En las esquinas dos cómodos sofás de cuero marrón, paredes repletas de fotos únicamente en blanco y negro, todas con los marcos de igual tamaño (lo cual hablaba de una persona monótona, meticulosa y ordenada); la sala principal lucía una larga mesa de fina madera rústica con una docena de sillas tapizadas en color mostaza. Olía a cuero y tabaco. Me asomé detrás del ventanal que daba a un amplio jardín cubierto de añejos y altos árboles de gruesas raíces, luego me giré hacia una costosa biblioteca tanto por la fina madera de oscuro roble como por los libros y enciclopedias de tapa dura que la enriquecían. Distinguí actuales libros de finanzas, como también una extensa sección dedicada a la investigación científica y la tecnología. Pasé los dedos lentamente por los gruesos lomos de los ejemplares al tiempo que leía velozmente los títulos. Me detuve al observar un particular apartado que llamó mi atención, dedicado únicamente a la literatura esotérica. Varios ejemplares de estudios del sabio y matemático griego Pitágoras unidos a los místicos más contemporáneos como Alice Bailey y Alan Watts, además de las obras completas de

*La doctrina secreta*, de Helena Blavatsky, y *Las enseñanzas secretas de todos los tiempos*, de Manly P. Hall, cuyos voluminosos ejemplares se agrupaban en estricto orden junto a los líderes de la superación personal como Dale Carnegie y Napoleon Hill.

"Por sus libros los conocerás", pensé.

Sin duda aquélla era una poderosa combinación literaria.

Caminé hacia mi derecha donde una pomposa escalera en caracol con los escalones alfombrados en color beige conducía al primer piso. Desde lo alto se asomó el teniente Bugarat.

—¡Parker, por aquí, rápido! —ordenó.

Hizo una seña para que apurara el paso.

"¿Cuándo comprenderá el teniente que cuanto más sigiloso me muevo más cosas percibo?"

Toqué con la punta de los dedos el fino barandal de madera lustrada, seguramente allí estaban las huellas, energía y sensaciones de quien, al parecer, se había quitado la vida.

El teniente me estrechó la mano por protocolo. Aun así, sentí su fuerza en los nudillos y la humedad de los guantes de plástico, como si quisiera recordarme que él era un hombre duro, firme y terco.

—¿Qué sucedió? —pregunté.

—Lo encontramos con una soga alrededor del cuello.

Me giré y vi un cadáver totalmente desnudo, con los pies en el aire y la cabeza de costado, su rostro tenía los rasgos de un hombre preocupado por algo. A tres metros hacia la derecha, la silla desde la cual el occiso habría saltado parecía también estar sin vida sobre la alfombra de arabescos rojizos.

Di una vuelta por la habitación. Ése era su dormitorio. La cama estaba impecable, no había rastros de robo o forcejeos. El hombre se veía en buena condición física.

—¿Qué edad tenía?

—Todavía no lo hemos podido identificar, pero supongo que alrededor de unos cuarenta, como tú.

—Cuarenta años —dije en voz baja—; estuvo vivo en la tierra exactamente durante catorce mil días.

El teniente no me escuchó.

Observé nuevamente el rostro del ahorcado, sin duda el sujeto se veía un poco más avejentado que yo.

—Ya no dará más vueltas al sol —murmuré.

—¿Cómo dices?

—Cuarenta vueltas —dije, haciendo un pequeño círculo en el aire con mi mano—, sólo pudo dar cuarenta vueltas al sol.

El teniente siempre me vio como alguien excéntrico y eso no le gustaba. A menudo yo pensaba: ¿qué tenía de anormal contar los años como vueltas al sol en vez de juzgar por el cálculo matemático para ocultar así el miedo a la vejez como mucha gente lo hacía? Las vueltas al sol eran definitivamente más saludable y consciente que contar los años. Uno tomaba más conciencia... ¿cuántas vueltas he dado y cuántas me quedarán por dar?

Al contrario, para el teniente Bugarat, conservador, metódico y ordenado, mis pensamientos fuera de todo lo que traspasara la línea de lo racional lo hacían verme como raro, un *outsider*.

Me aproximé al rostro del cadáver y observé sus pupilas. Era bastante alto, mediría un metro ochenta, unos cinco centímetros más bajo que yo.

—¿Estaba enfermo? ¿Tenía deudas? ¿Algún problema emocional? —pregunté.

—No lo sabemos todavía. Pedí que rastreen su identificación.

—¿Vivía con su familia?

—Al parecer vivía solo a pesar de que toda su casa está llena de fotos con sus padres. No hemos encontrado ni documentación ni su teléfono —dijo el teniente.

"Qué extraño —pensé—. La mayoría de las personas de la actualidad tienen siempre consigo su *smartphone* hasta para ir al baño."

—Ya veo, ni teléfono ni credenciales. A juzgar por su casa, estaba en buena posición económica —razoné.

—Así es. Esto es lo que me intriga, observa aquí.

El teniente Bugarat señaló hacia el ahorcado. Su mano derecha había quedado esposada a un maletín de cuero negro.

Observé el nexo entre el maletín y el rostro del difunto. Sin duda había una extraña conexión entre el sujeto y el objeto.

—¿Qué tiene dentro? —pregunté.

—No lo hemos podido abrir.

Me giré por la habitación.

—De acuerdo. Ahorcado y con un maletín —reflexioné—. Sin duda intentaba protegerlo. ¿Dónde escondería la llave?

Aquel dormitorio no contaba con muchos lugares. Deslicé las manos debajo de las almohadas, eché un vistazo al colchón. Abrí su armario y metí la mano en algunos bolsillos de su ropa.

Luego de buscar por varios minutos supuse que la llave del maletín no estaría allí.

De improviso mi mente se agudizó. Empecé a sentir una especie de calor en la frente como siempre que algo extrasensorial empezaba a manifestarse.

Me giré en seco.

Caminé hacia un llamativo jarrón de porcelana. Me detuve un instante antes de meter la mano dentro.

Mis dedos sintieron el impacto con algo frío.

"Una llave."

La saqué con cuidado y se la mostré al teniente.

Bugarat hizo una mueca con las manos.

Le lancé la llave.

Bugarat la asió como si fuera el balón de la final de la NBA y con cuidado la introdujo en el maletín. A continuación, apretó lentamente los cerrojos. ¿Y si había explosivos? El teniente pareció captar mi pensamiento y siguió adelante, quizá porque ya se había acostumbrado a mi intuición. Se lanzó con valentía y abrió los seguros. ¡Clap!, se escuchó al bajar la tapa. Inmediatamente una lluvia de monedas cayó y el impacto del metal en el suelo me hizo recordar cuando de niño rompí mi primera alcancía.

A simple vista había mucho dinero y papeles. El teniente parpadeó rápidamente y después de revisarlo evaluó el contenido.

—Calculo que habrá unos treinta mil dólares en billetes y más de trescientos dólares en monedas —dijo el teniente.

Agudicé la vista.

—Teniente, ¿qué caso tiene suicidarse con un maletín lleno de dinero en las manos?

Hubo un silencio.

El teniente levantó sus ojos de águila clavándolos en los míos.

—Para eso te he mandado llamar, Parker, para que lo averigües.

No presté atención a sus palabras pero sí a los papeles que había dentro. Tenían símbolos, como si fueran combinaciones de alquimia antigua, dibujos como los que Leonardo hacía en el Renacimiento y otros de la más avanzada tecnología actual. Pude ver hojas con dibujos en lápiz negro, unos como si fueran los planos de una construcción, otros entremezclaban círculos, dragones como los de los caballeros templarios y las leyendas artúricas, vasijas sobre llamas de fuego, combinaciones alquímicas de metales y fórmulas matemáticas. Dentro del maletín también había unos gastados y antiguos pergaminos en color ocre escritos en letras que parecían una mezcla de hebreo, griego antiguo y jeroglíficos primitivos.

Sin duda eran extraños dibujos.

Al momento de terminar de verlos, mis ojos pusieron toda su atención en el reborde de su brazo derecho.

—Tiene un tatuaje —dijo el teniente.

—Así es —respondí—. A juzgar por el rojizo de la piel, recién se lo acababa de hacer.

Fruncí el ceño y agudicé la mirada en las letras tatuadas.

—Creo que es una inscripción en latín —afirmé, al tiempo que las leía en voz alta.

*Nostis qui olim eratis.*
*Qui nunc in te sunt,*
*Et erit in posterum.*

Bugarat me miró desconcertado.

Negué con la cabeza.

—Teniente, supongo que no me pedirá que también sepa latín.

Hizo una mueca con la boca.

El teniente se aprovechaba de que mi reputación era muy buena para Scotland Yard, ya que mis antecedentes me apuntaban con el inquisidor dedo índice como si fuera un sabelotodo. Quizá por ello muchas veces el teniente tiraba más de la cuerda.

Resignado, tomó el teléfono celular del bolsillo interior de su traje y tecleó el traductor de Google latín-español.

De inmediato leyó la traducción en voz alta:

*Conoce quién has sido en el pasado,*
*quién eres ahora y*
*lo que serás en el futuro.*

—¿Alguna idea, detective Parker?

Inhalé profundo.

—Sin duda una frase metafísica y existencial.

—Eso ya lo veo, pero no tienes nada que...

El teniente hizo un gesto con sus manos por sobre su cabeza, casi a modo de burla, alegando a mi don de captar lo intangible.

"¿Por qué algunas personas sin la mente abierta, que no comprendían algo más allá de lo racionalmente aceptable, lo negaban en vez de adentrarse a profundizar y acceder a más información?"

Yo llamaba a eso pereza intelectual y limitación espiritual.

Hice oídos sordos a esos pensamientos ya que no estaba allí para cambiar a nadie, sino para intentar dar respuestas, así que me giré para observar con detalle todo el dormitorio. Retrocedí sigilosamente varios pasos hacia la pared para ver el cuadro completo de la habitación.

Comenzaron a llegarme sensaciones.

La nueva información venía hacia mi conciencia como nubes de ningún lugar. Exhalé el aire lentamente y me concentré.

Aquella extraña frase comenzó a taladrar mi mente.

El teniente se aproximó a escasos centímetros del occiso.

—Parker, ¿por qué alguien se haría un tatuaje antes de quitarse la vida?

—No es un simple tatuaje —dije con firmeza al tiempo que observé que el cadáver tenía rastros rojizos en los nudillos y las muñecas como si se hubiera querido cortar las venas—. Teniente, ése es un tatuaje con una frase llena de simbolismo y entusiasmo por conocer el destino. No la veo adecuada para alguien que quiere quitarse la vida.

El teniente Bugarat se agachó en cuclillas sobre el suelo, observando el maletín y recogiendo las monedas con cuidado, mientras yo retuve la escena con memoria fotográfica.

Luego de un instante, Bugarat se giró hacia mí.

—Suicidado con dinero —balbuceó el teniente—, qué ironía.

Solté una risa ahogada. A mi gusto, en ocasiones el teniente Bugarat era demasiado predecible. Lo miré a los ojos con mi rostro marcado por la incredulidad.

Había algo notorio que no encajaba.

"La silla está demasiado lejos de su cuerpo —pensé—. No pudo haberle dado una patada tan fuerte para alejarla, tuvo que haber sido alguien detrás suyo que la impulsara para que se alejara tanto."

El teniente me vio pensativo y zanjó:

—A simple vista no hay rastros de homicidio —dijo—. Todo indica que se suicidó por algo que lo atormentaba.

—Teniente —respondí en voz alta—, quizá de ese modo es como alguien quiere que se vea este cadáver.

# 2

## Vancouver, Columbia Británica, Canadá
## En la actualidad

Inmediatamente llegaron los peritos y sacaron fotografías a todo el lugar del hecho, como pirañas hambrientas buscando dónde hincar los dientes. Comenzaron a rastrear cualquier prueba de ADN que pudiera estar en el suelo o sobre la cama: cabellos y huellas digitales o minúsculos detalles con avanzada tecnología láser. Aquello se convirtió en un veloz ir y venir de policías.

—Parker, mañana a primera hora en la jefatura.

—Allí estaré.

Salí del lugar bajando lentamente por la escalera, reteniendo imágenes del lugar. Traté de llevarme las más finas vibraciones que estaban impregnadas en el ambiente. Yo sabía que la energía de las emociones y sucesos quedaban en el éter durante algún tiempo, en lo que los científicos llamaban actualmente "El Campo". Así es que cuando alguien está en lugares altamente energéticos se puede sentir la vibración y el magnetismo tanto si es una fuente natural como un volcán, el cañón del Colorado, o una construcción como las pirámides de Egipto, el Templo de Delfos o Teotihuacán. Lo cierto es que poseía la facultad para percibir en el ambiente la energía y sensaciones. En mi adolescencia, mi abuela me grabó a fuego la frase de Nikola Tesla: "Si quieres conocer el universo, piensa en términos de frecuencia y vibración".

Me subí al coche comprobando si en mi bolsillo tenía el efecto personal del difunto, el cual había sacado unos minutos antes sin que el teniente se diera cuenta. Observé el pañuelo blanco de seda que había recogido del bolsillo de uno de sus trajes. Lo coloqué cuidadosamente dentro de una bolsa hermética.

\* \* \*

Llegué a mi casa en menos de veinte minutos.

Abrí la puerta, dejé mi bolso de cuero, las llaves en la entrada y las tres bolsas del supermercado, caminé por el corredor hacia la sala y lo primero que vi fue a mi gato Agni que dormía en el sofá. Se movió perezoso y me miró con cierta alegría. Los gatos son animales fascinantes con una percepción notable. Fui directo a la cocina a prepararme algo de comer. Descorché una botella de Malbec y llené una copa con mano generosa; me llevé la bebida a la nariz, olía a cereza y roble añejo. Encendí un par de velas y dejé la habitación en penumbras. Sentí el calor del hogar a pesar de que estaba solo. Me gustaba el hilo de luz que proyectaban las velas. Agni maulló como remarcando su presencia. Su nombre, me había dicho una vez una amiga budista, significaba "fuego interior" en lengua sánscrita. Lo cierto es que su presencia me daba paz y calma después de lidiar con ambientes y vibraciones pesadas.

Me gustaban mis muebles de madera, los cuales siempre me parecieron más cálidos e íntimos que los de mármol o vidrio. Me preparé unas verduras al vapor y calenté dos rodajas del pan de calabaza y semillas de sésamo que compraba habitualmente en una panadería cercana. Me llevé la bandeja y enfilé hacia la biblioteca. Quité una traba especial, la empujé de costado y de inmediato toda la biblioteca se movilizó hacia la derecha sobre las diminutas ruedas deslizables. En realidad, la biblioteca era la tapadera de mi lugar secreto donde iba a pensar y a escribir, una pequeña buhardilla que antiguamente se usaba como garaje.

Mi abuela me había enseñado años atrás: "Una casa debe tener una habitación exclusiva para la reflexión". Siguiendo su consejo, yo la había rediseñado como un sitio donde me aislaba de todo.

En realidad era un lugar al que ni siquiera Agni podía entrar; mi intimidad total, mi conexión con los poderes que sentía, allí tenía las visiones más intensas. Me agaché un poco, ya que por mi estatura casi daba mi cabeza con la estrecha entrada. Cerré nuevamente la biblioteca.

"Ya estoy aislado del mundo."

Dentro tenía pocos muebles, pilas de libros, un viejo aunque cómodo sofá que se mecía, y un estante lleno de amatistas y cuarzos. Las piedras de amatista y cuarzos son enormes detonadores y fuentes de atracción energética como otros minerales. Por eso, antes de cada sesión donde quería activar mis facultades extrasensoriales, me recostaba con una corona de piedras alrededor de mi cabeza. Usaba una técnica para que se activaran como un potente neurotransmisor. Un par de veces había ido al laboratorio de un amigo canadiense a comprobar qué sucedía científicamente y nos asombramos al ver cómo cambiaban los patrones de mis células, las reacciones del campo energético en la fotografía Kirlian y cómo mi aura se volvía brillante, colorida y expansiva.

Entré en mi "escondite" y me senté en el sofá. Me deleité con las verduras, el aceite de oliva y el pan tostado. Puse música casi a un nivel inaudible, el viejo disco con la sonata en A menor D. 821 *Allegro moderato* de Schubert. Todavía poseía los discos de vinilo en excelente estado; era un amante del *vintage* en un mundo acelerado por la tecnología. Si bien yo usaba mucho los avances tecnológicos y les sacaba provecho, no tenía el mismo cariño que por las cosas antiguas. Creo que las cosas del pasado eran, en realidad, un punto de conexión con mi adolescencia y le daban un masaje a mi alma. Tenía claro que no iba a consumir todo mi tiempo de vida por mi exigente trabajo policial.

Como en esa habitación no había ventanas, encendí otro par de velas y quemé un incienso de sándalo para evitar el olor a humedad, disfrutando la música y el resto del vino. Me relajé poco a poco. Quitarme el estrés del trabajo era un ritual diario impostergable.

Luego siguieron unos acordes de Bach y me dejé invadir por una respiración tranquila. Me aquieté durante unos instantes y en pocos minutos, casi sin buscarlo, tuve un *flashback* y un chispazo de imágenes apareció en mi mente.

"El ahorcado."

"Ahora no, Arthur —me dije—, no estás trabajando, te estás relajando", pero los flashes continuaron. Mi abuela, que también había sido mi profesora de meditación, me había enseñado a controlar la llamada *monkey mind,* la mente de mono que constantemente parlotea sin descanso. Pero la imagen del occiso llegó sin que la buscara, como si quisiera decirme algo.

Un flash: Lo veo con vida antes de estar con la soga al cuello.

Silencio.

Respiro calmadamente.

Otro flash: El ahorcado no estaba solo, sino rodeado por varios hombres, vestidos con vestimentas oscuras como las que usan los jueces o las antiguas cortes inglesas de la época victoriana.

Tercer flash: Uno de los hombres le quita la cinta detrás de las manos y le coloca el portafolio.

Las pulsaciones aceleran mi corazón.

*"Conoce quién has sido en el pasado, quién eres ahora y lo que serás en el futuro."*

Traté de calmarme. Respiré más lento. Sabía que eso me traía al centro de mí mismo.

El tatuaje. ¿Por qué se habría tatuado esa frase antes de morir?

La visión se hizo más nítida. Alguien del grupo de personas se acercó con una pistola y un cable en su mano. Le susurra unas palabras al oído.

Luego una patada. El encapuchado empujó la silla con la fuerza de su pierna. Vi el cuerpo retorcerse y moverse con desesperación.

Me agité. No pude soportar la escena y abrí los ojos.

Me mantuve con los ojos abiertos, miré la copa de vino vacía. Me mantuve respirando lentamente y enfocándome en la llama de la vela. Apagué la música y respiré profundo.

Me quedé en silencio durante unos minutos.

Después de un momento escuché que Agni maulló con fuerza.

"El gato ya estaba durmiendo."

No era normal que emitiera un sonido así.

Me puse de pie y fui hacia la parte posterior de la biblioteca. Corrí un libro detrás de un pequeño ojo de pez que me permitía ver del otro lado.

Siempre sentí que debía tener ese ojo secreto. Me recorrió un escalofrío por la columna al ver a tres hombres desconocidos frente a mi gato. Uno de ellos intentó tomarlo de la cabeza, pero Agni dio un salto y se escondió bajo el sofá. Maulló con fuerza y les mostró con enojo sus pequeños dientes.

"¡¿Quiénes son estos tipos y qué hacen dentro de mi casa?!"

Comenzaron a hurgar por todos lados, dos de ellos fueron por la escalera hacia la primera planta donde estaba mi dormitorio. El otro, al ver que nadie estaba en la cocina y la sala, los siguió. Se escuchaban las pisadas en el techo y varios golpes de cajones que se abrían con violencia. Al cabo de un momento bajaron. Se miraron y susurraron entre ellos. Uno de los hombres escribió algo en una hoja y la dejó en el sofá. Al momento comenzaron a tirar al suelo mis pertenencias, a arrojar los cuadros con fuerza, abrieron los cajones, arrojaron fuera todo lo que había en ellos. Todo el orden de mi casa se volvió caos en un instante.

Uno de los hombres, quien tenía una cicatriz en la mejilla izquierda, vino directo a la biblioteca.

Pude verle claramente el rostro, blanco, flaco, con una barba cana y el rostro lleno de arrugas en la frente. Tendría unos cincuenta y cinco años muy mal llevados. Arrojó con vehemencia varios libros al suelo. Si él veía el ojo de pez por el que yo estaba observándolo, estaría perdido.

Me alejé escuchando cómo caían más libros al suelo.

Al cabo de unos minutos que me parecieron una eternidad, se produjo un silencio y luego se escuchó la puerta de la calle.

En esos minutos que no parecían correr nunca pensé en llamar al teniente Bugarat. Quería salir de allí y ver que Agni estuviera bien.

No aguanté más y salí de mi escondite. Vi a Agni en lo alto de la escalera. Vino hacia mí, agazapado, casi como reprochándome. Le hice una seña con el índice en mis labios para que estuviera silencioso. Caminé con sigilo y fui hacia la nota que habían dejado.

Leí perplejo el papel que contenía un texto junto a una carta de tarot:

"Parker, si te metes en este caso,
serás hombre muerto."

# 3

## Vancouver, Columbia Británica, Canadá
## En la actualidad

Tomé un respiro y releí la nota.

"¿Qué está pasando aquí?"

La nota no me preocupaba sino cómo sabían aquellos hombres que ya estaba investigando aquel caso.

"Todos seremos hombres muertos algún día", pensé.

Nunca entendí cómo alguien creía poder amenazar con la muerte a quien veía la muerte como una liberación.

Si bien yo no era religioso, tenía una conciencia espiritual que había sido cultivada por mi abuela durante mi infancia en Irlanda. Ella decía a menudo: "La muerte es recuperar la memoria de donde venimos".

Sus palabras retumbaron en mí como un eco mental.

Agni salió sigiloso de debajo del sofá. Lo acaricié con mi mano derecha.

—Todo está bien, tranquilo.

Le llené el plato con leche de almendras. Bebió un sorbo y luego me miró con firmeza, como diciéndome que no quería más sustos como ése. Lo cargué en mi brazo, caminé hacia la biblioteca, empujé la traba con la mano libre e ingresé con él a mi escondite otra vez.

—Hoy dormiremos aquí —le dije, mientras lo apoyaba con suavidad en el sofá.

Cerré la puerta desde dentro. Me sentí a salvo nuevamente. Caminé hacia el pequeño escritorio, encendí otra lámpara e investigué en internet el significado de la carta de tarot.

Abrí la página que me pareció más confiable:

Un hombre atado de manos y pies nos indica que en primera apariencia este hombre está siendo castigado por algo que no ha hecho o se enfrenta a una situación que le es adversa, representada por su posición de cabeza.

Sus manos atadas, que significan que no es útil con alguna causa y que depende de otros para el éxito, contrastan con la sabiduría que posee, indicada por los botones de su camisa de alta calidad, símbolo de nobleza o de sabiduría. El ahorcado nos indica el desinterés por las cosas superfluas y terrenales, y que está dispuesto a sacrificarse. Es el altruismo del alma en su más puro estado.

Los seres humanos tenemos dos cosas que son notorias: la vida y la muerte. Esta carta nos indica que nosotros nos sometemos a la muerte como sacrificio o renacimiento. También simboliza que podemos convertir nuestros actos en cosas sagradas y nos permite ser guiados por energías mágicas para llegar a la victoria.

Más que un castigo, en realidad, el ahorcado es el símbolo de la iniciación mística.

Del mismo modo que Cristo en la cruz redimió a la humanidad a través de su paso por la tierra y su encuentro con el sufrimiento, el dios de la antigua tradición nórdica, Odín, inventor del alfabeto rúnico y patrono de las artes y de las ciencias, obtuvo el conocimiento mágico de los sonidos y de los signos permaneciendo colgado exactamente como el ahorcado del tarot, del árbol cósmico *Yggdrasil*, durante nueve días y nueve noches.

También significa sacrificio por la humanidad; así, pues, enorme es la valentía ejercida por el poder oculto del alma que ha superado la prueba iniciática. Lo confirma la forma estilizada de la figura que, con los brazos a la espalda y las piernas cruzadas, recuerda el triángulo invertido dominado por una cruz, símbolo alquímico de la realización de la Gran Obra.

Terminé de leer aquellos párrafos con la voracidad de un hambriento vikingo comiendo un plato de comida.

Tomé un profundo respiro y me pasé las manos por el cabello.

Me levanté del sofá un poco paranoico, apoyé el oído sobre la biblioteca para corroborar nuevamente que aquellas personas no hubieran regresado. No se escuchaba ni se veía nada por el ojo de pez.

¿Un sacrificio? ¿Un ajuste de cuentas?

¿Cómo se enteraron tan rápido de que estoy dentro de este caso?

¿Qué amenazador deja pista simbólicas a menos que quiera despistar?

Lo cierto es que siempre supe que los secretos policiales eran los secretos más ventilados. Las noticias vuelan y hay infiltrados en varias partes. Eso lo sabía. Pero aquélla era la primera vez que recibía una amenaza tan directa.

Apreté los dientes y recordé a mi abuela: "No reacciones al primer instinto. La única manera de que el bien le gane al mal es con el poder de la conciencia, no con el impulso ciego".

Asentí para mí mismo.

Lo más sensato era pensar y sentir mi intuición.

Debía jugar esa carta, mi don era mi as de espadas.

Caminé inquieto, en círculos, hasta que me recosté en el sofá al lado de Agni y comencé a relajarme. Poco a poco mis sentidos se equilibraron.

Después de quince minutos ya no sentí mis músculos. El cuerpo es una biblioteca de memorias pasadas, intuiciones presentes y premoniciones futuras. Del mismo modo que el planeta Tierra tiene portales, lugares particulares donde se junta más energía, el cuerpo humano tiene claves secretas aún por activarse. Portales físico-energéticos que los antiguos conocían.

Elevé lentamente mi mano derecha y apreté con suavidad los dos puntos que activan el viaje astral, en mi entrecejo y en el centro del pecho, luego comprobé que la respiración estaba imperceptible y articulé en voz baja un corto mantra para la salida extracorpórea.

Un último pensamiento llegó a mi mente: "Amenazar de muerte a quien puede ir al mundo de los que viven del otro lado es lo más ridículo que puede hacer un hombre primitivo".

Estaba listo.

Me sentí más como energía y menos como materia.

Pura presencia.

El pensamiento se desvaneció y me dispuse, como otras veces, a meditar y percibir a qué debía enfrentarme.

# 4

## Vancouver, Columbia Británica, Canadá
## En la actualidad

Estuve gran parte de la noche sumergido en el mundo onírico hasta que el sonido de mi teléfono celular me despertó.
Un tanto confuso, me estiré en el sofá. Sentía el cansancio por
haber dormido mal, ya que después de una noche con mucha actividad de mi doble astral, el cuerpo físico mermaba la vitalidad. Miré la
mesa de noche, el reloj marcaba las seis de la mañana en punto.

El sonido de la llamada me taladró una vez más.

Estiré el brazo y tomé el celular.

Del otro lado una voz aguda me terminó de despertar.

—Arthur, ¿estás bien?

—Mmm...

—Tuve un sueño inquietante contigo —la adolescente voz de
Iris se escuchó preocupada.

Me incorporé con dificultad, tenía el cuello y la espalda entu-
mecidos.

—Iris, ¿qué sucede? —susurré mientras trataba de enderezar la
cabeza. La mezcla del dolor con las imágenes que me venían del sueño me mantenían aún en ambos mundos.

—¿Dices que soñaste conmigo?

—Fue intenso y feo —zanjó ella—. Soñé que alguien te perseguía.

Abrí los ojos sorprendido.

—¿Cómo dices? —pregunté.

—Alguien estaba queriendo perjudicarte, Arthur.

—Bueno, estás en lo cierto. Tres o cuatro personas entraron a
mi casa para amenazarme.

—¿Amenazarte?

—Sí.

—¿Quiénes? ¿Te hicieron daño? —preguntó Iris.

—No sé quiénes eran.

Percibí cómo Iris aceleró su respiración.

—En mi sueño te atrapaban, Arthur. Me preocupas.

—Pues, al menos por ahora, estoy bien.

—Estoy sorprendida de esta sincronicidad.

—No deberías estarlo. La sincronía entre las almas afines es lo que está uniendo a las personas —le dije.

—¿Quieres que nos reunamos y te explico? —preguntó.

—Primero iré a la jefatura. Nos vemos luego, ¿te parece?

—Envíame un mensaje cuando termines. Entonces te veré en el lugar de siempre —Iris guardó un largo silencio—. Por favor, Arthur, cuídate mucho.

Colgué la llamada y me puse de pie. Agni todavía dormía.

Iris Brigadier había nacido en Francia y la conocía hacía tiempo. A sus dieciséis años, ella tenía todavía la suave voz de una niña pero la astucia de una anciana. Era ese tipo de alma en la cual confías al cien por ciento de primera impresión. Vivía al lado de mi casa. Iris y yo, desde el inicio de nuestra peculiar amistad, supimos que teníamos la energía para ser grandes amigos. Como ella tenía la facultad extrasensorial intacta al nacer como una niña especial, supo que yo también la tenía.

"Se ve un brillo en tu cabeza", me dijo el día de su decimoquinto cumpleaños cuando nos conocimos.

Aquella vez ella se encontraba sentada en las escalerillas de su casa, contigua a la mía, tomando el sol porque me había dicho que se aburría adentro con las personas.

Luego comenzó a hablarme del aura de la gente y a partir de allí nos hicimos cómplices de nuestro secreto. Me había contado que sus padres la habían enviado con psiquiatras y psicólogos porque veían sus poderes telekinésicos y percepciones más como una enfermedad que como un don del ADN.

La telekinesis, del griego *tēle*, "lejos" y *kínēsis*, "movimiento", era el poder de mover cosas con la fuerza de la mente. El término *telekinesis* fue acuñado en 1890 por el psicólogo ruso Alexander N. Aksakof.

La primera vez que Iris me demostró su don fue con un péndulo de cuarzo al hacer que se moviera a un lado u otro según su voluntad y, semana tras semana, fue demostrándome sus facultades para mover objetos. Así, desde que nos habíamos conocido, casi todos los domingos nos veíamos por las mañanas para desayunar.

Tomé conciencia de que la noche anterior había recibido mucha información. Comenzaban a llegar los recuerdos. Era muy importante a la mañana siguiente procesar lo que había vivido para comprender en la vigilia su significado y simbolismo. Era vital también mantener la mente fresca, si no las frecuencias de lo vivido se esfumaban. Era fácil olvidarlo ya que había muchas distracciones para el hombre moderno.

Las imágenes del sueño corrían sin freno: cruces, triángulos, estrellas de cinco puntas, persecuciones, libros, castillos, ahorcados...

"Debo ordenar el significado."

Anoté en mi libreta con lujo de detalles.

Después de media hora fui al baño. Necesitaba una ducha caliente. El agua acariciando mi piel era un bálsamo para mis músculos y mi mente. Cerré los ojos y me hice uno con el agua por unos minutos. Me sentí como el sabio griego Arquímedes y su famoso descubrimiento bajo la ducha. Dejé que las reveladoras imágenes de la noche anterior se deslizaran como una película.

Un flash: Símbolos e imágenes arquetípicas.

Dejé caer el agua por el rostro y luego por la nuca.

Mi abuela me insistió sobre la importancia de dormir y recordar.

"Dormir te ayuda a desconectar la mente para integrar las muchas actualizaciones de información espiritual que recibes en tu alma —decía ella—. Si experimentas un sueño astral, medita o invoca a un ser espiritual y sostén una conversación. Para ello, en el mundo onírico, hay una red llena de luces y cada luz en la red es la conciencia de alguien que ya no está en la tierra y con quien podemos hablar. Mientras más brillante la luz, más deseos tiene esa conciencia de hablarte."

Esas tempranas enseñanzas me habían marcado durante toda mi vida. Siendo niño, siempre sospeché que yo no era el que creí que era. O sea, la personalidad temporal con pasaporte temporal con un nombre temporal; sino más bien una conciencia que se percibía a sí misma usando un cuerpo, viajando con la facultad de la imaginación a todas partes, con la sospecha de que seguiría siendo una conciencia viva luego de que el cuerpo físico terminara sus días sobre la tierra.

Aquello me servía para resolver los problemas que nos confunden en la tierra, los cuales se aclaran y vuelven simples al observarlos desde la conciencia del observador que llevamos dentro. En estos estados de conciencia estamos conectados con El Campo y todas las preguntas son contestadas de manera inmediata.

—¿Yo puedo hacer eso? —le pregunté a mi abuela muchos años atrás.

—Por supuesto, Arthur —había respondido ella—, cualquier persona lo puede hacer si practica y sintoniza su percepción. No sólo te puedes comunicar con una conciencia-luz en la red universal, también puedes apelar a quien te viene a la mente. Puedes apelar a tus ángeles, guías, maestros, un ser amado que ha transitado al otro mundo o a quien quieras, incluso con ángeles o demonios de extrema inteligencia. Tu alma tiene la facultad y el derecho de comunicarse con el alma de cualquier otro ser siempre y cuando sintonice la misma vibración en la que el otro ser o entidad se encuentre.

Con el paso de los años yo había aprendido que el universo visible no era más que la contraparte inferior de otros mundos más elevados, los cuales, al percibirlos, nos generaban lucidez y plenitud interior. El problema por el cual la mayoría no podía percibir ese mundo onírico, el campo espiritual —el mundo de arriba, como lo llamaban los antiguos—, era que las mentes estaban contaminadas, desenfocadas y adoctrinadas viviendo en la ilusión de la materia.

La gran ilusión.

Antes de salir de la ducha agradecí mentalmente a las fuerzas del universo por otro día para vivir y por el sueño lúcido que había tenido.

Anoche había conectado con el alma de mi abuela.

Y ella me reveló algo que debía empezar a utilizar.

# 5

## Carcasona, sur de Francia
## Año 1209

Aquella mañana de enero, el frío del invierno parecía penetrar la carne como filosas espadas de acero.

Las ráfagas de viento se expandían como un eco primitivo en las paredes de piedras heladas, sobre el césped congelado y en las desnudas ramas de los árboles. Las plomizas nubes parecían traer nieve de un momento a otro.

Para los habitantes del pueblo, el simple hecho de cabalgar se transformaba en una tortura. Los soldados, campesinos y los nuevos comerciantes que llegaban de otras tierras se movían velozmente hacia alguna taberna buscando dónde refugiarse y también por algo que los alimentara y les diera calor: si había suerte, conseguían un caldo caliente de cebollas, un trozo de carne o un vaso de vino rojo con pan.

Carcasona vivía un periodo de importante circulación de gente y comercio de diversos productos. Las relaciones comerciales con el Medio Oriente se habían intensificado desde el siglo XI, incrementando el tráfico de mercancías, telas y alimentos.

El reinado de Francia había ampliado las fortificaciones y Carcasona se había convertido, con el paso de los años y mucho trabajo de mano de obra, en una ciudadela, delimitando la frontera entre los dominios del rey de Francia y la Corona de Aragón. La ciudad no era sólo una fortaleza aislada como tantos castillos medievales, sino una verdadera ciudad fortificada, un centinela de roca al borde de la escarpada frente al río Aude.

Carcasona también contaba con una gran historia sobre sus espaldas, ya que se habían librado varias batallas y pugnas por el poder desde hacía siglos. Primeramente, el Imperio romano se había establecido en el año 20 a. C. y llamaron a la ciudad Carcasona. Bajo los romanos gozó de paz durante cuatro siglos y luego de ese periodo fue una ida y venida de disputas entre visigodos, árabes, franceses hasta el mismo Carlomagno.

Lo cierto era que aquellas ráfagas de viento helado también traían malas noticias al gobierno del rey de Francia, Felipe II, quien estaba estrechamente unido a la Iglesia católica liderada por el papa Inocencio III. Para ambos gobernantes, ahora no se trataba sólo de ganar nuevas batallas con viejos enemigos por el territorio, sino sobre todo del control del alma humana para imponer su propia religión.

Ambos líderes defendían la ideología religiosa sin dudar en usar espada, violencia y sangre con frecuencia, debido a que, desde hacía tiempo, lo que consideraban un fuerte enemigo espiritual había comenzado a esparcirse por el suroeste francés.

Los cátaros.

Esta doctrina, la cual era vista por la Iglesia como una fuerte amenaza ideológica, se basaba en el dualismo oriental cuyas características principales eran la presencia de un dios del Bien, creador de la esfera espiritual y, por otro lado, de la existencia del Mal, creador del mundo visible, de la materia y de todo lo que tenía una existencia terrena.

Por ello, los cátaros decían que había dos mundos: el mundo de arriba, de las almas; y el mundo de abajo, de los seres humanos y la lucha con el sufrimiento.

La doctrina de los cátaros era tan severa y de tal austeridad, que sólo los iniciados en los misterios, los que habían recibido el *"consolamentum"*, su único sacramento, podían practicarla completamente. La élite espiritual de los llamados "puros y perfectos" —justamente *katharos* venía del griego y significaba "puro"— constituía una suerte de clero de la comunidad. Los simpatizantes y creyentes también podían practicar las mismas reglamentaciones, pero recibían el *consolamentum* sólo en caso de que su vida corriera peligro. Durante algún tiempo los cátaros se desenvolvieron libremente en Carcasona con el apoyo de los feudos cercanos.

Hasta aquellos tiempos.

El peligro que se avecinaba era debido a que el avance espiritual de los cátaros preocupaba al papado de Inocencio III —cuyo verdadero nombre era conde Giovanni Lotario de Segni—, quien acababa de cumplir cuarenta y ocho años de edad. Inocencio III, desde que había sido nombrado papa, estuvo en medio de varias convulsiones sociales. Con mano dura y disciplina estricta obligó a obedecer los mandatos religiosos para reforzar a la Iglesia como institución de control haciéndola valorar y temer por todos los emperadores y reyes europeos. Era un hombre de moral austera, heredado de sus ancestros nobles, aplicaba su estricta visión religiosa, erigiéndose como árbitro y monarca por encima de cualquier gobernante.

Había sido el primer papa que se atribuyó el título de "Vicario de Cristo", lo cual le otorgaba una fuerza moral a rajatabla, un bien para una Iglesia que estaba atravesando momentos difíciles entre tantas creencias opuestas y hombres y mujeres librepensadores.

Lo cierto era que el papa Inocencio III se estaba haciendo famoso por toda Europa por ser el combatiente de los llamados "herejes". Sentía una fuerte tensión interna debido al difícil panorama que estaba entre sus manos: herejes por un lado y por otro; en varias regiones de Europa el feudalismo estaba cediendo terreno a una nueva sociedad burguesa a inicios del siglo XII.

Asimismo los reyes, particularmente los de Francia e Inglaterra, se perfilaban como nuevos actores de importancia en el mapa político. En Oriente la cristiandad debía lidiar con la amenaza de un creciente poder musulmán fortalecido por Saladino. Siendo la Iglesia católica una de las entidades más poderosas de Europa, no podía hacer oídos sordos a todos estos sucesos; así, el papa ejecutó un cruel plan para librarse de las garras ideológicas cátaras.

—Debemos ejercer la hegemonía de nuestro poder conjunto y no dejar que ninguna mala hierba siga creciendo en nuestras tierras —le había escrito el papa Inocencio III al rey de Francia en su última carta.

Para ello, el papa había dictado un procedimiento inquisitorial como medio para combatir la herejía, al cual llamó Inquisición episcopal. Fue la primera fórmula de la Inquisición medieval que anteriormente había sido establecida en 1184, mediante la bula del antecesor papa Lucio III, un año antes de su muerte, como un instrumento para acabar con los infieles y sus ritos de poder espiritual y prácticas mágicas.

Inocencio III vio que se asomaban nubes negras en su mandato tras una fracasada tentativa misionera de convertir a diestra y siniestra a todo el mundo y, frente a la creciente influencia cátara y su extensión, terminó por solicitar a la Corona de Francia, en nombre de la Iglesia católica, la erradicación violenta mediante lo que llamaron la Cruzada Albigense.

Así, mediante la nueva bula papal, se exigía a los obispos de toda Francia que intervinieran activamente para extirpar la herejía y se les otorgaba "la potestad de juzgar y condenar a muerte a los herejes de su diócesis".

Un mensajero del palacio francés, vestido de impecable terciopelo azul con ribetes blancos y rojos, leyó en voz alta en medio de una asamblea ante toda la comitiva del rey de Francia.

Desenrolló el pergamino y proclamó:

—En un reciente comunicado oficial escrito de puño y letra el papa Inocencio III ordenó intensificar el mensaje de su predecesor:

A las anteriores disposiciones, agregamos
el que cualquier arzobispo u obispo, por sí
o por su archidiácono o por otras personas
honestas e idóneas, inspeccione las parroquias
o cualquier cueva o lugares de cultos extraños
en los que se sospeche que habitan herejes; y
allí obligue a tres o más varones de buena fama,
o si pareciera necesario a toda la vecindad, a
que bajo juramento indiquen al obispo o al
archidiácono o personas de bien hacer, si conocen
allí herejes, o a algunos que celebren reuniones
ocultas, rituales paganos con las fuerzas de la
naturaleza o se aparten de la vida, las costumbres
o el trato común de los fieles.

El séquito de treinta y cinco políticos del rey, sentados en torno a una larga mesa de lujosa madera, comenzó a murmurar y asentir, dejando salir la tensión que había en su comunidad, mostrando estar de acuerdo con aquella idea papal.

—¡Muerte a los herejes! —vapulearon al unísono con la voz cargada de ira.

Aquellos hombres, por un lado enceguecidos por la fe, con el ego expandido de poder, y, por el otro, entremezclados en alianzas de turbios acuerdos, gritaban a viva voz, quizá pensando que sus gritos y la violencia taparían el murmullo de clandestinidad que sus vidas poseían.

Los tres clérigos que estaban representando la orden del papa sonrieron con macabra expresión.

En el trono de cuero, madera y terciopelo el rey de Francia acarició su larga barba, pensativo, y luego tocó el voluminoso anillo de oro que llevaba en el índice de su mano derecha.

Después de un momento de silencio asintió a los presentes dando autorización para que se intensificara la cacería religiosa.

—La Corona de Francia prestará sus armas y su ejército para realizar la voluntad del papa y la voluntad de Dios. ¡Iremos tras los herejes!

* * *

¿Cuál era aquella doctrina espiritual tan amenazante para la Iglesia católica?

La palabra *hereje* viene del griego *hairetikos*, que significaba "el que es libre de elegir". Para la Iglesia, esa libertad de elección era peligrosa en la mente del hombre.

Al parecer toda la presión existente era causada por unos misioneros cátaros, que compartían una enseñanza gnóstica a la que habían incorporado principios cristianos. Los cátaros viajaban en parejas y vestían de negro con ceñidor de cuerda.

Se confesaban cristianos y seguidores de Jesús, pero rechazaban la Iglesia de Roma. Para ellos, Jesús había venido para explicar que el bien y el mal coexisten en el hombre, quien a través de sucesivas etapas de vida o iniciaciones debía irse liberando de la parte mala hasta que en la última reencarnación alcanzara el estado de perfección necesario para acercarse a Dios.

Una gran diferencia con la Iglesia era que los cátaros también creían en la reencarnación y decían que la Iglesia católica había ocultado esta información cambiando la doctrina de la reencarnación por resurrección. Decían que había una gran diferencia en la reencarnación de las almas en otros cuerpos nuevos en contraposición con la enseñanza papal de la futura resurrección de los cuerpos muertos. Su ideología afirmaba que las almas se reencarnarían hasta que fueran capaces de un autoconocimiento que les llevara a la visión de la divinidad y así poder escapar del mundo material y elevarse al paraíso inmaterial.

Esto le daba al hombre la posibilidad de evolucionar vida tras vida mediante el conocimiento, el amor a Dios, la autodisciplina y la sabiduría, y no mediante la fe a rajatabla sin permitir cuestionamientos, tal como proponía la Iglesia. La forma de escapar del ciclo era vivir una vida ascética, sin ser corrompido por el mundo. Aquellos que seguían estas normas eran conocidos como "Perfectos". Los Perfectos se consideraban herederos de Cristo, con facultades para anular los pecados y los vínculos con el mundo material de las personas.

Para los cátaros, un creyente se convertía en Perfecto mediante la ceremonia de consagración llamada *consolamentum,* que constituía el único sacramento de la Iglesia cátara.

Además argumentaban que todas las almas finalmente se salvaban, y que el infierno no existía en el más allá; los cátaros afirmaban que el infierno estaba ya en la tierra.

Para la Iglesia católica todas estas ideas iban en contra de sus decretos y principios, en cambio los cátaros decían a viva voz en las plazas y en cuevas, cuando eran enseñanzas más profundas, que los hombres eran una realidad transitoria, una "vestidura" de la simiente angélica, el doble humano de un alma eterna. Afirmaban que el pecado se había producido en el cielo, en el "mundo de arriba", y que se había perpetuado en la carne, "el mundo de abajo".

Aquella fría mañana, de la mano del papa Inocencio III y el brazo armado militar francés, comenzarían a invadir las calles de toda Francia con el miedo y la muerte que engendraría el primer y más aterrador movimiento: el terrorismo religioso.

# 6

## Carcasona, sur de Francia
## Año 1209

En una de las cuevas subterráneas de Carcasona se encontraba un grupo de más de cincuenta líderes cátaros departiendo el devenir de su congregación.

El reflejo de las sombras de sus cuerpos se proyectaba en las húmedas paredes por las llamas de las antorchas de fuego que calentaban aquella lúgubre guarida.

El más alto del grupo, Larisse, quien portaba una larga barba color café, la cabeza cubierta por una capucha del mismo color y largas manos, dijo:

—Hermanos, los rumores se extienden. Se acercan horas difíciles, debemos estar preparados para un ataque.

—¿Cómo puedes estar seguro de ello? —respondió con voz dulce una mujer sentada a su lado, con un rostro que transmitía en iguales proporciones paz y belleza.

—Querida Lucrecia, sabes que el Todopoderoso nos envía mensajes en los sueños. Anoche sentí la comunicación.

Hubo un silencio.

Los cátaros creían que Dios enviaba mensajes a los hombres en tres modos: en los viajes que el alma daba a través de las horas nocturnas, en las plegarias y en la meditación.

—¿Qué viste, hermano? —preguntó un hombre sexagenario, de pelo cano y barba rala.

—Una embestida. Un ataque.

—Los señores feudales pueden protegernos —replicó el hombre, con voz arenosa, al cual todos conocían como Jean *el Anciano*.

Larisse frunció el ceño.

—Dios quiera que así suceda, pero siento que nuestra comunidad está desprotegida.

Larisse se refería a que los cátaros no contaban con un brazo armado o con algún grupo de soldados que estuviera a su servicio.

—¿Qué sugieres hacer? —preguntó Lucrecia.

—Lo mejor será mantenernos ocultos por ahora —se apresuró a responder Larisse.

Se produjo un murmullo en todos los presentes.

—¿Ocultarnos? —replicó con ímpetu otro de los líderes—. ¿Por qué debemos ocultar nuestra ideología? ¿Acaso la libertad no es uno de los atributos que el hombre ostenta disfrutar en esta vida? ¿Acaso hemos matado a inocentes como lo ha hecho la Iglesia católica o los califas musulmanes?

Un murmullo de aceptación corrió en algunos líderes.

—Silencio, hermanos. Eso ya lo sabemos. Nosotros somos pacíficos y, como siempre lo hemos hecho, rechazaremos la violencia. Pero me temo que presentándonos a predicar en las calles será ofrecerles la posibilidad de combate. Para que haya una guerra tiene que haber dos extremos, dejemos que provoquen una guerra contra sí mismos y cuando el pueblo vea el terror que engendran, elegirán salirse de su doctrina.

—No estoy de acuerdo —replicó otro líder de nombre Micca—. Mucha gente, al contrario, obedece por miedo a mostrarse tal cual es y a ejercer preguntas que van más allá de la doctrina establecida por la fuerza. Muchos obedecerán al terror, es la ley del rebaño.

—No estamos aquí para escondernos —zanjó con autoridad Jean *el Anciano*—. Estamos aquí para orar y alabar a Dios en donde sea.

—Queridos hermanos —respondió Larisse, preocupado—, ¿cómo mantenernos inmutables sabiendo que allá afuera podrían matar a personas inocentes o incluso a nuestros hermanos cátaros? ¿Qué haremos en caso de que alguno de los aquí presentes sea asesinado? El futuro de nuestra comunidad está aquí y esparcido en algunos lugares del reino de Aragón. Sugiero no exponernos en las calles sino mantenernos ecuánimes y utilizar estos tiempos para el recogimiento y la oración, hasta que la ira católica deje de sentirnos como una amenaza.

Larisse se refería a que los cátaros ya llevaban desde 1184 con una persecución mediante la Inquisición medieval que había sido fundada en la zona de Languedoc, al sur de Francia. Si bien hasta esos momentos las persecuciones eran leves, no habían impedido que su culto religioso continuara ejerciéndose.

La mujer que representaba a más de veinte de las demás féminas allí presentes se puso de pie y la larga cabellera rojiza se extendió sobre sus delicados hombros.

—La guerra que ellos quieren iniciar no será más o menos intensa si ven nuestra presencia en las calles, en lugares de culto o hablando en la plaza central, la guerra ya la llevan ellos por dentro por las diferencias con nuestras ideas y la forma de entender el mensaje del Bienamado. Es una guerra en la mente, y como tal, es el inicio de toda confrontación.

—¿Qué sugieres entonces, Lucrecia?

—La visión de nosotras es que...

No pudo continuar la frase. Un hombre entró imprevistamente por la entrada secreta de la cueva. Llevaba la misma vestidura aunque su estado interior estaba turbado, a juzgar por su respiración acelerada y el rostro desencajado.

—¡Ha sucedido algo terrible! —gritó con voz pasmada.

Los líderes se pusieron de pie.

—Hermano Jeremías, ¿dónde estabas? ¿Qué ha sucedido?

El hombre se frenó frente a todo el grupo y les dirigió una mirada triste.

—Nuestro hermano Judian ¡fue asesinado!

La exclamación de dolor de todos los presentes retumbó con eco en las paredes.

—¿Cómo? —replicó Larisse—. ¡Explícanos! ¿Asesinado?

—No pude hacer nada. Fue todo tan rápido. No le dieron oportunidad de hablar. Ha sido visto por mucha gente de todo el pueblo.

La mujer se acercó y le puso la mano en el hombro.

—Cálmate y explícanos.

Jeremías observó nervioso los transparentes ojos de Lucrecia buscando en vano un poco de paz.

—Estábamos en el mercado de la plaza haciendo compras de alimentos y más abrigos para el frío, cuando escuché el griterío de la multitud. Caminé dejándome llevar por la marea de personas hacia una tarima en la plaza, allí varios representantes de la Iglesia católica y del rey estaban al lado de nuestro hermano Judean, quien estaba atado de manos detrás de la espalda.

—¿Y qué sucedió? —preguntó Jean *el Anciano*.

Jeremías cerró los ojos unos instantes para recordar con detalle.

—Comenzaron a juzgar a nuestro hermano. Uno de los clérigos graznó con voz iracunda a toda la plaza y dijo que la creencia cátara tenía sus raíces religiosas en formas del gnosticismo y el maniqueísmo, y que en consecuencia nuestra teología era opuesta a la Iglesia. Dijo textualmente que debíamos purgar con dolor y sufrimiento los pecados y la existencia mundana. Gritó también que la salvación no vendría por el catarismo, el clérigo destilaba odio por sus ojos, sino por la Santa Iglesia Católica.

A Jeremías le resbalaron lágrimas por los ojos.

—Continúa —le pidió Jean *el Anciano*.

Viendo que le costaba revivir aquella tragedia, Lucrecia acarició su espalda con amor filial.

—¿Qué pasó luego?

Jeremías negó con la cabeza como si no pudiera creer lo sucedido.

—Le hicieron preguntas a viva voz, gritando: ¿Aceptas convertirte a nuestra fe? ¿Declaras que eres culpable de herejía? ¿Sigues las enseñanzas gnósticas de los cátaros?

Frente a las tres preguntas, nuestro hermano Judean guardó silencio. Al ver la negativa a responder, le colocaron una soga al cuello con extrema velocidad y sin esperar siquiera instante alguno para defenderse, uno de ellos jaló la manivela de madera. Lo ahorcaron frente a todos los presentes. El cuerpo de nuestro hermano quedó con los pies en el aire.

Los allí presentes lanzaron un sonido de dolor.

—Antes de morir —continuó relatando Jeremías, con tristeza— nuestro hermano gritó a viva voz: "Me quito el calzado de mis pies para conocer el Mundo de Arriba".

Lucrecia abrazó a Jeremías; al mismo tiempo, Jean *el Anciano* le dirigió una mirada de aprobación a Larisse, quien había propuesto mantenerse ocultos y a salvo.

—Oremos por el alma de nuestro hermano, quien injustamente fue ahorcado por pensar distinto —pidió Larisse—. Esta tragedia nos acaba de dar la respuesta que estábamos buscando.

# 7

## Vancouver, Columbia Británica, Canadá
## En la actualidad

Era sábado.

Tenía la estrepitosa necesidad de beber algo caliente.

No pude dejar de sentir la inquietud y responsabilidad de resolver la muerte y el destino de un hombre ahorcado en misteriosas circunstancias. Seguramente aquél sería el parte policial que los oficiales estarían escribiendo en aquellos momentos.

"Suicidio premeditado."

Mi intuición, amenazas y visiones me decían que algo turbio estaba detrás de todo aquello.

Estacioné el coche y subí los cinco escalones de la jefatura casi de un solo salto. Las viejas paredes del edificio habían sido repintadas la primavera pasada y le daban más un aire burgués que policial. Casi como un exagerado maquillaje femenino que quiere tapar unos ojos tristes o un alma en pena.

Atravesé la puerta giratoria y fui directo por un té. Introduje la moneda, apreté la tecla té verde y esperé la intermitente salida del agua.

Tomé un sorbo mientras entraba al elevador. El aroma y el sabor amargo recompusieron mis sentidos. Bajé en el tercer piso, el despacho del teniente Bugarat.

—Buenos días, teniente.

—Siéntate, Parker, no hay tiempo que perder.

La oficina del teniente olía a cigarrillo. Por su aspecto, no había dormido bien.

—¿Qué sucedió? —pregunté.

—Echa una mirada más atenta a este maletín.

Me senté en una incómoda silla de madera y miré las hojas, ya que el dinero y las monedas estaban en una bolsa sellada sobre el escritorio.

Leí con atención.

Los papeles mostraban fórmulas matemáticas, símbolos, apartados y tablas sobre diferentes grados de conciencia, sentencias metafísicas, decretos y pensamientos de antiguos filósofos…

—Al parecer son documentos mezclados con información filosófica y matemática. Parece de una empresa de tecnología mezclada con cosas del espíritu, teniente. Siento que son documentos importantes como una patente o algo así.

—¿Qué piensas? ¿Qué sientes? Fíjate si recibes algo —preguntó el teniente.

Pasé la punta de mis dedos por ellos. Cerré los ojos. En ayunas y sin siquiera haber terminado el té, mi percepción se incrementaba.

Primer flash: Un descubrimiento. Personas poderosas involucradas.

Segundo flash: Luchas internas. Imágenes del hombre ahorcado.

Abrí los ojos. Respiré profundo y observé las pupilas del teniente Bugarat.

Alzó las cejas, expectante.

—¿Y?

—Evidentemente estos papeles están relacionados con alguna clase de descubrimiento empresarial y, como todo poder, genera una lucha intensa para ver quién lo posee.

—Continúa.

—Esto seguramente llevó al individuo de anoche a la horca.

—¿Estás seguro, Parker?

—Eso creo, teniente.

Hice un alto en seco para contarle sobre el mal trago que había pasado.

—Teniente, anoche tres hombres me amenazaron entrando a mi casa para que no investigue este caso.

—¿Qué dices? ¿Amenazado para no investigar?

Asentí.

El teniente hizo una pausa.

—¿Los conoces? ¿Quieres que te saque del caso?

—No, para nada.

Me pareció extraño que el teniente me propusiera eso.

—De todos modos te pondré un ayudante para que...

—No hace falta, teniente, sabe que me gusta más trabajar solo.

—¿Qué pasará si...?

—Son los riesgos, teniente. De todos modos, gracias. Estaré más alerta.

Hizo una mueca y se volvió hacia mí.

—Como prefieras. Mira esto... —el teniente sacó una carpeta de debajo de su escritorio con cara de ocultarme algo.

—¿Qué es? —pregunté mientras tomaba una abultada documentación con una portada amarilla con letras azules.

El teniente me miró con cierta suspicacia.

—Parker, creo que este hombre se suicidó por estos documentos.

Le devolví la mirada con incredulidad sobre la insistencia en la supuesta "teoría del suicidio" y leí el título de la carpeta. Tenía incrustado un símbolo.

Proyecto Génesis: Almas en Juego.

# 8

## Vancouver, Columbia Británica, Canadá
## En la actualidad

D espués de leer el contenido de esa carpeta fui a mi casa. El teniente me pidió que me llevara algunas páginas para tratar de descifrar aquellos aparentes inconexos manuscritos. Todo estaba lleno de símbolos, estrellas, anagramas, sigilos antiguos, invocaciones. Parecía alguna ciencia relacionada con la alquimia antigua. No lograba descifrar nada, sólo supe interiormente que aquella carpeta en manos del ahorcado era una evidencia.

"Un extraño asunto místico."

Abrí la puerta. Agni en el sofá se alegró de verme haciendo un mohín y luego se estiró. Lo acaricié de camino a la cocina. Dejé mi bolso y las páginas que el teniente había dejado en mi poder aquella noche para tratar de investigar más sobre su significado.

Tenía clara mi primera misión: ¿Qué conexión había en aquellas páginas con el ahorcado?

Hacía tiempo que no tenía un caso que me motivara, aquello generaba mi inquietud de investigar a pesar de la amenaza para no hacerlo.

Recordé que en Londres, hacía varios años, se me había impedido investigar sobre aquella versión de que la realeza tiene orígenes reptilianos. Era un rumor que en aquellos tiempos ya estaba cobrando notoriedad por internet. Después de investigar y percibir ciertos detalles, los de Scotland Yard me habían descrito en el tintero de mi historial como un "agente delicado". Siempre había tenido la sospecha de que mi traslado de Inglaterra a Canadá había sido por esa causa, para alejarme de poner las narices en cuestiones más comprometidas.

En mi carrera descubrí que en todos lados había secretos. La cuestión fue que, en aquel entonces, tuve que hacerme de la vista gorda y me asignaron otro caso menos comprometido, un secuestro que terminó bien, debido a que pude identificar a los secuestradores por un perfume.

Siempre fui rebelde, de nacimiento, con el agregado de la educación de mi abuela. Recuerdo cuando me rebelé para seguir la universidad o cuando me escapé del servicio militar irlandés. No me gustaba lo impuesto por la fuerza. No me gustaba la pérdida de libertad. Era una claustrofobia espiritual y mental que no iba a permitir nunca. De hecho, creo que nadie debería permitirse ser encapsulado en ninguna limitación. Si el universo es infinito, nosotros también.

Yo sentía que habíamos venido a vivir y no a cumplir mandatos militares ni adoctrinamientos estudiantiles, religiosos o políticos que al final de cuentas, por estadísticas, no servían para hacer de la tierra un mundo mejor.

La realidad es que no hacía mi trabajo por dinero, ya que tenía bastantes ahorros para poner un bar, un restaurante o vender algún producto por internet —ganar dinero era quizá más simple en estos tiempos globalizados—, sino que lo hacía porque era un buscador de la verdad. Mi abuela me enseñó que cada persona tenía que ser útil en algo, una utilidad que beneficiara el planeta donde vivía. Y yo, con facultades especiales, no me veía atendiendo un bar y leyendo los pensamientos de los asistentes, dando consejos detrás del mostrador.

A veces me sentía del bando opuesto al que trabajaba. Como si fuera un intruso, manejado como un títere por mi alma que debía estar en aquellos sitios, husmeando aquí y allá, fingiendo ser del equipo de los "malos" para beneficio de los "buenos".

¿Y quién era malo y quién era bueno?

¿Qué era el mal sino el bien de los perversos?

¿Qué era el bien sino lo correcto de los justos?

Me senté en el sofá esperando que se calentara mi cena y abrí nuevamente la carpeta. Lo que más me llamaba la atención era la simbología, porque parte de la escritura estaba escrita en jeroglíficos egipcios, coptos y hebreos.

Puse los papeles de manera horizontal.

Aquella imagen repiqueteaba en mi inconsciente generando un eco mental de un recuerdo ancestral muy atrás en el tiempo.

Miré sin mirar, sin juzgar, tratando de captar su significado.

Mi mente se dejó llevar.

La estrella, triángulos, sigilos antiguos…

Respiré profundo y poco a poco me dejé caer en un sopor. Entré a un túnel donde pequeños flashes me recordaban tiempos de gloria humana.

Tiempos de apoteosis.

Tiempos de magia.

Sentí un escalofrío que me envolvió haciéndome olvidar el cuerpo físico, unas grandes puertas se abrían cuando el triple golpe en la puerta de entrada de mi casa me sobresaltó.

Giré la cabeza y por un instante me pareció surrealista. Caminé hacia la entrada y observé por el visor. No había nadie. Observé hacia el suelo. Alguien había depositado una caja negra.

Abrí la puerta y giré la cabeza a los lados buscando a alguien. La noche había inundado todo y no había más que unos coches estacionados. En Vancouver la gente iba a casa temprano, excepto en el centro, donde había bares y restaurantes abiertos.

Aquella caja tenía unos veinte centímetros por quince de alto. La tomé. No pesaba demasiado. La observé minuciosamente y cerré la puerta. Tenía grabada una estrella dorada de cinco puntas incrustada en el centro. Volví a mi sillón, donde había dejado los papeles y los símbolos. Agni estaba sobre ellos y los lamía.

—¡Aquí no! —le espeté.

De un salto, el gato se hizo a un lado.

"¿Qué es esta caja? ¿Qué habrá dentro?"

Aquello me inquietaba demasiado.

Era de fina madera. No parecía una caja industrial, sino más bien artesanal. Olía como a sándalo, maderas de Oriente. No había un candado ni una pestaña para abrirla. Parecía sellada tal como un teléfono inteligente de la actualidad. Ni tornillos ni grapas que la sujetaran.

Intenté abrirla jalando de la tapa.

Nada.

Como los bloques de las pirámides de Egipto, inamovible.

Tomé un respiro. Volví a observarla detenidamente.

Levanté la vista y miré los papeles. Aquel símbolo me observaba fijamente. Me quedé en blanco.

Unos instantes de silencio. Me concentré en aquella imagen plagada de símbolos.

Mi abuela decía: "Si quieres abrir lo de arriba, comienza abriendo lo de abajo".

Mis ojos observaron con detenimiento hacia un lado y otro. La caja tenía un recipiente y una tapa. Estaban amuralladas. Abrirlas por la fuerza, ya lo había intentado. ¿Para abrir arriba primero abrir abajo? ¿Funcionaría igual con la caja? La giré. Con la base de mi mano derecha le di tres golpes instintivos como los que escuché cuando golpearon a mi puerta. Fueron tres golpes secos, rítmicos, no llevaban ni azar ni apuro. Al tercer golpe que ejecuté debajo de la caja, la tapa cedió levemente como si el viejo sarcófago de una momia egipcia volviera a la vida miles de años más tarde.

¡Clap!

Un aroma a almizcle inundó mis fosas nasales y viajó directamente a mi cerebro.

Analicé todo, hasta la etimología: perfume, del latín *per humus*, por medio de olores y fragancias las partes laberínticas de mi cerebro se activaron, sobre todo la memoria. La fragancia envolvió todas las áreas de mi materia gris, primero una oleada de un sentimiento cálido y maternal en mi cerebro mamífero, mi cerebro racional recibió la imagen de una pirámide y por último mi cerebro reptiliano hizo que un velo erótico recorriera mi piel con sensaciones un tanto sensuales.

Flashes de vertiginosas imágenes inconexas pasaron como veloces coches de carreras.

"Un tiempo remoto."

"Un grupo iniciático de sacerdotisas y magos."

Levanté lentamente la tapa y observé su interior como si varias piezas de un rompecabezas esperaran que las tuviera que reorganizar. Al parecer el axioma metafísico se cumplía, al abrir lo de abajo podía abrir lo de arriba.

Dentro, una nota escrita con caligrafía antigua y tinta de bolígrafo.

Esperamos que seas digno
de abrir la puerta de los misterios.
No estás solo. Estamos contigo.

# Vancouver, Columbia Británica, Canadá
## En la actualidad

Volví a releer y abrí la caja.
—Esto se está poniendo espeso —pensé al ver el contenido.
Abrí una caja más pequeña dentro de otra caja con otro pentagrama. Envuelto en una tela de terciopelo azul, un cuchillo de filo en ambas hojas, un cuaderno, un bolígrafo, un puñado de incienso, fósforos y el papel donde decía la enigmática advertencia.

**Esperamos que seas digno**
**de abrir la puerta de los misterios.**

Observé el cuchillo y lo tomé del mango.
"¿Para qué me enviaron estas cosas?"
"¿Alguien me quiere ayudar a desvelar el caso o me quieren involucrar?"
Tomé un respiro y comencé a leer la nota:

Debes saber o recordar que el pentáculo o estrella de cinco puntas que tienes en tus manos ha sido adaptado y reinterpretado desde la antigua Mesopotamia hasta la actualidad. Los pitagóricos lo llamaban pentalfa. La escuela del sabio griego Pitagóras lo contempló como un símbolo místico con poderes mágicos, siendo a partir de esta escuela que entró como un elemento de la Cábala y la magia europea, difundida por Agrippa y Paracelso.

El pentáculo fue, al igual que todos los símbolos paganos, transformado en un símbolo demoniaco y vinculado a las fuerzas oscuras por quienes no deseaban que la gente tomara conocimiento y sabiduría a partir de contactar con energías del mundo superior, con el desarrollo de la religión católica.

Pitágoras le confirió gran importancia, tanto en el plano matemático como numerológico mágico. Tiene que ver con leyes matemáticas cuánticas.

El pentáculo, antes que la Iglesia lo ensuciara asociándolo al mal y al diablo, había sido ampliamente utilizado como un símbolo sagrado en la práctica de cultos mágicos relacionados con la diosa Venus o Afrodita, la realización del poder, la belleza y la sexualidad mística.

Era también sabido que las líneas del pentagrama equivalían a segmentos de la Divina Proporción debido a que equivale al número Phi.

Este símbolo tiene el poder de protección, ya sea en talismanes o amuletos, atrae energía elevada para la evolución espiritual del hombre, la mujer y la unión con Dios. Dentro de los misterios de la Biblia, se le relaciona con la manzana de Adán, ya que cuando cortas una manzana por la mitad aparece la estrella de cinco puntas que forma con sus semillas.

El pentagrama es una representación del microcosmos y macrocosmos que combina, en una sola señal, la mística de la creación y de los procesos en que se basa el universo. Los cinco puntos de la estrella simbolizan los cinco elementos metafísicos de agua, aire, fuego, tierra y espíritu. Estos cinco elementos organizan todas las fuerzas elementales del universo.

Si se ve el pentáculo con una punta hacia arriba semeja a un hombre con los brazos extendidos y las piernas separadas, siendo la punta superior su cabeza, la coronación espiritual. Leonardo da Vinci lo había usado para dibujar al *Hombre de Vitrubio* e innumerables empresas actuales lo tienen en su logo. Si bien es, por excelencia, el símbolo de lo femenino, de la diosa, desde tiempos inmemoriales varios grupos lo veneraban y aún hoy lo realizan algunas logias y cultos, como también magos y sacerdotisas que practican alta magia en solitario.

En diversas escuelas iniciáticas, conservadoras de los grandes misterios, se le confiere grandes cualidades mágicas. Por lo tanto, el pentagrama representa la unión de Dios, del cielo con la tierra, con el hombre y la mujer en sabiduría.

Por un momento me sentí desconcertado.

"¿Qué hago con esto?"

Cerré los ojos y visualicé la estrella en mi mente durante unos segundos.

Al momento, la primera persona en quien pensé fue en mi amigo, el conde Emmanuel Astarot, quien había sido un gran amigo de mi familia en Irlanda y que desde hacía años era cónsul en Madrid. La última vez que lo había visto rondaba casi los setenta.

"Es la persona correcta a quien podré preguntar el significado de esta caja."

Caminé rápidamente hacia mi teléfono celular y llamé a su número. Mientras escuchaba el sonido de la llamada, pensé en aquel irónico sabio, quien toda su vida había estado involucrado en órdenes secretas y conocimientos ocultos. Se codeaba con la aristocracia europea y era un libro abierto en terrenos de política, ocultismo, rituales y alta magia.

Se escuchó la voz de una mujer.

—Hola —dijo con marcado acento español.

—Hola —respondí dubitativo, pensando que quizá había cambiado el número—. Busco a Emmanuel Astarot.

—Ah —exhaló la mujer en un largo suspiro—. Está saliendo de la ducha. Aquí viene.

Se escuchó una pausa de varios segundos, el sonido de varios besos seguidos de juveniles risitas.

—Hola, ¿quién habla?

—¿Conde Emmanuel?

—Así es —respondió en un español casi perfecto.

—Soy Arthur Parker. Te llamo desde Canadá.

—¡Arthur querido! ¡Qué alegría escucharte! ¿Cómo estás?

—Estoy bien, gracias. Te llamo porque requiero de tu ayuda sobre un tema que tú dominas.

—¿Te encuentras bien?

—Sí, sí —le aclaré—, sólo que tengo entre manos un extraño acertijo que me tiene trabajando en un complejo caso policial.

—Me imagino, Arthur. Espera, voy a otra habitación.

Se escuchó su respiración y una puerta que se cerraba.

Del otro lado, el conde Emmanuel se había aislado de la mujer que lo acompañaba.

—Ahora podemos hablar tranquilamente. Estoy solo.

Hizo una pausa para sentarse en un sofá.

—Entenderás que un hombre de mi edad, ya viudo y en los albores hacia el retorno al misterio de la muerte, todavía tiene derecho a celebrar los misterios íntimos de la vida, ¿verdad, Arthur? —dijo riendo en tono irónico.

—Me imagino, conde Emmanuel. Claro.

—El deleite que proporciona el sexo es un elixir con más fuerza vital que cualquier vitamina —agregó con firmeza.

Solté una risa comprometida.

—Veo que todavía conservas las mañas.

—Arthur, a estas alturas de la vida aprendí que uno se lleva lo que vive, no lo que tiene.

Asentí.

—Pero no hablemos de mí, querido, disculpa que cambiemos de tema. Cuéntame entonces, Arthur, ¿en qué puedo ayudarte? ¿Qué tan extraño es eso en que estás involucrado?

—Investigo a un hombre ahorcado en aparente suicidio. Tres hombres entraron a mi casa para amenazarme si investigo el caso, me hicieron saber que mi vida corre peligro en un papel escrito con la carta de tarot del ahorcado.

El conde hizo una pausa.

—¿Una amenaza y la carta del ahorcado, dices? Supongo que no debe haber sido la primera vez que te amenazan.

—Este caso conlleva algo místico, por eso es peculiar. Además hoy recibí una caja con un pentagrama y algunas herramientas más que creo que tienen relación con prácticas esotéricas de magia.

—Ajá, entiendo —dijo interesado—. ¿Qué más tienes?

—Símbolos y una sentencia escrita con letras góticas de alguien que espera que sea digno de abrir la puerta de los misterios.

Hubo un silencio del otro lado.

—Mmm… qué interesante. Es la enunciación que recibe todo aquel discípulo que va a iniciarse en la práctica de la magia y el ocultismo —la voz del conde Astarot dejaba entrever cada vez más entusiasmo e interés.

—¿Qué significa eso?

El conde respondió con otra pregunta.

—¿Crees que las mismas personas que te amenazaron te enviaron esa caja?

—No lo sé. Mmm… definitivamente no. Creo que justamente esto viene por otro lado.

—Evidentemente de la carta del ahorcado se desprende la asociación con tu caso, ¿verdad?

—Así es. El teniente a cargo todavía no ha podido determinar quién es la persona que murió con la soga al cuello. ¿Crees que se trate de algo relacionado con un ritual o algo similar?

—Podría ser. A lo largo de mi vida he visto de todo en el mundo del ocultismo, querido Arthur. Hay muchas logias e incontables prácticas, algunas luminosas y otras de ciertos sacrificios. Lo primero será determinar de qué lado vienen esas advertencias.

—¿No puedes decirme nada más?

—En este contexto estoy como tú, adivino que recibirás más cosas pronto si es que quieren involucrarte en algo relacionado con prácticas esotéricas. Supongo que deberás esperar, mantenerte alerta y a salvo.

Asentí sin ocultar mi insatisfacción.

—Arthur, yo puedo decirte, por mis incontables experiencias, que el camino que he recorrido en mi vida ha sido fascinante. Supongo que sabes que la magia ritual es el arte y la ciencia de utilizar las desconocidas fuerzas de la naturaleza para generar cambios en la conciencia del mago y de su entorno físico. Y también, todas las enseñanzas, doctrinas y técnicas para producir decretos, conjuros, invocar el poder de los ángeles, espíritus, deidades, demonios y demás entidades no humanas. Como también el uso de la fuerza de vida para consagrar instrumentos como varas, espadas, cuchillos, anillos y talismanes usados por los magos y sacerdotisas para ejecutar y materializar la voluntad de la intención —hizo una pausa para aclararse la garganta—. Y como apoyo extra, se utilizan cartas de tarot, bolas de cristal y otros métodos de adivinación y predicción para conocer lo que está más allá del tiempo.

—Lo has sintetizado muy bien.

—Hagamos una cosa, Arthur —respondió, con muestras de tratar de ayudarme—. Yo estoy libre aquí en Madrid hasta la semana próxima que tengo varias audiencias para recibir a una comitiva del

Reino Unido, así que podrás contar conmigo para hacer un Skype si recibes más detalles y me los muestras. ¿De acuerdo?

—Acepto la oferta.

—Te dejo entonces, Arthur. Tengo que recibir una nueva dosis de vitaminas con mi amiga...

Soltó otra risa.

—Me imagino.

—Me temo que no te imaginas lo que es el sexo con la práctica de la magia. Algún día te contaré.

—Si me garantizas llegar así de bien a tu edad, seré todo oídos.

—Te sorprenderías, querido Arthur. Hasta la próxima.

Dicho esto colgó y me quedé con el teléfono en la mano.

Recordé que el conde Emmanuel siempre llevaba dos agendas, una de trabajo y otra para los placeres.

Hacía años me había dicho: "El placer tiene que ser superior al esfuerzo para que la balanza de la felicidad se oriente a tu favor".

Miré la caja. Observé el cuaderno vacío y el bolígrafo.

"¿Qué debería anotar allí?"

Al parecer, no iban a ser demasiados placeres.

# 10

## Cuevas de Carcasona, sur de Francia
## Año 1209

Los líderes cátaros dieron una orden clara: combatir la violencia de la Iglesia con rituales, magia y oración.

Ellos sabían la regla del tres, que sostenía que todo lo que una persona emitía, sea una bendición o una maldición, volvía triplemente devuelto, y que tres eran los pagos que se debían hacer a la vida en buenas obras a modo de retribución. Era una ley mágica que habían heredado desde tiempos antiguos.

Lucrecia iba a presidir una ceremonia.

En Europa, las mujeres cátaras, al igual que en la tradiciones celtas y druidas, eran las sacerdotisas encargadas de ejecutar los rituales mágicos en representación de la fuente femenina.

Los magos y sacerdotisas se colocaron en círculo, subieron sus capuchas y comenzaron a recitar en latín antiguo.

*"Sumus filii lucis, nos aeterni, non possunt."*

Declaraban en aquella oración ser hijos de la luz, ser eternos, ser libres.

Luego Larisse encendió antorchas y pasó una copa dorada a las manos de Lucrecia.

La sacerdotisa elevó con sumo cuidado aquella copa y proclamó:

—El cáliz es lo que engendra vida y por el cáliz sagrado original pedimos con honor por nuestras vidas y la de nuestra congregación.

—Que así sea —repitieron todos a coro.

—Que las presencias de nuestros guías nos orienten en el camino.

Luego de recitar hubo un silencio.

Poco después alguien tomó la palabra.

—Querida Lucrecia, mi alma envió mensajes en los sueños. Anoche sentí la comunicación.

—¿Qué viste, hermano? —preguntó un hombre sexagenario, de pelo cano y barba rala.

—Una embestida. Un ataque. Van a terminar con nosotros de manera sangrienta.

Aquellas palabras sonaron como un martillo golpeando sobre la mesa de un juez.

—¡Debemos proteger cuanto antes el Cáliz y a toda la congregración! —ordenó Jean *el Anciano*.

Todos estuvieron de acuerdo, exclamando con un grito.

El anciano caminó hacia la joven mujer de largos cabellos y la observó con transparente mirada.

Lucrecia subió a una pequeña loma para ser escuchada por todos.

—Hermanos —dijo de manera solemne—, tengo un plan, escuchen con atención lo que haremos.

# 11

## Dublín, Irlanda
## En la actualidad

Magdalene O'Connor salió afuera del coven ubicado a pocos kilómetros a las afueras de Dublín, la noche del 29 de octubre, para tomar el aire frío y caminar bajo las estrellas.

Era la mayor de tres hermanos y a sus treinta y dos años el orgullo del apellido. Descendiente de un linaje de reyes irlandeses, su ADN tenía el estigma de la rebeldía y la nobleza.

A los integrantes de aquella logia no les importaba el poder de su apellido, sino el poder de su alma. Esa noche, como líder, Magdalene O'Connor estaba acompañada por más de cincuenta personas, la mayoría jóvenes mujeres que se congregaban a celebrar antiguos cultos druidas.

Magdalene caminó cabizbaja y solitaria hacia el bosque mientras acomodaba su abundante y espesa cabellera rojiza quitándose una rústica corona con dos imponentes cuernos a modo de antena formando una "V", el principio femenino de todas las cosas.

Respiró profundo y el frío le hizo sentir que estaba viva, los ojos azules parecían dos llamas encendidas que se elevaron para ver el potente reflejo de la luna.

Magdalene poseía una prístina belleza magnética: cejas espesas y labios carnosos, en su piel llevaba multitud de tatuajes con símbolos y runas que adornaban su estilizada figura. Ella sentía que su cuerpo se llenaba de poder mediante esos símbolos sagrados que habían sido heredados de tradiciones ancestrales, constructores de lugares megalíticos como Newgrange, la Colina de Tara o varios otros sitios misteriosos con más de seis mil años de antigüedad. Aquellos parajes construidos por una civilización tan antigua para mover piedras de más de sesenta toneladas colocadas en diversos círculos de gran tamaño eran a menudo lugar de rituales que aquel grupo realizaba.

La hermosa mujer se detuvo a la entrada del bosque y colocó sus manos llenas de anillos sobre la corteza de uno de los grandes árboles.

"Si abrazo un árbol, puedo abrazar a todo el bosque", pensó, mientras apoyaba sus prominentes pechos en unidad con la rugosa corteza del árbol. Sintió que sus brazos estirados no podían abarcar todo el tronco, cerró los ojos y se imaginó sus raíces bajo la tierra húmeda; luego se transportó mentalmente hacia la elevada copa de más de diez metros de altura que se perdía entre las estrellas.

"Reforzar las raíces de la humanidad para que alcancemos nuestra verdadera estatura espiritual. Unidad, transformación, iluminación", susurró.

Se dio cuenta de cuánto necesitaba aquel abrazo, sentir el consuelo incondicional de las fuerzas de la naturaleza, en la cual creía, sobre todo con la mala noticia que acababa de recibir.

Al cabo de unos minutos escuchó pasos detrás suyo.

—Estamos listas para la ceremonia.

Magdalene se dio vuelta y vio el rostro de su hermana, Freyja O'Connor, su mano derecha, su amiga más íntima.

Los vivos ojos de las jóvenes sacerdotisas se cruzaron y se entendieron casi sin decir palabra. El rostro de Freyja, dos años menor que Magdalene, portaba una belleza más gótica y quizá aún más sensual. Sus largos cabellos negros y la sombra oscura pintada sobre sus párpados hacían que sus ojos resaltaran aún más. Freyja llevaba también el cuerpo con varios tatuajes rituales de runas y símbolos mágicos.

—Lo extrañaremos mucho —dijo Freyja con voz firme—, pero el grupo te necesita. Esta noche más que nunca.

Magdalene movió la cabeza hacia los lados con negatividad.

—No debimos dejarlo solo para entregar esa documentación —respondió con resignación.

—En ese momento sabíamos que alguien tenía que hacerlo. Era un paso más en el plan. Ni imaginábamos que ocurriría esta tragedia.

Magdalene tenía la mirada fija en la oscuridad del bosque.

—La policía lo declarará suicidio, Freyja, y eso me da impotencia. Él amaba la vida más que nadie.

—Aún no lo sabemos. Lo importante ahora ha sido que nos hemos movido muy rápido para contactar con quien tiene la documentación. Debemos esperar con confianza.

—Perder un hermano es desgarrador —por los ojos de Magdalene asomaron lágrimas.

Ambas mujeres lloraron en silencio, esperando que los duendes de la noche les brindaran una respuesta.

Freyja se acercó y la miró a los ojos húmedos.

—Tenemos el alma a flor de piel en el dolor, pero debemos sobreponernos. Nuestro hermano sabía a lo que se arriesgaba y fue su propia decisión realizar ese viaje a Canadá. Ya sabes que nosotras no fuimos quienes le pedimos ir. Ahora es momento de unirnos y sacar fuerzas para seguir adelante. Tú eres el espejo del grupo.

La magnética mujer de largos cabellos negros se acercó a su hermana y colocó su mano en el hombro.

—Esta noche el grupo te necesita ahí dentro —dijo Freyja, señalando hacia el *coven*— sintonizar otra vez las almas con nuestro plan. Papá ya se encargó de pedir el cadáver. Haremos los honores en unos días cuando llegue.

Las dos hermanas se abrazaron bajo el influjo de la luna y del poder femenino de la diosa, a quien llamaban Morrigan, en la cual creían desde la antigüedad.

Freyja le dio un sutil beso en la frente y la tomó de la mano.

—Vamos, compartamos el poder. Faltan dos días para el gran ritual. Debemos ser fuertes por la causa.

Freyja tomó la corona de hojas de abedul y largos cuernos, maniobró la larga cabellera rojiza y con delicadeza la colocó en la cabeza de Magdalene, quien sintió de inmediato el poder de aquella ornamenta. La corona era la forma más alta de acercar lo humano con lo divino.

—Por la causa.

Las dos mujeres volvieron hacia el calor del *coven*, un antiguo castillo de ladrillos rojos remodelado que antaño había funcionado como un cervecería.

Casi un centenar de poderosos jóvenes aguardaba a las dos hermanas en torno a una enorme fogata.

# 12

## Vancouver, Columbia Británica, Canadá
## En la actualidad

En el otro lado del mundo, el llamado telefónico del teniente Bugarat me sobresaltó.

—Parker, tengo novedades. Alguien reclamó el cuerpo del ahorcado.

—Al fin algo. ¿De qué se trata?

—Llamaron desde Dublín. Al parecer tiene padres influyentes y pidieron el cuerpo.

—¿El cuerpo? ¿No vendrán a buscarlo?

—Negativo. Quieren que lo enviemos directamente a Irlanda. Los padres no se encuentran bien de salud para viajar.

—¿Y la investigación? ¿Dará el caso cerrado como un suicidio?

—Por ahora será así. La familia pidió el más absoluto hermetismo. Aunque de todos modos deberás proseguir la investigación allí.

—¿En Dublín?

—El ataúd debe llevarse de inmediato por expreso pedido.

Hice una pausa sorprendido.

—Teniente, ¿este hombre era irlandés? ¿Y yo debo acompañar el ataúd?

—Tú irás con una escolta de nuestra jefatura.

Hice una pausa.

—Eso pueden hacerlo dos agentes policiales, no un agente especial. ¿Hay necesidad de que yo los acompañe?

—Parker, me interesa que dejes zanjado este caso, quiero que averigües lo que puedas sobre su familia y si había o no razones para que este individuo se haya quitado la vida. Aquí aún no tenemos ninguna pista.

Respiré profundo.

Yo había nacido en Irlanda. Regresar allí era más que una buena noticia.

El teniente notó mi silencio.

—¿Qué piensas, Parker? ¿Te han vuelto a amenazar?

—No. Eso me tiene sin cuidado, teniente. ¿Cuándo debería viajar?

—Los permisos se hicieron por una vía gubernamental de mucha influencia. Ni siquiera han contactado conmigo, la orden viene de más arriba. Deberás partir, llevando el féretro, cuando me confirmen la hora en que estará listo el avión particular que envió la empresa en la que trabajaba ese hombre.

* * *

A las siete de la tarde ya era de noche y el teniente me pidió que estuviera en el aeropuerto.

El avión escogido era un Gulfstream G550 con una autonomía de vuelo de casi catorce horas, necesaria para un vuelo intercontinental. Yo sabía que el servicio de taxi aéreo llevaba ya varios años cobrando impulso entre la gente de élite y las empresas de jets privados estaban creciendo cada año. El avión llevaba una hora en el hangar recargando combustible ya que acababa de llegar de Dublín. Ya habían terminado de llenar el tanque y de reacondicionarlo.

Varios minutos antes, desde la jefatura, recibí los datos de las personas encargadas de supervisar el procedimiento.

Me presenté en el frío hangar donde me aguardaba un agente policial que el teniente Bugarat había escogido para diseñar la logística del viaje.

—Soy la agente Scheffer —dijo la mujer.

Estreché su mano sorprendido.

—Agente Parker, encantado.

A juzgar por la estilizada figura de la agente Scheffer, se le veía que invertía horas diarias en el gimnasio.

—¿A qué hora despegaremos? —pregunté.

—Creo que en unos minutos. Ya está todo listo.

Al tomar la mano de la agente Scheffer percibí fuerza y algo sin resolver de su pasado. Mucha gente no sabe que al estrechar la mano dos personas dejan de ser dos por un momento y se transforman en una unidad por el puente de sus manos, cual antenas transmisoras de energía e información, lo cual permite, con la sensibilidad adecuada, hacer un escáner inmediato de su estado interior.

—¿Trabaja con el teniente Bugarat? —pregunté—. Nunca antes la había visto en la jefatura.

—No trabajo con él, pertenezco a un cuerpo especial de investigaciones. La orden de acompañar el cuerpo del occiso viene desde otro departamento.

En mi entrenamiento como detective me habían enseñado a sospechar hasta de mis compañeros, nadie estaba seguro en ningún lado. Me extrañaba saber que si el teniente Bugarat era el encargado de la investigación, enviaran a alguien de otro departamento.

—¿Qué cree que ha pasado con el difunto? —pregunté.

Necesitaba saber qué conocimiento tenía la agente Scheffer.

—Se ahorcó —respondió tajante.

—¿No deja lugar a otras hipótesis?

—Mi trabajo ahora consiste en llevar el cuerpo hacia Dublín. Mucha gente vive con la soga al cuello, este tipo habrá sido otro que no aguantó más vivir en la tierra.

Suspiré.

Recordé una frase de filósofos antiguos que mi abuela me decía a menudo: "Sabio no es quien sabe dónde está el tesoro escondido, sino el que cava y lo saca". Al parecer, la agente Scheffer no estaba dispuesta a excavar demasiado.

En ese preciso momento el piloto nos indicó que subiéramos a bordo de la aeronave. La agente y yo comenzamos a subir la escalinata. Dirigí una mirada al cielo y respiré una ráfaga de aire fresco antes de subir.

La agente se sentó en uno de los primeros asientos tapizados en cuero. Al final observé el ataúd del cuerpo fallecido.

Luego de echar una mirada, me senté cerca del occiso en los asientos de atrás.

—Debemos esperar al otro pasajero —me advirtió la agente Scheffer.

—¿Un familiar?

—No lo sé. Al parecer es alguien que la familia designó para asegurar que el procedimiento se agilice.

En ese preciso momento vi al capitán y la azafata hablando por teléfono con la torre de control, cuando la imponente figura de un hombre apareció por la puerta de embarque. Se acercó a nosotros y se presentó.

—Buenas tardes —dijo con voz fuerte y marcado acento irlandés—. Soy Christopher Raví.

Nos dimos la mano. Sentí su fuerza magnética inmediatamente.

—Mucho gusto, señor Raví. ¿Es familiar del occiso? —pregunté.

—Trabajábamos juntos.

—¿No tiene ningún parentesco?

Me miró con ojos intensos.

—Yo soy su compañero de trabajo. Soy el CEO de la empresa y él es mi mano derecha de confianza.

Hice una pausa.

—¿Es? ¿Por qué habla en presente como si el hombre estuviera vivo?

—Oh, disculpe. Es que no logro creer todavía que J. J. no esté con nosotros.

El hombre destilaba carisma, era delgado y alto como yo, se le sentía fuerte, de mirada intensa, enmarcado por un rostro barbado de unos treinta y tantos años. A juzgar por su costoso reloj y su aspecto, estaba en buena posición económica. Vestía totalmente de negro, camisa y traje sin corbata.

—Disculpe, señor Raví, ¿ha dicho usted J. J.?

—Así es como le decíamos. J. J. O'Connor —respondió.

—Gracias. No podíamos identificarlo. ¿Y qué trabajo realizaba en su compañía? —pregunté.

—Operador matemático.

—Curiosa profesión.

—Tecnología de avanzada, agente Parker. Nuevo mundo, nuevas profesiones —respondió Raví, mientras buscaba un asiento más alejado para dejar un bolso de mano y un maletín de cuero. Regresó y se sentó frente a mí en el asiento de cuatro pasajeros.

La azafata se acercó.

—Despegaremos en diez minutos. ¿Puedo ofrecerles algo de beber?

—Una copa de vino tinto. Malbec, si es posible —pidió Raví.

—Agua mineral con limón —dijo la agente Scheffer.

Yo me di licencia para relajarme durante el viaje.

—Un whisky, Jameson, en las rocas.

—De acuerdo. Enseguida regreso —respondió sonriente la joven azafata y dio media vuelta con elegancia en su ajustado traje azul.

—Buena elección —me dijo Raví, refiriéndose al trago que había pedido—, aunque en materia de whisky, prefiero el Ardbeg ahumado.

—¿Un irlandés prefiere un whisky escocés? —pregunté.

—Soy un poco de todos lados.

La agente Scheffer se giró hacia nosotros.

—¿Eso no es casi una traición a la patria? —preguntó ella con sarcasmo.

—Hay que reconocer las cosas buenas, aunque estén fabricadas en otro país.

—Tiene razón —dije—. Aunque debemos tener en cuenta que el origen del whisky se remonta al siglo VII, cuando los monjes irlandeses viajaron por Oriente Medio y llevaron a Irlanda el alambique y las técnicas de destilación de plantas que se realizaban para la obtención de perfumes. Estas exclusivas técnicas fueron desarrolladas dando lugar a lo que llamaron "agua de vida". Posteriormente, cuando el rey inglés Enrique II invadió Irlanda, los soldados ingleses llamaron a esta bebida "fuisce", un término que posteriormente evolucionaría a "whisky".

—Interesante —dijo la agente Scheffer.

—A lo largo de los siglos nuestros ancestros irlandeses han ido trasladando allá donde han emigrado sus métodos de elaboración del whisky —agregué—. Ya en el siglo XIX el whisky irlandés era mundialmente conocido.

—Está muy informado. Ya veo que tiene a Irlanda en la sangre —me dijo Raví.

Me giré hacia él.

—Mi abuela bebía whisky y me enseñaba su historia. Señor Raví, ¿qué cree que ha pasado con su amigo? —le pregunté volviendo al tema.

Christopher Raví inhaló profundo. Percibí una gran molestia en su interior por lo que había sucedido con su empleado y amigo, pero no le veía tristeza.

—Le di un encargo para traer y debía reunirse con inversores en el proyecto que estábamos trabajando. No estoy seguro de qué pudo haber pasado con él, pero no creo que J. J. se haya ahorcado a sí mismo. Estaba lleno de vida y de proyectos.

—A veces, en un segundo uno puede cambiar de decisión —respondió la agente Scheffer.

—Ese factor no puedo descartarlo, pero le aseguro que si algo no había en la mente de J. J., era el intento de quitarse la vida.

—¿Entonces qué sospecha? —preguntó Scheffer.

Christopher Raví guardó silencio cuando vio a la azafata llegar con la bandeja.

Cada uno tomó sus bebidas.

—¡Por la vida! —dijo Raví con énfasis, alzando su copa.

La agente Scheffer y yo lo acompañamos en el brindis más por obligación que por aceptación, a juzgar por el cajón de muerto a unos metros de distancia.

# 13

## Vancouver, Columbia Británica, Canadá
## En la actualidad

Hacía más de una hora que el Gulfstream G550 había despegado.

La agente Scheffer dormía de costado en el asiento contiguo al mío. Después de beberme el whisky quedé un poco soñoliento. Abrí los ojos y advertí que Raví no estaba en su asiento.

Giré la cabeza y vi que la azafata estaba en la cabina de mando con el capitán y su ayudante. Aproveché para estirarme y caminar hacia el baño.

Al salir del baño observé al fondo del avión una cortina azul que dividía dos compartimentos.

Me acerqué con sigilo y, mirando por el hueco entre la cortina, distinguí a Christopher Raví de pie frente al cajón de J. J.

Hubiera supuesto que estaría despidiendo a su amigo y elevando una plegaria si no fuera porque la tapa del ataúd estaba levantada y las manos de Raví maniobraban unos finos cables negros que estaba adhiriendo al cuerpo del difunto.

"¿Qué está haciendo?", pensé.

Agudicé la vista descorriendo apenas un centímetro el velo de la cortina.

"¿Está conectando el cuerpo a una máquina?"

El maletín de Christopher Raví estaba apoyado sobre el pecho de J. J. y salía una especie de computadora muy avanzada con lo que parecían chips de nanotecnología en la punta, los cuales estaban conectados a dos pantallas paralelas emitiendo y recibiendo datos. Sobre una de las pantallas alcancé a ver números, símbolos y letras extrañas que se encendían y apagaban.

Dejé que Raví siguiera actuando en la operación para ver adónde quería llegar.

Una luz azul salió de uno de los cables y Raví la deslizó de la cabeza a los pies como si fuera un escáner de tomografía computarizada. Luego colocó otros cables, uno a uno desde la cabeza hasta la zona sexual. Eran siete cables y distinguí que los conectó a los centros de energía de J. J. Colocó uno en el entrecejo, otro en la garganta, en el pecho, en el abdomen, debajo del ombligo y uno más abajo en el sexo.

Aquello despertó mi total curiosidad.

¿Qué hacía el CEO de una compañía viniendo personalmente a recoger el cuerpo de un empleado? Podría haber enviado a un sustituto o a un familiar. Evidentemente entre Raví y J. J. habría una amistad muy estrecha. ¿Qué se proponía con lo que estaba haciendo?

Comencé a recibir percepciones.

Raví emitía una energía particular, fuerte, magnética. Su presencia me intrigaba totalmente.

Cerré los ojos por un instante.

"¿Un descubrimiento?"

"¿Un experimento?"

—¿Agente Parker?

La voz me sobresaltó.

—Pase.

Raví había notado mi presencia.

Corrí la cortina y accedí al otro compartimento.

—¿No duerme? —pregunté con fingida inocencia.

—No es tiempo de dormir, agente Parker, son tiempos para despertar.

—¿A qué se refiere?

—Me refiero a que el tiempo de vida es breve, ése es el mensaje que todos los muertos nos dejan en silencio —dijo señalando el pecho inerte de J. J.

—¿El mensaje de todos los muertos? Sigo sin entender.

—Que tenemos un tiempo limitado, agente Parker. Hay que despertar y aprovechar cada día.

—Por supuesto, estoy de acuerdo con eso.

Observé los controles de las dos pantallas, seguían parpadeando símbolos.

—¿Qué hace con el cuerpo del difunto?

Raví se giró hacia mí.

—¿Le asignaron este caso porque usted es empático intuitivo? —me preguntó a quemarropa.

Abrí los ojos sorprendido.

—Lo soy. ¿Cómo lo sabe?

Raví sonrió mientras seguía apretando teclas en la computadora.

—Tanto J. J. como yo lo somos también. Hemos diseñado un sistema basado en nuestras percepciones empático-intuitivas y en tecnología de Tesla para diseñar un procesador que permite acceder a información y despertar un avance científico y además... —se aclaró la garganta— sobre todo un avance espiritual para los tiempos que vienen.

Mi nivel de curiosidad subió al máximo.

—¿Se refiere a los trabajos de Nikola Tesla con la electricidad y las fuentes de energía?

—Y muchas otras cosas. Lo que tanto J. J. como nuestra compañía tenemos entre manos será revolucionario en los años venideros.

—¿Por qué sigue hablando de J. J. como si estuviera vivo? ¿A qué descubrimientos exactamente se refiere?

—Todos estamos en el lugar indicado haciendo lo que es mejor para nuestra evolución personal y colectiva, agente Parker. Cada persona es parte de un engranaje completo que mueve de manera perfecta todo lo que sucede. A cada paso hay nuevos descubrimientos y aplicaciones en tecnología, esto que daremos a conocer en mi compañía será tecnología espiritual avanzada.

—Sigo sin entender, explíquese.

Raví subió el nivel del color azul sobre el cuerpo de J. J., el cual se bañó de pies a cabeza con un aura intensa.

—¿Cuál es uno de los mayores misterios del ser humano? —preguntó.

—Hay muchos —respondí—. Dónde se originó la vida. Qué hay luego de la muerte.

—Ése es el *quid* de la cuestión. Todo es un caso de vida o muerte, a cada instante, cada minuto puede ser el último. Ése es el mayor desafío de la vida humana, vivir en el misterio. Y eso es lo que en mi compañía hemos desarrollado.

—¿El misterio de la muerte? —pregunté intentando percibir por dónde iba Raví.

Asintió con ímpetu entusiasta.

—Resolver la muerte del ser humano terminaría con el mayor miedo y la mayor ignorancia.

—Estoy de acuerdo en que la gente tiene miedo a morir, pero ¿qué podría hacer al respecto su compañía?

—En TTT, como hemos llamado a mi empresa, Teosofical Tesla Technologies, ya estamos a punto de lanzar el proyecto al mundo, pero hay manos extrañas que están decididas a impedirlo. Mi mano derecha, J. J., tenía una misión importante que ha sido parcialmente suspendida.

—¿Una misión? ¿Cree que J. J. fue asesinado?

Me miró con un brillo prístino en los ojos.

—Tanto usted como yo sabemos que lo quisieron sacar del camino. ¿Ya fue amenazado usted, agente Parker?

—Así es —respondí sorprendido—. ¿Cómo lo sabe?

—En estos tiempos todo el mundo sabe la intimidad de todo el mundo —respondió Raví sin inmutarse—. Ya no existe la privacidad, en menos de unas horas cualquier persona puede ser hallada en cualquier parte del mundo. Entiendo su sorpresa, pero no he dejado nada al azar en un proyecto de tanta importancia. Tengo ojos en todos lados.

Raví seguía sorprendiéndome. Al parecer, además de tener el don de la empatía intuitiva, poseía una influencia poderosa en el espionaje.

—Me amenazaron de muerte si investigaba —dije.

Se giró hacia mí.

—¿Y frente a la amenaza de muerte cómo reaccionó, agente Parker? ¿Con miedo o con valor?

—La gente se empeña en amenazar de muerte, lo original sería amenazar con la inmortalidad —respondí de inmediato al recordar una frase que me enseñó mi abuela, era del famoso escritor Jorge Luis Borges.

Raví soltó una risa mientras iniciaba un procedimiento en la otra pantalla.

—La inmortalidad. La mayoría de las personas aspira a ello aunque no lo sepa y aunque ni siquiera sueñe las connotaciones que habría si fuéramos inmortales. ¿Cree que el mundo sería aburrido siendo inmortales o, por el contrario, nos obligaría a crear indefinidamente nuevas formas de vida?

—Si fuéramos inmortales, señor Raví, el mundo sería totalmente diferente en muchos aspectos.

—Ya lo creo. Por empezar, los casamientos no serían "hasta que la muerte los separe". ¿Se imagina? —dijo riendo.

—Muchos lo pensarían más de una vez —no pude evitar reír también.

—Al margen de lo divertido que, por cierto, es un don divino, el tema es serio. Ser almas inmortales ha sido el deseo de los grandes de la historia: místicos, iniciados y hasta el deseo de los más humildes que rezan día a día a una fuerza suprema desconocida. Muy pronto —dijo Raví con brillo en sus ojos— ser inmortal estará al alcance de la mano.

# 14

## Aeropuerto de Vancouver, Columbia Británica
## En la actualidad

Peter Stone estaba preocupado. La cicatriz que atravesaba su mejilla se reflejaba en la diminuta ventana del avión, e inmóvil observaba la intensa lluvia que caía con fuerza bajo unas pétreas nubes.

"Espero que despegue de una vez. Quiero irme de aquí."

Estaba sentado en la fila delantera de primera clase del vuelo 1309 de British Airlines junto a otros dos hombres sexagenarios elegantemente vestidos.

—¿Avisaste a Dublín? —preguntó Stone en voz baja al hombre que estaba a su lado.

El otro hombre asintió.

—¿Te confirmaron el encargo?

—No todavía —la respuesta vino de los ajados labios de Elías Mortimer, a quien apodaban *el Rengo*, por un problema en su pierna izquierda que lo obligaba a cojear y llevar bastón. Elías *el Rengo* era un hombre de raza negra, poblada barba blanca y seis décadas mal llevadas.

—¿Cuándo quedaron en confirmar?

—Recibiré un WhatsApp cuando se confirme. Por ahora tenemos que seguir con lo establecido en el ritual. La teoría ya se confirmó, que era nuestro objetivo principal, pero necesitaremos que la segunda parte del plan se lleve a cabo.

Una mueca de ansiedad se dibujó en la arrugada piel de Peter Stone.

—Hemos trabajado codo a codo para no recibir reconocimiento —se jactó Peter Stone en voz baja mientras se inclinaba hacia delante buscando intimidad en la conversación—. La recompensa nos pertenece.

—Ahora gran parte del mundo será nuestro por los siglos venideros —especuló Elías *el Rengo*—. No nos dejó alternativa.

La sonriente y educada azafata británica encargada de brindarles el servicio se acercó al área exclusiva.

—Buenas tardes, ¿algo para beber? —preguntó sonriente.

Los tres pidieron cerveza para comenzar.

—En un momento —respondió amablemente la azafata, retirándose hacia los asientos de atrás, al tiempo que los lujuriosos ojos de Peter Stone se clavaron con deseo en las torneadas caderas y los apretados glúteos de la joven.

—¿Cuál será la excusa en la empresa? —preguntó Mattew Church, quien estaba en la fila contigua de asientos escuchando la conversación.

—Reuniones con inversionistas —respondió Peter Stone—. En estos casos nada mejor que decir la verdad.

—Lo que me preocupa no es nuestra coartada, sino el detective —dijo Elías *el Rengo*.

—¿Ese agente Parker? —respondió Church con una sonrisa triunfal—. Creo que justamente él será quien nos brinde ayuda sin que lo sepa.

—¿Ayuda? ¿A qué te refieres? —preguntó Stone.

—No hay mejor espejo para la información confidencial que la que se refleja en el enemigo. Dejemos que por ahora avance en sus investigaciones, al final serán nuestras —Church se aclaró la garganta—. Incluso podríamos usarlo en el gran rito.

Peter Stone y Elías *el Rengo* se miraron como si acabaran de descubrir una puerta de salida que ignoraban.

—¿En el gran rito? ¿Más sangre?

—No la ha pedido todavía pero... *Sacrificium novum pares imperium* —Church se refería a que un nuevo sacrificio equivalía a más poder.

Los ojos de Peter Stone brillaron con rayos de ambición.

—Me parece que a la logia le gustará oír eso, pero deberíamos ser muy rápidos porque sólo tenemos dos días para que se celebre el gran rito —argumentó Stone.

—Estamos haciendo un trabajo impecable, Peter: regresamos con el camino limpio de O'Connor y llevamos un nuevo chivo para alimentar la causa —razonó Church.

—Eso supondrá un ascenso en la logia —a Elías *el Rengo* era lo que más le interesaba.

Peter Stone se acarició la barbilla pensativo como si no viera la propuesta claramente.

—No es poder en la logia lo que buscamos, sino en la empresa —decretó Stone.

—La logia impulsará a la empresa, Peter, ya lo han prometido desde Estados Unidos e Israel.

—La combinación será poder absoluto —Elías *el Rengo* apoyó la propuesta de Church al tiempo que un rayo hacía tronar los oscuros cielos.

La voz de Mattew Church era serena y aplomada. Se caracterizaba por su agudizado cerebro que calculaba a cada paso las maniobras de un ajedrez de poder.

La azafata regresó con las cervezas.

Los tres hombres tomaron las botellas alzándolas con cierto disimulo.

—Por El Propósito —dijeron los tres al unísono, con la misma expresión maléfica en los ojos.

# 15

## Vancouver, Columbia Británica, Canadá
## En la actualidad

I ris Brigadier colocó lentamente la llave en la cerradura y entró a la casa de Arthur Parker.

Con sigilo, dio varios pasos y se dirigió a la cocina.

—¿Dónde estás? —gritó con alegría.

Fue hacia la habitación de Arthur y no vio a Agni por ningún lado.

—¡Miaauuu! —el maullido provenía de debajo del sofá.

—Aquí estás —dijo Iris con voz amistosa—. Ven, Agni, soy yo.

Habían sido muchas las veces que Iris había cuidado de Agni cuando Arthur viajaba o tenía investigaciones fuera de la ciudad. Agni no quería salir de debajo del sofá, desconfiado después de lo sucedido con quienes habían entrado a la casa de Arthur. Al ver y oler que se trataba de Iris, Agni fue hacia ella y se deslizó por su brazo a manera de automasaje.

—¿Tienes hambre? —le preguntó Iris acariciándolo.

Se dirigió al refrigerador, le sirvió leche y puso en un tazón una buena ración de comida para gatos de la alacena.

Agni la miró con agradecimiento y rápidamente fue a beber. Iris aprovechó para echar una mirada a todo el departamento, tal como Arthur le había pedido.

Todo estaba en orden. Observó su celular, no tenía nuevos mensajes.

"Ya debe haber despegado", pensó.

Caminó hacia la cocina y se hizo un sándwich de queso vegano, tomate y lechuga con panes integrales untados de aceite de coco orgánico.

La idea de cambiarle la alimentación a Arthur había sido de ella. Era una adolescente que lo investigaba todo y sabía que la nutrición también influía en el cuerpo para beneficiar la conexión con energías más elevadas.

"Necesitamos estar afinados como un instrumento musical", a veces Iris le hablaba a Arthur como si fuera la madre. Su cuerpo de adolescente portaba un alma muy antigua llena de recuerdos, información y visión elevada.

Se sentó en la mesa de la cocina viendo cómo Agni terminaba la leche e iba por el otro plato de comida.

Arthur le había pedido que investigara con urgencia en la red todo lo referente a las cruces, ya que dentro de la caja que recibió también contenía grabado aquel símbolo en la parte posterior y él no había tenido tiempo de descifrarlo.

Iris sacó la computadora portátil de su mochila y rápidamente fue a Google. Observó una vez más la foto de las cruces que Arthur le había dejado en su WhatsApp.

"Símbolo de la cruz", escribió Iris en el buscador.

Un millar de páginas se abrió ante sus ojos. Mostraban titulares muy variados:

"La cruz como símbolo de perdón", "La cruz de Cristo", "La cruz como nuevo nacimiento", "La cruz como símbolo de tortura".

Por un extraño presentimiento, a Iris esas cruces no se le hacían católicas ni cristianas.

Volvió a escribir en Google:

"La cruz antes del cristianismo."

El primer archivo que escogió de un extenso blog decía:

Puede sonar muy extraño, pero la cruz estaba en uso como un símbolo religioso por miles de años antes de que Jesucristo anduviera sobre el planeta Tierra. Se remonta a un periodo muy lejano de la civilización humana.

La enciclopedia ilustrada de símbolos tradicionales confirma los orígenes antiguos de la cruz. Un símbolo universal de los más remotos tiempos; es el símbolo cósmico por excelencia.

El ejemplo más antiguo de la cruz utilizada religiosamente viene de cruces grabadas o pintadas en arcilla plana que son fechadas con 10 000 años de antigüedad. Estas arcillas fueron encontradas en una caverna en los Pirineos franceses, donde simbolizaban piedras ancestrales que contenían los espíritus de los muertos.

La cruz de brazos iguales, por ejemplo, era el símbolo del dios Anu de los caldeo-babilónicos. El cetro del dios griego Apolo y el martillo de Thor, el dios escandinavo, también tenían la forma de cruz.

Los druidas hicieron uso también de este símbolo. El erudito del siglo xix, Thomas Maurice, en su obra *Las antigüedades indias*, hizo una extraordinaria observación acerca de la importancia de la cruz en la adoración natural de los druidas. Este respetable erudito escribió:

"Los druidas tenían la costumbre de seleccionar el más majestuoso y hermoso árbol como un emblema de la deidad. Cuando se cortaban las ramas de los lados, ellos juntaban dos de las ramas más largas en la parte más alta del tronco, de manera que esas ramas se extendieran a cada lado como los brazos de un hombre. Junto con el cuerpo, ellos presentaban esto como una gigantesca cruz y, en la corteza del mismo árbol, en muchos lugares estaba inscrita la letra T."

La forma de la cruz ahora utilizada por la cristiandad en realidad tiene sus orígenes en la letra "T". Éste era el símbolo tradicional de Tamuz, el antiguo dios de los caldeos y egipcios. Tamuz era el hermano de Ishtar, la diosa de la fertilidad, quien es ahora inconscientemente adorada por millones de cristianos profesos que ignoran que el nombre Easter o día de la Pascua florida es la derivación de Ishtar.

El símbolo de Tamuz, en los misterios de las religiones, era llamado la T mística. Éste es un emblema de gran antigüedad, algunas veces es llamado "el signo de la vida".

A mediados del siglo III d. C. las iglesias se habían apartado de ciertas doctrinas de la fe cristiana. Para poder incrementar el prestigio del sistema eclesiástico apóstata, los paganos fueron bien recibidos en las iglesias, independientemente de sus creencias, y les fue permitido mayormente retener sus signos y símbolos paganos. Por consiguiente, la T, en su más frecuente forma con la parte que cruzaba más abajo, fue adoptada según menciona el *Diccionario Expositivo de palabras del Antiguo y Nuevo Testamento* de Vine. La "t" minúscula, o cruz, fue originalmente usada como un amuleto sobre el corazón. Algunas veces era grabada en las vestiduras de los sacerdotes paganos. Otras religiones paganas antiguas la usaban como parte de la vestimenta de las vírgenes. Estas mujeres utilizaban cruces pendientes de collares, los cuales usaban durante la celebración de sus ritos paganos.

Dado al casi universal uso de la cruz, no nos debe sorprender que ésta también aparezca como una de las figuras prominentes en el budismo. Los budistas continuamente decoran sus cruces con hojas y flores y se refieren a este símbolo como "el árbol divino", "el árbol del conocimiento y de la vida".

Los budistas creen que la cruz representa tanto el árbol de la vida como el alimento espiritual.

Para muchos creyentes ésta también es el símbolo del hombre universal. Para ellos, la línea vertical "I" representa el lado masculino espiritual-intelectual de la humanidad, y la línea horizontal "—" representa el lado femenino y la intuición terrenal. También piensan en ella como la que forma o da origen a los cuatro ríos del paraíso que fluyen de la raíz del árbol de la vida.

Los hindúes también incorporaron el símbolo de la cruz a su fe. Ellos llaman a la cruz como *rajas*, la expansión del ser. Para ellos, la línea vertical representa el *sattvas* o lo alto, el estado celestial del ser. La barra horizontal es el *tamas* o lo bajo, los estados terrenales.

Iris estaba sorprendida y un poco extrañada con lo que estaba leyendo.

"¿De qué grupo es esta gente? ¿Una logia? ¿Un culto? ¿Una sociedad secreta?"

Pensó en el peligro que suponía para Arthur.

Volvió la vista a la pantalla y siguió leyendo:

La siguiente cita del *Diccionario de la Biblia* de Davis cifra el uso casi universal de la cruz como un símbolo religioso que antecede al cristianismo.

"La cruz precristiana, de una forma u otra, estaba en uso como un símbolo sagrado entre los caldeos, los fenicios, los egipcios y entre muchas otras naciones. La cruz se encuentra marcada hasta en los monumentos fenicios más antiguos. Los españoles en el siglo xvi, al llegar a América, se encontraron con la sorpresa de que también la usaban los nativos de México y Perú. Pero su enseñanza simbólica era completamente diferente de lo que ahora asociamos con la cruz; para todas estas tradiciones antiguas no tenía nada que ver con Jesús, el hombre que había accedido al estado de conciencia crístico."

Podemos ver entonces que el simbolismo de la cruz dentro de varias culturas, históricamente, ha sido muy diferente de lo que muchos suponen que representa actualmente.

Entonces, ¿cómo es que la cruz llegó a ser asociada con el cristianismo?, se pregunta la gente.

Sin lugar a dudas, la cruz antecede a la existencia de Jesús y está asociada con muchas prácticas paganas, símbolos y creencias.

La perturbadora verdad es que el origen de este ícono "cristiano" tiene sus raíces en religiones paganas, las cuales son diametralmente opuestas a la fe que proclaman las páginas de la Biblia. Históricamente, la cruz ha reflejado la creencia simbólica de los druidas, budistas, celtas, cátaros, griegos, filósofos espirituales, religiones misteriosas, ocultismo y cultos iniciáticos. La pregunta que entonces surge es: ¿debe un cristiano reverenciar la cruz o ni siquiera usar una?

Esa que ahora es llamada la cruz cristiana, originalmente no era un emblema cristiano en absoluto. Es difícil encontrar una tribu pagana donde no utilizaran la cruz. Las pruebas históricas y arqueológicas señalan que la cruz era adorada por los celtas paganos, mucho antes de la encarnación y muerte de Cristo; también adorada en México siglos antes de que los misioneros católico-romanos pusieran un pie en el país. Lo cierto es que la cruz era ampliamente idolatrada; o referida como un emblema sagrado, era el símbolo inequívoco de Baco en Roma y Dionisios en Grecia, el dios de la celebración y el vino, ya que él estaba representado con una banda en la cabeza cubierta de cruces.

También la cruz celta llegó a simbolizar los cuatro caminos de las esquinas de la tierra y los elementos agua, aire, tierra, fuego. El punto de reunión de estos caminos formaba una cruz, y esto significaba al mismo tiempo el centro del mundo. El centro de la cruz también se supone que es el punto de origen de la vida, el origen de los cuatro ríos místicos y la cumbre de las montañas del mundo.

La cruz era ampliamente conocida en épocas precristianas como un emblema que, muy bien sabido, era un signo pagano. Las vestiduras del sacerdote de Horus, el dios egipcio de la luz, están también marcadas por una cruz.

Iris estaba confundida.

"¿El símbolo de la cruz lo tomó la Iglesia por la crucifixión de Jesús, pero muchísimas culturas lo usaron miles de años antes como un símbolo mágico?"

De inmediato, Iris Brigadier copió y pegó la información y la envió al email de Arthur mientras siguió buscando nuevas pistas para ayudar a su amigo.

No pudo evitar que su mente imaginara por un momento cómo sería vivir en esas épocas anteriores a las religiones tradicionales.

# 16

## A bordo del avión
## En la actualidad

El Gulfstream se mantenía estable y silencioso como si fuera un águila dejándose llevar por el viento.

Christopher Raví caminó hacia su maletín, lo tomó con ambas manos y extrajo un grueso cuaderno mientras sus computadoras seguían proyectando la intensa luz azul violácea sobre el cuerpo de J. J. O'Connor.

—Observe atentamente, agente Parker.

Raví me entregó ese voluminoso cuaderno que tenía el logo de su empresa TTT, Teosofical Tesla Technologies, grabado sobre el cuero.

Lo abrí y comencé a ver las páginas, contenían gráficos y estadísticas.

—¿Qué significa esto?

—Es un estudio sobre el ser humano.

Eché una segunda mirada más exhaustiva, el estudio decía: "Los mayores miedos que dominan al hombre".

—Según puedo observar —dije—, el estudio que aquí figura indica que la muerte es el principal miedo de todos, más aún que el miedo a la vejez, miedo a hablar en público y miedo a la pobreza.

Raví asintió en silencio.

—Así es, la muerte, el gran misterio; para algunos es causa de temor, para otros de liberación —respondió.

—Algo me ha dejado muy intrigado, señor Raví. ¿Por qué me dijo que pronto la inmortalidad estará al alcance de la mano? —pregunté con gran curiosidad.

El enigmático CEO de TTT se acercó a pocos centímetros de mi rostro.

—Porque a cada persona le toca la misión que ha escogido. La mía es la que estoy trabajando con todo mi equipo, cada persona tiene un destino que escribe a cada paso, agente Parker. El mío ya lo conozco hace tiempo. El suyo es quizá desvelar lo que no está revelado.

Hice un espacio de silencio.

—Déjeme adivinar, ¿su misión es devolverle la inmortalidad al hombre?

—La inmortalidad al hombre no, más bien a la *conciencia* del hombre —replicó.

—Explíquese.

—Agente Parker, lo que se extraña cuando un ser querido muere no es el cuerpo, el cuerpo sigue en la tierra, ¿lo ve?, aquí está el cuerpo de J. J. —Raví tocó la frente del cadáver inmóvil—. Lo que se extraña en realidad es la presencia de la conciencia que ocupaba ese cuerpo.

Lo miré con atención. Christopher Raví no parecía ni un loco ni un improvisado, sino todo lo contrario. Destilaba un aura especial, como si hubiera estado inmerso en un proceso personal y espiritual muy profundo.

Me dejé llevar a ver dónde me conducía su teoría.

—Sin duda alguna tiene razón, ¿lo que intenta decir es que por medio de la tecnología podrá revivir el cuerpo o tomar contacto con la conciencia?

—¿Puede imaginarlo, agente Parker?

—Supongo que sería la mayor proeza del ser humano —reflexioné—. El hallazgo más transformador de la historia.

—Estamos en una era de descubrimientos. En diez años, internet contactó a las personas de todo el mundo tridimensional, los avances en comunicación han sido vertiginosos y también se produjeron paralelamente avances en metafísica, en la búsqueda de respuestas a las preguntas importantes de la vida. Miles de personas hacen yoga, meditación, estudian la Cábala, el gnosticismo, la física cuántica, investigan las civilizaciones antiguas, las teorías del origen humano; han salido a la luz las conspiraciones del poder... tenemos todo excepto la inmortalidad.

—Una empresa un tanto ambiciosa —razoné—. Cualquiera le diría que tiene más de utopía que de realidad.

—Por encima de la religión y la filosofía está ese innato anhelo de saber, de conocer y trascender, el ansia de inmortalidad que mueve nuestra alma a lograr una convicción, de cualquier modo: metafísico, religioso, racional, intuitivo o científico para saber que con la muerte física no acaba la aventura existencial en la tierra.

—¿Y de qué manera lo haría? —pregunté.

Observé los cables, las pantallas, la luz azul, la tecnología.

Raví guardó silencio.

—Supongo que lo tengo frente a mis ojos, ¿verdad?

—Esto es una parte del proceso —respondió Raví, ajustando lo que parecía una frecuencia de resonancia.

Comenzó a oírse un leve sonido como cuando se escucha en el interior de un gran caracol del océano.

Una turbulencia agitó el avión. Me sujeté de un asiento con fuerza.

—¿Cuál es la otra parte del proceso? —pregunté.

—La primera parte es tecnológica, la segunda parte…

Raví apoyó su mano frente a mi hombro y me miró a los ojos como si fuera un hermano mayor.

—La segunda parte es… mágica.

—¿Mágica?

—Así es. Magia. El uso de la fuerza que el ser humano tiene dentro.

—¿Se refiere a la magia por medio de rituales? —pregunté.

—Y muchas otras cosas. La magia es un tema que intrigó y asustó por partes iguales. La ciencia la desaprobó por no poder constatar los resultados de sus rituales y la religión la condenó porque perdería poder, aunque todas sus misas y asambleas son ritos de magia antigua, a pesar de que la gente no lo ve de ese modo. Las religiones tienen aún hoy raíces mágicas, ya que la magia era una religión primitiva, sólo que actualmente alrededor de todo el mundo funciona como un rito sabatino o dominical sin que la gente lo perciba como magia. Si uno indaga en los textos y la práctica comprobará que, a diferencia de la religión, que intenta el sometimiento del hombre a un Creador todopoderoso a quien elevamos nuestras plegarias, la magia, en cambio, consiste en ritos que buscan gobernar las fuerzas sobrenaturales para que se realice la voluntad del mago o de la sacerdotisa, activando el poder mágico de su ADN que viene directamente del Creador.

Inhalé. Aquel tema comenzaba a darme más percepciones sobre los posibles móviles del caso de J. J.

—Agente Parker —continuó diciendo Raví con entusiasmo—, tiene que admitir que casi todas las ideas religiosas, mitos e historias de los primitivos pueblos están adheridas a la magia. Egipcios, celtas, druidas, hindúes, hebreos, nativos y muchos más la habían usado. Pero usted y yo sabemos que no son mitos antiguos, sino realidades.

—Entiendo su punto histórico. ¿Qué cree que sucede hoy día con esos conocimientos mágicos antiguos? —pregunté.

Raví dejó los controles de la computadora y me miró fijamente.

—Hoy en día los descendientes y las logias lo realizan de manera secreta.

Fruncí el ceño.

—Interesante. ¿Y qué buscan?

—Gobernar las fuerzas de la naturaleza y la fuerza de algunos espíritus y entidades.

Me aclaré la garganta.

—No cree que se presta a confusión —razoné—. Mucha gente conoció eso como… brujería.

—Cuando no hay conocimiento, se niega lo que no se entiende o se difama para asustar a la gente. El miedo en la gente la hace dominable —respondió—. Y luego de que es dominada, reacciona con ira por miedo. Es un círculo mental vicioso, ¿entiende?

Asentí.

—¿Cree que entonces la magia es un poder natural?

Hizo una pausa y soltó una risita.

Raví volvió a supervisar los controles de la computadora.

—¿Cuáles han sido sus recuerdos con la magia, agente Parker? ¿Cuáles fueron sus magos más famosos de la humanidad?

Hice memoria.

Los nombres de los magos más famosos rodaron frente a mí.

—Merlín y el rey Arturo; el rey Salomón con su grimorio y claves; Moisés para los hebreos al abrir el Mar Rojo; los maestros espirituales en India; las sacerdotisas y brujas del Medievo; los tres reyes magos, Melchor, Gaspar y Baltazar; las pitonisas de Grecia…

si hago memoria son muchos —respondí al tiempo que tomaba conciencia—. Tiene razón, la historia está plagada de historias de magos.

Raví esbozó una sonrisa.

—Se olvida del principal mago.

Hice una pausa.

—¿A quién se refiere?

—Jesús —dijo tajante—. Específicamente Jesús el hombre mortal al convertirse en Cristo inmortal.

—¿Usted cree que lo que realizó Jesús al caminar por el agua, multiplicar panes o transformar el agua en vino fue por el uso de la magia hermética?

—El poder de la magia, agente Parker, es un poder espiritual y es de todos, a eso se llama poder crístico. Cristo es un estado de conciencia mágico, el don de activar a Dios en el interior del hombre.

Fruncí el ceño.

—Eso tocará la herida mental de muchas personas que no estén de acuerdo —razoné.

—No estoy inventando nada que ellos no sepan. El mismo Cristo dijo que cualquiera puede hacer lo que Él mismo hizo e incluso obras superiores —replicó el CEO.

Hubo un silencio incómodo.

Imaginé la cara de miles de cristianos iracundos condenando aquel proyecto.

—Usted y yo, señor Raví, tenemos el don empático-intuitivo, pero no creo que concretamente podamos hacer magia de esas características.

—¿Es usted una persona religiosa, cree en Dios, agente Parker?

Una nueva turbulencia sacudió el avión, esta vez un poco más fuerte.

—¿Creer? Sé en lo que no creo —dije respetuosamente—. No creo en un Dios de barba blanca sentado en las nubes ya que, como podemos ver por la escotilla del avión, no hay nadie ahí fuera sentado. Tampoco creo en un dios vengativo o castigador. Más bien en una conciencia que usa su...

—¿... poder mágico? —interrumpió.

—Llámelo mágico o sobrenatural —completé—. Sí creo que provenimos de las estrellas y no del barro ni de los monos.

—Empezamos a ponernos de acuerdo, agente Parker. Le pregunté si era religioso porque lo sea o no, para Jesús o para cualquier mago carece de importancia. Muchos de los hombres y mujeres que practicaron la magia ritual lo hicieron antes de que existiera cualquier religión.

—No comprendo.

—Han sido varias las frases más poderosas de Cristo en las que ha revelado que todo el mundo tiene el poder mágico dentro.

—¿Por ejemplo?

Raví activó su memoria.

—"¿Acaso no les dije que todos ustedes son dioses?" "Pide y se te dará." "Sean perfectos como el Padre es perfecto" —la voz de Christopher Raví derrochaba entusiasmo—. Jesús siempre alentó a usar ese poder —prosiguió—, y queda claro que fue el mago más grande del mundo. Pidió hacer lo mismo que Él hacía. ¿Acaso no dijo refiriéndose a sus milagros mágicos de convertir agua en vino, caminar por sobre las aguas o resucitar muertos: "Obras incluso aún superiores a las mías podéis hacer si tenéis…"

—¿… un poco de fe? —me aventuré a terminar la frase.

—O un poco de magia —remató Raví con cierto sarcasmo—. Las traducciones a veces tienen dedos malévolos.

Fruncí el ceño.

—Me temo que fe y magia no son lo mismo —argumenté.

—Agente Parker, en los tiempos antiguos la fe era la confianza en algo invisible, en algo que no estaba todavía manifestado y se ponía esa fe en una fuerza sobrenatural para que lo convirtiera en realidad. Hoy lo podríamos llamar "Frecuencia Energética", o sea la abreviatura de Fe. De hecho, siempre se ha llamado fe a la magia que no es otra cosa que movilizar fuerzas invisibles de la naturaleza para hacer visible lo que se pide. Lo que sucede es que la fe sin el poder activado de la magia es simplemente un ruego, un deseo, no algo que llega a concretarse.

Me quedé pensativo, recordé que muchos historiadores sostenían que muchas palabras de Cristo podrían haber sido malinterpretadas al traducirse de la lengua original del arameo al griego, del griego al latín y de allí al resto de las lenguas. Y pensé en los millones de personas que tenían fe en algo superior, pero que seguían quejándose de no recibir sus súplicas.

—Entiendo el punto, pero por pensar de manera mágica mataron a mucha gente en la Inquisición de la Iglesia, llamando a las mujeres brujas y a los hombres hechiceros poseídos por demonios.

—Supongo que no podemos negar que detrás de la historia y de las enseñanzas iniciáticas de los magos y del mismo Jesús hay mucho oscurantismo y sólo se entiende lo que cada cual está preparado para entender. ¿Acaso el mismísimo Jesús no tuvo que lidiar con demonios en el desierto? Y, al otro lado del mundo, Buda en su proceso de iluminación espiritual ¿no tuvo la aparición y tentación de demonios?

Hubo un silencio.

—La realidad es que somos humanos con potencial de ser dioses si vencemos a los demonios, agente Parker.

Me incliné hacia delante picado por la curiosidad cada vez más creciente.

—¿Por qué la mayoría de la gente no accede a estos conocimientos o rituales? —pregunté.

—La mayoría de los ritos mágicos, hechizos y ceremonias son secretos debido a la reticencia de la mayoría de las mentes. Sólo un grupo selecto de almas que entienden, los iniciados que han heredado los conocimientos de la élite o los investigadores que usan su intelecto como librepensadores pueden acceder a ellos mediante su aspiración y deseo de saber. Lo oculto siempre tuvo obstáculos con la mente normal que no comprende y que se distrae con las noticias del momento. La casta hereditaria de magos considera que los secretos rituales son su herencia propia. Los magos no alardean de sus poderes, en cambio, prefieren vivir en el anonimato y comulgar directamente con la fuerza y la magia en privado aunque a muchos magos les fue imposible no ser recordados con fama por la historia.

—Entiendo, entonces…

Raví me interrumpió agregando más leña al fuego.

—Agente Parker, ¿cree que los tres "reyes magos" que supieron que nacería un niño especial en Belén eran simples magos de un circo o reales magos de ocultismo, alquimistas, astrónomos y videntes?

Me dejó pensando.

—La mayoría no repara en atender más profundamente a esos personajes. ¿Recuerda que, de pequeño, le hacían dejarle agua y pasto para los camellos a cambio de un regalo? —preguntó.

Raví soltó una risa.

—La magia está a la vista de todos en la historia, pero mucha gente no lo ve o no quiere verlo, agente Parker. La adoración de los magos, que también eran reyes, se remonta al Egipto faraónico, y fueron famosos el 6 de enero debido a que era una tradición iniciática: la manifestación del nuevo sol. Recuerde que eran astrónomos también. En los Evangelios, el papel de los reyes magos está muy difuminado y hace falta recurrir a una interpretación esotérica para advertir su significado, aproximarse a la tradición hermética y a la alquimia para intuir la importancia y el significado de llegar al portal de Belén siguiendo las huellas de una "Estrella de Oriente".

Raví me mostró el pentagrama esotérico en una de las pantallas de la computadora.

—La estrella de cinco puntas es la Estrella de Oriente —dijo Raví—, el símbolo mágico por excelencia.

Aquello me sorprendió.

—Pensaba que la estrella que habían seguido era un astro en el cielo, no una estrella mágica a modo de compás para saber algo paranormal.

Raví negó con la cabeza.

—La estrella se diseñaba para abrir la puerta de la mente y del conocimiento. Además, uno de los minerales utilizados por los alquimistas en sus laboratorios era el sulfuro de antimonio, el cual fundían en moldes dando origen a una estrella mágica en el centro, que los alquimistas consideraban como el signo de que lo Divino había marcado la materia prima de la obra filosofal, o sea, el cuerpo.

—Continúe.

—La interrelación entre reyes magos y alquimia viene favorecida además por los colores de cada uno de ellos: blanco, dorado y negro, alusión apenas disimulada a las tres fases de la obra hermética: la obra al blanco o "albedo", la obra al negro o "nigredo" y la obra al rojo o "rubedo".

—Me temo que allí me perdí. No entiendo.

Raví volvió a reír.

—Melchor era de cabellos blancos, Gaspar rubio y Baltazar de raza negra. Simbolizan los principios de la alquimia, mejor llamada alquimia interior.

—¿Alquimia interior? —pregunté—. ¿No se refiere a transformar el plomo en oro?

—Sí, pero no con los metales, sino con uno mismo. Todo el trabajo iniciático es transformar el plomo del instinto, miedos, envidias, egoísmos en el oro de la conciencia —hizo una pausa y suspiró—. A eso se llama la Gran Obra.

Aquel enigmático personaje me resultaba cautivador.

—Entiendo —dije procesando rápidamente toda aquella teoría—. ¿Y cuál es la finalidad de los tres reyes para ir a visitar a Jesús recién nacido?

—Evidentemente que en esos tiempos, donde no había distracciones tecnológicas, televisión o cines, las almas preparadas y despiertas dedicaban la vida entera a conocer los misterios de la alquimia solar, también llamada crística, y ellos sabían por la lectura de los cielos que nacería un hombre que se iluminaría espiritualmente y que cambiaría el curso de la historia. No sólo fueron a entregarle mirra, oro e incienso, sino a continuar con su propio trabajo interno. Verá, agente Parker —agregó Raví inmutable con los ojos en su computadora—, en el proceso de purificación de las aguas o el mercurio secreto de la filosofía hermética, los colores propios del iniciado en el arte del autoconocimiento son el negro, el rojo y el blanco. Por eso el rey negro fue el primero, posteriormente el rey blanco y finalmente se culminará la Gran Obra con el rojo o púrpura, representado en el color de las capas y la raza de los reyes magos, venidos desde India, Persia y Babilonia, simbolizando el Oriente, donde nace el sol.

—Tal como lo dice, es una explicación científica que oculta un arte esotérico para la ascensión del alma —hice una pausa, reflexivo—. Hoy lo veríamos como si el alma de los reyes magos se fuera a graduar a una universidad.

Raví me observó sonriente.

—Buena forma verlo de ese modo, agente Parker.

—A juzgar por su vehemencia, queda claro que usted sí es una persona religiosa —respondí.

—¡En lo más mínimo! —exclamó Raví—. Me interesa la ciencia que está detrás de los grandes maestros y magos. Admiro a Cristo, a Buda, a Salomón, a Platón, pero estoy lejos de las iglesias, sinagogas o monasterios.

—Entiendo, ¿o sea que intenta demostrar, señor Raví, que todos podríamos caminar sobre el agua, multiplicar panes, transformar agua en vino…?

—¡… o resucitar a los muertos! —completó con tono irónico.

El Gulfstream volvió a moverse con otra fuerte turbulencia.

En aquel momento no supe si lo que vi fue real, fue mi imaginación o la fuerte sacudida de la nueva turbulencia, pero hubiera jurado que uno de los brazos de J. J. se había movido.

Después de unos segundos el avión volvió a estabilizarse.

Raví comprobó que todos los controles siguieran funcionando correctamente.

—Hubiera jurado que el brazo… se movió —pronuncié dubitativo.

Raví negó con la cabeza.

—Eso se llama autosugestión, agente Parker. Cuando uno habla de algo y le coloca emoción, es sugestión inducida y uno cree ver lo que tiene en la mente. La autosugestión es un proceso mediante el cual un individuo autodirecciona su subconsciente para llegar a creer algo, o fijar determinadas asociaciones mentales, generalmente con un propósito específico. Cuando es con un propósito específico, puede llevarse a cabo a través de métodos de autohipnosis o autoafirmaciones constantes y repetitivas, y puede ser visto como una forma de toma de conciencia o programación inducida. La autosugestión también se puede considerar como una especie de rezo, palabras de ánimo o ideas tomadas por muchas personas formando luego un mito. Los ejemplos más comunes de autosugestión consisten en aquellos propósitos que uno se plantea al inicio del nuevo año; las creencias religiosas también pueden ser tomadas como autosugestiones colectivas.

—¿Entonces el brazo de J. J. no se movió? ¿Fue mi autosugestión?

—No se ha movido en absoluto, al menos por la fuerza propia. La programación de su subconsciente ya ha abierto la puerta e interpreta que lo que hemos estamos hablando podría ser real. Es un buen comienzo, agente Parker, pero recuerde que le dije que el proceso tiene dos pasos: tecnología científica y magia. Éste es apenas el comienzo.

# 17

## Diez días antes
## Dublín, Irlanda

En la empedrada y añeja calle al pie de las oficinas de Teosofical Tesla Technologies esperaba un Mercedes Benz 550 de color negro.

Unos minutos más tarde, de las puertas giratorias salieron a paso veloz Christopher Raví y J. J. O'Connor, quienes rápidamente subieron al coche privado de la empresa.

—Llévanos al Trinity College —le ordenó Raví al conductor.

El Mercedes comenzó su particular y silenciosa marcha y Raví abrió un maletín con carpetas y papeles frente a J. J. O'Connor.

—Estamos avanzando J. J., ahora la junta directiva de la empresa tiene la información para que tengamos luz verde sobre el proyecto. Sabemos que debemos ser herméticos, por eso quiero pedirte a ti una parte importante y vital del plan.

—Sabes que cuentas conmigo.

—Lo sé, J. J., tú has estado desde el inicio del plan y lo comprendes a la perfección. Has visto mi ascenso en la empresa. Hemos estado emprendiendo y superando pruebas durante tres años para que por fin se manifieste lo que tanto anhelamos. Tú eres el único que comprende la totalidad y el grandioso alcance del proyecto a diferencia del resto de los miembros de la junta directiva que sólo piensan en ganancias económicas y poder. Debemos asegurarnos de que todo se cumpla al pie de la letra, no quiero que por ambición de la junta directiva se tergiverse el mensaje.

—Mi intención es ayudarte para que cumplas tu misión —dijo J. J.

—Lo sé. Y tú como coordinador matemático has hecho una gran labor junto a los ingenieros que están trabajando en los campos mórficos desde hace tiempo. El primer paso del proyecto fue gestar el propósito de adaptar las formas del ADN a las nuevas plantillas que predominan en las frecuencias planetarias. El proceso de los fotogramas e instantáneas del código genético se han realizado con éxito ahora que la realidad parece estar detenida en un espacio-tiempo sin desplazamiento lineal. Esto hizo que se evitara la fluctuación natural del campo de conciencia grupal. Como hemos utilizado la resonancia del efecto Tesla, hemos podido calibrar las computadoras. Al asociar los programas de computación con los campos morfogenéticos de la humanidad, hemos condensado los paquetes de información que llegan desde el sol con los datos necesarios para calibrar la plantilla y avanzar hacia el último paso en el prototipo.

—Así es, Christopher, muchas almas están en la Tierra tomando mediciones de la influencia del citelio solar en la puesta y salida del sol, que son los momentos donde los paquetes de información llegan a la Tierra aprovechando el ángulo de incidencia con la atmósfera y las capas altas de la misma, donde se encuentran los cinturones de Van Allen que evitan el paso de los rayos *quom* cuando la incidencia es perpendicular. Al tener la facilidad de captar los rayos podemos, con la tecnología que nos dejó Tesla, almacenarlos en los paneles que tenemos en las montañas de Canadá.

—A eso quería llegar —dijo Christopher Raví.

—¿Sobre los rayos solares?

Raví negó con la cabeza.

—Sobre la tecnología y el contacto que dejamos trabajando en Canadá.

—¿Qué ha pasado?

—Quiero que viajes a terminar de activarlas para lanzar el prototipo y potenciar el *spyware* contra cualquier ataque de ciberespionaje.

—¿No debería encargarse el consejo de inteligencia?

—Tú eres mi mano derecha, J. J., comprendes todo el trasfondo espiritual del plan más allá del beneficio económico. La situación actual es que han lanzado varios troyanos y *malware* a los equipos y pudimos protegernos. Parte de tu misión es ésa.

Raví se refería a los temidos *malware*, los ataques cibernéticos de virus que invadían las computadoras para robar información o anularla.

J. J. se mostró pensativo mientras el Mercedes Benz pasaba por las puertas de la fábrica de cerveza Guinness.

—Mientras los diplomáticos están negociando las nuevas condiciones y pautas de intervención, el espionaje del mundo oriental de China y Rusia está a nuestra sombra, ya saben que pronto estaremos funcionando.

—¿Qué haremos con Estados Unidos e Israel?

Raví negó con la cabeza.

—Ya sabes que este proyecto se revelará como un descubrimiento irlandés.

Christopher Raví era de padres judíos, pero había nacido en tierras irlandesas.

—La inteligencia y el espionaje pueden generar fluctuaciones sobre los campos mórficos de la mente colectiva y bajar los escudos de defensa natural de los organismos en los planos mental y etérico. Debemos potenciar la tecnología de las montañas de Canadá mientras se trabaja desde aquí en las computadoras sobre ellos. Mantendremos una protección de burbuja energética y mental con el programa Tesla de forma continua, hasta que los trabajos finalicen y los escudos vuelvan a funcionar de forma eficiente.

—¿Y la frecuencia? —preguntó J. J.

—La frecuencia de vibración de 7.82 Hz frente al nuevo patrón que ha ido en ascenso ahora emerge con intensidad y es visible sólo para quienes adquirieron la capacidad de vibrar internamente a su frecuencia de 15.64 Hz. Por ello la gente tiene la sensación de que el tiempo pasa más rápido y que el día no les alcanza.

Raví se refería a las ondas que el planeta emitía en las capas sutiles de la atmósfera y que incidían directamente sobre las funciones del cerebro, movilizando la mente humana, sus emociones y pensamientos.

El coche estacionó frente al Trinity College.

—Gracias, Andrew —le dijo Raví al chofer—. Te llamaré cuando terminemos.

Raví cerró su maletín y los dos hombres ingresaron con una credencial especial a la mítica biblioteca.

El Trinity College de Dublín, o formalmente llamado Colegio de la Santa e Indivisible Trinidad, se fundó en 1592 por la reina

Isabel I, y era el colegio de la universidad de Dublín, la más antigua de Irlanda.

Los dos hombres atravesaron el arco de piedras de la entrada y se dirigieron por el empedrado camino junto al amplio y elegante jardín que hacía las veces de antesala, el cual provocaba una fascinante vista a la imponente construcción. El campus ocupaba 190,000 metros cuadrados, con una exquisita arquitectura de magistrales edificios, tanto antiguos como nuevos, rodeados por grandes y frondosos patios. El colegio y la universidad funcionaban como una unidad y todos los programas de estudio y el personal académico se destacaba por una elevada enseñanza intelectual.

—El rector nos espera —dijo Raví.

Los dos hombres se mezclaron entre el gentío, la mayoría adolescentes que estudiaban en la universidad, y se dirigieron hacia la oficina personal del rector subiendo los pisos por la escalera.

Los amplios edificios albergaban cinco facultades del Trinity para estudiantes en Artes y Humanidades, Ciencias Sociales y Humanas, Ciencias de Ingeniería y Sistemas, Ciencias de la Salud y Ciencias Naturales. Los postulantes eran admitidos a través del Programa de Admisión al Trinity que tenía como objetivo facilitar la entrada de todos los sectores de la sociedad de manera equitativa. La oficina de admisiones tenía procedimientos para considerar las solicitudes de estudiantes con casos especiales, incluso internacionales. Había una gran demanda para los cursos del Trinity College, por lo que la competencia entre los estudiantes sí era difícil y laboriosa.

Como Raví y J. J. estaban en excelente condición física, se les hizo rápido llegar. En la oficina los recibió la secretaria del rector.

—Enseguida estará con ustedes —dijo amablemente la mujer de gruesas gafas.

Raví y J. J. tomaron asiento en un sofá de color ocre y comenzaron a observar los cuadros de la oficina. Leones alados, dragones y escudos de caballeros con espadas entrecruzadas.

"Los tiempos antiguos están aquí de nuevo, esta vez para reinventarse", pensó Raví.

Por toda la oficina, la embriagante fragancia intelectual se extendía por el aire como un wifi cargado de cultura: olía a libros, a cuero y tabaco.

—Los paradigmas están a punto de cambiar, J. J. —dijo Raví en voz baja—. La época que estamos viviendo, un mundo tecnológicamente avanzado, deja a media población con estrés; sin embargo, nosotros podremos, por medio de la misma tecnología, darle el regalo más grande a la especie humana.

—¿Cuál será el próximo paso?

—Tú viajarás a Canadá para gestionar que todo termine de ajustarse. Ya sabes que éstos son los tiempos donde la vibración está en aumento máximo.

J. J. se mostró pensativo.

—¿Por qué no quieres que nadie de la junta directiva me acompañe?

Raví lo miró con ojos transparentes directo al alma.

—Los grandes enemigos del ser humano son dos: el miedo y la envidia. Ellos no tienen miedo, pero sí tienen envidia.

En ese momento, la imponente figura del rector Nicholas Demus apareció en la puerta de su oficina.

—¡Christopher! —exclamó con alegría. Adelante.

Raví y el rector se estrecharon en un amistoso abrazo.

—¿Cómo estás, J. J.? —preguntó el rector dándole la mano.

—Muy bien. Ajustando detalles.

Los tres hombres entraron a la oficina y el rector cerró la puerta. Se colocaron en torno a un elegante escritorio de madera tras un amplio ventanal desde donde se podía disfrutar de una exquisita vista de la ciudad.

—Hemos avanzado —le dijo Christopher Raví al rector—, estamos ya en el último paso.

—Me alegra escuchar eso. ¿Quieren beber algo? ¿Té, café?

—Un té —pidieron ambos.

—Me imagino, Christopher, que el antivirus está listo —dijo el rector al tiempo que colocaba agua caliente en las tazas.

—Así es. Eso está listo hace ya un par de semanas. J. J. ya finalizó los últimos detalles del antivirus para las computadoras.

El rector les acercó las tazas de té y se volvió hacia la ventana observando la ciudad. La agradable fragancia del té irlandés envolvió a los tres intelectuales.

—Está próximo el día en que veamos nuestro ideal realizado —dijo el rector, con tono de voz esperanzado de espaldas a Raví y J. J.—. El hombre, como unidad de carbono y silicio que es, podrá al fin ver la realidad profunda detrás de la ilusión del sistema en el cual está prisionero hace siglos.

—Así es —añadió Raví—. Parte de esa realidad se desvelará al ver el alma de las personas que mueren en el cuerpo físico, pero que siguen vivas en el otro plano. Eso generará…

—¡El gran despertar! —exclamó el rector, girándose hacia ellos con ímpetu.

Raví y J. J. esbozaron una mutua sonrisa.

—Explíquenme el siguiente paso —pidió el rector.

Raví dejó la taza sobre el escritorio.

—En nuestras pasadas reuniones expliqué que el ser humano, del mismo modo que las computadoras, posee un GPS, señal *bluetooth* y wifi para que se produzca un cruce de datos e información —dijo Raví—, pero su sistema operativo es antiguo para funcionar y lo hace mediante manipulada programación mental, sin actualizaciones.

—¡Es tiempo de mover el *mouse* por cuenta propia! —afirmó el rector colocando con énfasis una mano sobre el ratón de su computadora.

—Correcto —respondió J. J.—. Haremos que llegue al ser humano la información transmitida en paquetes de datos contenidos en archivos de información por medio de WM —J. J. se refería a las siglas de Wifi Mental—, eso creará un arquetipo de liberación en los archivos mentales obsoletos pudiendo, por fin, eliminar viejas creencias y vivir la realidad del ahora.

—Ésas sí son buenas noticias —dijo el rector con brillo en los ojos—. La mayoría de la población mundial tiene instalado en su programa de ADN un obsoleto sistema operativo, el cual no puede procesar datos de alto impacto. Sin ir más lejos, si le preguntas a cualquier persona qué comió hace cinco días, no lo recordará, ni siquiera nuestros avanzados estudiantes. Ya no podrán seguir ocultando el conocimiento detrás del miedo para fomentar la ignorancia y fortalecer las creencias. Perdón, perdón por interrumpir —se disculpó—, continúa y perdonen también mi exacerbado entusiasmo.

El rector se acomodó en su silla.

—Hay dos maneras de cambiar un sistema operativo —prosiguió diciendo J. J.—, en este caso, cambiar un paradigma mundial. Uno es formatear y borrar el disco rígido mental e instalar el nuevo sistema o actualizar el instalado a la nueva versión. Los dos necesitan que el procesador, o sea el cerebro humano, y la memoria soporten el nuevo sistema con todos los nuevos programas mentales y espirituales para que pueda procesar los datos.

Raví intervino.

—Como no podemos cambiar de inmediato todo el programa operativo de la mente de toda la humanidad, nos valdremos de un truco ideado por J. J. para que se aumente la velocidad de procesamiento, o sea los hertz del procesador, y asignar una parte del disco duro para memoria visual. Como es bien sabido, el cerebro del ser humano trabaja con frecuencias en hertz que según su intensidad varía en la calidad y velocidad de procesamiento de información entre neuronas.

El rector asintió.

—En otras palabras, almas dormidas o almas despiertas —dijo el rector—. Es algo que en las tradiciones herméticas siempre hemos sabido para lograr la elevación de la conciencia.

—Esperamos que el colectivo de la mente humana tenga un cambio de programa y de paradigma con la tecnología de nuestro proyecto —agregó Raví—, y podrá sentir la realidad inmortal que nos envuelve por todos lados.

—La duda que tengo, querido Christopher, es si vamos a formatear o a instalar el nuevo programa completo Preguntó Demus.

Raví miró a J. J. para que respondiera como matemático.

—Formatear significaría borrar todos los arquetipos, creencias y paradigmas del pasado de la humanidad —dijo J. J.—, el ser humano comenzaría en el nivel cero, como un nuevo Edén.

El rector hizo una mueca con la boca, acariciando su barba cana.

—¿Y actualizar el viejo programa del ADN? —preguntó.

—Las consecuencias serían que habría que dar más cabida a nuevas posibilidades, conceptos e ideas actualizando las viejas.

Demus se quitó las gafas de lectura y clavó la mirada en Raví.

—¿Cuál escogeremos para comenzar, Christopher?

—¿Ambas? —preguntó Raví a modo de respuesta.

Hubo un silencio y los tres hombres se miraron.

—Ambas no dejaría nada a ningún margen de error —añadió Raví—. Los seres humanos comenzarían a vivir una historia basada en el presente y no en viejas mentiras del pasado.

Los tres asintieron. El rector fue hacia su biblioteca y extrajo una carpeta.

—Los he recibido aquí para sellar este acuerdo y entregarles el manuscrito. Y no hace falta recordarles que todo mi apoyo es para que los estudiantes irlandeses sean los primeros en recibir el programa de actualización. Ésa es mi condición para apoyarlos.

—Así se hará —afirmó Raví—. Estos manuscritos los llevará él hacia Canadá.

Christopher Raví observó a J. J. sabiendo el peligro que engendraba su pedido.

—Luego de que cumplas con tu misión, el software metafísico estará listo para entregarlo a toda la humanidad.

# 18

## Diez días antes
## Dublín, Irlanda

Varios tomos de añejos papeles estaban dentro de la carpeta que el rector entregó a Christopher Raví.

Raví tomó aquellos papeles con ambas manos con la misma delicadeza como si sujetara a un bebé recién nacido.

Raví observó al rector Demus.

—¿Son...?

—¿Los originales? No, no —respondió el rector moviendo la cabeza a los lados—, son fotocopias, ya que no puedo sacar los originales de la universidad.

Ambos compartieron la misma emoción.

El rector se acercó a J. J. y le puso una mano en el hombro como si fuera su padre.

—Son manuscritos originales de Nikola Tesla. Contienen la base energética y matemática para las grandes transformaciones venideras del ser humano. Lo que Tesla escribió aquí serán los cimientos del futuro.

J. J. tomó el manuscrito y comenzó a hojear varias páginas observando con suma atención. Contenía simbología, gráficos, círculos concéntricos entremezclados, números que repetían el 3, 6 y 9 como una constante.

—¿Esto no es parte de lo que se encontró hace años en Arizona? —preguntó J. J. refiriéndose a los hallazgos de Tesla que se encontraron en la ciudad de Phoenix.

—Esto es algo aún sin divulgación, J. J. —respondió el rector con la voz llena de entusiasmo—. Como todos sabemos, a diferencia de los documentos que hace años fueron descubiertos en una tienda de antigüedades de Phoenix, los cuales estaban escondidos en un pequeño arcón y luego fueron comprados por el artista local Abe Zucca, éstos son originales sin divulgación.

Raví intervino.

—Si bien esos manuscritos hallados incluyen notas inéditas que se refieren a las matemáticas y con las cuales tú, J. J., ya has trabajado en nuestro proyecto, igual que con el Mapa de la Multiplicación de Tesla, lo que el rector nos comparte es algo que muestra las evidencias de que Tesla había trabajado en más áreas de las que se conocían.

Al rector se le iluminaron los ojos.

—Y estos manuscritos habían estado ocultos en el Trinity College hasta que me comuniqué con el padre de Christopher, con quien compartimos este ideal en la orden. Si tu padre estuviera aún con vida —le dijo el rector a Raví— estaría orgulloso de ti.

Los ojos de Christopher Raví se humedecieron al instante. Estaba llevando aquella cruzada más lejos de lo que su padre soñara.

—Hay momentos para todo, querido J. J., los tiempos de Dios son perfectos —dijo el rector, para quien la idea de Dios era la de una fuerza creadora constante—, y ahora es el momento de que Christopher como CEO alcance la cumbre de los logros y nosotros veamos cumplido el ideal para el hombre perfecto. ¿Te imaginas las emociones que tuve todos estos años sabiendo que tienes en tus manos ese hallazgo y que todavía no puedes compartirlo al mundo?

—¿Por qué esperó tanto tiempo, rector Demus? —preguntó J. J.

El rector se dio la vuelta hacia su abultada biblioteca personal detrás de su escritorio y tomó un ejemplar de La Rochefoucauld.

Leyó en voz alta con fuerza.

—Tres clases hay de ignorancia: no saber lo que debiera saberse, saber mal lo que se sabe y saber lo que no debiera saberse.

El rector volvió a cerrar el libro y lo acomodó prolijamente.

—¿Cuál de los tres fue su caso, rector? —preguntó J. J.

—En mi caso, esperar a que lo que ya sabía sobre los manuscritos de Tesla tuviera el brazo ejecutor de un plan —dijo mirando a Raví.

—Entiendo.

J. J. sintió orgullo de ser parte de aquel engranaje innovador.

—Debemos actuar con eficacia y rapidez —zanjó el rector apoyándose con las dos manos en su escritorio e inclinándose hacia delante como un tigre listo para correr tras su presa.

—El rector tiene razón —apoyó Raví—, el transhumanismo avanza a pasos agigantados. Desde que los científicos Manfred Clynes y Nathan Kline inventaron el nombre *cyborg* en Nueva York, lograron despertar la atención científica sobre cómo modificar el cuerpo humano y comenzaron a influir en los primeros estudios de la NASA.

—La química molecular es el comienzo de la modernización y evolución humana. Mapear y ver nuestros cerebros en una computadora para despertar la genética al máximo, ¿lo imaginan? —preguntó el rector—. Estados Unidos invirtió fuerte en el programa IC, Iniciativa Cerebral, un proyecto de cuatro mil quinientos millones de dólares. Y eso sólo es la punta del iceberg, ya que el director de ingeniería de Google, Ray Kurzweil, quien también es transhumanista, está a la puja de importantes estudios. Al final, queridos, si no lo impedimos, el libro *1984* de Orwell será una voz en el pasado de lo que en el futuro próximo se podría avecinar y controlarnos.

Hubo un silencio.

—En Silicon Valley ya utilizan nootrópicos para mejorar las habilidades cognitivas —agregó Raví, quien conocía las estadísticas de los estudios que varios hackers anónimos filtraban por espionaje informático.

—Los alcances serán grandiosos si logramos dar con la consolidación del puntapié inicial y llevar a nuestra querida Irlanda a resurgir con su poderío —añadió el rector Demus—. Si los conocimientos que albergan estos manuscritos de Tesla se ejecutan en nuestra compañía, Teosofical Tesla Technologies será la nueva puerta al mundo, ya que se podrá mapear el cerebro y cargarle información: idiomas, habilidades desconocidas, nuevos conocimientos. Será un hallazgo sin precedentes para que nuestros alumnos del Trinity College puedan demostrar el prototipo del nuevo ser humano. Nosotros contamos con la información, pero nuestro capital es limitado, ya sabemos que Paul Allen invirtió quinientos millones de dólares para iniciativas del estudio para la ciencia del cerebro. Ellos también buscan la expansión de la conciencia por medio de la conciencia digital. Desde siempre el hombre buscó la información y el conocimiento.

—¿No es peligroso que el poder tecnológico sea tomado como un poder divino? —preguntó J. J.

—Más bien el poder divino será impulsado por un poder tecnológico —remató Raví—. Al activar el gen espiritual, el hombre volverá a sentir los recuerdos de aquel estado del Paraíso.

—Estamos listos para la inteligencia superhumana —remarcó el rector Demus—. A todos los niveles, podremos beneficiar al mundo. En medicina, como ahora existen los marcapasos para el corazón, el reemplazo de caderas o de rodillas, iremos avanzando con otros órganos. La búsqueda de la inmortalidad desde la ciencia y desde el espíritu. Podremos además aportar nanomáquinas para viajar por el torrente sanguíneo y curar las zonas del cuerpo. ¡Tecnología, biología y teología al servicio del alma! El truco de los medicamentos y de las enfermedades pasará a la historia, queridos amigos —zanjó el rector.

Raví asintió.

—El ser humano, tal como lo conocemos hoy, podría quedar obsoleto en unos años —dijo el CEO.

—Así es, Christopher —respondió el rector—. ¿Recuerdan al ser humano de los años ochenta y noventa con los casetes y CDS de música? ¿Y los faxes? ¿Y las fotografías que necesitaban revelarse en un cuarto oscuro?

Ambos asintieron rememorando sólo unas pocas décadas atrás.

El rector abrió un archivo en la amplia pantalla de su computadora de escritorio.

—Miren aquí atentamente —dijo, mientras Raví y J. J. se colocaron a su lado para ver de cerca.

—En Harvard ya se ha revertido la edad en ratones. Lo próximo será en humanos. Es verdad que en unos años los humanos de hoy seremos vistos como primitivos. De la misma manera en que vemos hoy a una persona de 1930 que ignoraba el wifi y el WhatsApp cuando sólo existía el teléfono. Y si vas más atrás, las computadoras hubieran sido vistas como el sueño de un loco. Miren aquí —pidió el rector abriendo otro archivo—. En Nueva York, el 4 de mayo de 2015 se presentaron los Biobots, una impresora de escritorio para imprimir una réplica de la oreja de Van Gogh con colágeno, una máquina capaz de imprimir órganos humanos en 3D a base de tejido artificial y pequeños órganos. Ya podemos biofabricar cuerpos y órganos. Orejas, narices, ojos se podrían imprimir y adherir al cuerpo con su propio material genético. Prótesis inteligentes que se pueden anexar al cerebro. Lo que viene es fuerte, muchachos. Y como la ciencia es neutra, no podemos permitir que se use de manera perjudicial como ya se hace en los alimentos modificados genéticamente. Los primeros biorobots híbridos están a la vuelta de la esquina, además de nanomáquinas para operaciones médicas, y los robots microscópicos para dirigirse por el torrente sanguíneo. Teniendo en cuenta que 90% del cerebro está hecho de células gliales, con los adelantos que propondremos nosotros se podrán convertir en neuronas frescas, y así, en poco tiempo el Alzheimer o el Parkinson llegarían a su fin, como llegaron a su fin la lepra o el escorbuto. Podremos eliminar las enfermedades neurológicas del cerebro al tiempo que potenciarlo de manera metafísica para quien está sano. Y la lista de beneficios es amplia: células vivas con conciencia espiritual, implantes neurales para enfermos, piel inteligente, recuerdos del origen…

Raví apoyó su mano derecha en el hombro del rector.

—Quiero que estés tranquilo, Nicholas, porque con nuestras patentes lograremos tener el consenso mundial del buen uso de la tecnología para la evolución del alma.

—Lo sé y así debe ser, querido Christopher, la espiritualidad y la búsqueda de la iluminación es lo que nos distingue en Teosofical Tesla Technologies, porque la ciencia sin alma es estéril.

—Es cierto —añadió J. J.—, tanto en la Universidad de Columbia como en el Instituto Tecnológico de Massachusetts ya han podido controlar avatares robóticos de manera inalámbrica para hacer lo que uno quiera.

—Hay un campo abierto ahí afuera y puede ser peligroso —dijo el rector señalando con el dedo índice hacia la ventana—. Los científicos de China fueron los primeros en modificar un óvulo humano con ADN. El equipo de investigadores chino, que compite ferozmente con los Estados Unidos por la vanguardia, se convirtió en el primero en inyectar a una persona células con genes modificados gracias a la revolucionaria técnica CRISPR-Cas9, una herramienta molecular utilizada para editar o corregir el genoma de cualquier célula.

—Proteínas genéticamente modificadas —dijo J. J.

—Así es. Con este estudio se podrá sanar el cáncer, cambiar el cabello o los ojos o las habilidades intelectuales —terció Raví.

—Y va más allá, dicen que podrán fabricar bebés de diseño, en los cuales participarán varios padres. Seleccionarán cómo quieren a los niños. El tema abre un abanico en el debate de luchas científicas contra frenos morales y religiosos —razonó el rector.

—A todo ello le sumamos que en el Reino Unido ya se votó a favor para la fertilización *in vitro* para tener tres padres diferentes —añadió J. J. sobre el polémico caso.

Raví permanecía en silencio, pensativo.

—Los ingleses no tienen barreras, los chinos son todoterreno y los estadounidenses van contra viento y marea —el rector se aclaró la garganta—. Somos conscientes de que los nuevos avances traerán nuevas interrogantes sobre antiguos planteamientos. Creo que llegará el fin de estar atados de pies y manos con las oxidadas cadenas de las religiones y el falso moralismo si vamos con una nueva espiritualidad científica. El ser humano siempre quiso saber más acerca de cómo es realmente la vida, cómo funciona, cómo prolongarla y cómo vivir por siempre. ¡El tiempo! ¡El tiempo! —gritó el rector mientras gesticulaba con las manos—. Lo que quiere la gente no es dinero, ¡sino prolongar su vida! ¡Quiere tiempo de vida! ¡Cuando ya tienes dinero, sólo quieres comprar tiempo! ¿Se imaginan la magnitud? Podremos darle al hombre lo que más quiere sobre este planeta, la posibilidad de mejorar el envejecimiento y revertirlo.

—Así es, hoy en día hay una industria multimillonaria, las personas recurren a mejorar su cuerpo y prolongar su vida —agregó J. J.

El rector asintió mientras caminaba hacia la mesa a servirse otra taza de té caliente.

—Si lo vemos en perspectiva histórica —agregó Raví acercándose a la biblioteca—, la búsqueda de la inmortalidad en realidad no es algo nuevo, es rediseñar la historia. En la historia antigua, Gilgamesh buscaba la superación para vivir por siempre. Sin ir más lejos, Matusalén, padre de Noé, vivió…

—¡Novecientos sesenta y nueve años! —interrumpió el rector con vehemencia, quien conocía la historia ortodoxa y la historia que él llamaba "prohibida" a la perfección—. ¿Y la historia de Samudra Manthana en India, quien bebía *amrita,* la bebida para la inmortalidad? ¿Y los famosos duraznos de eternidad que hacían vivir más tiempo a los chinos antiguos? ¿Y qué decir de los griegos antiguos con la ambrosía? ¿Y los gnósticos con el soma? ¿Y qué buscaba Ponce de León en la Florida sino el elixir de la inmortalidad? Los antiguos reyes sumerios y los faraones egipcios gobernaban durante siglos. ¡Los antiguos hombres-dioses vivían miles de años por los poderes que tenían! Pero aun así había dos fuerzas principales en desacuerdo para crear un nuevo ser. Una batalla a otros niveles, mis amigos —el rector hizo una pausa para elegir bien las palabras que diría a continuación—. Desde los eones iniciales ha existido la lucha entre dioses y demonios en la Vía Láctea en busca de la inmortalidad o la desaparición del hombre sobre el planeta. La historia no ortodoxa cuenta que los dioses quieren ganar la batalla porque necesitan el elixir de la inmortalidad. ¿Era aquello un nootrópico altamente avanzado que hoy se está redescubriendo científicamente? Hemos estado envueltos en una lucha por el alma hacia el bien o hacia el mal —el rector se aclaró la garganta y asumió una mirada dramática—. Todos nosotros desde hace milenios somos almas en juego.

J. J. estaba asombrado por la pasión con la que el rector hablaba, le pareció un adolescente lleno de vida a pesar de su rostro ajado por las horas de estudio en la logia secreta de la que el rector era uno de sus líderes.

—La inmortalidad se buscó en diferentes culturas —remató Raví con más aplomo—, ahora llegarán nuevos y limpios tiempos para que por fin se realice la conjunción entre la ciencia y la espiritualidad. Un salto biológico y un salto evolutivo en el alma.

El rector Demus se acercó a los dos hombres, les puso una mano en el hombro a cada uno y les dijo en tono confidente.

—El impacto que tendrás tú, Christopher, como CEO, será tan grande que la tecnología que implementaremos será usada no sólo para crear vida, sino para revertir la muerte. Seremos quienes hagan ver como primitivos a los hombres de hoy a los ojos de los seres del mañana. Morir pasará a ser una elección consciente para liberar el alma y no un hecho inesperado de la vida.

# 19

## A bordo del avión
## En la actualidad

La luz del interior del avión me despertó sobresaltado.
Escuché la voz de la sonriente azafata cuando anunció que aterrizaríamos en Collinstown, el aeropuerto de Dublín, en menos de cincuenta minutos. Levanté la cubierta de la escotilla y se vislumbraban los primeros rayos de sol. En el asiento contiguo, la agente Scheffer se estiraba soñolienta.

Mi mente se agudizó con el desayuno que la azafata me dejó en la mesa plegable. Bebí un sorbo de té con deleite.

Anoche, después de haber tenido esa larga conversación con Christopher Raví, necesitaba digerir lo que aquel extraño CEO me había contado.

Me incorporé en uno de los cómodos asientos y, mientras probaba el omelet con verduras, en mi mente retumbaban como un eco las palabras habladas con Raví.

"¿La inmortalidad de la conciencia estará al alcance de la mano?"

"¿Hay una guerra secreta por el alma humana?"

"¿Hacer obras como hacía Jesús?"

"¿La fe es sólo magia sin el poder activado?"

Mi mente no daba crédito.

¿Aquello había sido un sueño?

Sin duda este hombre, o bien padecía un trastorno de teosofía no resuelto, o bien sería el próximo genio de la humanidad. Si lograba realizar su proyecto, cambiaría las bases de la civilización para siempre y no sería por la fe, sino por un descubrimiento concreto y comprobable. Aquellos ideales habían sido los cimientos de las ideologías de casi todos los seres humanos. Bajar un tema tan profundo a algo realizable, científico y al alcance de quienes subieran su frecuencia energética no parecía mucho sacrificio para los hombres y mujeres de la tierra.

"Algo muy grande se está gestando en el interior de esa compañía."

Comencé a percibir más cosas. Mis sentidos se estaban abriendo como flores cuando la voz de la agente Scheffer me volvió a la realidad.

—¿Logró dormir, agente Parker?

—Varias horas.

—Yo dormí algo. Veo que tiene hambre —la agente Scheffer se puso de pie y fue hacia el baño.

—¿Ha visto a la azafata? —me preguntó.

Al ver que la agente Scheffer ya estaba despierta, la joven regresó con el desayuno. En un par de minutos volvió y se sentó a beber un café cargado.

—¿Pudo interrogar al CEO? —me preguntó Scheffer.

—Hablamos. No fue un interrogatorio.

—¿Alguna novedad?

Negué con la cabeza.

—Hablamos un poco de los proyectos de su empresa. No he podido tener pistas sobre el ahorcado.

—Pues en cuanto aterricemos, deberemos tener algo para el teniente Bugarat. ¿Dónde está el señor Raví? —preguntó.

Me giré hacia atrás. No estaba en su asiento.

Apuré el desayuno y me puse de pie.

—Ahora regreso —le dije.

Caminé hasta el cortinaje. Raví estaba absorto en la computadora. La tapa del ataúd estaba cerrada.

—¿No durmió en toda la noche? —pregunté.

—Le dije que no son tiempos para dormir demasiado, agente Parker.

—Ya veo. Se quedó trabajando. ¿Algún resultado?

Se giró hacia mí con expresión de "métete en tus asuntos".

—Los resultados se verán pronto.

—Señor Raví, la verdad es que tengo atragantadas muchas preguntas. Trataré de ser ordenado. La primera es ¿por qué me ha contado todo esto?

Volvió a mirarme con cierto desdén.

—¿No es acaso eso lo que quieren los policías?

—No soy un policía, señor Raví.

—Es un detective que trabaja para ellos, agente Parker, ¿cuál es la diferencia?

—Sólo aplico el don que tengo al servicio de…

—¿… la humanidad? ¡Vamos, hombre! Resolver casos policiacos no ayuda demasiado. Debemos trabajar en anticiparnos a los crímenes o suicidios, eso se hace con la educación; de poco sirve saber quién lo hizo si luego no reformamos la conciencia del delincuente. Ya ve, está aquí y todavía no tiene ni una sola pista sobre qué pudo haber sido lo que pasó con J. J.

Guardé silencio. Evidentemente no haber dormido lo había puesto de mal humor.

—¿Quiere desayunar? —pregunté, tratando de mantener centradas mis emociones.

—Ya tomé mis cápsulas proteicas.

A juzgar por su aspecto atlético y radiante, aquella alimentación le estaba dando buenos resultados.

—¿Qué hará con el ataúd al llegar a Dublín? ¿Los familiares nos recogerán?

—Vendrán sus hermanas y sus padres.

—¿Desde cuándo conocía a J. J. O'Connor?

Raví llevó sus ojos hacia arriba de la frente buscando activar la memoria.

—Entró a la compañía después de que lo conocí en la orden.

—¿La orden? ¿Qué es eso?

Me observó fijamente.

—Una logia de enseñanzas.

—¿Una logia? —pregunté—. ¿Masónica? ¿Rosacruz? ¿Gnóstica?

Raví negó con la cabeza.

—Es una orden secreta, pero ninguna de esas líneas. No nos es permitido hablar de más.

—Entiendo. ¿Y cuánto tiempo hace que conoció a J. J.?

—Unos tres años.

—¿Y desde allí…?

—... me acompañó en este gran proyecto —concluyó—. Es mi mano derecha.

En silencio noté que Raví continuaba hablando del difunto en tiempo presente.

—Además de ser brillante en matemáticas, ¿qué sucedía con el señor O'Connor en su vida personal? ¿Tenía pareja? ¿Deudas? ¿Estaba enfermo?

—Él tenía una misión, agente Parker. Una misión de la compañía. Debía viajar a Canadá a terminar de activar unos asuntos.

—¿Qué clase de asuntos?

—De índole privada con respecto a las patentes.

—¿Patentes del proyecto? —pregunté.

Raví asintió y comenzó a apagar las computadoras. Los misteriosos símbolos se iban cerrando uno a uno al tiempo que titilaban en la pantalla.

—Supongo que esa simbología que parpadea en la pantalla... ¿Está ligada a las matemáticas de Tesla?

Raví comprobó que se habían cerrado los programas y colocó las computadoras y los extensos cables dentro del maletín.

—Todo el misterio de la evolución del ser humano se centra dentro del cuerpo físico, agente Parker. Es el terreno de juego de la conciencia que busca despertar el átomo Nous en el centro del pecho, también llamado el Yo superior o el Íntimo.

Sentí que Raví se adentraba en un terreno más profundo dentro del conocimiento esotérico y no quise interrumpirlo.

—Por otro lado —continuó explicando—, la unidad de carbono, que es el cuerpo físico, tira por un lado con los instintos, impulsos ciegos y fuerzas densas hacia los territorios del Oponente, también llamado el Enemigo Secreto, que se halla en los dos centros debajo del ombligo y que busca llevarlo a un camino de oscuridad; y por otro, del corazón hacia arriba, que es donde está ubicada la conciencia que cada uno es. Una vez que la conciencia se despierta, lo que sigue es la prueba de la magia y el camino oculto. Algo así como las grandes ligas del crecimiento personal.

En eso estábamos cuando sentí que necesitaba más explicaciones.

—¿Átomo Nous? ¿Unidad de carbono? ¿Enemigo Secreto? —pregunté recordando vagamente que no era aquélla la primera vez que escuchaba esos nombres y términos. Hacía años, el conde Emmanuel Astarot me lo había comentado en España.

Raví me observó como un profesor a un alumno de primaria.

—Usted sabe lo que es, pero con otras palabras.

—¿A qué se refiere?

—Todo el mundo lo conoce como Dios, el cuerpo humano y el demonio.

—¿Llaman a Dios átomo Nous en su orden?

—El átomo Nous es donde el alma de cada persona está oculta, pero pocos se dan cuenta. ¿Acaso no se lleva una persona la mano al pecho al referirse a sí misma?

Era cierto. Pensé de inmediato que cada vez que alguien decía "yo no estuve allí", "yo no tengo la culpa", "yo lo voy a hacer", "yo te voy a ayudar" o cualquier momento que alguien se refería a sí mismo, ese "yo" obligaba a que una persona se autoseñalara el pecho y no cualquier otra parte del cuerpo indicando claramente que "yo" equivalía a decir en lenguaje del cuerpo "mi alma está en el centro del pecho".

—Entiendo. ¿Y supongo que llama unidad de carbono al cuerpo físico?

Raví asintió.

—Una unidad de carbono que está cambiando hacia el silicio. El cuerpo está mutando y evolucionando para ganar la batalla.

—¿Batalla?

—Así es, agente Parker. Todo el mundo sin excepción tiene una batalla dentro del cuerpo. O vive del ombligo hacia abajo, que es el terreno donde el Enemigo Secreto desvía del propósito de vida con todo tipo de distracciones, tentaciones y deseos animales; o vive del ombligo hacia arriba, que es donde el llamado del alma se manifiesta para alcanzar el estado de inmortalidad.

Hice silencio tratando de digerir las profundas palabras de Raví. Todo mi sistema de percepciones se sentía afín a esas palabras. Me sentía como pez en el agua. Entre lo confuso del panorama, estaba claro que mis sospechas se asentaban más en lo cierto sobre que a J. J. O'Connor lo habían quitado del medio de un asunto muy delicado. ¿Pero quiénes?

—Señor Raví, quiero preguntarle algo.

Saqué mi celular y le mostré una foto con las palabras que el cuerpo de J. J. tenía grabadas.

—¿Conoce qué significa? ¿Sabe si el señor O'Connor ya tenía este tatuaje en el cuerpo cuando lo vio por última vez? —pregunté para leer hasta el más mínimo detalle de la expresión física y el lenguaje del cuerpo de Raví y saber hasta qué punto lo que me decía era cierto.

El CEO tomó mi celular y leyó:

*Nostis qui olim eratis.*
*Qui nunc in te sunt,*
*Et erit in posterum.*

—No me hace falta leerlo, agente Parker. Sé muy bien qué significa esa frase. Es uno de los emblemas de la orden.

Raví me devolvió el teléfono.

—¿Entonces?

—Le dije que es uno de los estigmas de nuestro trabajo. Nuestra búsqueda se centra en esa frase. Es una máxima del estudio sobre nuestro mundo personal. *Conoce quién has sido en el pasado, quién eres ahora y lo que serás en el futuro* —la voz de Raví adquirió un tono casi sagrado—. Es la pregunta que el hombre se ha hecho desde tiempos inmemoriales, agente Parker.

—Insisto. ¿Ya tenía grabado el tatuaje la última vez que lo vio?

Raví negó con la cabeza.

—El tatuaje debe ir en el alma.

—¿Entonces? ¿Por qué cree que lo hizo?

—Sólo debemos repetirlo cada noche antes de dormir para que, al despertar a la mañana siguiente, nuestra alma tenga más claro su origen al que regresamos cada noche y no se confunda con este mundo ilusorio.

—Entiendo, ¿pero entonces por qué el señor O'Connor lo tenía tatuado?

—No lo sé.

Era la primera vez que sentía que Raví no tenía las respuestas a mis interrogantes. Era un hombre seguro de sí mismo. Se notaba que tenía camino recorrido en las artes internas.

—Según veo hay dos opciones evidentes. O bien se hizo tatuar la frase yendo en contra de lo que su orden enseña, o bien alguien que sabía muy bien lo que esta frase significa se lo hizo contra su voluntad momentos antes o después de su muerte. ¿Ve usted alguna otra posibilidad, señor Raví?

El CEO dejó escapar un suspiro.

En ese preciso momento, la azafata irrumpió sonriente en el compartimento.

—Aterrizaremos en diez minutos. Por favor, vayan a sus asientos y abróchense el cinturón de seguridad.

Raví tomó su maletín, deslizó la mano por el ataúd como si quisiera darle afecto y salió hacia su asiento. Me quedé mirando el ataúd y lo toqué para ver si recibía alguna percepción que me diera nuevos indicios. Luego caminé y me senté al lado de Raví.

—Agente Parker, sólo puedo decirle que J. J. pagó con su vida por la misión que yo le encomendé —respondió ajustándose el cinturón—. Él es una pieza clave del proyecto y del propósito por el cual nuestra empresa se gestó. Créame que yo más que nadie quiero saber lo que está pasando y colaboraré para que se sepa que J. J. fue un héroe de este proyecto. Lo amo como un hermano.

Raví hizo una pausa. Se le humedecieron los ojos.

—Tiene que saber, agente Parker, que además de ser mi mano derecha, es mi cuñado. Pronto conocerá a Magdalene, su hermana y mi compañera.

El avión tocó tierra y tuve una extraña sensación extrasensorial como si hubiera viajado miles de años en el tiempo.

# 20

## Vancouver, Columbia Británica, Canadá
## En la actualidad

I ris Brigadier también se había quedado despierta hasta altas horas de la madrugada en la casa de Arthur.

No era la primera vez que se quedaba a dormir. Como veía a Arthur como si fuera su tío, la madre de Iris, ya divorciada hacía años, le daba permiso ya que esas noches ella aprovechaba para verse con su nuevo novio y deleitarse con las chispas iniciales del deseo.

Iris le había enviado toda la información que había encontrado y que consideraba útil dentro de la jungla de páginas en internet.

Su último pensamiento antes de dormir, cuando el reloj las cinco y media de la mañana, fue que el celular de Arthur Parker no tenía cobertura, lo cual indicaba que aún no había aterrizado en Europa.

Iris se había dormido, más que por cansancio, para descansar los ojos. Los tenía muy irritados por la intensa búsqueda que realizó en internet acerca de cruces precristianas, símbolos iniciáticos y rastros de magia pagana. Al fin se entregó al sueño con Agni a su lado. Ella y el gato descansaban sobre el sofá cubiertos por una cálida manta de algodón.

Los sentidos de Agni se inquietaron e Iris se movió soñolienta hacia el lado opuesto.

A los pocos segundos nuevamente el gato se estiró como protestando por la falta de espacio. La noche oscura detrás de la ventana con cristales húmedos por la lluvia y los truenos, frecuentes en Vancouver, dejaban adivinar que el frío de la calle era intenso.

Parecía que al fin la joven y el gato habían encontrado su comodidad y cayeron en un sueño profundo.

Ni Iris ni Agni advirtieron el sutil sonido de una llave en la puerta, ya que fue como un suspiro casi imperceptible entre la tormenta.

En menos de un minuto la sombra mojada de un hombre se deslizó sigilosa y profesional por el suelo de madera de la casa de Parker.

En menos de otro minuto Iris Brigadier sintió truncado su sueño en medio de una salvaje sorpresa por el abrupto despertar de una pesada mano masculina que portaba un pañuelo impregnado de cloroformo y lo colocaba con fuerza en su nariz y boca, al mismo tiempo que el gato, muerto de miedo, pegaba un salto y salía corriendo escaleras arriba.

Rápidamente Iris Brigadier vio todo negro y de inmediato el tricloruro de metilo la dejó sin conocimiento.

A sus pies, un hombre vestido con un largo sobretodo mojado la sujetaba con expresión triunfante.

# 21

## Dublín, Irlanda
## En la actualidad

En Dublín llovía torrencialmente.
Cuando el avión se detuvo la azafata nos saludó amablemente deseando una estadía agradable en la ciudad y el capitán nos estrechó la mano.

La agente Scheffer y yo secundamos a Raví por el estrecho pasillo de llegada.

Caminamos varios metros y nos mezclamos con la multitud que viajaba desde otras ciudades. Al parecer algunos vuelos estaban demorados por el mal tiempo. A pocos metros una mujer se aproximó a Raví y se fundió con fuerza en un emocional abrazo. A su lado una mujer y un hombre que rondarían los setenta años, elegantemente vestidos, esperaban el turno para abrazar a Raví.

"Los padres de J. J.", supuse.

A su lado otra mujer de larga cabellera negra y ojos brillantes me miró directo a lo profundo de mis ojos. Sentí un inmediato contacto con su energía.

—Éste es el agente Parker y ella la agente Scheffer —les dijo Raví a las dos hermanas y a los padres.

—Mi más sentido pésame —articulé.

La agente Scheffer también les dio la mano.

—Lamento la pérdida —dijo con voz suave.

Los padres O'Connor hicieron una mueca de resignación.

—Ella es Magdalene y ella es Freyja —dijo Raví—. Son las hermanas de J. J.

Las dos mujeres emitían un fuerte magnetismo. Una radiación que hacía notar su presencia no solamente porque ambas poseían una prístina belleza física de tiempos ancestrales, sino porque su energía tenía un alto nivel vibratorio. Siempre había podido percibir el nivel de energía de las personas, si estaban felices, tristes, molestas; adivinaba su estado interior hasta el punto de saber si su espíritu estaba inclinado hacia la luz o la oscuridad.

—Hubiera preferido conocerlas en momentos más gratos —dije—. Haremos nuestra investigación y esperamos ser de suma utilidad para resolver esta tragedia y saber cuál fue la causa.

—Acompáñenme por aquí —dijo el padre.

En ese mismo momento irrumpieron entre la multitud dos hombres uniformados y un hombre alto de gabardina color verde olivo.

—Buenos días. ¿Christopher Raví? —preguntó el hombre alto con gesto decidido.

—Soy yo —respondió Raví—. ¿Qué sucede?

—Soy el agente Trevor Murphy, oficial en jefe de la Policía Metropolitana de Dublín —dijo con voz autoritaria al tiempo que los otros dos agentes iban tras las espaldas de Raví—. Queda detenido por el homicidio del señor O'Connor. Tiene derecho a un abogado, todo lo que diga puede ser usado en su contra —el agente Murphy siguió leyéndole los derechos legales mientras los otros dos policías rápidamente colocaban las esposas en las muñecas de Christopher Raví.

Magdalene O'Connor y los padres de J. J. se abalanzaron furiosos sobre los dos agentes.

—¡¿Están locos?! ¡¿Qué hacen?! —gritaron al unísono forcejeando con los agentes.

—Les ordeno que se aparten o los tendremos que llevar detenidos por obstrucción de la justicia.

Por detrás aparecieron otros cuatro agentes más e hicieron que Magdalene O'Connor, su hermana y los padres quedaran separados de Raví, a quien rápidamente encaminaron hacia la salida del aeropuerto, ante la atónita mirada de la multitud que esperaba sus vuelos.

—Soy el agente Arthur Parker. Me temo que este caso está a cargo mío y de la agente Scheffer —le dije al agente Murphy, quien me observó con mirada de superioridad—. Venimos en custodia desde Canadá que es donde se produjo la muerte del señor O'Connor y...

—¡Esto no es Canadá, agente Parker, aquí nos regimos por la ley irlandesa! —gruñó el oficial Murphy—. Es nuestra jurisdicción, tenemos potestad y orden de captura para el señor Christopher Raví en cuanto pisara suelo de Irlanda. Y hago cumplir las órdenes. Nos haremos cargo del señor Raví y del ataúd que viaja en ese avión.

—¿Quién dio esa orden? —pregunté con cierto enojo, pero el oficial Murphy hizo oídos sordos a mi pregunta y se marchó a paso veloz atrás de los oficiales que se llevaban a Raví.

—¡Adónde llevarán a mi hijo! —gritó impotente la madre de J. J. mientras su marido la sujetaba.

La agente Scheffer me miró con impotencia.

—Llamaré al teniente Bugarat de inmediato —dijo, al tiempo que rápidamente sacaba el celular.

La madre de J. J. se abrazó a su marido y Freyja consoló a Magdalene con su mano en el hombro.

—Debe haber una confusión —les dije—. Mantengan la calma, tiene que ser una equivocación.

Freyja volvió a mirarme profundamente como si quisiera llegar al fondo de mi alma, mientras la agente Scheffer con el teléfono en el oído aguardaba a que el teniente Bugarat respondiera la llamada.

# 22

## Dublín, Irlanda
## En la actualidad

Una hora más tarde, Peter Stone y Andrew Church se adelantaron a la limusina negra que los esperaba a la salida del aeropuerto de Dublín.

Pasos más atrás, Elías *el Rengo* se demoraba en su andar apoyado con fuerza sobre su bastón, el cual tenía una costosa águila de oro en su empuñadura. Se movía con empeño y decidido a llegar no sólo al coche que los aguardaba, sino a cualquier meta que se propusiera.

Los tres hombres, al fin montados en el coche, salieron con velocidad hacia las oficinas de Teosofical Tesla Technologies.

Los tres consultaron sus teléfonos inteligentes.

Peter Stone tenía varios mensajes de voz. Activó el primero:

*Parker aterrizó en Dublín. El* CEO *ha sido detenido por la policía de Irlanda. Sucedió algo imprevisto. Me encontré una joven de dieciséis años en la casa del agente Parker. La tengo bajo mi poder. Al parecer estaba enviándole información. Espero instrucciones.*

La voz del contestador encendió la malicia en los ojos de Stone.

Se giró hacia Elías *el Rengo* y Andrew Church.

—Al parecer tenemos más buenas noticias.

Stone le pidió al conductor que subiera la ventanilla de la limusina para hablar con privacidad y volvió a poner el mensaje para que oyeran.

—¿Una ayudante del agente Parker? —preguntó Andrew Church, asombrado.

—Ummm... no podría haber aparecido en mejor ocasión —agregó Elías *el Rengo*.

Peter Stone guardó silencio, pensativo. Su cabeza buscó varias posibilidades.

—¿Cuál fue la máxima más famosa de Arquímedes?

Elías y Church se sorprendieron con la pregunta.

—¿Arquímedes? ¿El matemático y astrónomo griego? —preguntó Church.

Stone asintió son una risita maliciosa.

—Si te refirieres a la fuerza de la palanca, él dijo: "Dame un punto de apoyo y gobernaré el mundo" —respondió Church.

Los tres captaron la idea y se miraron con expresión cargada de ambición.

—Así es —afirmó Stone—. Al parecer tenemos el punto de apoyo que nos dejará a Parker forzosamente en la palma de la mano.

# 23

## Dublín, Irlanda
## En la actualidad

La sala de la casa de los padres de J. J. O'Connor era entrañable, las cálidas paredes estaban revestidas de madera y lujoso mobiliario, se notaba que había un clima familiar de unidad y poder.

La madre de J. J. tenía una marcada tristeza y lloraba a cada palabra que decía, mientras el padre era quien más aplomo mostraba ante la tragedia que estaban viviendo. Magdalene y Freyja estaban en la cocina.

Yo me encontraba junto a la agente Scheffer, quien seguía hablando con el teniente Bugarat.

—Teniente, tan pronto aterrizamos, la policía de Irlanda detuvo al CEO y jefe del señor O'Connor. Al parecer lo inculpan como principal sospechoso.

—Tendrán sus motivos. Supongo que ahora ellos continuarán con la investigación. Acérquense a preguntar si necesitarán que los apoyen. Si no, deberán regresar aquí de inmediato y dejar todo en manos de la policía de Irlanda.

—¿Regresar? —preguntó la agente Scheffer en mi presencia.

—Sí, ellos se encargarán, ustedes ya han cumplido su trabajo de escoltar el ataúd.

—Pero...

—Siga mis órdenes, agente Scheffer. Esperaremos cuarenta y ocho horas para decidir. Manténganme informado.

El teniente se había mostrado seco y autoritario. No era la primera vez, pero las órdenes que me había dado al salir de Canadá eran que utilizara mis dones para resolver el caso. Ahora nos pedía que nos hiciéramos de la vista gorda. ¿A qué se debía su cambio de planes? En mi interior, yo sentía que Raví no había podido ser el autor del crimen a menos que ya estuviera en la ciudad de Vancouver hacía días.

—¿Desde cuándo conocen al señor Raví? —les pregunté a los padres de J. J.

El padre se puso de pie y fue hacia uno de los muchos portarretratos que había sobre la chimenea. Había fotos de familia, de los tres hermanos, de los padres, de viajes en varios países. El padre tomó la foto de Christopher Raví y Magdalene.

—Lo conocemos desde que Magdalene lo presentó como su compañero. Y J. J. nos lo trajo como su jefe en la empresa. Recuerdo la primera vez que vino a casa a cenar. Vi algo muy intenso en su mirada.

—¿Qué vio, señor O'Connor? —pregunté.

—Honestidad.

Asentí con lentitud.

—¿Tuvo la primera impresión del señor Raví como alguien honesto?

—Así es. Uno se hace una imagen de una persona de inmediato. Es un instante que se puede conocer por...

—... la energía que transmite —la frase la completó la voz de Magdalene aproximándose desde la cocina.

—Con el tiempo todos lo admiramos por cómo involucró a J. J. en su empresa y sus proyectos, además de cómo se relacionaba con Magdalene —dijo el padre.

Freyja llevaba una bandeja con tazas de té y galletas que apoyó en la mesa de madera en torno a los sofás donde estábamos sentados.

—No vemos entonces motivos para que lo inculpen de la muerte de J. J., ¿verdad? —pregunté al tiempo que recibía una taza de té de las manos de Freyja.

—En lo más mínimo —dijo Magdalene—. Christopher y J. J. eran inseparables, de hecho, J. J. era quien más lo entendía en el proyecto de la empresa que Christopher ideó.

—Aquí hay una mano negra oculta —agregó Freyja con voz intensa—. Creo que dentro de la compañía hay muchos intereses creados.

—Me lo imagino —dije, al tiempo que observaba la forma en que el padre miraba la foto—. Durante el viaje, el señor Raví pudo comentarme los alcances del proyecto; sinceramente, la patente legal de este revolucionario sistema puede ser carne muy apetecible para muchos buitres.

—Años de ganancia —dijo el padre—. Cambiaría el futuro para siempre.

—¿Tienen alguna pista o sospecha de qué o quiénes pueden estar detrás de esto? —pregunté.

—¡Nada me devolverá a mi hijo! —exclamó la madre de J. J. con frustración y tristeza.

—Haremos todo lo posible por…

El padre hizo un gesto para que los dejáramos solos y abrazó a la desconsolada mujer.

Nos retiramos con Magdalene, Freyja y la agente Scheffer a la cocina.

—Ellos se consolarán mutuamente —dijo Magdalene—. Ahora en nuestras manos está liberar a Christopher para que pueda continuar con el proyecto. De esa forma la misión y el trabajo de J. J. no habrán sido en vano.

—Necesitamos preguntar sobre los últimos días tanto del señor Raví como de su hermano —preguntó la agente Scheffer.

Magdalene se apoyó sobre la mesa de la cocina.

—Christopher estuvo conmigo estos dos últimos días. Era físicamente imposible que pudiera ser culpable. Tengo las pruebas.

Magdalene O'Connor era una mujer que exudaba fuerza y magnetismo. Sonaba convincente tanto por sus palabras como por el lenguaje de su cuerpo. Llevaba su cabellera rojiza atada por detrás, todo su rostro parecía estar en el aquí y ahora más que nunca.

—Si Raví estuvo con usted no habrá que preocuparse —dije con un tono neutro—. Tendrá que presentar las pruebas. ¿Su hermano estaba tomando algún medicamento, estaba bajo el efecto de alguna droga, mostraba tristeza o algo que nos hiciera pensar que sí pudo haberse suicidado?

Las dos hermanas me dirigieron la misma mirada de enojo.

—Era una persona sana y comprometida con el ideal de Christopher —dijo Freyja—. No tenía pareja porque su trabajo le absorbía mucho tiempo y era algo que habíamos hablado. Me decía que una vez que el descubrimiento se difundiera al mundo, se dedicaría a su vida personal. No hay mucho que suponer porque no había en él problemas emocionales.

—Supongamos que descartamos entonces el suicidio. ¿Alguna sospecha del móvil o la causa del posible asesinato? ¿Por qué tenía un tatuaje grabado y un maletín con dinero esposado en su mano?

—¿Un tatuaje? —preguntó Magdalene—. ¿Qué tenía tatuado?

Tomé mi celular y le mostré la frase.

Las dos hermanas leyeron.

*Conoce quién has sido en el pasado,*
*quién eres ahora y lo que serás en el futuro.*

—Tiene tatuada una de las primeras enseñanzas en clave de la orden a la que pertenecía —afirmó Magdalene.

—Eso me dijo Raví cuando veníamos en el avión. ¿Usted lo reconfirma?

—¿Qué orden? —preguntó la agente Scheffer, extrañada.

—Una logia secreta con gente de poder, la mayoría intelectuales, gente de conocimiento. Hay miles en toda Europa y en el mundo —respondió Magdalene con aplomo.

—¿Qué tipo de orden? ¿Se refiere a los francmasones? ¿Bohemian Grove? ¿Illuminati? ¿Rosacruces? ¿Cabalistas? ¿Ustedes no pertenecen a dicha orden? —preguntó la agente Scheffer nerviosa como si disparara a mansalva hacia todos ellos.

—Esa logia es sólo para hombres —respondió Freyja girándose para ver el jardín por la ventana. Su larga cabellera negra casi llegaba hasta la cintura; tuve una extraña sensación como si me transportara a otra época.

—Entiendo —respondí al tiempo que trataba de leer el lenguaje corporal de ambas hermanas.

—Debo ir al baño —dijo la agente Scheffer.

—Por aquí.

Magdalene acompañó a la agente hacia la habitación contigua. Me quedé a solas con Freyja.

—Siento que hay algo que no me está diciendo.

Freyja se giró hacia mí. Su presencia era realmente intimidante tanto por su belleza como por su poderosa energía magnética.

—*Osclaítear rúin don anam atá in ann iad a fhionnadh* —dijo Freyja en irlandés antiguo.

Entendí la frase. "Los secretos se abren para el alma que sea capaz de descubrirlos."

—Para eso he venido.

—Y para más cosas.

—¿Cómo dice?

—Todo el mundo se encuentra en el lugar que está porque así lo ha buscado —dijo Freyja.

Asentí.

—Estoy de acuerdo con eso. Creamos con la mente lo que vivimos con el cuerpo.

Respiré su perfume femenino a pocos centímetros de mí. Olía a una fragancia que me recordaba los narcisos en flor. Además me venían ráfagas de entendimiento como si conociera a esa mujer de antes. Una especie de *déjá vu.* Con mis dones también podía conocer a una persona por como huele, como mira, como se expresa, como toca ciertas partes de su cuerpo. Freyja O'Connor me era conocida por alguna razón.

Magdalene regresó con un portarretratos de una foto en blanco y negro en la mano.

La tomé y me asombré de inmediato.

—¿Qué significa esto?

Magdalene y Freyja se dirigieron una mirada cómplice.

En la foto se hallaban Freyja, Magdalene, Christopher Raví y un hombre absolutamente idéntico a Raví.

—¿Pero... hay dos Raví? —pregunté asombrado.

Freyja se volvió hacia mí.

—Lo que ha percibido es cierto, agente Parker —me dijo Freyja—. Hay algo que aún no sabe. Christopher tiene un hermano gemelo.

# 24

## Dublín, Irlanda
## En la actualidad

¿Un hermano gemelo? Estaba completamente impactado. Eran dos gotas de agua.

—Así es —respondió Magdalene—. Es Santiago Raví. Su hermano es como su sombra.

—No entiendo. Esto puede traer mucha confusión, ¿entonces... ellos?

—Ellos pueden ser vistos como si uno fuera el otro. Muchas veces jugaron conmigo —dijo Magdalene, llevando sus ojos hacia arriba de su glándula pineal en actitud de recordar—. Venía Santiago y quería besarme, pero me daba cuenta por su energía de que no era Christopher. Ésa es una gran diferencia entre ambos. Hacían esa broma a menudo.

Guardé silencio.

Necesitaba pensar rápidamente.

—Además —añadió Freyja sujetando el portarretratos—, Christopher es el cerebro de todo el proyecto, Santiago es un trabajador más para la causa de la empresa.

Observé los ojos de ambas hermanas.

—Me temo que deberé interrogar de inmediato al hermano de Raví. ¿Dónde puedo encontrarlo?

La agente Scheffer regresó del baño.

—Recibí una nueva llamada del teniente Bugarat, me comunicó que debo dar por terminada la investigación —dijo a bocajarro.

—¿Cómo dice? —pregunté con asombro.

—Eso me ha dicho. Yo deberé regresar a Canadá, sólo usted se queda, agente Parker. No ha podido comunicarse. Dice que tiene el teléfono en silencio. Llámelo de inmediato.

Tomé aire. Aquellas noticias no me gustaban. Más ahora cuando aparecía una posible pista extra con el hermano de Raví.

—¿Me disculpan?, regreso en un momento —dije.

Salí al jardín a hablar por teléfono. Observé la lista de mensajes. Tenía varios del teniente Bugarat. Apreté su número.

—¿Teniente?

Al cabo de pocos segundos escuché su voz ronca.

—Parker. No he podido comunicarme contigo. ¿Dónde te has metido?

—Abriendo nuevas pistas, teniente.

—¿Has podido averiguar algo?

—El CEO que acompañaba el ataúd ha sido detenido.

—Lo sé. Me acaban de informar las autoridades oficialmente.

—¿Usted canceló la operación a la agente Scheffer?

—Así es. No tiene sentido que dos agentes estén allí. Ella deberá regresar, tú utiliza tus facultades para quedarte durante cuarenta y ocho horas. Si no consigues ninguna pista, deberás regresar también.

Respiré profundo. Aquello no tenía razón lógica.

—¿Parker? ¿Estás ahí?

—Sí, teniente. Entendido.

—Comunícate seguido. Necesito que actualices tu posición y tu avance. ¿Entendido?

—De acuerdo, teniente.

Colgué la llamada extrañado. La voz del teniente se escuchaba diferente, como si no quisiera que profundizáramos en el caso.

Regresé de inmediato la casa.

—Tengo dos días para resolver este caso. Debemos darnos prisa y necesito toda la ayuda posible. Comencemos por Santiago. ¿Dónde puedo interrogarlo?

Freyja me tomó de la mano.

—Yo te llevaré. Mi hermana acompañará a la agente Scheffer al aeropuerto.

Le di un abrazo a la agente Scheffer. Y ella me devolvió una mirada inquietante.

—Tenga cuidado, agente Parker. Algo no se ve bien —me dijo.

—Lo tendré.

Nos despedimos de los padres de J. J., luego Magdalene acompañó a la agente Scheffer a su coche y yo me subí con Freyja al suyo.

En un instante, los dos vehículos tomaron su curso hacia direcciones opuestas. Parecía que otra vez empezaría a llover. El cielo estaba plomizo y oscuro.

En ese momento vino un recuerdo de mi abuela.

Ella solía decirme: "Cuando haces una elección en el momento presente, modificas tu momento futuro".

# 25

## Dublín, Irlanda
## En la actualidad

Me acomodé en el asiento del acompañante, mientras Freyja O'Connor conducía hacia las afueras de Dublín.

Yo conocía esa zona muy bien porque la había frecuentado por fiestas privadas cuando estudiaba la secundaria. Era una zona rica y de casas lujosas, llena de altos árboles y pinos por doquier.

Consulté mi teléfono. Tenía varios mensajes de Iris sobre cruces anteriores al cristianismo y simbologías esotéricas. Le había pedido que me ayudara a investigar estos detalles para hacerme una idea más palpable de quiénes me habían amenazado y qué intentaban decirme con aquellos símbolos.

Observé las notas que había recibido, por un lado una clara amenaza: *"Parker, si te metes en este caso, serás hombre muerto".*

Y por el otro, una caja con un pentagrama, un cuchillo, un cuaderno, un bolígrafo , un puñado de lo que parecía incienso y la enigmática advertencia. *"Esperamos que seas digno de abrir la puerta de los misterios."*

"Quienes sean los que me hayan enviado esto, evidentemente están en bandos opuestos", razoné.

El coche dio un giro hacia la empalizada y luego aumentó la velocidad aprovechando que un camión de carga siguió por la autopista, ya que seguramente vendría desde el norte, la zona más rica de Irlanda que transportaba casi todo lo comestible al país.

Tomamos la siguiente salida y entramos a una calle de un barrio poco poblado.

—¿Adónde vamos? —pregunté.

—A casa de Santiago.

—¿Le llamó?

Freyja hizo una pausa. La sentí incómoda.

—¿Puedo pedirle un favor, agente Parker?

Me giré hacia ella.

—Claro. ¿De qué se trata?

—¿Puedes dejar de tratarme de usted?

Esbocé una sonrisa.

—Seguro. Si te sientes más cómoda, no hay problema.

—Gracias.

Freyja giró el volante y se volvió por la línea opuesta en un movimiento bastante arriesgado. Los neumáticos chillaron en el asfalto.

—Evitaré el tránsito. Iremos por estos caminos secundarios.

—Conduce con precaución pues ya comenzó a llover.

—¿Desde cuándo eres detective?

—Hace varios años. Ha sido mi forma de poder volcar mi don.

Freyja hizo un silencio, pensativa.

—¿Don? ¿A qué te refieres?

—Tengo ciertas facultades.

—¿Premoniciones y percepciones extrasensoriales?

Asentí.

El coche dobló por una calle oscura. Las luces del atardecer teñían el cielo violáceo y púrpura cual teatro gótico. No sé si fue sugestión, pero en ese mismo momento sentí una presencia a nuestras espaldas. Un par de luces detrás me alertó. Miré por el espejo retrovisor.

—Creo que nos siguen —le dije—. Trata de acelerar.

Freyja observó también por el espejo y aceleró.

—Fui amenazado para no investigar en este caso —le aclaré.

Freyja me observó con una enigmática mirada, giró el volante y patinó con las ruedas traseras sobre el camino embarrado y derrapó unos metros al tomar una desviación.

En ese mismo momento escuché un disparo seco con silenciador. El vidrio detrás de nuestro coche se hizo añicos.

—¡Nos dispararon! —exclamó.

Me giré hacia atrás. Apareció otro coche de un camino secundario.

—¡Acelera! ¡Son dos coches!

# 26

## Dublín, Irlanda
## En la actualidad

Miré por el espejo retrovisor en el mismo momento en que una bala volvía a hacer añicos los vidrios posteriores del coche.

Cubrí mi cabeza por instinto.

—¡¿Qué está sucediendo!? —grité.

Freyja aceleró casi al límite de poder controlar el vehículo por un trecho de más de doscientos metros. Derrapó en una curva cerrada al entrar a un camino de tierra, casi tocando el añejo y fuerte tronco de un árbol. Ambos lados del rudimentario camino estaban cubiertos de árboles que formaban un oscuro bosque.

Aceleró por otra recta de más de quinientos metros. Varios pozos llenos de agua nos hicieron saltar varios centímetros como un resorte. El coche de atrás se acercó y el otro se hizo a un lado para disparar mejor. Escuché los silbidos de las balas en la nuca.

—¿Cómo nos metimos aquí? —dije con la respiración agitada—. Conduce con cuidado. Tranquila. Enfócate. Si nos dan en este paraje, estaremos perdidos.

—Conozco un atajo por el bosque —gritó Freyja, con voz segura, tenía los ojos como un lince clavados en el camino. Apenas se veían con claridad unos diez a quince metros iluminados por nuestras luces.

Volvió a acelerar y nos distanciamos unos treinta metros de los perseguidores. En ese momento Freyja miró por el espejo retrovisor que habíamos incrementado una escasa ventaja y apagó las luces del coche y todo el camino quedó en la más absoluta oscuridad.

—¿Qué haces? ¡No se ve nada! —exclamé.

—Guarda silencio, por favor.

El coche giró hacia la derecha y comenzó a moverse como si fuera sobre olas del mar debido al mal estado ondulante del camino. Al cabo de unos segundos, percibí que ya no teníamos a los perseguidores en la espalda.

—¿Los perdimos?

—De momento —dijo Freyja aminorando la velocidad—. Desde pequeña conduzco como si fuera ciega, pero con una gran intuición, como si...

Se frenó en seco y advertí una leve sonrisa en su rostro.

—Todos tenemos el don de ver claramente con el ojo interior —me aclaró—. Tú y yo poseemos esa activación en las hebras del ADN.

—¿Ojos que ven en la oscuridad? —pregunté intuyendo la respuesta.

—Mi tercer ojo se activó con los rituales que heredé de los druidas antiguos que habitaron Irlanda —me aclaró Freyja—. No dejé pasar la oportunidad para recobrar todo ese valioso conocimiento ancestral.

Condujo unos cientos de metros más, giró en una pequeña curva y detuvo el coche.

Nos envolvió un manto con la más oscura de las noches.

Absoluta oscuridad.

Y quietud.

Bajé la ventanilla y respiré el aire puro, frío y envolvente.

Freyja silenciosamente bajó del coche.

—Te dije que conocía un atajo.

Caminamos unos metros. El exquisito olor de pinos y árboles de aquel bosque en medio de la nada se hizo más fuerte.

—La oscuridad es bella —dijo Freyja, elevando los ojos hacia el cielo.

Hubo un silencio.

—Y necesaria —agregué después de unos segundos, ya que en aquel bosque parecía que no sólo habíamos perdido a los perseguidores, sino también la sensación del tiempo y el espacio.

Divisé la sombra de su delicada silueta como si fuera un hada de otro mundo.

—Las estrellas necesitan la oscuridad —dijo en un susurro.

Asentí.

—La oscuridad es la sombra de la luz —afirmé.

Freyja estaba maravillada a pesar del mal momento que habíamos vivido. Se sentía que el bosque era su hábitat.

—Pensar que la gente, por ignorancia, le teme a la oscuridad —reflexionó—. ¿Qué sería de la vida sin lo oscuro, sin el color negro? —preguntó.

—En este mundo de dualidad es totalmente necesario —maticé—. Además, nos perderíamos muchas cosas. No podríamos ver las películas de Chaplin, ni ver correr a musculosos atletas de raza negra, ni ojos negros llenos de esperanza y entusiasmo, ni petróleo negro como la sangre de la tierra; no habría lápices negros, ni negras sombras sobre la pared reflejando nuestras danzas frente al fuego...

Ella esbozó una sonrisa sutil.

—No hay ningún fundamento inteligente para quitar el color negro de la existencia.

—Totalmente de acuerdo —le dije, ya sintiendo las manos totalmente adormecidas por el frío—. Creo que la gente teme a la oscuridad porque no conoce el poder de su propia luz.

Freyja se giró.

—Qué bonito eso que dijiste.

Sonreí.

—Así es, Freyja, si la gente conociera y activara su luz, el mundo sería...

—... tal como mi hermano y Christopher lo están diseñando. Sin miedo a la muerte, con esperanza de vida longeva, con poder para resucitar de la oscuridad que cada alma vive.

Respiré profundo. Aquella mujer, además de bella, portaba la sabiduría de aquellas féminas que están más cerca de ser diosas que de ser mujeres.

—Te ayudaré en todo lo que pueda traer luz sobre este caso, Freyja —le prometí acercándome a su lado.

—Hay más oscuridad en este caso que en esta noche —respondió con sus ojos negros clavados mirando las estrellas entre las nubes.

Nos quedamos en silencio, respirando el frío, el aroma del bosque, la fértil oscuridad de las raíces bajo la tierra. Sentí que aquella noche me envolvía en medio de la nada.

Antes de entrar al coche me detuve al ver a Freyja y pensé que, si también quitáramos la oscuridad del color negro de la vida, perderíamos muchas más cosas, incluida la sensualidad de su larga y oscura cabellera.

Lo pensé, pero no se lo dije.

# 27

## Dublín, Irlanda
## En la actualidad

Eran ya las nueve y media de la noche y la reunión en las oficinas de TTT se había alargado más de la cuenta.

Sobre todo por la intensa presencia de Paul Tarso, otro de los más poderosos e influyentes socios del comité del proyecto de Christopher Raví. Allí se encontraban sólo siete de los doce líderes de la junta directiva.

En torno a una mesa rectangular se encontraban Peter Stone ubicado en la cabecera, Mattew Church y Elías *el Rengo* sentados uno al lado del otro.

Estaban esperando novedades de los abogados respecto a la situación judicial de Raví.

—¿Alguna noticia? —preguntó Paul Tarso.

Tarso era de mediana estatura y de complexión fuerte y maciza. Rondaba los sesenta años y hablaba con intenso acento irlandés.

Peter Stone, ansioso, se puso de pie y caminó hacia los amplios ventanales de la oficina. Estaba pensativo. En su mente tejía hilos imaginarios de posibles escenarios futuros.

—Estamos a punto de lanzar el producto al mundo. No podemos hacerlo con nuestro CEO detenido por presunto homicidio —razonó Paul Tarso.

Hubo un silencio incómodo.

—Me temo, Paul, que con el tiempo la empresa será más importante que el mensajero —espetó Elías *el Rengo*, con cierto desdén—. Entiendo que estemos preocupados por la muerte de J. J. y el arresto de nuestro líder, pero debemos pensar en el beneficio de llegar a todas esas personas que esperan que...

—¿Les digamos que se salvarán de la muerte cuando el creador del método no puede salvarse a sí mismo? —razonó Paul Tarso.

—Él es inocente y lo sabemos —añadió Thomas Dídimo, otro de los más entusiastas colaboradores de Raví—. Y sólo es cuestión de tiempo que lo liberen. Lo que creo que no podemos hacer es justamente lo que puede llegar a pasar, que estemos divididos y el proyecto se vea detenido. Soy de la idea, al igual que Paul, de que no hagamos más que esperar la liberación de nuestro líder. Hacer cualquier otra cosa creo que atenta a nuestra fidelidad hacia su trabajo y a la memoria de J. J.

Peter Stone se volvió en seco con el ceño fruncido.

—¡Todo lo que costó este trabajo y lo dejaremos así como así! Es necesario construir un imperio que se extienda por las futuras generaciones y cambiemos para siempre el futuro de la humanidad.

—Eso sería muy dogmático —replicó Thomas Dídimo, enfrentando a Stone. No era la primera vez que ambos tenían diferencias. Thomas Dídimo llevaba un archivo privado donde documentaba hasta el menor detalle de cómo se iban desarrollando los acontecimientos desde el comienzo de la empresa.

—Peter tiene razón —apoyó Elías *el Rengo*—. Creo que es momento de aprovechar la publicidad en los medios, será impactante que un CEO a punto de ser juzgado haga sentir que su empresa es más fuerte que él mismo.

—¿Olvidas que él es quien está a cargo de construir todo? ¡Es su idea! ¡Y le ha costado la vida a uno de nuestros socios! —gruñó Thomas Dídimo—. Si lanzamos cualquier emprendimiento solos, seremos irresponsables en pos de la ambición.

—¿Qué hay de malo en la ambición? —replicó Stone—. ¿Acaso no es la meta de la empresa hacer cambios en la humanidad?

—Cambios sí. Sólo digo que nosotros no podemos pasar por alto la idea original y el hecho de que J. J. O'Connor hace días estaba aquí con nosotros y se nos ha ido, sino que también Christopher ahora está en proceso con las autoridades. Si no esperamos, seremos arrebatados en nuestras decisiones, y eso puede perjudicar la imagen de la empresa y el mensaje del líder —razonó Thomas Dídimo.

La mente de Peter Stone estaba marcada con el ardiente fuego de la ambición y poder para sí mismo. Tanto Church como Elías *el Rengo* estaban movilizados por los mismos deseos en contra de cualquier condición ética.

—Nosotros tenemos diferencias y no podemos llevarlas al terreno personal, propongo una votación para esperar o proceder —propuso Stone con astucia.

Paul Tarso lo miró con enojo en la mirada.

—¿Quién eres tú para proponer cosas sin la presencia del resto de la junta directiva? Falta aquí la voz de Santiago Raví, Magdalene O'Connor y Simon Zeloth, ellos tienen gran peso en la empresa —su voz sonó amenazante.

—No podemos esperar a que vengan cuando los hemos convocado y no se han presentado.

—Varios están de viaje. Y sabes que Magdalene está atendiendo los asuntos de manera cercana y personal en este caso.

—Ya veo —Stone hizo una mueca de desdén. Nunca le había convenido la presencia de Magdalene en la junta directiva. Ella tenía gran peso por ser la pareja de Christopher y además por ser la única mujer.

—¿Entonces esperaremos a que se dignen a aparecer? Estamos perdiendo un tiempo valioso. Creo que con o sin nuestro CEO, debemos lanzar el producto al mercado.

Stone guardó silencio tragándose el enojo, cuya energía fue a parar directo a sus intestinos. Buscó la aprobación de Mattew Church, quien le hizo señas para que se quedara en silencio. Sabía que todo lo que estaban cocinando detrás de la escena estaba a punto de favorecerlos.

Thomas Dídimo llegó al límite de su paciencia.

—¿Quién eres tú para negar que Christopher es nuestro líder? —le preguntó a Peter Stone, con voz molesta.

Stone, preso de la ira, saltó como leche hirviendo.

—Si lo tengo que negar lo negaré, porque creo que la empresa es más que…

—¡Negar a nuestro CEO! —Thomas Dídimo lo interrumpió abruptamente—. ¿Cómo te atreves a darle la espalda al creador de todo lo que tenemos? ¡No puedo creer lo que ha salido de tus labios! ¡Repítelo! Porque creo que tienes que tomar conciencia de que…

—¡Lo sostengo! —gritó Peter Stone, dando un puñetazo en la mesa de fino roble que retumbó más por las palabras que por el golpe.

—¡Calma! —exclamó Paul Tarso llamando a la cordura.

El clima de la sala se había convertido en una olla de presión.

—Y les diré más —añadió Peter Stone envuelto en furia con el rostro enrojecido como una brasa caliente—. Negar nuestra vinculación como comité de la empresa con nuestro CEO será en beneficio de TTT y siento que nuestro líder estará de acuerdo con que sea así.

—¡De ninguna manera! ¡No voy a negar a Raví! ¡Voy a averiguar qué es lo que ha sucedido con J. J.! ¡Perder a los dos me parece demasiada confusión e injusticia! ¿Quieres hacer lo mismo que Apple con Steve Jobs? Necesitamos claridad, ¡señores, por favor! ¡Esto no es un circo de feria tergiversando el mensaje que la empresa quiere proponer! —la voz de Thomas Dídimo intentó poner freno para que aquella idea no se expandiera por los otros cerebros que decidirían el futuro de la compañía.

Elías *el Rengo* y Mattew Church le hicieron un gesto a Peter Stone para que dejara que bajara la leche hirviente que se calentaba más y más en aquella lujosa oficina.

Stone respiró profundo y salió de allí dando un portazo.

Se marchó impulsado por el corcel inconsciente de la ira sin importarle que había negado al mismísimo CEO de la empresa. Peter Stone pasaría por encima de todos con tal de lanzar al mundo el mensaje nublado por las turbias gafas de su ambición.

# 28

## Dublín, Irlanda
## En la actualidad

Después de haber salvado nuestra vida tras los disparos de los perseguidores, Freyja y yo regresamos a la autopista por los atajos que ella conocía.

—¿Cuál será el siguiente paso? —pregunté.

—Te aconsejo no registrarte en ningún hotel. Te rastrearían por la red.

—¿Qué sugieres?

—Si quieres puedes quedarte en mi departamento. Creo que será más seguro y mañana podremos reorganizarnos.

—¿Dónde es?

—A poco más de quince minutos de aquí.

—De acuerdo, yo debo informar de inmediato de este nuevo ataque al teniente que me encomendó este trabajo. Es la segunda vez que sucede.

—Al parecer no quieren que pongas las narices en esta investigación.

—Así parece. Pero cuanto más aprieten, más jugo sacarán de mí.

Freyja guardó silencio y condujo velozmente hacia su casa. Por un momento me sumí en mis pensamientos.

Sentía cada vez más la sensación de que había algo demasiado importante como para amenazar a un detective con capacidades para desvelar un caso que involucraba, ni más ni menos, el descubrimiento de algo relacionado con la posibilidad de extender o suspender la muerte… ¿O incluso resucitar un cuerpo? No me quedaba exactamente claro el motivo por el cual Christopher Raví había enviado a J. J. a Canadá ni tampoco en qué terminaría lo que estaba haciendo sobre su ataúd cuando volábamos en el avión. Lo cierto es que necesitaba entrar en contacto con mi capacidad de percepción expandida y ver desde otro ángulo aquel oscuro laberinto en el que estaba.

Sabía que la salida a los laberintos era hacia arriba, viendo las cosas desde una perspectiva elevada.

—Ya llegamos —dijo Freyja entrando al garaje de su edificio.

Nos bajamos del coche y entramos al elevador.

Freyja pulsó la tecla del noveno piso.

—Bienvenido, espero que te sientas a gusto.

Pasamos al departamento, el cual estaba plagado de simbología nórdica, amuletos, runas vikingas, capas de colores, mesas con círculos de piedras que iban de la amatista al cuarzo blanco y una sucesiva hilera de piedras de jaspe rojo y turmalina negra.

Parecía lo que era. La casa de una bruja, una maga, una sacerdotisa ancestral.

—¿Tú practicas la magia o es simplemente decorativo?

Freyja me miró con sus intensos ojos negros.

—Somos mujeres de poder, Arthur. Llevamos la magia en el ADN.

—Ya veo.

Comprobé que estaba el paquete que había recibido con la triqueta y el pentagrama con la caja de herramientas mágicas que llevaba en mi mochila junto con los papeles del maletín que tenía J. J. al momento de morir. Era mi as de espadas.

*"Esperamos que seas digno de abrir la puerta de los misterios."*

El eco de esa sentencia repicaba en mi mente.

¿Quién me había enviado esto y por qué? ¿Cómo sabían todos mis movimientos?

—Debes estar hambriento. ¿Quieres una copa de vino? ¿Ducharte? —Freyja fue la cocina y tomó una botella de tinto.

Negué con la cabeza.

—Necesito dormir. Y reconectarme.

—Entiendo.

Ella se sirvió y le dio un buen sorbo.

—Por allí tienes el sofá. Te aseguro que es más cómodo que mi cama.

—Está bien, servirá. Primero me daré una ducha.

* * *

Unos minutos después sentí mi campo energético más liviano luego del contacto con el agua y de la eliminación de los pesados iones y la adrenalina que había cargado después del momento de tensión.

Minutos más tarde salí del baño, con la toalla en la cintura y el cabello aún mojado, me despedí de Freyja y me fui a dormir con la consigna de recordar el sueño y de hacer un viaje astral. Como siempre que estaba en apuros o quería ir a planos elevados, me sumergía en el mundo onírico en busca de respuestas.

Comencé a respirar profundo, relajé totalmente el cuerpo con la idea de mantener mi conciencia despierta. El sistema nervioso poco a poco fue serenándose y mi respiración se hizo imperceptible. Estaba presente, atento, dejándome llevar hasta que luego de varios minutos el eco del sueño abrió sus puertas y me dejé llevar…

* * *

Al salir del cuerpo, todo estaba oscuro hasta que tomé conciencia de dónde estaba.

Se reveló ante mí el escenario donde todo era posible.

Siempre que escuchaba el Sonido de la Fuente sabía que el Consejo de Elegidos se reunía en pos de lo que conocían como Ritual para Expandir la Visión.

El Sonido volvió a emitir la elevada vibración de la concordia y los Elegidos emitieron su pensamiento para desplazarse a la velocidad de la luz hacia lo que conocíamos como el Palacio de las Decisiones.

Todos se movían con su cuerpo de luz y el campo energético expandido que cambiaba de colores, aunque nadie emitía en aquel nivel de conciencia ninguna tonalidad de rojos, naranjas o amarillos, considerados colores de vibración más pesada en comparación con los violeta, azul y verde esmeralda que eran los de ultra alta frecuencia, la insignia que caracterizaba a los seres de aquel plano mental y espiritual del universo.

Allí, los llamados Elegidos, quienes eran en realidad "los que eligen" debido a su decisión consciente de ir al mundo de los sueños, donde las almas se reunían noche a noche, se unían con muchas otras almas afines vibrando con frecuencias elevadas en el sentido del Bien y la Fuerza Mayor. Todos nos conectábamos en conciencia unos con otros. Cuando esto ocurría, el etérico rostro se encendía con chispas doradas de agradecimiento. Un hilo de unidad entrelazaba a todos los seres en aquella zona del llamado Mundo de Arriba. Los que ya habían accedido en pasadas vidas en la tierra al nivel de conciencia de luz, iban directo hacia la luz de la creación, luego podían recordar y recuperar todos los poderes. Muchas de esas almas eran sabios y maestros destacados que caminaron un día por la tierra.

Una de las características del Mundo de Arriba era que los seres eran un reflejo directo de su mundo interior, cada persona podía sentir, recibir, intuir y canalizar todo lo que el otro era en su esencia. El conocimiento era compartido por telepatía. En el plano de vigilia en la tierra, eso no era tan obvio, debido a que una gran mayoría de seres humanos aún no había despertado y estaban llenos de odio, envidia o enojo y podían ocultarse con la máscara de la mentira fingiendo lo que llevaban por dentro.

En cambio, en el Mundo de Arriba no era posible fingir ni usar la mentira ni ocultar la esencia de cada alma ni mezclarse con el Mal o las bajas frecuencias.

Todo era móvil, todo estaba cambiando por el poder del pensamiento; captábamos el momento presente como una ola constante de existencia. Cada ser transformaba sus colores en el aura cuando emitía un pensamiento o una emoción de acuerdo con la frecuencia de los mismos.

Aquella noche accedí a un espacio-tiempo existencial de verdad, belleza y la materia prima de un área privilegiada, no la mayor ni mucho menos, pero allí se diferenciaban dos grupos: los Elegidos y los Oyentes.

Los primeros habían ya alcanzado el nivel de conciencia del despertar y posterior iluminación, y los segundos ya habían culminado la encarnación de vida en la tierra y tenían que volver a nacer con nuevos cuerpos, o bien, como en mi caso, las almas de los que estábamos todavía encarnados con vida en el planeta y podíamos todas las noches acceder a los registros de las reuniones para llevarle información, a través de los sueños, al ser humano en el que habitábamos.

Allí yo no era Arthur Parker, sino la totalidad del ser interior, el íntimo, el alma eterna que vivía en aquel cuerpo físico-temporal.

El gran problema que se presentaba en los Oyentes era que como almas entendían el plan cósmico a la perfección de ese lado oculto de la existencia, en el Mundo de Arriba, pero no tenían manera de alterar el libre albedrío de los seres humanos dentro de los que vivían, al que conocían como Mundo de Abajo.

En las dieciséis horas de vigilia en la tierra (ya que durante las ocho horas nocturnas podíamos recuperar la identidad espiritual), muchos Oyentes todavía encarnados se veían en la imposibilidad de comunicar aquella información a la mañana siguiente, ya que la mayoría de los humanos no la recordaba o sólo alcanzaba a memorizar sueños vagos e imágenes.

Yo sabía que en cada plano astral ése era uno entre miles de millones de otros lugares habitados del cosmos, donde muchas almas ya habían pasado por una etapa previa en la tierra y, una vez que el prototipo humano había muerto como cuerpo de carne, venía su etapa de recordar a su sol interno, la identidad espiritual que era cada uno y que, en muchos casos, había olvidado durante su personalidad como ser humano. Aquélla era la tarea de recordar la auténtica esencia, la parte eterna y atemporal.

Había aprendido en aquel plano que en el momento de la muerte humana comenzaba el viaje de regreso a esa área astral más profunda. Dicha transformación para pasar de ser humano a alma era el paso por dos reinos: el viaje de regreso de la esfera terrestre a la esfera espiritual pura. Estas esferas se dividían en muchas subesferas del mismo modo que un color madre primario puede difuminarse en su propia gama de colores. La esfera espiritual era la esfera del origen real, la esencia de nuestra alma que los iluminados e iniciados en vida terrestre podían recordar mientras que otros dormían en el sueño de la gran ilusión.

El Mundo de Arriba era una exquisita esfera atemporal, de unidad, luz, belleza y amor continuo. Todo lo que era de valor elevado en los prototipos humanos tenía allí su origen. De allí salían las melodías, las ideas, la inspiración, los intuitivos *eurekas* de los genios y artistas, los descubrimientos científicos, las pinturas y obras de arte, los libros canalizados… Era la esfera energética que el sabio griego Platón había llamado Mundo de las Ideas.

Un sitio donde vivía el alma tanto cuando estaba encarnada como cuando regresaba como cuerpo de luz. Cuando el prototipo humano terminaba sus días en la tierra y moría, comenzaba un viaje de regreso y renacimiento a ese lugar y estado interior. Era un proceso de volver a ser conscientes de quién era cada uno realmente; el alma despertaba del sueño de la vida terrenal.

Este despertar tomaba algún tiempo.

Muchos prototipos no podían liberar todas las ilusiones y sentimientos oscuros sobre sí mismos, les costaba dejar de identificarse como seres humanos con todos los apegos que habían acumulado en la tierra a sus posesiones, a sus seres queridos, al puesto de trabajo que ocupaban. Dichos prototipos humanos se habían identificado tanto con su personalidad terrenal pasajera que esa identificación persistía después de muertos, dejándolos en un estado inconsciente, fantasmagórico, pululando por los antiguos lugares en los que vivían en la tierra, a merced de los Arcontes, entidades desencarnadas que los confundían aún más. Ninguna de estas almas encadenadas podía acceder a los rituales de elevada visión hasta que no aceptaran la Luz y salieran de aquella ilusión en la que se empeñaban en continuar.

En parte se debía a que todas esas fuertes identificaciones quedaban adheridas (sobre todo en personas con muchas posesiones o envueltas en turbulentas relaciones de mucha dependencia emocional con los que quedaban en la tierra) y se reflejaban en la atmósfera astral en la cual vivían hasta que tomaran conciencia de su muerte y de su aspecto, presencia y función en su nueva vida.

Después de la muerte, el alma recordaba su absoluta libertad; era libre de regresar a la esfera espiritual de su origen o libre de crear su propia realidad.

"El alma recuperaba la libertad para crear y ejecutar su voluntad ilimitada."

Sin embargo, muchas personas en vida no tenían libertad interna ni recordaban sus poderes espirituales confundidos por creencias antinaturales. Ellos se encerraban dentro de firmes y estrictas creencias, sobre todo de origen religioso, de cómo funcionaba la vida de acuerdo con sus creencias heredadas que plasmaban mentalmente lo que les sucedía después de la muerte. Y había otras almas ancladas también que no estaban esclavizadas por creencias, sino por deseos y sentimientos, tales como adicciones o sentimientos de envidia, ira o celos.

La mayoría de los pensamientos y fantasías de esas almas, que no querían desprenderse de su envoltura humana, tenían su origen en el temor. Todos esos pensamientos y fantasías basadas en el temor creaban un estado interno de confusión en la esfera astral. Debido a que la gente no comprendía que sus pensamientos se reflejaban hacia el mundo mental, ellos creían que sus pensamientos eran ciertos. Ésa era la gran trampa de la esfera astral, las almas todavía adormecidas quedaban firmemente convencidas de las falsas creencias sin aceptar la Luz que les llegaba de superiores esferas.

Aquella noche sentí un llamado, una vibración de unidad. En aquel estrato elevado del universo algo estaba por ocurrir.

—Aquí estamos —afirmó uno de los integrantes del Consejo de Elegidos.

Vi cómo salían rayos dorados de su cabeza, y de ellos una exquisita vibración de unidad.

—Los nueve maestros del grupo de Elegidos, los Mensajeros y los Oyentes están listos para comenzar la reunión —respondió un espíritu mensajero.

—Conciencias del Consejo Supremo, vamos a compartir un importante mensaje —emitió un ser con vibración amorosa.

Un movimiento de espiral se desplegó y todas las almas quedaron alineadas en perfecta armonía.

—En la tierra está por suceder un avance evolutivo que podrá hacer que los seres humanos se comuniquen con nosotros. Tienen la posibilidad de descubrir que su temporal existencia humana es, en realidad, una sombra de la eternidad que nosotros disponemos —los ojos brillantes de aquel ser andrógino que emitió el mensaje eran de un azul inmaculado.

Lo notorio era que los seres del Consejo Supremo medían más de tres metros de cuerpo vibracional exquisitamente estilizado, portaban túnicas doradas, las cuales eran conocidas como el "vestido sin costuras"; alargadas y bellas facciones los esculpían como una delicada amalgama entre ángeles sin tiempo y sutiles características de su pasado humano.

Su vestido sin costuras o cuerpo de luz podía cambiar de forma, desplazarse a cualquier lugar del cosmos, emitir pensamientos, elevadas vibraciones y hacerse uno con cualquier cosa imaginada de la existencia creada.

Todos sabían a lo que se refería aquel ser, porque lo que uno sabía y conocía, todos los demás del mismo nivel de conciencia lo captaban de inmediato. Al no existir el tiempo, sino la constante presencia de la Fuente, el intercambio de conocimientos y conexión espiritual era innato y fluido, una especie de WIFI telepático de la conciencia.

—Explícanos —pidió una de las almas Oyentes que todavía estaba encarnada en la tierra—. ¿Qué debemos saber?

Los Oyentes eran los que más necesitaban recibir el conocimiento para pasarlo a su prototipo humano a la mañana siguiente.

—Todos ustedes, los Oyentes, deben alertar mediante la facultad de la intuición a los seres humanos para que accedan a recibir el descubrimiento que, como especie, están a punto de realizar.

El grupo de Almas del Consejo Supremo, los nueve Elegidos, se comunicó entre sí en "Superior 1 o Ultra Alta Frecuencia". En esa vibración, los Oyentes no podían captar la información que entre las almas Elegidas se pasaban. Era una onda vibratoria de frecuencia más elevada.

Al instante, el Consejo Supremo se expandió formando un mandala perfecto de luces y presencias, y volvió a comunicarse en "Frecuencia General".

—A lo largo de eones de tiempo terrestre, la evolución de los humanos fue lenta y progresiva, mediante los ensayos que muchas razas han hecho sobre ellos —pronunció Malik, un alma sabia de los nueve maestros que tenía ya más de tres mil años en el Consejo—. Ahora esto está cambiando debido a que las almas humanas están en la Fase 4 del despertar colectivo.

Debido a ello alcanzaron ya las frecuencias del poder de la intuición para que, desde el Alma del Mundo comience a bajar información para aplicarla en un proyecto que podrá cambiar el curso espiritual de toda la humanidad.

—¿A qué se refieren concretamente? —preguntó Xinila, otra de las almas Oyentes—. ¿Será algo más poderoso que la revolución que se originó en la tierra cuando se entregó la comunicación por internet y la tecnología láser?

Los nueve sabios del Consejo Supremo emitieron un fresco perfume similar a la menta, como siempre hacían antes de lanzar información. Este perfume era una forma para que las almas Oyentes se llevaran impregnada la esencia y que luego ésta afectara positivamente el cerebro humano para activar zonas neuronales dormidas y así hacerlos recordar cada mañana al despertar.

—Me refiero a algo mayor que cualquier nuevo descubrimiento que hayamos enviado en las etapas anteriores de la humanidad. Incluso más revolucionario que cuando Prometeo les reveló el fuego a los hombres sin permiso de la Fuente. El prototipo de seres humanos está a punto de quitar un bloqueo que ha atormentado a la humanidad durante eones. La cual los ha tenido esclavos de sí mismos y de todas las tiranías del Mundo de Abajo y sus sombras que los han mantenido presos en el miedo y la ignorancia. Ésta ha sido la raíz de todo el sufrimiento que el prototipo humano ha tenido que pasar vida tras vida, época tras época, incluso algunos desperdiciando el tan corto tiempo de vida carnal sin poder recordar durante toda su vida la auténtica misión por la que habían bajado a la tierra.

Un sanador silencio se expandió para que la conciencia de comprensión se instalara en todas las almas Oyentes.

—Estamos a punto de ver que el velo de sombra del Enemigo Secreto va a caer. Con este proceder, todos los organismos que han tenido aprisionado al prototipo humano ya no tendrán cabida y las almas recordarán quiénes son.

Un impulso de júbilo desbordó los cuerpos etéricos de los Oyentes, yo sentí oleadas vibratorias en mi ser. Al captar la vibración elevada, las Almas Elegidas alzaron sus brazos para incrementar esa emoción.

Otra espiral de colores y luces se proyectó con sublimes sentimientos de unidad.

—Muchas almas Oyentes que están aquí pertenecen al descubrimiento que sucederá en breve. Encarnan en la actualidad a los prototipos que podrán hacer que este hallazgo salte a la conciencia planetaria —emitió Malik.

Todos sentimos con aquella información que el Mundo de Abajo tenía la posibilidad de dar un salto evolutivo y cambiar para siempre.

—¿Se ha incrementado la frecuencia nuevamente? —preguntó Xinila, la Oyente.

—Sí. La tierra está en una nueva fase vibratoria, allí muchos ya sienten que el tiempo del día pasa velozmente —emitió Malik.

—Hemos sentido que muchos cuerpos humanos tienen dolores y cambios inexplicables para ellos y están confundidos. ¿Qué podemos darles? —preguntó otra alma Oyente.

—Impúlsenlos al recogimiento y la meditación.

—¿Y las distracciones? Son grandes obstáculos para recordar. ¿Qué podemos hacer?

—No podemos alterar la ley, ya que es un mandato de la Fuente. Será como siempre, con el libre albedrío cada prototipo sabrá qué hacer cuando esté preparado.

Malik era una gran conciencia sabia del Consejo de los nueve maestros y se refería a que el alma debía comunicarle información obtenida de esferas elevadas al prototipo humano que encarnaba, y debía inducirlo a recordar, lo que llamaban *Anamnesis* significaba que el humano no era realmente un ego en un cuerpo físico, sino que su naturaleza era la misma que la divinidad que hizo que se manifestara el universo, es decir, que cada ser era parte de la totalidad. El trabajo de las almas Oyentes era liberar al Enemigo Secreto —el demoniaco ego humano— de la importancia personal hacia la comprensión de su unidad divina.

Luego de que Malik emitiera aquel mensaje vibratorio, el sonido de la Fuente volvió a proyectarse en señal de aprobación, y el consejo de los nueve maestros Elegidos transmitió con un poderoso rayo de luz el conocimiento a las almas Oyentes.

De inmediato se impregnó en su interior.

En un instante una de las almas se movilizó frente a mí.

Sentí su vibración. Era el alma de J. J. O'Connor.

Se notaba atrapado entre dimensiones.

—Ayúdame —percibí que dijo con ansiosa emoción.

Su imagen comenzó a desdibujarse.

En ese instante le envié un rayo vibratorio para hacer contacto con su alma.

—Tetragramatón —exclamó con intensa vibración—. Busc;
la estrella de cinco puntas.

Su imagen comenzó a desdibujarse...

—... Pit... ágoras.

—¿Cómo?

En ese preciso instante la reunión astral se disolvió y cada a
Elegida regresó al espacio donde su pensamiento la transport
cada alma Oyente, como yo, al cuerpo humano que estaba por c
pertar entre las sábanas.

Volví a sentirme como Arthur.

# 29

## Dublín, Irlanda
## En la actualidad

Sentí unas frías manos sobre mis hombros.

—¡Arthur, despierta! —la voz de Freyja sonaba alarmada.

—¿Qué…? ¿Qué sucede? —sentí demasiado repentino el cambio de un mundo a otro.

—Me llamó Magdalene esta mañana. Por favor, levántate, tenemos que irnos.

Miré el reloj. Las 6:15 a.m.

En menos de cinco minutos ya había ido al baño y tenía puestos mis jeans, mis botas y mi abrigo.

Encontré a Freyja en la cocina. Olía a café. Ella estaba vestida totalmente de color negro, tenía el cabello recogido y me pareció ver sus manos un tanto temblorosas.

—Perdona que te haya despertado así. Pero lo que sucedió incrementa los problemas.

Le sostuve la mirada.

—¿Qué sucedió?

Freyja me pasó una taza de café.

—Hace una hora mi hermana me llamó con la voz cargada de preocupación. Al parecer mis padres fueron quienes primero recibieron el anuncio.

—Explícate.

Sentí cómo aumentaban mis latidos cardiacos, no podía aún ser por la cafeína.

Freyja dio dos pasos y se me abalanzó para que la abrazara. De sus ojos comenzaron a brotar lágrimas.

—Esto me sobrepasa.

—¿Qué sucedió, Freyja? ¡Dime algo, por favor!

La abracé con fuerza.

Ella respiró de manera entrecortada y se echó hacia atrás para mirarme a los ojos.

—El cuerpo de J. J. no está dentro del ataúd.

Fruncí el ceño, un tanto incrédulo.

—¿No está el cuerpo? ¿Lo llevaron a la morgue?

Ella negó con la cabeza.

—No está en la morgue. La policía llamó a mis padres. No saben dónde está.

Guardé silencio.

"Arthur, no puede ser lo que estás pensando."

—Debe haber una explicación —dije, tragando saliva—. Alguien tiene que haber movido el cuerpo, ¿verdad? Como también alguien tiene que haber estado de guardia anoche, ¿correcto?

—No tengo más detalles que lo que me dijo Magdalene. El cuerpo de J. J. no está ni en la morgue, ni con los peritos, ni dentro del ataúd.

Reflexioné un instante y caminé hacia la ventana. Me giré hacia ella después de ver el lluvioso amanecer que despertaba a Dublín.

—Yo mismo vi el cuerpo de tu hermano en el avión dentro del ataúd.

Freyja me clavó sus penetrantes ojos negros.

—¿Y qué sucedió luego?

—Lo que tú has visto. Bajamos con Christopher y lo detuvieron en el aeropuerto. Allí nos conocimos. Lo que necesitamos saber es quién bajó el ataúd del chárter.

—No podemos quedarnos aquí. Me siento como una leona enjaulada. Vamos a reunirnos con Magdalene —dijo Freyja al tiempo que apuraba su café y tomaba varias barras de proteína y unas frutas.

Bajamos por el elevador con los rostros como piedras.

—Tranquilízate, seguramente tienen que dar un nuevo parte policial en un momento. Yo llamaré al teniente Bugarat para informar. Sólo puedo permanecer veinticuatro horas más aquí. Pero lo que sucedió anoche y esta novedad reciente creo que cambiará los planes.

Ingresamos al estacionamiento a buscar el coche.

—¿Puedes conducir tú, por favor? —me pidió Freyja.

—Hace tiempo que no conduzco con el volante a la derecha, pero no hay problema, no lo he olvidado.

Salimos del estacionamiento y encendí los limpiaparabrisas. La lluvia incrementó.

—¿Hacia dónde? —pregunté.

—A la derecha. Le diré a Magdalene que nos reunamos en un café cercano a la catedral de San Patricio, muy cerca del Trinity College.

Mientras tomaba Henry Street, una de las principales arterias de la ciudad, pensaba en el sueño de anoche.

"¿Debería contarle a Freyja?"

"Aún no."

Lo cierto es que tenía fresca en mi mente lo que el alma de J. J. me había dicho en el sueño.

*Tetragramatón.*
*Busca en la estrella de Pitágoras.*

Tenía que ver nuevamente el pentagrama que recibí en Canadá e informar al teniente Bugarat.

Me sentía frenado con la desaparición del ataúd.

No era la primera vez que podía resolver casos policiales y homicidios por aquella vía. Mis facultades para ir más allá de los límites de la mente eran justamente por lo que podía destacarme.

Doblé la esquina y ya la calle O'Connell estaba llena de gente que iba a su trabajo, otros entraban a bares y hoteles para desayunar y los primeros turistas ya estaban sacando fotografías a los monumentos. Dejamos atrás el famoso Spire, oficialmente denominado Monumento de la Luz, el cual es una larga escultura de acero inoxidable situada en la calle más concurrida de Dublín, con ciento veinte metros de altura. El Spire es la escultura más alta del mundo. Aquél era el monumento del que los dublineses decían que obligaba a mirar las estrellas y recordar los orígenes cósmicos. Salí rápidamente de aquella transitada arteria y me enfilé directamente hacia el Trinity College.

Comencé a sentir la angustiosa sensación de apremio y la prisa por tener ciertas respuestas.

—¿Has tenido sueños? —pregunté mientras aceleré y sin querer pasé un semáforo en rojo a toda velocidad.

Freyja negó con la cabeza.

—He estado muy cansada. Necesito que se aclare esto. Dentro de un día tengo que liderar un importante ritual y quiero mantener mi poder.

—¿Un ritual?

Asintió con pocas ganas.

—¿Qué clase de ritual? —repetí.

Freyja guardó silencio.

Giré velozmente hacia el sur de la ciudad. Sentí cierto malestar por su silencio.

—Freyja, estoy aquí para ayudarte. ¡Anoche puse en juego mi vida! ¡Me dispararon! —dije con irritación en la voz—. Por favor, necesito que comiences a darme más información si quieres que resuelva este caso. ¡Colabora con todo lo que sepas!

Freyja suspiró.

—Un rito ancestral. Algo que genera impulso para mover situaciones que queremos que se cumplan.

—¿Quiénes están involucrados? ¿Quiénes participarán?

—Somos un grupo de unas treinta personas. Que tú conozcas, Magdalene, Christopher y yo.

—¿Qué sucederá si no está Christopher?

—No lo sé, él es una pieza fundamental en el rito.

—¿Dónde lo realizan? ¿Para qué fin?

—No puedo darte la localización. Sólo decirte que es en pleno bosque. Aunque eso no te ayudará con la muerte de mi hermano.

Me estacioné a una calle del bar que me había indicado.

—Llegamos —le dije.

Freyja permaneció inmóvil dentro del coche.

Me giré para verla.

—Ya estamos aquí —repetí mientras ella parecía petrificada en su asiento.

Me clavó los ojos y mantuvo la mirada firme en los míos.

—Arthur, hay algo que deberías saber.

# 30

## Vancouver, Columbia Británica, Canadá
## En la actualidad

Iris Brigadier sintió la cabeza pesada.

Reaccionó cuando no pudo mover las manos ni los pies. Se dio cuenta de que estaba atada y con la boca amordazada.

"¿Qué está pasando?"

"¿Estoy soñando?"

Rápidamente se percató de que su realidad tenía una sorpresa fea e inesperada. Se sintió impotente y rabiosa.

Inmediatamente recordó.

"Estaba investigando para Arthur. Alguien me drogó."

Giró la cabeza por sobre el sofá en el que estaba acostada y vio la sombra de un hombre en la cocina.

Iris se preguntó cuánto tiempo llevaría allí.

¿Una hora?

Había perdido la noción del tiempo. No sospechaba lo que había pasado toda la noche debido a la morfina que le obligaron a inhalar y por la inyección de un potente sedante.

"Mi madre sabe que estoy aquí. Me buscará."

De inmediato recordó que cuanto más tiempo se tardara en regresar, sería una bendición para su madre.

"Tendrá más tiempo con su novio a solas."

"¿Quién está en la cocina?", se preguntó.

Giró su cuerpo rodando hacia el lado opuesto del sofá y torneó la cabeza tratando de adivinar el rostro del hombre que estaba allí. Olía a café recién hecho.

No lograba identificar más que una sombra masculina.

—Mmmmbbb... mmm —balbuceó con fuerza.

De inmediato se escucharon pasos hacia ella.

—Veo que ya estás despierta —la voz sonó grave y autoritaria.

Iris forcejeó las muñecas y se arqueó tratando de que aquello fuera una broma de mal gusto, pero no consiguió más que irritar su propio sistema nervioso.

—Por el momento permanecerás atada y en esa posición —ordenó el hombre.

—Mmmbb… —Iris volvió a emitir un sonido de molestia y fastidio.

—Eso te pasa por meterte en asuntos en los que no tienes que meterte, jovencita —respondió el hombre mientras bebía el primer sorbo de café.

Rondó por detrás de ella con pasos lentos cual presa estudiando a su víctima.

—A veces es mejor quedarse quieto y dejar que los asuntos que a uno no le incumben no rocen nuestras vidas. Seguramente ahora debes estar pensando: ¿Por qué no habré ido con mis amigas al cine, verdad?

El hombre soltó una risa burlona.

Iris negó con la cabeza como si quisiera leerle de corrido su declaración de principios; decirle que la mejor película era la que ella escribía, interpretaba y dirigía.

Iris Brigadier siempre se consideró la actriz principal de todos sus días y los diseñaba tal como los imaginaba, su poder de visualizar y proyectar lo que quería vivir por elección propia la separaba automáticamente de toda la gente que vivía sufriendo las consecuencias de no elegir con su poder personal las cosas que quería vivir. Si bien el peligro al que allí estaba expuesta no era lo que ella tenía en mente, sabía que ayudar a un detective como Arthur Parker era un riesgo y la podía meter en problemas. Aunque ya lo había hecho antes, esta vez sintió que se pasó de la raya.

Un impulso de adrenalina fluyó por sus venas disparando mecanismos de valentía, coraje y fuerza interior en el núcleo de su ADN.

"Prefiero estar atada de pies y manos, pero con el corazón libre, que estar caminando como un zombie por todos lados con la cara pegada al teléfono o sin saber a dónde voy."

Ella se sentía muy diferente de sus amigas que sólo querían postear sus fotos en Instagram para competir por los "me gusta" de desconocidos.

—No puedo entender cómo gastan horas y horas de su propia vida en darles poder a personas que no conocen —les decía Iris en medio de reiteradas discusiones con chicas de su edad.

—Eres una aburrida —replicaban ellas entre risas.

—El tictac del inexorable paso del tiempo en sentido inverso les va a comer el poco tiempo libre que tengan cuando sean mayores —replicaba ella.

Las risas de sus amigas habían terminado por convencerla de que era mejor andar por la vida como una solitaria leona en medio de la selva, que entre personas de diferente ideología.

Iris era consciente, a pesar de su juventud, de que su alma era muy antigua. Que había vivido mucho antes de aquella vida. Que estaba dispuesta a invertir el tiempo en lo que a ella le diera emoción y entusiasmo como un agricultor que sólo coloca sus semillas en tierras fértiles.

A pesar de no poder moverse se sintió satisfecha con ella misma por estar creando su propia historia.

"No es lo mismo ver las cosas pasar que hacer que las cosas pasen. Saldré de ésta", se repitió a sí misma con el corazón inflado de fuerza interior.

El hombre le dio la espalda, se giró de regreso a la cocina y comenzó a hablar por teléfono.

# 31

## Dublín, Irlanda
## En la actualidad

Freyja suspiró y sacó algo de su cartera. Sentí que su confianza en mí estaba creciendo. Con sus finas manos extrajo cuidadosamente un sobre de color ocre con ribetes dorados. Sus uñas pintadas de color negro hacían que el sobre reluciera aún más en su poder. Parecía uno de esos papiros antiguos por los que los coleccionistas recorren medio mundo para encontrar. Para mi sorpresa, al observarlo, simplemente figuraba un dibujo.

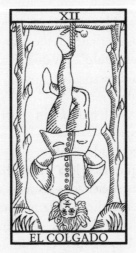

*Et Calicem Est In Pentacle.*

—¿Qué significa esto? —pregunté.
—No lo sabemos todavía. Recibimos este sobre con una carta. El ahorcado y unas líneas que representan una palabra.

Freyja me mostró su teléfono.

—Al traducirlo significa: El cáliz está en el pentáculo.

—Ya veo. ¿Cuándo lo recibieron?

—Al día siguiente de que nos enteramos lo que le sucedió a mi hermano.

—¿Quién más sabe de esto?

—Mis padres y Magdalene. De hecho, ella lo recibió.

—¿Verificaron si tenía huellas digitales?

Freyja negó con la cabeza.

—Una pista sin pista —dije—. ¿Dijiste que tenía una carta dentro del sobre?

Ella me la entregó para que la leyera.

> *Lo que le sucedió a J. J. es una tapadera de algo mucho más profundo y que alguien se empeña para hacerlo ver como un suicidio. Investiguen. No todo lo que se ve es lo que realmente parece. Hay muchos que se beneficiaron con su muerte.*

Me quedé pensativo.

Eso lo sospechaba. Ahora tenía otra incógnita. ¿Quién estaba enviando todos aquellos mensajes desde aparentes bandos opuestos? "El Cáliz", "El Pentáculo". ¿A qué se referían?

Me giré para verla directo a los ojos.

—¿Qué dijo Magdalene?

—Ella está como yo. Estamos sin saber quién pudo habernos enviado esta advertencia.

—Aparenta querer ayudar —dije.

—¿Si es así para qué hacerlo a través de un juego inconcluso?

—Supongo que las sociedades secretas no revelan todo sino a través de simbología y acertijos. El camino que lleva a la iniciación no es simple, sino lleno de pruebas —argumenté sabiendo lo que muchas veces el conde Emmanuel Astarot me había contado.

—Bajemos del coche. Vamos a ver a Magdalene. Quizá tenga novedades.

Mientras caminaba por las adoquinadas calles, el aire fresco trajo a mi memoria una charla que había tenido tiempo atrás con el conde Emmanuel en una de mis visitas a Madrid.

—Querido Arthur, las iniciaciones son pasos importantes para que las almas avancen, quien no las realiza conscientemente es porque vive aún dormido o tiene miedo —me dijo, sentado en los cómodos sofás del elegante lobby de un hotel frente al Museo del Prado, luego de que habíamos cenado y que llevábamos varios whiskys por el torrente sanguíneo.

—¿Y cómo una persona puede iniciarse entonces?

—Por invitación, por despertar o por iniciativa propia.

Sus ojos se movían al son de las llamas de fuego de la chimenea encendida del lobby. Sacó un puro y lo encendió. Cuando el conde tenía la lengua fácil era mi mejor momento para sacarle información.

—Entiendo. ¿Puede suceder entonces que una persona que haya despertado quizá tenga miedo a entrar más profundo?

Me miró con ojos ancestrales, como si lo que fuera a decir hubiera sido dicho por todos los sabios del pasado.

—La cueva a la que se teme entrar contiene el tesoro que se busca.

—Una frase fuerte, sin duda, querido conde, aunque si mi memoria no me falla, estás parafraseando al profesor Campbell.

—Qué más da, Arthur, lo importante es vencer el miedo para avanzar espiritualmente, si no uno está en el mismo sitio año tras año. ¡Hay que ir por todas en esta vida! ¡Como Platón, Sócrates, Pitágoras, Shakespeare, Bacon, Tesla, Mozart, Da Vinci y tantos otros! —dijo soltando una risotada al mencionar a los grandes genios del pasado al tiempo que gesticulaba con el puro en la mano.

—¿Todos estaban iniciados?

—¡Claro, mi querido Arthur! ¡Los grandes han seguido las iniciaciones al pie de la letra, si no no hay apoteosis! En ello radica el *quid* de la cuestión de los iniciados en los misterios de la magia.

El conde Emmanuel se refería etimológicamente al apoteótico proceso para que el hombre pueda iluminarse y convertirse en Dios.

—Entiendo, pero debes admitir que cualquiera puede llamar a eso blasfemia o herejía.

—¡Jo! ¡Si eso es lo que sigue sucediendo! ¿Crees que los que llaman a eso blasfemia son santos o se ganaron el paraíso? ¡Pues no!, juegan a ser jueces y abanderados de una falsa moral mientras mantienen a la mayoría de los seres humanos adoctrinados para que pierdan la oportunidad de descubrir el átomo Nous en sus almas. Todo a cambio de vivir una vida con televisión, coches y alguno que otro viaje —el tono de su voz había tomado un carácter más dramático.

—¿Átomo Nous? —pregunté desconcertado. Aquélla había sido la primera vez que escuchaba eso años atrás—. ¿Qué significa?

—Arthur, tenemos átomos encargados de manifestar la espiritualidad, el mundo interior. Átomos de personalidad, átomos aspirantes, átomos destructivos, átomos maestros, átomos de muerte, y muchos más. El gran átomo Nous está aquí —dijo el conde Emmanuel mientras se llevaba la mano al centro del pecho.

—¿Y cuál es su función?

Me miró con los ojos húmedos, no supe si era por el whisky, por la emoción o por ambos.

—El átomo Nous es la partícula divina en el hombre, y una vez que se activa, el ser humano puede decir *Mi Padre y yo somos uno*. No antes. Antes de eso, todo es creencia, no vivencia. El problema está aquí —dijo con énfasis mientras señalaba con el índice hacia su cabeza.

—¿En el cerebro?

—Exacto. El cerebro libera o esclaviza. Todo lo que tenga que ver con el hemisferio derecho activa la parte divina en el hombre. Y esa parte, querido Arthur, es justamente la que más bloqueada está porque las programaciones en el izquierdo han sido muchas y han obligado al hombre a vivir bajo el ombligo.

Fruncí el ceño mientras apuraba mi vaso.

—¿Bajo el ombligo? ¿Qué quieres decir?

Se agarró el falo con fuerza.

—El ser humano que vive bajo el ombligo sólo vive para hacer dinero, follar y comer. Un animal con pasaporte. Bajo el ombligo gobierna el Enemigo Secreto. El gran iniciado conocido como William Shakespeare dijo su significado muy claramente.

—Me perdí.

—Ser o no ser, ésa es la cuestión, Arthur.

Cuando el conde Emmanuel comenzaba a hilvanar acertijos tenía que poner toda mi atención para entender sus palabras.

—¿Qué tiene que ver "ser o no ser" con el ombligo, el Enemigo Secreto y el átomo Nous? No veo la conexión.

Se empinó el whisky que quedaba y le hizo señas al barman para que le trajera otro.

—¡Y otro para mi amigo! —ordenó.

—Creo que yo estoy bien, con éste es suficiente.

—¡Bastante nunca es suficiente, Arthur! ¡Amigo, bebe que la vida es breve!

El conde estaba pletórico aquella noche, nunca la había podido olvidar.

—De acuerdo —dije a regañadientes—, pero termina de responderme lo que te pregunté.

—Je, je, creo que ha llegado el momento de iniciarte, Arthur. Estás maduro y hambriento como Adán y Eva antes de comer la manzana del Edén —dijo soltando una risotada.

Sonreí.

—Adelante.

—Pues es simple. Bajo el ombligo domina el Enemigo Secreto, llámalo ego, llámalo Satán, llámalo demonio o los mil nombres que la plebe le ha puesto basados en su propia ignorancia; es una inteligencia que domina la fuerza de la resistencia, está allí porque es estrictamente necesaria para convertirse en un ferviente oponente de la luz para generar tu "avance" por medio de lograr vencer su "resistencia" —hizo las señales de las comillas en el aire en las palabras avance y resistencia—. Es la llamada oscuridad —agregó—, y esa resistencia es la que le da la posibilidad al ser humano de elegir crear por sí mismo la vuelta al estado paradisiaco antes de ser jalado por esa fuerza opositora. En realidad, esa fuerza oscura trabaja para la luz. Sin esa fuerza no habría posibilidad de recuperar el camino. El santo primero tiene que aprender a pecar para llegar a la santidad.

En ese momento me había acordado del querido Oscar Wilde con su inmortal Dorian Gray.

—Ése es su dominio: violencia, lujuria, males, guerras, violaciones, depravaciones, drogas; todo lo que aleja de lo divino, del átomo Nous —volvió a señalarse el pecho—. Es ser o no ser porque definitivamente hay que elegir vivir por debajo del ombligo o por arriba para vivir como dioses y no como demonios como normalmente ocurre. ¿Acaso no has visto los argumentos de todas las películas? Drogas, muertos vivientes, asesinatos, violencia… eso está orquestado para hacer caer al ser humano, grabarle esas imágenes en su genes que alteran negativamente su ADN y el funcionamiento del cerebro, y que se pierda en la jungla de la ignorancia y los miedos. Lo que se ve por fuera se proyecta por dentro. Hay almas en juego en medio de una guerra secreta, una guerra invisible de fuerzas de este y otros planos —se aclaró la garganta—. En la tierra hay almas en un juego cósmico, envueltas en la telaraña de la ignorancia o en la luz de la iniciación espiritual... —repitió lentamente la última frase—. ¿Te queda más claro ahora, Arthur?

El camarero llegó con los dos vasos.

—Además —dijo con voz reanimada motivado por su nuevo whisky—, casi nadie sabe que el cerebro es el que decide cómo vivir. Cuando toma un pensamiento, el cual es el terreno de juego —aclaró—, porque de acuerdo con un simple pensamiento uno va hacia arriba o hacia abajo. El pen-sa-mien-to —deletreó con énfasis— es el que elige: lujuria o compasión, violencia o paz, instinto o conciencia; los pares de opuestos están allí para que elijamos por libre albedrío hacia dónde irá nuestra alma. Cuando te inicias, ya sabes las consecuencias, pasas a ser responsable, dejas de ser neófito. No se puede servir a dos amos, somos como elevadores, o vamos hacia lo profundo del sótano o a las alturas del *penthouse* —cerró esa frase riendo.

—Muy acertado. Pero a juzgar por cómo va la humanidad, muchos eligen vivir en el sótano aunque aquello sea un infierno.

—Y lo es, Arthur, lo es. Infierno es vivir en las bajas pasiones. A eso en alta magia lo llamamos "el batido de la manteca" —dijo gesticulando como si tuviera una cuchara dentro de una olla—. Significa que uno elige lo inferior o denso o, en cambio, lo superior o alquímico. De eso se trata el secreto de los iniciados, de alquimia, de transformar el plomo instintivo del Enemigo Secreto en el oro espiritual de lo divino.

—¿Entonces, si no es por la iniciación no se avanza? —pregunté.

—Sí, claro que sí, pero a ritmo de caracol y dando tumbos, vida tras vida. ¿Y quién quiere ser un caracol cuando puede ser un águila?

Esbocé una sonrisa.

—Entiendo.

—Verás, querido, uno vive como un camello, o sea como robot; como el león, el equivalente de vivir en la fuerza del ego; o como un niño que vive el aquí y ahora eterno, que disfruta el presente y que abre las puertas al misterio de vivir sin programaciones. ¡Allí está el problema! ¡En las programaciones! ¡Programados para nacer, luego para la escuela, programados para el ego, para ser alguien en el futuro! ¡Ser o no ser *ahora*! —enfatizó con voz intensa—. ¡Ahora, Arthur! ¡Nunca podrás volver a vivir este momento otra vez!

Me quedé pensativo.

Recordé el fuego que nos rodeaba en aquel momento, el paladar del whisky, las palabras escuchadas, las paredes de madera, la decoración medieval del hotel, que me pareció estar en tiempos antiguos escuchando a un sabio.

—Miles de poemas y odas se han escrito acerca de esto —dijo el conde observando las llamas del fuego con mirada hipnótica—. Hay uno, creo que fue Hilgenfeld si mal no recuerdo, quien dijo: "La tiniebla y la luz habían coexistido siempre, ignorándose, y cuando se vieron al fin, la luz apenas miró y se dio vuelta, pero la enamorada oscuridad se apoderó de su reflejo o recuerdo, y ése fue el principio del hombre". ¿No es una hermosa sincronía, Arthur?

El conde tenía razón, nunca iba a olvidar aquel momento.

—Una cosa más, conde. ¿Por qué has dicho que estaba maduro para recibir la iniciación?

Me miró a los ojos y los clavó con fuerza en los míos. Brillaban a la luz de las llamas.

—Porque ya tienes lo más importante. La aspiración. Cuando alguien aspira a abrir la puerta de los secretos, los secretos le son revelados mediante la iniciación. Ha llegado tu hora de ser iniciado, querido Arthur.

\* \* \*

—¡Arthur! ¡Arthur! —sentí la fría mano de Freyja que sacudía con fuerza la mía.

—¿Qué sucede? —pregunté absorto por la fuerza de aquel recuerdo.

Me había transportado vívidamente al pasado.

—Ya llegamos. Allí está Magdalene.

Freyja me miraba con ojos extrañados.

—¿Estás bien?

Asentí lentamente.

—Sí, sólo comprendí algo de un recuerdo. Estoy bien, gracias. Entremos, que hace frío.

El cartel del bar y los colores verdosos me hicieron saber en dónde estaba. El recuerdo del conde Emmanuel había sido muy intenso. Y antes de entrar al bar, sus palabras retumbaron en mi alma.

"Ha llegado tu hora de ser iniciado, querido Arthur."

# 32

# Dublín, Irlanda
## En la actualidad

Magdalene tenía el rostro serio y empoderado. Vestía un sobretodo de color granate casi del mismo color que su larga y ondulante cabellera.

Estaba sentada al fondo del café, hablando por teléfono.

Cuando nos vio llegar, finalizó la llamada.

—Hola —le dijo Freyja—. ¿Qué sabes?

La saludé estrechándole la mano.

—Acabo de hablar con nuestros abogados. Christopher tanto puede ser liberado en cuarenta y ocho horas como estar por tiempo indeterminado. La fiscalía no ha tomado ninguna decisión. Hoy le harán un interrogatorio. Es todo lo que sé.

—¿Cómo están nuestros padres? —preguntó Freyja.

—Mamá es la más afectada.

—¿Dónde está Christopher? —pregunté.

—Está en la central principal, incomunicado —respondió Magdalene con notorio malestar en su voz.

—¿Cuándo te darán novedades nuevamente los abogados? —preguntó Freyja.

—Luego del interrogatorio.

—¿Y el cuerpo de J. J.? ¿Lo encontraron?

—El ataúd está vacío —dijo Magdalene con los ojos húmedos y los dientes apretados.

Hubo un silencio.

—¿Quién querría robar el cuerpo? —preguntó Freyja.

—Eso no tiene sentido, pero lo hicieron —respondió Magdalene.

—Lo tiene, y mucho —le corregí—, sin cuerpo no hay evidencia de que hubo una muerte.

—Pero si la policía de Canadá lo ha visto y certificado.

—Lo sé, pero por estadísticas estos casos quedan en entredicho si no se hace algo rápidamente.

—Mientras tanto necesitamos poner al corriente a Arthur —le dijo Freyja a su hermana—. No podrá ayudarnos a desentramar nada si no sabe totalmente lo que está pasando —la voz de Freyja tuvo cierta complicidad conmigo.

Eso aumentó mi confianza hacia ella.

—Así es —le dije a Magdalene con tono amistoso—, tengo que armar las piezas del rompecabezas. Es vital que me describan hasta el más mínimo detalle. También necesitaré ropa o algo que haya pertenecido a J. J.

Magdalene le dirigió una mirada con cierta desaprobación a su hermana.

—¡Es que nosotras estamos también bajo amenazas! —le respondió Freyja con voz firme—. Nos persiguieron dos coches. ¡Nos dispararon! ¡Hay muchos intereses en juego, Magdalene! Es imperativo que Arthur pueda usar sus facultades para avanzar. Todo es muy turbio, como si hubiera una neblina que no nos dejara ver el panorama completo con claridad. Además, mañana es el gran ritual y hay un desbalance energético sin la presencia de Christopher y sin J. J.

—¿Les dispararon? ¿Cuándo? ¿Dónde? —preguntó Magdalene cambiando totalmente la actitud.

—Anoche, mientras íbamos camino a casa de Santiago. Pudimos despistarlos, pero están tras nuestras pisadas. No se quedarán en amenazas.

—¡Dios mío! —exclamó Magdalene.

—Hay secretos que no pueden salir a la luz si perjudican a grandes corporaciones o patentes. Ya son muchos los casos —agregué.

—Lo sé —respondió Magdalene con énfasis mientras sacaba su iPad de la cartera. Lo abrió en una página de noticias.

Freyja y yo pusimos los ojos en el informe para leer con atención.

Uno de los hombres más ricos de Canadá y su esposa aparecieron muertos en su casa en Toronto en circunstancias que la policía describió como "sospechosas".

Los cuerpos de Barry Sherman y su esposa Honey fueron encontrados en el sótano de la casa por un agente inmobiliario, según reportes.

Sherman era el fundador y director ejecutivo del gigante farmacéutico Apotex, que vende genéricos en todo el mundo. Era, además, un prominente filántropo.

En la propiedad no había signos de que la entrada hubiera sido forzada, informó la policía.

Un portavoz policial dijo que los servicios de emergencias recibieron una llamada poco antes de la medianoche del viernes. Los medios locales reportaron que los investigadores no están buscando un sospechoso en este momento, mientras que el detective Brandon Price le dijo a la televisora CBC que aún están tratando de determinar si hubo algún delito.

"Las circunstancias de su muerte parecen sospechosas y estamos tratándolo de esa manera", dijo el jefe de policía.

Sus cuerpos fueron hallados por un agente inmobiliario que estaba en la propiedad para preparar una visita, reportó el *Globe and Mail*, citando a un familiar.

La firma es la séptima mayor farmacéutica en el mundo y según la revista *Forbes*, la fortuna personal de Sherman ascendía a los 3 200 millones de dólares.

Estrangulamiento.

O más concretamente "compresión del cuello por ligadura", dijo un perito policial después de que se le practicara la autopsia a los cadáveres. El portavoz comunicaba que se estaba tratando de determinar "si una o ambas muertes fueron en realidad homicidios".

La muerte de los Sherman sigue pues envuelta en el misterio. Respecto de las misteriosas muertes, los medios locales han subrayado también que tanto Barry Sherman como su empresa habían estado envueltos los últimos años en varios litigios judiciales con familiares y otras farmacéuticas, y que él y su esposa habían puesto a la venta la gran mansión en la que vivían hace sólo un mes por siete millones de dólares canadienses.

Barry Sherman fundó la farmacéutica de medicamentos genéricos Apotex en 1974 con sólo dos empleados. En la actualidad, la empresa tiene 11 000 y unas ventas anuales de más de 2 000 millones de dólares canadienses en 45 países.

El matrimonio era también uno de los mayores filántropos del país, con cuantiosas donaciones a hospitales y grupos judíos.

—¡Qué horror! —exclamó Freyja.

—Otro ahorcamiento doble —masculló.

—Toda la red está infestada con la noticia. Miles de personas están pendientes del caso de J. J. y de este matrimonio —dijo Magdalene, mostrando en su teléfono las innumerables páginas de Google que cualquiera podía comprobar al escribir su nombre y el caso.

—No pueden comenzar a desaparecer los jefes de descubrimientos y multinacionales al mismo tiempo —exclamó Freyja—. No puede ser una coincidencia.

—Te dije que los intereses que hay en juego son muy fuertes y hay grandes círculos de poder detrás de ello dispuestos a todo —afirmó Magdalene.

En ese momento sonó mi teléfono.

Era el número del teniente Bugarat.

—Disculpen, debo contestar.

Me incorporé para salir del bar.

—Teniente.

—Parker. ¿Qué novedades tienes? ¿Te enteraste? Dos ahorcados más en Toronto —dijo con voz atropellada.

—Lo acabo de ver, teniente. Aquí estoy en medio de investigaciones, pero todavía sin mucho progreso. Me persiguieron y dispararon en plena calle.

—¿Cómo que te dispararon?

—Sí. Una persecución con dos coches.

—Parker, si no tienes nuevos informes tendrás que venir a Toronto a colaborar con este nuevo caso de la familia Sherman.

—¿Cree que estén ligados?

—Negativo. No creo que tengan puntos de conexión.

—Teniente, muchas cosas extrañas están sucediendo aquí. El cuerpo de J. J. O'Connor desapareció de la morgue.

—¿Cómo? ¡Era tu responsabilidad vigilarlo!

—El cuerpo fue entregado tal como estaba dispuesto. Después de eso, las autoridades de Irlanda no quisieron que siguiéramos investigando y no respetaron nuestra jurisdicción.

—¡Tienes que encontrar el cuerpo de inmediato! —gritó.

—Teniente, nosotros entregamos el cuerpo cuando el CEO fue detenido en el aeropuerto. Fue todo muy vertiginoso, como si estuviera...

Iba a decir "premeditado", pero cerré la boca.

—De acuerdo Parker. Mantenme al tanto.

—Seguiré atento y le iré informando.

Colgué el teléfono.

Mis manos estaban heladas. La gente iba y venía por las calles a paso ligero. Varios grupos de estudiantes caminaban entusiasmados por la vida que tenían por delante. Llenos de motivación y alegría. Su entusiasmo me motivó. Sentí un impulso de resolver todo en lo que estaba metido.

Entré rápidamente al bar.

—Creo que será mejor que nos vayamos —dijo Magdalene—. No deberemos estar expuestos en la vía pública.

—Quizá sea mejor así —repliqué—, los asesinatos han sido dentro de casas. En la calle estaremos más protegidos por la multitud. ¿Le llamaron a Santiago?

—No responde el teléfono. Anoche la comisión de la empresa se reunió sin mi presencia y sin la de varios miembros, incluido Santiago. No quiero que tomen decisiones sin Christopher justo cuando está por salir el producto al mercado.

—Creo que es más que un producto al mercado —añadió Freyja.

—Así es —agregué—, si esta tecnología puede revolucionar el mundo tal como lo conocemos, es lógico pensar que a muchas corporaciones, religiones y políticos no les convendrá.

—No sólo ellos, Arthur —dijo Magdalene—, sino dentro de nuestra empresa hay muchos intereses entre los doce del alto comité. Ellos querrán tomar las riendas ahora que Christopher está incomunicado.

—Sugiero pensar con la cabeza fría —dije, tratando de llevar un poco de orden al caos.

Un camarero llegó con unas tazas de café y unos bocadillos de atún.

—Lo primero es esperar que...

—Lo primero que necesito saber —interrumpí— es sobre el ritual de mañana. Lo segundo es conocer quién les envió la carta de tarot del ahorcado con las letras y lo tercero es cómo liberar a Christopher.

Magdalene y Freyja se miraron con asombro.

—Si me dicen los dos primeros pasos —les advertí—, les diré un plan para liberar a Christopher.

# 33

## Dublín, Irlanda
## En la actualidad

¿Liberar a Christopher? —preguntó Magdalene asombrada.

—¿Cómo podrías hacer eso? —me inquirió Freyja.

—Vamos por pasos —dije—. Primero quiero saber qué sentido tiene el ritual de mañana.

Freyja aspiró profundamente.

—Mañana es 31 de octubre y es una fecha especial —respondió con su voz segura—. Dentro de nuestro grupo nos conectamos con antiguos rituales de poder que vienen desde la época inicial de la humanidad. Si bien somos la mayoría mujeres, necesitamos la presencia de la energía masculina para balancear la fuerza de la diosa y el dios.

—¿Qué tipo de ritual?

—Para nosotras es conocido como Samahin, una ceremonia ancestral que celebraban los druidas celtas aquí en Irlanda y también en las Islas Británicas, Escandinavia y Europa occidental, desde trescientos años antes del nacimiento de Cristo. Los sacerdotes druidas nos dejaron el legado del culto a los espíritus de la naturaleza y también para enviar luz y recibir conocimientos de los espíritus que viven en el otro mundo. Es una tradición anterior a la invasión de los romanos en las Islas Británicas enmarcada por la magia de los druidas en Inglaterra, Francia, Alemania y en los países célticos. En este ritual los druidas podemos ser médiums, y ese día especial podemos comunicarnos con nuestros antepasados esperando ser guiados en esta vida con diversos conocimientos para seguir el sendero hacia la inmortalidad.

Asentí concentrado y la dejé hablar.

—Los druidas sabemos que mañana por la noche los espíritus de los muertos regresan a sus antiguos hogares para visitar a los que estamos aún vivos de este lado de la existencia —completó Freyja.

—Hemos continuado la fuerza de los ancestros —agregó Magdalene, a quien también le brillaban los ojos con intensidad—. Nuestros ancestros tuvieron problemas desde que Constantino se convirtió en emperador de Roma y dictó una ley que declaraba el catolicismo como la religión oficial del Estado bajo pena de muerte a quien no la profesara. En aquellos tiempos las iglesias fueron inundadas con los paganos no convertidos, quienes eran forzados a integrarse a la Iglesia católica o a perder la vida por desafiar al emperador. Los recién agregados traían todas sus prácticas e ideas paganas a la Iglesia, incluyendo el festival de Samahin, y exigieron que este festival siguiera siendo parte de sus vidas.

"Debido a que la Iglesia había fracasado en eliminar las prácticas paganas de la gente, decidió usar 'a su modo' algunas de ellas, especialmente este ritual del 31 de octubre —continuó diciendo Magdalene—. En el siglo IX el papa instituyó un nuevo día para ser celebrado por la Iglesia, el primero de noviembre, llamándolo Día de todos los Santos, que en inglés significa *All Hallows Day*. Este día fue manipulado y se comenzó a celebrar a todos los mártires y santos de la Iglesia católica, y el 31 de octubre se convirtió en su víspera. Ahora, la gente podría tener su festival el 31 de octubre, porque el 1 de noviembre era un día 'santo'. La cultura popular llamó a la celebración el *All Hallomas* y con el paso del tiempo a la tarde anterior al 1 de noviembre se le conoció como *All Hallow's Eve*, y finalmente Halloween, que llamaron 'la noche de todos los santos'."

—Para nosotros nada cambió, sabemos que es un día poderoso porque lo hemos vivido muchas veces en nuestro círculo mágico —agregó Freyja.

—¿Concretamente qué hacen? —pregunté.

—Es un círculo con una ceremonia secreta.

—Ya. ¿Pero para qué necesitarían a Christopher y a J. J.?

Freyja miró a Magdalene con complicidad.

—Algunas veces Christopher y yo guiamos una ceremonia sexual sagrada —dijo Magdalene con voz suave—. Es el uso de la fuerza de vida.

—¿Te refieres a un rito sexual?

—Un rito de adoración a la vida —me corrigió—, y a los espíritus que viven del otro lado. Eso genera un voltaje energético sin igual.

Asentí lentamente tratando de digerir aquello.

—¿Son conscientes de que mucha gente puede ver eso como algo raro, como prácticas extrañas?

Magdalene asintió.

—Todo lo que está fuera de las garras de la tradición religiosa de cualquier índole es visto como raro. Arthur, la mayoría de las fechorías sexuales están dentro de la Iglesia y la gente se hace de la vista gorda con ello. Si un grupo de personas quiere continuar con un rito de miles de años de antigüedad, somos vistas como brujas o hechiceras. Y lo que hacemos es venerar la vida, ni más ni menos —zanjó Magdalene.

—Lo sé, a pesar de que me fui de Irlanda hace muchos años, todavía conservo la memoria fresca. Mi abuela celebraba rituales, ella también realizaba cultos mágicos.

—La magia está en todos lados —respondió Magdalene con voz firme—. En las misas católicas, en las ceremonias judías, en cualquier religión, en todas las ceremonias está presente, pero la gente no se da cuenta debido al hipnotismo robótico en el que vive. Desde el siglo IV la Iglesia de Siria consagraba un día para festejar a todos los mártires. Tres siglos más tarde el papa Bonifacio IV, en el año 615, transformó un panteón romano ofrecido a todos los dioses en un templo cristiano dedicándolo a todos los santos. La fiesta en honor de Todos los Santos inicialmente se celebraba el 13 de mayo; fue traspasada por el papa Gregorio III en el año 741 al primero de noviembre, día de la dedicación de la Capilla de Todos los Santos en la Basílica de San Pedro en Roma. Más tarde, en el año 840, el papa Gregorio IV ordenó que la fiesta de Todos los Santos se celebrara universalmente. Por otro lado, ya desde el año 998 san Odilón, abad del monasterio de Cluny en el sur de Francia, había añadido la celebración del 2 de noviembre como una fiesta para orar por las almas de los fieles que habían fallecido, por lo que fue llamada fiesta de los fieles difuntos, la cual se extendió en Francia y luego en toda Europa.

—Eres una enciclopedia —le dije asombrado por su memoria histórica.

—Uno aprende lo que siente, Arthur.

—Lo adaptaron a su conveniencia —agregó Freyja.

—Eso queda claro. ¿Y qué hay de la magia que practican entonces? —pregunté al tiempo que sentía calor en todo el cuerpo, como si tuviera una llama que se estuviera encendiendo por todas mis células.

—En un ritual de magia hace años le fue revelado a Christopher que sería el encargado de darle a la humanidad un nuevo movimiento de libre espiritualidad científica.

—Entiendo.

—En la magia druida —añadió Freyja—, para ser un mago o una sacerdotisa auténticos hay que sentirlo primero y luego estudiar la ciencia, necesitamos conocer el significado exacto de cada palabra y cada acto del ritual. Esto explica que sean necesarios tanta formación, tanto estudio y tanta práctica para convertirse en mago o sacerdotisa.

Guardé silencio.

Una frase vino a mi memoria.

—Mi abuela me enseñó algo similar atribuido al sabio Paracelso —dije con cierta emoción al recordar las horas que ella me había entrenado—. Me decía que Paracelso enseñaba que "el hombre es superior a las estrellas si vive en el poder de la sabiduría suprema. La persona que domina el cielo y la tierra con su voluntad es un mago, y la magia no es brujería, sino sabiduría suprema".

—Sin duda —respondió Freyja—. Se ve que ella era muy sabia si pensaba así.

—Lo era. Ella me enseñó también ciertos ritos que fueron los que abrieron mis facultades psíquicas.

Freyja y Magdalene se miraron al unísono como si por telepatía me transmitieran el mismo pensamiento.

—Arthur —dijo Magdalene con una mirada profunda—, ¿podrías participar mañana en el ritual?

# 34

## Dublín, Irlanda
## En la actualidad

Antes de que pudiera responder, sonó el teléfono de Magdalene.

—Un momento. Es uno de los abogados —dijo ella.

Aproveché para pagar la cuenta, dejar hablar a Magdalene y llevé a Freyja hacia la salida del bar.

—¿Qué piensas? —me preguntó.

—Necesitamos poner en orden este rompecabezas —respondí viendo por la ventana.

—Entiendo, pero estamos en medio de una vorágine que suma dudas y aleja certezas. ¿Cuál es el próximo paso, policialmente hablando? —preguntó Freyja, reflexiva.

—Debemos comenzar por el principio. Hay muchos puntos inconexos que deben conectarse —dije, ordenando mis ideas—. Para empezar, el tatuaje de J. J., ¿quién pudo haberle escrito eso en el brazo? ¿Por qué a ti también te enviaron la carta de tarot con el ahorcado? ¿Dónde está ahora el cuerpo de J. J.? ¿Qué pudo haber significado el trabajo que realizó Christopher con el cuerpo de J. J. en el avión con una máquina que implantó cierta tecnología? ¿Quién está detrás de la detención judicial de Christopher? ¿Por qué nos dispararon? ¿Qué peligro y ambición engendra el proyecto? ¿Cómo conocer a los que componen el grupo de empresarios de la empresa?

—Son muchas cosas, Arthur. Necesitamos generar energía grupal entre los tres y crear nuestra mente maestra.

Freyja se refería a la técnica que funciona cuando varias personas se enfocan en grupo para proyectar fuerza mental, provocan una tormenta de ideas y, al enfocarse en la misma vibración mental, se genera una mente colectiva más poderosa, como cuando varias nubes en el cielo se unen y se hacen más grandes.

Yo sabía que esas técnicas eran por demás conocidas en las grandes empresas de avanzada y en los círculos esotéricos.

—¿Y qué piensas de tu participación en el ritual? —preguntó Freyja.

En ese momento escuché el "bip" de mi WhatsApp.

—Disculpa —le dije mientras miraba el mensaje.

> Para encontrar los frutos del árbol,
> conoce primero las raíces.

Instintivamente levanté los ojos del teléfono y observé a la gente del bar. Ningún rostro conocido. Comprobé en mi teléfono que el número desde el cual provenía aquel mensaje era número oculto. La misma tipología de letra.

Debajo del mensaje decía "descargar imagen".

Inhalé profundamente, pensativo.

Le di aceptar.

Mi teléfono descargó la imagen.

Pentagrama mesopotámico (2600 a. C.),
pentagrama julio (500 a. C.) y pentagrama romano (78 a. C.).

Monedas griegas con simbología pitagórica pentagonal halladas en Metaponto (440 a. C.), Melos (420 a. C.) y Pitane (350 a. C.).

"¿Más pentagramas?" —me pregunté al tiempo que percibía cómo los latidos de mi corazón se aceleraban.

Recordé el sueño con el alma de J. J.

Me había dicho lo mismo.

*Tetragramatón.*
*Busca en la estrella de cinco puntas.*
*Pitágoras.*

"¿Si alguien quiere darme un mensaje, por qué no lo hace más claramente? ¿Qué debo buscar en la estrella? ¿Y qué tiene que ver Pitágoras en todo esto? Sabía que Pitágoras era un gran iniciado en los misterios, en la matemática, en el ocultismo y en ciertos rituales de poder, pero ¿dónde buscar a Pitágoras?"

Aquello traía más incertidumbre que pistas concretas.

—¿Está todo bien? —la voz de Freyja me volvió a aquella realidad.

Asentí apretando los labios.

—Te ves preocupado.

—Otro acertijo —le respondí sin querer extenderme en detalles. Si les contaba lo que estaba recibiendo quizá les generaría más confusión. Estaba acostumbrado a procesar mis pensamientos y mis facultades extrasensoriales en mi propio campo mental; si bien aquellas dos mujeres eran sensitivas y poderosas, sentí que todavía no era el momento de anexar más cosas en aquella sopa, sino saber qué condimentos llevaba. Ir a la raíz —pensé cerrando por un momento los ojos y tocando mi tercer ojo—. ¿Qué quiere decir con "ir a la raíz para conocer los frutos"?

Magdalene se acercó.

—El abogado me acaba de informar que la policía está por comenzar el interrogatorio con Christopher. Inmediatamente que colgué, recibí una llamada de Santiago. Me pidió que me reuniera con él inmediatamente, dijo que tiene alguna noción sobre el paradero del cuerpo de J. J.

Freyja y yo la miramos con asombro.

—Eso sí sería un avance importante —exclamó Freyja.

—Así es. Vayamos en mi coche a reunirnos con Santiago. Le dije que estamos juntos. Nos citó en la biblioteca del Trinity College. Al salir del bar Magdalene se detuvo y se volvió hacia mí.

—Te hemos hablado del ritual y no tenemos ni idea de quién nos envió la carta del ahorcado con esa sentencia. Ahora es tu turno, Arthur. ¿Qué ibas a proponer para liberar a Christopher?

Los ojos de las dos mujeres me miraron fijamente, parecían diamantes.

—Al parecer nos estamos alineando energéticamente —respondí con una sonrisa—. Uno atrae lo que emite. Para liberar a Christopher tengo un plan que justamente requiere que el primer paso sea hablar con su mellizo, Santiago.

Al cruzar la calle vimos en la esquina un grupo de mujeres haciendo ruidosas manifestaciones, solicitando permiso del aborto y pugnando por las leyes de igualdad de género.

Por los altavoces escuchamos palabras llenas de enojo y resentimiento de boca de una mujer de unos cuarenta y tantos años, con el rostro ajado por el sufrimiento y con un lenguaje del cuerpo mostrando que tenía una pronunciada cifosis dorsal, producto de ocultar sus emociones y de no tener ninguna pareja hacía años.

Freyja se frenó en seco.

—Otra vez la misma pantomima —exclamó Freyja, al tiempo que se dirigió a paso veloz hacia la mujer.

Sin un ápice de duda dio un salto, subió al estrado y le pidió el micrófono. La otra mujer, bien por sentir el poder que Freyja emitía, bien por la sorpresa de encontrarse con una hembra llena de luz y empoderada, le cedió el micrófono.

Freyja lo sujetó con fuerza y soltó su voz como un fuerte viento del norte.

—¡Mujeres! Hay que recordar que hace poco tiempo hubo una manifestación igual o mayor, y otra y otra y siguen los mismos problemas ante la contradicción de pedir algo que no tienes —dijo con viva voz ante la atónita mirada de casi novecientas mujeres.

Hizo una pausa para captar de inmediato al auditorio de féminas. Magdalene volvió a hablar por teléfono. Yo observaba a Freyja, que daba la sensación de haberse subido a un dragón y echar fuego por su boca.

—Las manifestaciones dan sensación de unidad, pero la realidad es que el individuo tiene que resolver su propio camino y su propio destino en su corto lapso de vida en la tierra. Todas ustedes están aquí de buena fe, pero ¿saben que muchas manifestaciones son orquestadas tras bambalinas por cerebros reptiles que buscan aprovechar la energía que generan las multitudes? No lo saben, ¿verdad? Muchas veces están prestando la energía de manera inocente por desconocer quién maneja la energía colectiva que se genera en una manifestación. La energía puede ser usada en su contra.

Freyja se encendió en su improvisado discurso.

—Los presidentes no arreglan los países, lo hace la mente de los ciudadanos. Veo también aquí muchas mujeres, vestidas como hombres con traje y corbata, pidiendo por los derechos femeninos. ¿No es incongruente? En esta manifestación de mujeres reclamando sus derechos veo también varios carteles que proclaman: "Pussy to the power", "La vagina al poder" —repitió Freyja—, y en repetidas ocasiones vi los mismos carteles. En esta reclamación no puedes manifestar un deseo que no muestras. Es igual que si las mujeres musulmanas claman por la libertad de sus rostros organizando una manifestación a la que concurren con los rostros cubiertos. ¡No puedes pedir lo que eres incapaz de defender y mostrar! ¿Quién espera recoger rosas sembrando semillas de algodón?

La multitud estaba un tanto confusa. Las organizadoras se miraban extrañadas, aquello no estaba previsto.

"¿Quién era aquella mujer?"

Freyja prosiguió con fuerza.

—Los derechos que pides en la Tierra primero tienes que recordar que los has tenido desde las estrellas. ¿Están cansadas de no ser escuchadas?

La multitud gritó apoyando.

—¿Saben por qué no las escuchan?

Otro grito colectivo las encendió aún más.

—¡Porque piden algo que no tienen! ¡Para pedir algo primero hay que tenerlo, sentirlo, mostrarlo, empoderarse! ¡Lo semejante atrae lo semejante!¡Nadie recibirá algo que no esté preparado para recibir! ¡Hablan de vaginas al poder, pero sus vaginas están tristes, solas, olvidadas! ¡La puerta de la vida! —gritó Freyja y metió su mano derecha dentro de su ajustado pantalón tocando su pubis. Aquello enfervorizó a todas.

Se escuchó un poderoso grito. Sonaron tambores que encendieron la sangre. Magdalene había terminado de hablar por teléfono y sorprendida, caminó hacia mi lado.

—¡No las escuchan porque toda manifestación está destinada al fracaso si no se realiza con todo el cuerpo desnudo! —gritó Freyja.

Las mujeres estaban dispuestas a todo con aquella nueva líder.

—¡Hay que cambiar la mentalidad, hermanas! —gritó—. ¡Salir fuera de la caja mental en la que están atrapadas! ¡Hay que pedir los cambios como diosas, no como mujeres!

Dicho esto, los tambores aumentaron su sonido y la multitud que la escuchaba, sin dudarlo, se quitó la ropa como quien se quita una falsa máscara de vergüenza e ilusorios pudores y todas comenzaron a bailar poseídas por una fuerza ancestral que estaba esperando ser liberada.

Tanto las mujeres mayores llenas de experiencias y mentes sabias como cientos de jóvenes de cuerpos atléticos llenas del frenesí sexual propio de su edad soltaron sus cabelleras y se quitaron sus vestidos y sus trajes bailando en indetenible frenesí tal como habían venido al mundo.

De inmediato, aquel poderoso e inesperado espectáculo atrajo a cientos de personas y los medios de prensa fueron alertados al instante.

—¡Ahora sí van a ser oídas! —gritó Freyja—. ¡Bailar como librepensadoras! ¡Como hijas del sol y las estrellas! ¡Como hechiceras de la noche!

Se bajó del estrado, mezclándose en la multitud que gritaba, y caminó haciéndose paso entre el gentío hacia nuestro lado.

—Solucionado —dijo con el rostro encendido—. Ésta es la única forma en que alguien puede ser escuchado.

Los agentes de policía comenzaron a llegar confundidos y sin poder hacer nada, impotentes ante la desbordada danza de aquel millar de poderosas hembras.

Los titulares en todos los noticieros captaron la atención mundial y las redes sociales echaban humo viral con los videos.

# 35

## Dublín, Irlanda
## En la actualidad

La oficina de la jefatura policial de Irlanda estaba fría y poco iluminada.

El humo del cigarrillo del obeso inspector iba directamente al rostro de la joven detective sentada a su lado.

Frente a ellos, sentado con las esposas en las muñecas, Christopher Raví esperaba a ser interrogado.

—Ha sido muy valiente en negar el apoyo de un abogado —comenzó diciendo el inspector oficial—. Y sabe que no hay fianza para salir en libertad. Me temo que tenemos evidencias de que usted ha asesinado al señor O'Connor.

—No estuve en el lugar donde sucedió. Eso es imposible, ya se los dije.

—Verá, señor Raví, de acuerdo con nuestras investigaciones, sabemos que el señor O'Connor desempeñaba un importante rol en su compañía. Era su mano derecha, ¿verdad?

Raví asintió.

—¿Puede responder a la pregunta?

—Sí. Lo era. J. J. O'Connor comprendía a la perfección el proyecto en el cual estábamos trabajando.

—Pero usted intentaba utilizarlo y luego sacarlo del paso, ¿verdad?

—Yo nunca quise sacarlo del paso, sino todo lo contrario. ¿Quién quiere perder a su mejor jugador cuando tiene un rol fundamental para ganar el juego?

El oficial frunció el ceño y volvió al ataque.

—Pero los intereses de la empresa eran muchos y él tenía una gran participación que ahora quedará para sus propias arcas. ¿No es cierto, señor Raví?

—Eso es ridículo. Lo que perseguimos no es una ambición económica, sino aportar un descubrimiento científico y espiritual a la humanidad. Todo lo que se diga además de eso es superfluo y se basa en especulaciones e hipótesis falsas. El ser humano tergiversa las cosas en su propio beneficio, creando chivos expiatorios y montajes para que las cosas se vean como una obra de teatro cuando la realidad es completamente diferente.

El inspector hizo oídos sordos.

—¿No cree extraño el hecho de que sus principales miembros de la junta directiva no le hayan brindado apoyo?

Raví se mostró extrañado.

—¿A qué se refiere?

—Hemos hablado extraoficialmente con varios miembros y coinciden en que envió a una misión arriesgada al señor O'Connor.

Raví hizo silencio pensativo.

"¿En qué momento hablaron con la junta directiva de la empresa?"

—¿Qué piensa, señor Raví? ¿Se siente solo? ¿No tiene el respaldo que esperaba?

—¿Cuándo hablaron con miembros de la compañía?

—Esa información es confidencial con los testigos y no se la daremos. Pero tiene que saber que nosotros somos ágiles, señor Raví. Eso lo tiene que saber, no hay más agilidad que la investigación irlandesa. Y me temo que su compañía tampoco lo está respaldando, están negando su participación en la operación que le encomendó a O'Connor.

—Les dije que yo no estuve en el lugar del hecho. Pueden comprobarlo por las entradas en mi pasaporte.

—Señor Raví, tanto usted como nosotros sabemos que entrar a un país por medios diferentes para la gente como usted, CEO de empresas, políticos y demás personas influyentes es normal. ¿Acaso no contrató un chárter privado para volar?

—De regreso.

—¿Lo ve? Primero ha ido y luego se regresó con el cuerpo como responsable cuando en realidad fue primero a Canadá.

—Volé solamente cuando me enteré lo que le sucedió al señor O'Connor, no antes.

—Eso está en entredicho.

Raví resopló con cierto fastidio.

—¿Cuál es su coartada, señor Raví?

Guardó silencio.

—A decir verdad, esos días previos he estado solo en mi casa trabajando en el lanzamiento del proyecto y no he salido.

—No tiene coartada, señor Raví. Vamos a demostrar que usted estu…

Una persona de la jefatura entró de repente y con ímpetu al cuarto de interrogatorio.

Se acercó al oído del teniente irlandés.

Una mueca de asombro se dibujó en su rostro.

El inspector y el hombre que le susurró algo al oído salieron de la sala de interrogatorio de inmediato. La joven detective lo hizo tras ellos.

Raví se quedó solo.

"No creo haber sido abandonado por los miembros de mi empresa. ¿Pero por qué me siento abandonado?"

\* \* \*

Las ajadas manos de Peter Stone sostenían su teléfono al oído derecho.

Hacía tiempo que se había levantado. Casi no había dormido la noche anterior.

Hablaba en tripartita con Elías *el Rengo* y con Mattew Church.

—La situación es difícil —dijo—. Para que el caso O'Connor no nos salpique, debemos estar sincronizados. El futuro de la empresa depende de los movimientos que hagamos en el presente.

—¿Qué propones? —preguntó Church.

—El escenario es claro. He movilizado detrás de la escena a mucha gente para que haga ver a J. J. O'Connor como un traidor que intentó vender los papeles de acceso a la fabricación de la tecnología y máquinas de Teosofical Tesla Technologies para que los derechos y las patentes del descubrimiento sean para otras empresas competidoras y así él beneficiarse. Al hacerlo, luego tuvo remordimientos de conciencia y se suicidó. Ésa será la versión a la que apostaremos.

—Estoy de acuerdo con eso —respondió rápidamente Elías *el Rengo*—, caerá una nube de ignorancia sobre ello y quedará así escrito en la historia. ¿Y luego qué?

—Construiremos nuestro imperio —respondió Church certero como una flecha.

Peter Stone asintió.

—Estamos a tiempo para cambiar aspectos del papeleo, así estaremos cuidando nuestras espaldas. Ya hablé con los escribas y hackers para que cambien los libros de la empresa. El resto de los libros y documentos oficiales se perderán.

Se sintió una misma conexión entre los tres líderes.

—Quedaremos alineados. Debemos salvar la compañía y el proyecto. Nos vemos más tarde en las oficinas.

Los tres hombres colgaron el teléfono.

\* \* \*

Cerca de diez minutos más tarde el inspector oficial y su asistente entraron a la sala de interrogatorios.

El obeso inspector observó a Raví con los ojos llenos de asombro y enojo.

—Al parecer alguien muy influyente ordenó su liberación.

La detective caminó por detrás y le quitó las esposas a Raví.

—Espero que quien lo está protegiendo sepa los mecanismos que acaba de activar. Esto se trasladará a un nivel superior. Por ahora es libre —zanjó el inspector con despecho.

La detective lo acompañó hacia la salida y le devolvieron sus efectos personales.

Christopher Raví volvía a recuperar la libertad, lo más preciado de todo ser humano.

# 36

## Dublín, Irlanda
## En la actualidad

Al llegar a las galerías de la biblioteca del Trinity College una sensación de añoranza me embargó la piel y el alma.

Magdalene le envió un WhatsApp a Santiago para avisarle que habíamos llegado.

Mientras esperábamos, una sucesión de imágenes de mi niñez y adolescencia vino a mi mente respecto de aquel misterioso edificio, un punto neurálgico de sabios y eruditos y de estudiantes de todo tipo de artes y ciencias.

Estar nuevamente entre las paredes de la biblioteca del Trinity me transportó con emoción a las horas de investigación en las aulas de estudio más grandes de Irlanda. Tomé conciencia de que aquel recinto que contenía más de cien mil nuevos artículos cada año y más de cuatro millones de libros, incluyendo colecciones significativas de manuscritos y mapas, era el paraíso de estudiantes, escritores e investigadores.

Magdalene regresó del baño junto a Freyja.

—Nos espera en el quinto piso —dijo.

Recordé las veces que había tenido que subir sus escaleras, ya que el edificio es de ocho pisos.

En pocos minutos llegamos a un pasillo plagado de nuevos libros y colecciones. Al final, debajo de un amplio ventanal, se divisaba de espaldas la sombra de un hombre alto.

Nos aproximamos a paso veloz. El eco de los tacones de Magdalene y de Freyja sonaba como si fuera una caballeriza de tiempos antiguos en camino a encontrarse con un rey.

Aquel hombre, al escucharnos, se giró en seco.

—¡Magdalene! —exclamó—. ¡Freyja!

El hombre les dio un sentido abrazo a ambas.

—Santiago, qué tormento estamos viviendo —dijo Magdalene.

—Lamento muchísimo lo que ha sucedido con J. J. He estado pendiente de muchas cosas extraoficialmente fuera de la empresa.

—Gracias —respondió Magdalene—. Perder un hermano en estas circunstancias es doloroso, pero estamos en el proceso de investigación. Por cierto, te presento a Arthur Parker, el detective que vino desde Canadá a traer…

—Lo sé, lo sé —respondió Santiago estrechándome la mano y apretándola con fuerza—. Estoy al tanto de todas las noticias, incluida su colaboración, agente Parker.

—No me extraña que ya supiera de mí, creo que son varios los que lo saben. Los muros tienen ojos.

—Así es, agente. Por ello he tratado de estar en sigilo siguiendo los pasos de lo que está ocurriendo. En estos momentos cualquier cosa puede pasar, ya que el descubrimiento que hay en juego es carne fresca para muchas compañías.

Los ojos de Santiago Raví no tenían la luz de su hermano Christopher, pero se le veían sinceros y de alma noble. Su apariencia era idéntica a Christopher, salvo por lucir unas canas en la barba.

—¿Qué sabes? —le preguntó Magdalene.

Santiago Raví giró la cabeza para comprobar que no había nadie por el largo pasillo plagado de libros.

—Hubo una reunión secreta en la empresa —dijo—. Están divididos, quieren tomar decisiones sin Christopher y sin el resto de la junta directiva. Necesitamos oponer resistencia para que todo el trabajo de mi hermano no caiga en manos equivocadas, quienes harían un negocio deshonesto y provocarían la esclavitud de miles de almas.

—Así es —replicó Magdalene—. El descubrimiento en manos incorrectas generará el efecto opuesto.

—¿Qué tienes en mente? —le preguntó Magdalene a Santiago.

—Lo primero es utilizar nuestra voz dentro de la compañía para suspender cualquier posible maniobra extraña con el descubrimiento y…

En ese preciso momento sonó el teléfono de Magdalene.

—¡Es una llamada desde el teléfono de Christopher! —exclamó.

Santiago la miró con ojos esperanzados. De inmediato, las manos de Magdalene llevaron el auricular al oído.

—¿Hola? —preguntó con una mezcla de asombro y esperanza—. ¿Christopher, eres tú?

Una luz se proyectó por todo su rostro al oír la voz de Christopher.

—¡Gracias a Dios! —dijo con una amplia sonrisa.

Hizo una pausa.

—¿Quién? ¿Dónde? —preguntó—. De acuerdo. Allí nos vemos.

Magdalene colgó el teléfono y se giró hacia nosotros. De inmediato se abrazó con Santiago.

—¡Liberaron a Christopher!

Todos sonreímos.

—¿Cómo sucedió? —preguntó Freyja.

—¿Te dijo quién dio la orden de liberación? —preguntó Santiago.

Magdalene negó con la cabeza.

—No me dijo. Sólo le dijeron que la orden de liberación provino de alguien con mucho poder e influencia.

Por el pasillo escuchamos a alguien acercándose a paso veloz.

Todos nos giramos hacia la sombra que se acercaba hacia nosotros. No lográbamos distinguir su rostro entre la penumbra de las estanterías. El hombre avanzaba con aplomo y seguridad. Al estar a pocos metros, dijo:

—Es imposible encarcelar a quien tiene el alma llena de libertad.

# 37

## Dublín, Irlanda
## En la actualidad

¿Quién es usted? —pregunté.

El hombre me observó directamente a los ojos como si le hubiera hecho la pregunta metafísica de todos los tiempos.

—¿Quién soy? —repitió con una risa—. He estado preguntándome eso desde mi adolescencia —su voz grave se amortiguó por los libros de la biblioteca.

El enigmático hombre tenía una barba cana, iba elegantemente vestido con un pantalón de franela y un saco de color madera a tono con sus zapatos lustrados, destilaba cultura y elegancia.

—En este recinto me conocen como el rector Nicholas Demus. Encantado —me estrechó la mano cálida y con fuerza.

—¿Usted es el rector del Trinity College? —preguntó Magdalene.

El elegante caballero asintió.

—Ustedes deben ser Santiago, Magdalene y Freyja, ¿verdad? Christopher me ha hablado mucho de ustedes.

Todos le estrecharon la mano.

—¿Y tú quién eres?

—Arthur Parker —respondí—, el detective que está colaborando con el caso.

El rector me escaneó de arriba abajo con una mirada metafísica.

—¿Por qué dice que no se puede encarcelar a un alma libre? ¿Conoce a Christopher? —preguntó Magdalene con cierta ansiedad.

—¿Que si lo conozco? —respondió el rector Demus con otra pregunta—. ¡Claro, estamos juntos en el gran proyecto de nuestras vidas! Incluso con el malogrado J. J., quien vino a verme junto a Christopher hace pocas semanas atrás, antes de que... —se aclaró la garganta inquieto— perdiera la vida.

—¿Entonces? —replicó Magdalene.

—¿Ya saben que Christopher fue liberado, verdad? —preguntó el rector.

—Acabamos de enterarnos —respondió Santiago.

—¿Cómo es que lo encarcelaron y quién lo liberó? —preguntó Freyja.

El rector esbozó una enigmática sonrisa como los alquimistas del Medievo.

—Síganme —nos pidió.

Caminamos por un pasillo largo y doblamos a la derecha donde varias columnas, cual Acrópolis literaria, flanqueaban a diestra y siniestra. El olor de los libros era embriagador. Avanzamos por el corredor y descendimos hacia unas cuantas escaleras menores, otra vez giramos a la derecha y debajo de un cuadro de Pitágoras el rector Demus se detuvo en seco.

—Miren hacia allá —nos pidió que nos giráramos en sentido opuesto. Todos miramos hacia el otro lado las estanterías de libros y un gran ventanal.

—¿Qué...?

En ese preciso momento el rector rápidamente activó un botón secreto que no pudimos ver y una puerta oculta a los ojos se abrió de inmediato.

—Adelante. Rápido.

Sorprendidos, todos avanzamos al recinto privado. A nuestras espaldas, la puerta se cerró silenciosa y veloz. El rector Demus contaba con una alta tecnología.

El interior del compartimento tenía más libros y costosos muebles de madera de roble. Olía a maderas añejas y piel. Al centro una amplia mesa con varias sillas, conté mentalmente unas cincuenta.

"¿Qué clase de reuniones harían allí?"

—Nadie de fuera ha entrado aquí, pero las circunstancias lo ameritan —dijo el rector—. Estamos en momentos difíciles y necesitamos organizarnos.

Hubo un silencio inquietante.

—Tomen asiento. Necesito explicarles algo importante.

Santiago se sentó junto a Magdalene en el mismo sofá. Freyja vino a mi lado.

El rector bajó las luces y encendió una pantalla de plasma sobre la pared.

—Veamos cómo estaba el mundo y cómo está ahora —dijo el rector al tiempo que tomaba un control remoto. Apretó una de sus teclas y apareció la primera imagen.

"El *big bang*", pensé.

—El gran inicio —comenzó diciendo el rector con voz solemne—, el poder original, por llamar a esa conciencia de alguna forma, comenzó la gran creación de los universos. Ya saben lo que la conciencia decretó —nos observó como un profesor de secundaria esperando la respuesta de los alumnos—. ¡Que se haga la luz!, ¿correcto? Y a partir de allí todo se movió por la luz.

Todos asentimos lentamente. Coincidíamos en eso.

—Pero debemos hilar fino con eso y, para ponerlo sencillo —continuó diciendo el rector—, la creación de la fuente original obviamente necesitaba de la luz como motor de creación, así que inyectó dentro de las células de todo ser vivo la materia prima de la luz. A eso llamamos "la marca de lo divino", pero... evidentemente que al haber dualidad en este planeta, la luz viene acompañada de la oscuridad para manifestarse. Aquí es donde comienza el problema, o más bien... el juego.

—¿El juego? —preguntó Freyja.

—El gran juego cósmico, querida. Luz y oscuridad. Cielo e infierno. Altas o bajas vibraciones.

—Entiendo —respondió Freyja.

—Al haber oscuridad, la luz pasó a ser un premio, un logro, un estado que alcanzar, como si hubiéramos perdido algo que necesitamos recuperar. Y es lógico, tratándose de un juego en el cual tenemos que entrar a la caverna... —señaló una foto de Platón colgada junto a otros sabios que decoraban las paredes forradas con fina madera. Podían verse retratos de Tesla, Pitágoras, Platón, Jesús, Sócrates, Buda y varios más, al fondo de aquella sala.

Sentí la energía del lugar, evidentemente las reuniones que se realizaban allí habían dejado una atmósfera intelectual y energética elevada y afín a las almas que buscaban los misterios de la vida.

—Continúe, rector —le pidió Santiago—. Hasta allí entendemos o, creemos entender, el juego de la vida, luces y sombras. ¿Pero qué tiene que ver esto con el proyecto de Christopher y de toda nuestra compañía?

—Aquí viene el *quid* de la cuestión. Yo le he dado a Christopher material inédito de Tesla y manuscritos de Pitágoras para completar el proyecto. Hemos podido contar con los accionistas e inversores y armar todo el tinglado "comercial" —señaló las comillas con los dedos en el aire— para que llegue a muchas almas. De esta manera evitamos lo que le sucedió a Tesla en el pasado, filtramos los intereses y vamos directo al grano. Será imposible que alguien pueda parar el wifi de la conciencia, la masa crítica activará con este descubrimiento a toda la humanidad. Será un avance inevitable, como cuando el cd o *compact disc* emergió y desterró a los casetes; asimismo el láser, el cual fue otra invención de Tesla —aclaró el rector con énfasis—. ¿Ya sabemos de la evolución musical, verdad? De los discos, al casete, del casete al cd y del cd al láser de la descarga directa. Ahora puedes bajar cualquier canción en tu computadora sin peligro de que se raye o se rompa. ¿El archivo que contiene la música se mueve por *bluetooth*, correcto? Es casi intocable a nivel pureza de sonido.

—¿Adónde quiere llegar? —preguntó Santiago.

Sonreí para mis adentros. Lo entendí de inmediato.

—Querido Santiago, de la misma manera que la evolución sucedió en los "vehículos" que emitían música, lo mismo está sucediendo con estos "vehículos" —el rector se acercó a Santiago y lo palpó en los hombros y la espalda.

—¿El cuerpo físico? —preguntó Magdalene.

—Así es —respondió el rector con certeza—. El cuerpo físico tiene luz y oscuridad. Se ilumina con el primer nivel que es la salud y se oscurece con la enfermedad, ¿verdad? En este caso, la muerte representa el fin del cuerpo físico.

—Entiendo. ¿Pero cuál es el punto? —volvió a preguntar Santiago.

—El juego está "dentro" del cuerpo humano —el rector hizo un ademán con las manos como buceando hacia su interior—. Órganos, glándulas, huesos... somos más que eso. El interior del cuerpo físico nos lleva inevitablemente al otro nivel u escalón avanzado del juego cósmico en el hombre.

—La mente —respondí de manera intuitiva.

—Así es, agente Parker. La mente —repitió el rector señalando su cabeza.

—Sabemos que todo es mente —agregó Magdalene—. Que la mente crea o destruye. Lo tenemos en nuestra sangre por nuestros ancestros druidas que...

El rector la interrumpió con cortesía.

—Déjame terminar, querida Magdalene. Lo sabemos como lo supieron los druidas, mayas, incas y muchas otras civilizaciones, pero no terminaron de cumplir con el juego. Aquí estamos nosotros ahora porque estos tiempos son especiales. Nunca antes la Tierra estuvo lista para un ascenso de esta magnitud. Desde hace años que viene sucediendo y pronto será la... batalla final.

—¿La batalla final? —preguntó Santiago.

—La batalla por el control del alma del ser humano está sucediendo alrededor de nosotros todo el tiempo. En la publicidad, en la música, en los discursos políticos, en la industria de la comida, en los autoatentados, en la fabricación del miedo para que se expanda la baja vibración, en los argumentos bélicos o lujuriosos o tétricos de las películas para que... —el rector bajó la voz y comenzó a hablar como susurrando un secreto— la mente absorba esa realidad y baje la frecuencia del cuerpo. Ellos lo saben y por eso lo tienen todo diagramado para que la mente se contamine y de esta forma baje la vibración del cuerpo físico.

—¿Ellos? —preguntó Freyja—. ¿Quiénes son ellos?

El rector negó con la cabeza hacia los lados.

—Los oscuros.

Hubo un silencio. Magdalene y Santiago se miraron a los ojos.

—¿A quién se refiere, rector? —preguntó Santiago.

—Los que manipularon el conocimiento ancestral que ellos han dejado —volvió a mirar con cierta nostalgia hacia el cuadro de Pitágoras, Platón y los sabios de Egipto.

—¿Pero quiénes son concretamente los que llama oscuros? —preguntó Magdalene.

—Son necesarios —aclaró—, pero lo están haciendo para su propia conveniencia. Los oscuros son ciertas sociedades secretas que manejan el mundo, querida Magdalene.

Hubo un silencio.

—El juego de la batalla final por las almas humanas para que asciendan o permanezcan en el estado primitivo en el que está la mayoría, espiritualmente hablando, se da entre sociedades secretas que saben el uso de las fuerzas de la luz y la oscuridad.

El enigmático y fuerte rector Nicholas Demus caminó hacia la pared y apoyó su mano derecha en los libros. Sentí que se adentraba en información confidencial.

—Hay sociedades secretas que trabajan para la oscuridad y otras por la luz. Muchos han escuchado del escándalo del revelador octavo capítulo de la quinta temporada de la serie de televisión *House of Cards*, donde se ve uno de los rituales del Bohemian Grove, en los bosques de California. Muchas sociedades ocultas tenían poder heredado de antiguos ritos ocultistas y con ello continuaban su reinado detrás de escena y en silencio.

Todos nos miramos en silencio antes de que el rector siguiera explicando.

—Nosotros pertenecemos a una sociedad secreta desde tiempos inmemoriales —dijo el rector Demus—. Tenemos el poder y lo ejecutamos para iluminar conciencias, pero hay otras que lo hacen para controlar a las almas. Hay sociedades visibles y reconocidas y otras que no. Sin ir más lejos, aquí en Trinity College existe una vida estudiantil bastante activa con más de cien sociedades formales. Las sociedades estudiantiles operan bajo el eje del Comité Central de Sociedades de la University of Dublin que está compuesto de tesoreros de cada una de las sociedades dentro del colegio. Los tamaños de las sociedades varían enormemente: sociedades grandes han llegado a tener hasta mil quinientos miembros, sociedades pequeñas pueden tener sólo entre cuarenta y cincuenta miembros. Ésas son las sociales, y hay miles alrededor del mundo que hacen eventos culturales, actividades y obras de teatro.

—Ésas son las sociedades estudiantiles que existen en casi todas las universidades del mundo, pero, ¿las secretas, rector? ¿A cuál se refiere cuando dice "nosotros"? —pregunté evitando que se fuera por la tangente.

—Nuestra orden, que Christopher también integra, es una sociedad oculta que rastreó el conocimiento desde los tiempos antiguos. Absorbe la sabiduría de los antiguos egipcios, griegos y de los descendientes cátaros y druidas que comprendían que el mensaje de los iniciados era hacia dentro del cuerpo, la mente y el corazón, y no un puñado de creencias muertas que entretienen y adormecen a los creyentes pensando que así se salvarán. Ni sacrificios humanos ni estupideces maléficas. ¡Nadie se salva en medio del océano con creencias sobre cómo nadar! ¡Debe *aprender* a nadar! ¡Debe saber! ¡Experimentar! ¡Despertar a lo divino dentro de uno mismo, no creer solamente! ¡Sentirlo! ¡El *HomoDeus*, el humano Dios! —la voz del rector estaba llena de entusiasmo.

—Entiendo —respondí recordando la similitud de principios en mis largas charlas con el conde Emmanuel—. Se refiere a la apoteosis, el hombre convertido en Dios. Por ello fueron masacrados miles en la antigüedad como herejes.

Asintió, con ojos brillantes.

—Ésa es la finalidad del juego. Estamos en un tiempo en que todas las almas están en juego y deben elegir: luz u oscuridad. Vibrar alto o vibrar bajo, ser libres o seguir siendo distraídos esclavos obedientes que creen tener libertad. La elección es individual, pero como colectivo podemos hacer que la balanza se incline y de una vez por todas dar la estocada final para salir de tanto oscurantismo de siglos.

Magdalene se puso de pie.

—Esto está más que claro, tanto Freyja como yo y Christopher hemos seguido los pasos de nuestros rituales para que la magia del alma se expanda por el mundo invisible. ¿Me está diciendo, rector, que el descubrimiento que Christopher y TTT van a darle al mundo y por el cual J. J. pagó con su vida será la garantía de que la humanidad cambiará de pronto sus patrones de energía? —preguntó Magdalene.

El rector soltó una risa irónica.

—Lo que tú llamas "de pronto" es la palabra que le damos a la culminación de un largo proceso que viene de lejos en el tiempo. La evolución de los teléfonos inteligentes parece haber sido en los recientes años "de pronto", ¿verdad? Pues no, es la culminación de los estudios de Tesla. Y lo que viene es grandioso y es el resultado de ir llenando el vaso poco a poco, año con año. La gota final que llena el vaso no es la consecuencia "de pronto", sino la finalización de un largo proceso.

—Entiendo, ¿pero por qué todo es tan oculto y secreto? —preguntó Magdalene—. ¿Por qué las sociedades libran una batalla secreta?

—Porque lo divino está al mismo tiempo a la vista de todos, pero su presencia está oculta. El ocultismo es la ciencia antigua que trata con las fuerzas ocultas de la naturaleza y ustedes lo saben, las leyes que las rigen y los medios por los cuales tales fuerzas pueden ponerse bajo el control de la mente humana iluminada. Una persona ocultista es aquella que sabe de la realidad de las ciencias esotéricas, las ha estudiado de manera erudita, ha resuelto perfeccionar su propia conciencia de acuerdo con sus instrucciones, y puede ser capaz de practicar los rituales y fórmulas del lenguaje que permiten entender a la Fuente. Ese lenguaje es a través de la magia.

El rector dio varios pasos y fue a preparar algo para beber.

—Los ocultistas sabemos que para cambiar un estado mental es vital cambiar la vibración, ¿verdad? Para destruir un grado de vibración no deseable hay que ejecutar la operación del principio de polaridad y colocar la atención e intención en el polo opuesto al que se desea suprimir.

—Lo no deseable se elimina cambiando su polaridad —añadí.

—Así es, agente Parker. Y allí radica todo nuestro esfuerzo en cambiar la polaridad del ser humano, allí está nuestro énfasis con este descubrimiento.

Santiago se puso de pie.

—En la compañía están queriendo acelerar el lanzamiento sin Christopher y presentarlo incompleto. Ahora se llevarán una sorpresa al saber que ha sido liberado.

—¿No se preguntan cómo es que Christopher fue detenido y luego liberado? —preguntó el rector Demus mientras apoyaba sobre la mesa una fuente con una jarra de té caliente y tazas para cada uno.

—¿Usted...? —preguntó Freyja sorprendida.

—Nosotros —la corrigió—. El término ahora es nosotros. Nosotros somos uno, querida. Nuestra logia hace que la fuerza vaya en equipo. El equipo gana el juego, no una sola persona. Ya los auténticos líderes se disuelven en el océano de líderes y se hacen más grandes, no compiten, comparten.

Bebí un sorbo de aquel té. Me supo delicioso.

—Christopher fue encarcelado por fuerzas de elevados estratos superiores que a su vez manipulan a otros para ejecutar sus planes. Christopher detenido sería un *stop* para que no saliera a la luz este descubrimiento. Pero ya ven, también estamos los que tenemos el poder y lo usamos para la liberación. Brindemos por eso —propuso el rector.

Todos alzamos las tazas de té.

Freyja me regaló una mirada de unión y complicidad.

—En un momento más estaremos todos —dijo el rector.

—¿Todos? —preguntó Magdalene.

Demus asintió.

—En estos momentos éste es el lugar más seguro del mundo para reunirnos.

Recordé la puerta secreta de mi casa y cómo me había salvado la vida de aquellos delincuentes que habían entrado a matarme para que no investigara sobre J. J. ¿Qué estaría haciendo Iris? No había tenido más noticias de ella. Tampoco había respondido mis mensajes de WhatsApp.

Salí de esos pensamientos cuando escuché que se activaba la puerta corrediza de la sala secreta del rector.

Por ella apareció la imagen de un hombre alto y fuerte. Christopher Raví vino hacia nosotros con una enorme sonrisa.

En aquel preciso momento pude sentir una extraña sensación, una añoranza que me hizo olvidar dónde estaba, y presentí que el proyecto de Christopher Raví tomaría más fuerza que nunca.

# 38

## Dublín, Irlanda
## En la actualidad

Christopher se abrazó con Magdalene.

Se produjo un emotivo reencuentro y luego nos saludó a todos con un abrazo.

—Llegas justo para el té, querido amigo —dijo el rector con sonrisa franca.

—Siéntate, cuéntanos, ¿qué ha pasado? —le pidió Magdalene. Christopher le dio un sorbo al té.

—Nada nuevo. Lo que sucede siempre, la historia que pasó con Tesla y con muchos otros pioneros se repite.

—¿A qué te refieres? —preguntó Santiago.

—En el caso de Tesla, sus descubrimientos fueron aprovechados por J. P. Morgan, Edison y Marconi. Ellos se valieron de su espíritu samaritano para sacar provecho.

—¿Una traición? —pregunté.

—Podemos llamarlo así, pero ellos lo ven como favorecimiento a su causa y su propósito.

—Explícate —le pidió Santiago.

—Siempre que hay algo que cambiará la historia, aparecen muchos intereses desde varios ángulos. Nuestro proyecto para cambiar el prototipo humano y elevarlo se ha filtrado y las voces secretas llegaron a oídos de los ambiciosos que ahora están detrás de nuestra tecnología. Sucede en la informática, en las empresas, en el comercio multinivel, en todo. A gran escala lo mismo sucedió con Jesús cuando se convirtió en Cristo; una cosa es la enseñanza que impartió Jesús "el hombre" y otra mucho más avanzada, hermética, ocultista, mágica, "el Cristo", o sea el iluminado que usaba los poderes mágicos. El mensaje de Cristo tergiversado pasó a ser "la marca registrada" y muchos quisieron ser los dueños de esa marca. Ser los abanderados de "la marca" los haría creer especiales, utilizando un poder que no les pertenecía.

—Ése es el *leitmotiv* de nuestra cruzada —agregó el rector—. ¿Cómo alguien puede dejar de ser hijo de la luz cuando la luz ha creado todo lo que existe? Es evidente y cae de maduro en una mente inteligente que si "algo" ha creado todo, ese "todo" está impregnado en cada una de sus partes.

—Ahí venimos nosotros a reivindicar científicamente lo que sucedió con los iniciados de antaño, y es que activaron, abrieron, le dieron *play* al botón donde dice "genética divina activada" —explicó Raví—. La masa de gente adormecida está en la duda de apretar el botón por sí mismos como individuos conscientes o bien, como muchos, conformarse con escuchar el mismo viejo casete con canciones antiguas donde faltan los estribillos más importantes. Si la gente accede a ese conocimiento se producirá una música en su vida que está alejada de la misma rutina de ser humano "modelo básico". La gran diferencia de nuestra propuesta es que los antiguos lo hicieron de manera espiritual por el camino iniciático, nosotros lo haremos en estos tiempos por el camino informático para llegar al mismo resultado.

—¡Cualquier persona podrá acceder al conocimiento total de sí misma! —exclamó el rector con desbordado entusiasmo.

—¿Y qué diferenciaría a este descubrimiento basado en nuevos principios de tecnología avanzada de otras religiones arcaicas basadas en mandamientos y doctrinas? —pregunté.

—¡No! Esto no será una religión, agente Parker, sino la confirmación científica de quién es el ser humano en la Tierra, sus potencialidades manifestadas y bien visibles día a día en sus actividades y no envueltas para regalo cuando ya se haya muerto el cuerpo físico ni escondida bajo creencias inconclusas que le han mutilado la inteligencia —la voz de Christopher Raví sonó fuerte.

Se hizo un silencio.

—¿Cuál es el modo tecnológico que usarán? —pregunté.

—Comenzaremos con una aplicación para un teléfono —respondió Raví.

—¿Una aplicación? ¿No crees que un proyecto existencial tan profundo perderá credibilidad al estar ligado a algo tan banal? —pregunté.

Raví negó con la cabeza.

—Eso será la primera fase. Despertar la curiosidad, así cada persona se autoindagará —respondió Raví—. ¿Quién soy? ¿Qué fui? ¿Cuál es mi potencialidad personal? ¿Cómo está mi nivel de ADN? ¿Qué facetas del ego se marcan más y cuáles menos para reconectar con el alma? ¿Qué facultades tiene cada niño al nacer? ¿Qué dones porta cada persona en su cerebro? ¿Qué emociones están bloqueando al átomo Nous, la partícula divina en el centro del pecho? ¿Qué conflictos emocionales no dejan elevar la energía personal? Y así indefinidamente habrá temas de todo tipo para cambiar los patrones que detienen y, por otro lado, agilizar los dones que hacen avanzar, para que vean cara a cara en la pantalla de sus teléfonos el significado de sus vidas y no las vidas de otras personas —Raví nos dirigió una mirada profunda como de quien está a punto de compartir un secreto—. De esto se trata, se llama "Proyecto Génesis, almas en juego".

—Suena interesante. Dices que ésa es la primera fase, ¿cuáles son las siguientes fases de esta tecnología? —preguntó Freyja.

El rector observó los ojos de Christopher y sonrió con complicidad.

—Todos los caminos iniciáticos, los sabios que han accedido al conocimiento de la verdadera naturaleza metafísica y oculta del hombre sabían y enseñaron que es necesario sentir, es necesario invocar la presencia que lleva cada ser humano en sus genes, y de esta manera uno encuentra la fe y la confianza en la victoria, cada vez mayor —agregó Raví—. La segunda fase será cuando cada individuo quiera saber qué poder interno posee para hacer fluir un aumento de vigor, sabiduría e iluminación y allí entrará la tecnología de Tesla al máximo. La tecnología de electrodos aplicada directamente al cerebro activará partes dormidas que harán que el ser humano común y corriente despierte y vaya de la realidad virtual a la realidad profunda del "momento presente" —Raví hizo los signos de las comillas en el aire.

El rector Demus intervino.

—Hemos apostado a este gran proyecto porque creemos que no es posible tener una unión completa y consciente con la fuerza del origen de todo, si hay luchas internas o batallas interiores sin resolver. En principio, la aplicación le dará a cada persona la posibilidad de liberar historias emocionales y mentales del pasado y contactarse con su maestro interior.

El rector dejó que Raví completara la explicación.

—Aquellos que descarguen en sus dispositivos la aplicación que llamaremos… "Yo Soy", podrán tener armonía en sus hogares, mundos o actividades. Será posible que cada individuo primero conozca sus defectos y elimine para siempre la crítica, la culpa, el juicio, la envidia y todas las basuras que oscurecen el brillo del alma.

Christopher Raví puso una mano fraterna en el hombro del rector.

—La misión de la aplicación y de la poderosa segunda fase con las ondas cerebrales de frecuencia elevada harán que el "usuario", lo que antes fue llamado "discípulo", active a su propio maestro interior y su poder personal. En la tercera fase de la tecnología pondremos al mundo a activar su vida para vencer a la muerte. Saber la fecha exacta de cuándo el cuerpo físico morirá, obligará a tomar conciencia de la cuenta regresiva que muchos no quieren u olvidan ver. La humanidad vivirá por esta cuenta regresiva. Será una toma de conciencia masiva. Un "manos a la obra" y se eliminará la pérdida de tiempo en cuestiones banales e insignificantes.

Magdalene se mostró pensativa imaginando el futuro con aquel invento.

—¿De qué forma evitarán que no caiga en un pasatiempo como miles de otras aplicaciones? —preguntó.

—Con la comprobación. Muchos comprobarán el impacto a nivel científico, energético, espiritual y mental de lo que sucede con quienes la usen. Luego será un boca a boca inevitable. Todos querrán saber. Se formará la masa crítica del porcentaje adecuado y… ¡bang!, explotará para todo el mundo como un Facebook de la conciencia.

—Es que no habrá forma de banalidades —agregó el rector que ya tenía respuesta para todas las preguntas—. Si medimos en tiempo la vida humana y nuestra tecnología "acierta" una y otra vez en el tiempo que cada uno vive con exactitud, será declarada válida como tecnología comprobable. Además, y aquí viene lo más revolucionario —añadió el rector—, entre las probables funciones existe la posibilidad de conectar con las almas que han partido, una especie de WhatsApp con el otro mundo.

Se produjo un silencio inmutable.

—¿Quién no querrá preguntar y sanar cosas con almas que ya se han ido para liberar cargas de su propia alma? —agregó Raví.

—Es demasiado tentador —afirmó Freyja.

—¿No podremos ser culpados de jugar a querer ser Dios? —preguntó Santiago, un tanto inquieto.

—¡Si eso es precisamente lo que necesitamos hacer! —exclamó con vehemencia el rector.

Christopher le dirigió una mirada fraterna a su hermano.

—Todos los iniciados nos han pedido justamente eso, querido Santiago. Buda dijo: "Sean una luz en sí mismos". Jesús enseñó: "¿Acaso no les dije que todos ustedes son dioses?" Los cátaros lo buscaron en su propio corazón, los iniciados del Medievo en su búsqueda personal, los alquimistas en la gran obra de su vida, los artistas del Renacimiento en el arte y la magia.

—Y otras culturas como los mayas, egipcios, yoguis y druidas lo buscaron en sus complejos procesos iniciáticos para liberar el alma de las garras del ego.

—Está más que claro —matizó Raví—. Las religiones no quieren eso, si no, ya habría dioses humanos.

—¿Pero ustedes ya han probado el sistema? —preguntó Magdalene—. ¿Han experimentado en ustedes mismos para saber qué sucede?

Christopher asintió, pausado.

—Eso es lo que hemos hecho con J. J.

—¿A qué te refieres? —preguntó Magdalene asombrada.

—Únicamente J. J. comprendió la magnitud del alcance de este descubrimiento —dijo Christopher—. Por eso no envié a nadie de la junta directiva, porque ellos, salvo Thomas Dídimo, sólo lo ven como una oportunidad de tener una empresa que les genere dinero y seguidores. Descubrí que J. J. comprendió el alcance espiritual de nuestra obra, la cara oculta de los alcances que este mensaje tendrá en la humanidad.

Se sentía a flor de piel que aquel inteligente CEO había expuesto toda su experiencia como bioquímico, historiador y master en estudio molecular en aquel proyecto espiritual.

—¿Cómo se realizará la transformación de fondo de esta tecnología? —le pregunté a Raví.

—Agente Parker, si bien la tecnología que pondremos al alcance de todo el mundo tiene que ver con la activación del cerebro, la apertura del chakra del corazón y el cambio en el ADN en la sangre, lo haremos en primera instancia mediante el iris del ojo para activar la glándula pineal, además de las huellas digitales para impregnarse de las vibraciones de las ondas Tesla a nivel tecnológico y posteriormente, para recibir las enseñanzas de Pitágoras a nivel espiritual, así activarán la partícula divina.

Christopher nos dejó a todos pensativos.

Nos pusimos a imaginar un mundo donde cada persona supiera el día de su muerte, conociera sus poderes personales, viera sus niveles emocionales, pudiera establecer contacto con almas del más allá, recordar o programar sus sueños para viajar por las noches con su alma hacia otros mundos oníricos reales, donde conociera todos los recovecos de su ADN y su partícula cósmica original y la activara; aquello sería un paso espiritual gigantesco.

—Una pequeña cuestión —preguntó Freyja—, ¿eso no será darles todo servido en bandeja sin que cada uno tenga que hacer su propio trabajo? ¿Dónde queda el karma? ¿Dónde queda el propio esfuerzo para generar el crecimiento personal? Si una tecnología "externa" me lo da, ¿dónde queda el...?

Christopher la interrumpió.

—El pan de la vergüenza —dijo Raví con voz férrea—. Ya hemos pensado en eso también. Si no te lo ganas, no tiene mérito. Nadie quiere el pan de la vergüenza, ¿verdad? Por supuesto que en el tramo final cada uno tendrá que hacer su parte. La tecnología despertará la curiosidad, el desafío para la mente, eso captará la atención de la mente humana. Pero luego... Ahí es donde entran ustedes en acción.

—¿Nosotros? —preguntó Freyja.

—Así es —respondió Raví, sonriendo—. Primero nosotros pondremos las bases de la tecnología para incitar al ser humano a querer ganar el gran juego de su alma. En primera instancia, aportamos la tecnología, pero en un nivel avanzado sabrán que para lograr sus propósitos, para activar el poder de la voluntad y encender el encantamiento que hay en cada alma, después de las etapas iniciales, los usuarios… o mejor dicho, los iniciados, tendrán que ir al siguiente nivel y para ello tendrán que activar en su interior el gran poder.

Hubo un silencio.

En ese momento todos lo comprendimos.

Se refería al poder de la magia.

# 39

## Vancouver, Columbia Británica, Canadá
## En la actualidad

Iris Brigadier tenía frío.

No era solamente un frío por la casa que no tenía encendida la calefacción, sino porque estaba empezando a sentir miedo de no poder salir de allí. La casa de Arthur, donde tantos buenos momentos había pasado, ahora se había convertido en una prisión.

Su captor había salido durante la noche y ella casi ni había dormido pensando en cómo escaparse. Tenía las muñecas entumecidas por la fuerte soga que la ataba al igual que sus tobillos. La boca se le había irritado por la cinta de embalaje que daba varias vueltas a su alrededor, impidiéndole hablar.

Su mente la bombardeaba con pensamientos tratando de imaginar, cual ajedrez mental, cómo serían los próximos pasos.

"Arthur debe estar preocupado."

"Al ver que no le respondo enviará alguien a buscar ayuda."

"No, seguramente pensará que perdí el teléfono."

"¿Y mi madre? ¿Seguirá con su novio? ¿Cómo podrá darse cuenta de que estoy aquí?"

A medida que más pensaba, más se envolvía en una telaraña dentro de su mente. Iris no quería resignarse. Sabía que estaba en grave peligro. Sabía que, del modo que fuera, debía salir de allí. Pero ¿cómo? Pensó en Agni. Del susto el gato no había aparecido hasta aquel momento que Iris lo vio en lo alto de la escalera.

—¡Mmmmhgggg! —exclamó con todas sus fuerzas.

El gato la observaba como si estuviera jugando y la ignoró. Estaba hambriento. Bajó a la cocina en busca de comida y maulló.

Se deslizó en su andar felino por los lugares donde Arthur siempre le dejaba comida y no halló nada. Volvió a maullar.

Iris trató de comunicarse mentalmente con el gato.

"Estoy en problemas. ¡Ayúdame!"

El gato pasó por delante, la observó un momento y le maulló reclamándole comida.

Iris volvió a emitirle un pensamiento.

"Ven aquí. Desátame."

Pero Agni se arqueó y se marchó nuevamente a la cocina.

En ese momento se escuchó la llave de la puerta. Agni pensó que era Arthur y fue hacia allí a darle la queja por no tener comida. En cambio, la imagen del desconocido lo hizo regresar.

El captor entró sigiloso y cerró la puerta con cuidado tras de sí. Observó que todo estaba como lo había dejado. Iris atada en el sofá, el gato y el silencio de la casa.

"Todo está en orden", pensó.

De inmediato se dirigió al teléfono de Iris. Comenzó a ver los mensajes de su WhatsApp.

Tenía varios de Arthur y uno de su madre.

"¿Cómo vas, Iris? Gracias por la información. No supe más nada de ti", le preguntaba Arthur en varios mensajes aún sin respuesta.

"Puedes seguir de fiesta con tus amigas. Estoy pasándola bien en casa", le había escrito su madre.

Debido a que había tenido a Iris de muy joven, la madre buscaba rehacer su vida, y por ello, cuanto más ella estuviera fuera de casa, para la madre sería mejor para intimar con su nuevo novio.

"Debo responderles —pensó el captor—, de esta manera no sospecharán nada."

Tecleó un par de líneas al WhatsApp de su madre.

Me alegro que estés pasándola bien.
Ok, ma, yo me las arreglo. Estoy bien.

El captor dejó el teléfono en la mesa.

"Con eso será suficiente."

Se volteó y miró a Iris.

Ella le devolvió la mirada con angustia y molestia.

—Vas a experimentar un tratamiento —dijo el captor.

Sacó un pequeño aparato de su bolso. El diminuto artefacto era una caja con cables y ciertos botones. Él sabía que con ello la mente de Iris podía flaquear más y tenerla bajo su poder. A dicha tecnología la conocía como MK Ultra, un sistema para controlar la mente humana a voluntad mediante programaciones en el subconsciente mental para que quedara allí como un sótano lleno de infección y de esa forma su consciente mental obedeciera los mandatos. Iba a serle fácil, sobre todo porque Iris tenía una mente de dieciséis años sin muchas defensas ni experiencias.

Lo hacían en la industria de la música, la televisión, las películas, las ondas vibratorias y muchos otros medios. El captor estaba tranquilo, muy poca gente sospechaba de aquello a pesar de que eran cada vez más los libros y videos en Youtube en contra de ese sistema de control.

Además, en el plano mental, la guerra de entidades oscuras que pugnaban por el alma humana hacían también su trabajo maléfico para "sembrar" pensamientos e ideas en la mente de los débiles o de quienes estaban en un proceso de despertar de su conciencia.

Era una guerra que pocos conocían.

Allí, Iris Brigadier estaría sometida en minutos a una programación de sumisión y obediencia con fines de manipular su comportamiento y la dirección hacia donde encaminaba su vida. Muchas almas caían en el oscuro camino de las drogas, la falta de ideales, la depresión, el acoso o el malvivir debido a esa gran nube mental que pululaba por el mundo y que las entidades oscuras se encargaban de alimentar.

"¿Cómo salgo de esta situación?"

Ése fue el último pensamiento consciente de Iris Brigadier antes de que su captor, de acuerdo con las órdenes recibidas, procediera a controlar y programar su mente.

El hombre activó un botón en el aparato y una pantalla empezó a proyectar imágenes y un altavoz emitió una serie de sonidos peculiares.

El captor se colocó auriculares para no escucharlos.

El misterioso personaje apretó sus dientes sonriendo maliciosamente. La mente de Iris empezaba a jugar un juego donde tenía todas las cartas para perder.

# 40

## Dublín, Irlanda
## En la actualidad

El rector Demus tomó el control remoto, bajó un poco las luces y comenzó a proyectar una frase en la pantalla.

El rector leyó en voz alta lo que aparecía en el plasma.

—"El último misterio es uno mismo. Cuando se pesa el sol en la balanza, se miden los pasos de la luna y se trazan los siete cielos, estrella por estrella, aún queda uno mismo. ¿Quién puede calcular la órbita de su propia alma?"

—Me suena familiar. ¿Quién dijo eso? —preguntó Santiago.

—Nuestro querido Oscar Wilde, un iniciado orgullosamente irlandés —respondió el rector.

—Todas las grandes almas supieron que era imposible calcular la órbita de su alma —dijo Christopher—, debido a que la misma carece de límites. Por ello los oscuros han tratado por todos los medios de infectarla.

—¿Qué vamos a ver? —preguntó Magdalene.

El rector comenzó a proyectar imágenes.

A continuación apareció proyectado el logotipo del trabajo que estaban realizando.

Proyecto Génesis: Almas en Juego.

—La primera consigna para que las almas reactiven su poder y se encaminen a la magia que hay en ellas es el cerebro. Ése es el primer paso —dijo el rector.

Apareció en la pantalla un detallado laberinto de las funciones cerebrales.

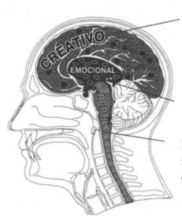

CÓRTEX
creativo corteza cerebral
evolución del ser

LÍMBICO
reactivo
protección del ego

REPTÍLICO
instintivo médula tallo
conservar la especie

—Como sabrán, tenemos muchas funciones en el cerebro, la mayoría inactivas. Podemos proyectar los sentimientos y emociones por el área mamífera, las funciones racionales por el área límbica y las funciones instintivas que engendran la lucha, el miedo, la guerra, el instinto de supervivencia, la competitividad, en el área del cerebro reptiliano. ¿Cuál creen que es el área que más se ha buscado estimular desde todos los ángulos? En los colegios, programas de televisión, argumentos de películas…

—Ya está más que claro—respondió Magdalene.

—Continúa tú —le dijo el rector a Christopher—, que hablando de cerebros eres quien ha diseñado completamente todo el tinglado de esta tecnología.

Christopher se acercó a la mesa y tomó el control remoto.

Pude ver en aquel momento su aura llena de brillo y magnetismo.

—El simbolismo es el lenguaje de los misterios —comenzó diciendo—, por símbolos, sigilos y anagramas, los hombres han tratado de comunicarse entre sí esos pensamientos mágicos que trascienden las limitaciones del lenguaje y van directo a las zonas profundas del cerebro. Como bien sabemos, existen grados de conciencia en la evolución del alma y, de acuerdo con el grado de conciencia de cada uno, se estará más cerca o lejos de la luz de la fuente original. Debido a miles de distracciones de hoy en día, las almas vagan de distracción en distracción usando el tiempo que tienen sobre la tierra en pasatiempos sin sentido. Se alimenta el ego y se olvida el alma, de este modo, la encarnación es un juego sonámbulo y las conciencias no suben de nivel, sino que permanecen adormecidas creyendo que la ilusión es realidad. Como ya comentó el rector, los oscuros han diseñado un plan para tener a las almas presas de sus deseos, de su ignorancia, persiguiendo estereotipos que no dan más que alimento al ego. Con la tecnología que verán a continuación podrán acceder y cambiar de inmediato, ya que no será sólo un conocimiento intelectual, como otras aplicaciones que pueden determinar las calorías que uno quema, el peso y la masa corporal, el nivel de agua en el cuerpo, el nivel de grasa y muchas cosas más; este descubrimiento por medio del iris del ojo, la sangre y las huellas digitales hará que el cambio se produzca de inmediato en el cerebro y active las zonas dormidas del ADN.

—Yo misma tengo una aplicación que hace lo del peso y volumen de grasa en el cuerpo —comentó Freyja—. Pero esto que proponen… hará ver a cada uno más allá del cuerpo físico.

—Así es. En estos tiempos he percibido que para verse a sí mismos los humanos actuales deben mirar la pantalla de una computadora o de un teléfono —agregó Raví—. Allí haremos que dirijan la mirada para que la puerta del interior se active de inmediato. Será una aplicación y un juego sobre todo para adolescentes, así las almas jóvenes ya crecerán con estos patrones de vida. Disfrutarán del conocimiento al descubrir sus facultades, los dones de su alma, su nivel de energía sexual, cómo aplicar la creatividad, cómo están los chakras, su nivel de magia…

Apareció una nueva imagen en la pantalla.

Yo Soy

—La descarga de la aplicación "Yo Soy" en cada teléfono o cada juego hará que el grado de conciencia aumente de inmediato. Lo hará mediante tres modos —explicó Raví—. Por los datos que pondrá cada usuario, luego cuando la luz proyectada por la aplicación toque el iris del ojo y cuando cada individuo coloque el dedo pulgar marcando todo su ADN en la pantalla, allí tendrán todos los resultados en unos minutos. Y por último, el componente más avanzado leerá el estado de la sangre.

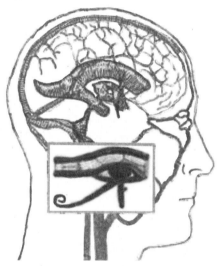

—Hemos acordado entregar primero esta aplicación a los estudiantes del Trinity College —dijo el rector con un guiño del ojo—. ¡Es el sueño de mi vida! ¿Pueden imaginarlo? ¡Los caminos del alma, los niveles iniciáticos que se persiguieron en las órdenes de magia, todo lo que se realizó desde hace siglos en el mayor oscurantismo ahora cada persona lo tendrá en la palma de su mano! —exclamó.

Reflexioné un momento.

Aquello era demasiado interesante.

—¿Cómo lo lanzarán? —preguntó Magdalene.

—Luego de que se entregue primero a los estudiantes, será mundialmente masivo. Tal como dijo el rector, así como muchos magos o buscadores de la espiritualidad usaron en el pasado métodos primitivos para la evolución del alma y, sobre todo, para la magia, ahora lo renovaremos por completo. Lo nuevo de Teosofical Tesla

Technologies unirá la tecnología y la magia como elementos que trabajan en equipo. La historia que hemos tenido en estas tierras europeas ha dejado la siembra para que ésta pueda ser tomada como el regreso de las sacerdotisas y magos del pasado que realizaban sus conjuros y rituales con fuerzas de la naturaleza que siempre estuvieron a nuestra disposición. La historia ha sido un gran maestro y la aprovecharemos. Con la ciencia de Tesla y la matemática de Pitágoras hoy será tan avanzada que nos dará la capacidad de construir la realidad con el uso poderoso de la mente, del ADN activado y vivir una espiritualidad sin dogmas, banderas o religiones.

—La historia nunca ha visto algo similar —dijo Santiago.

Yo estaba absorto en la brillante explicación de Christopher Raví, intuyendo hacia dónde iría la humanidad con un descubrimiento de esa naturaleza.

Raví retomó:

—En el pasado se les pidió, por medio de fórmulas mágicas, a espíritus o entidades algún favor, se han hecho millones de plegarias a seres más poderosos, se han realizado miles de rituales para acceder al poder de otro mundo, pero ¿qué pasará cuando cada alma se dé cuenta de que tiene más poder que los espíritus a los que les está rezando? ¿Qué sucederá con los opresores religiosos y políticos cuando los usuarios tomen conciencia de que somos dioses con amnesia?

—¡Ya no habrá plegarias, sino milagros provocados! —exclamó el rector Demus—. ¿Pueden imaginar eso?

El aura del rector se veía en un color azul violeta intenso.

Christopher sonrió.

—Todos los fenómenos sin explicación —dijo Raví— se podrán comprobar con la ciencia de TTT y ya no se podrá desacreditar que la vida está hecha de una sustancia mágica y no racional, que está hecha de la vibración elevada que conocemos como amor y no la pegajosa baba del miedo que sujeta cual caracol a su caparazón a las almas desde hace siglos. Todo el estudio que hemos realizado, y del cual J. J. fue una pieza importante a nivel de las complejas matemáticas que lleva el descubrimiento, será tan simple que todo el mundo querrá acceder a él.

Me puse de pie.

—Quisiera colaborar con mi aportación —dije tratando de ver el panorama que se avecinaría—. Entiendo que las circunstancias de la vida nos han unido por alguna razón y todos sabemos que el poder dentro de nosotros nos otorga otras facultades; una vez lanzada la tecnología, ¿has pensado cómo manejar la fuerza opuesta que se despertará al mismo tiempo? ¿No crees que muchas personas, sobre todo las religiosas, se querrán oponer con resistencia a las características mágicas de esta tecnología?

Raví me dirigió una mirada fraterna.

—Agente Parker, las personas religiosas que se opongan tendrán que recordar que el poder sobrenatural es lo que ha distinguido al objeto de sus cultos. Son justamente las capacidades sobrenaturales mágicas las que han hecho que miles de almas sigan enseñanzas de hombres iluminados. Tenemos la capacidad de crear una presentación de mensajes directo al ADN y al cerebro para activar la mente subconsciente donde cada alma tiene grabada su historia, el registro *akáshico* de su viaje por la eternidad. La tecnología ha avanzado de manera vertiginosa en los últimos tiempos y pocos han sido conscientes como para incluirla en su trabajo ritual. La mayoría de los magos sigue usando métodos que usaron los antiguos en tiempos medievales, olvidando que en este día están en su mayoría anticuados y faltos de la "actualización" del alma. Viviendo en un mundo tecnológicamente avanzado, será un espejo para que nuestras mentes entren por la pantalla de una computadora o un teléfono para ver su historia personal, su destino, su propósito de vida, el contenido de su subconsciente como individuos y como humanidad completa. Tecnología y magia serán una herramienta para la evolución del alma. Ya existen las aplicaciones y la tecnología para medir las horas de sueño, para escuchar frecuencias de 432 Hz, para conocer las fluctuaciones energéticas, los cambios de temperatura en el clima y miles de aplicaciones más.

Raví hizo una pausa para beber agua y proyectó una nueva imagen.

Hubo un largo silencio. Aquello había captado toda nuestra atención.

Luego de la pausa Magdalene exclamó:

—¡Brillante!

—Será irresistible —agregó Freyja.

A simple vista, vi la intensidad y magnitud del proyecto.

Raví sonrió.

—Una tecnología metafísica que diagrama las funciones más importantes y a la vez más olvidadas del ser humano.

Magdalene se mostró inquieta.

—¿Qué creen que sucederá cuando la gente comience a ver que ese sistema le dirá con exactitud el día de su muerte? —preguntó.

—La toma de conciencia —respondió Raví—. Cuando muchos vean que predice el tiempo que una persona tiene sobre el planeta, la comunidad científica dará un giro completo a la validez del proyecto y la comunidad religiosa dejará de oponerse. Emergerá la conciencia de que el tiempo va en cuenta regresiva y cada uno se aventurará a vivir sin perder el menor de los segundos en cualquier cosa que no sea vivir su vida con placer, buscando su autoconocimiento, su amor hacia los demás y el autodescubrimiento de quién es.

—Ni más ni menos que los preceptos de los grandes maestros —agregué.

—Así es, agente Parker, se le diga o no se le diga a una persona cuándo va a morir, es una realidad irrefutable, así eliminará el fenómeno de esconder la cabeza como un avestruz para no ver que la muerte integra la vida de un ser humano como un detonante para estar despiertos y hacer que el camino de vida sea una obra alquímica de regreso a un nivel de conciencia superior y no un constante vagabundeo lento, cometiendo los mismos errores una y otra vez.

Freyja silbó en señal de aprobación.

—Muy intenso —exclamó.

—El epitafio de cada alma será: "Murió estando vivo al cien por ciento" —dijo Raví—, y no como en la mayoría: "Vivió su vida con miedo a la muerte" o "murió con todos sus ahorros dentro del banco sin haberlos gastado".

Recordé al instante el tatuaje de J. J.

*Recuerda quién has sido en el pasado, quién eres ahora y lo que serás en el futuro.*

Esas palabras retumbaban cada vez con más fuerza en mi mente.

Aquella explicación no dejaba huecos a la duda. Sin embargo, sentí que a Raví le faltaba aclarar una pieza del rompecabezas.

—Has enumerado que la tecnología de este sistema activará la información mediante el iris del ojo, las huellas digitales, pero falta un componente… ¿La sangre que has mencionado, dónde queda?

# 41

# Dublín, Irlanda
## En la actualidad

Raví me miró como si yo ya lo supiera.

—La sangre es el combustible mágico. Pero antes de comentar sobre eso, agente Parker, me permitiré exponer algo que los dejará con la certeza de que el Proyecto Génesis será el impulso para que las almas decidan evolucionar con intención y claridad.

Entre Raví y el rector se dirigieron otra mirada cómplice como si estuvieran a punto de desnudar completamente aquella iniciativa.

—Es muy profundo lo que somos como seres humanos y como almas, y me temo que muy superficial sólo lo que la mayoría de la gente puede ver —dijo Raví—. Existen grados de conciencia, de evolución, de experiencias de vida. La fabricación del ser humano como un ser de carbono es un complejo vehículo para el total desarrollo del alma. Lo que sucede es que no todo el mundo comprende lo oculto del proceso de ese desarrollo interno, el cual se realiza por medio de procedimientos iniciáticos, que son pruebas interiores. Cuando comencé con esta investigación, me fue llevando de un sabio a otro hasta que exploré el teorema de Pitágoras y de qué modo la relación matemática está directamente conectada con la realidad del alma. Es, sin duda alguna, la más importante, conocida, útil y popular teoría en casi todas las civilizaciones; la que más nombres, atención, curiosidad y pruebas ha recibido a lo largo de los siglos. Es un teorema que ha causado una gran admiración a todo tipo de personas, matemáticos y no matemáticos, pero también una gran extrañeza y perplejidad a otras como Leonardo da Vinci, Hobbes, Schopenhauer, Einstein, porque, a diferencia de otros teoremas, aparentemente no existe ninguna razón intuitiva para que los cuadrados construidos

sobre los lados de un triángulo rectángulo, la hipotenusa y los cate-
tos, deban tener un vínculo tan estrecho entre sí.

Magdalene observaba a Christoper Raví con tanta admiración
que pude verle el aura expandirse con fuerza.

"¿Adónde quiere llegar?"

Yo sentía que si encajaban las piezas, aquello iba a ser poderosamente movilizante en todo el mundo.

Raví activó una imagen.

—Éstos son algunos de los archivos que el rector consiguió.

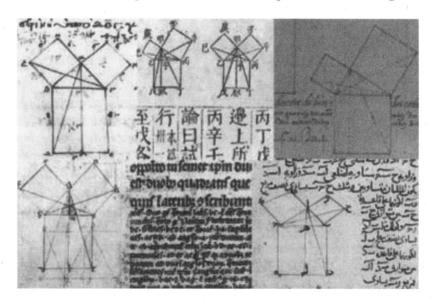

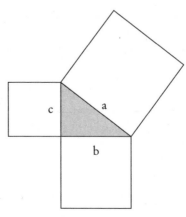

—Los ancestros prepararon el terreno para que éste fuera el tiempo donde la masa crítica alcance y recupere la conciencia original. Aquí vemos el teorema de Pitágoras en Babilonia, debido a que la arqueología ha recuperado cerca de medio millón de tablillas de arcilla con textos cuneiformes, de las cuales casi trescientas tienen contenido matemático. Entre ellas sobresalen la tablilla conservada en la Universidad de Yale y la Plimpton 322 en la Universidad de Columbia.

El rector Demus intervino:

—La tablilla Yale es de 1600 a. C. De acuerdo con la interpretación de los números sexagesimales inscritos en la tablilla, este documento mesopotámico estaría relacionado con el teorema de Pitágoras. La tablilla Plimpton es el documento matemático más importante de Babilonia. Está fechada entre 1900 y 1600 a. C.

Raví activó nuevamente el control remoto y dijo:

—Del mismo modo que en Babilonia se desveló el teorema de Pitágoras, en Egipto conocían el hecho de que el triángulo de lados 3, 4 y 5 (+o proporcionales a estos números), llamado Triángulo egipcio, es rectángulo, y lo utilizaban para trazar una línea perpendicular a otra, a modo de escuadra de carpintero, que era una práctica habitual de los agrimensores oficiales para recuperar las fronteras de los lindes de las tierras tras los periódicos corrimientos de tierras producidos por las crecidas del río Nilo. En el antiguo Egipto, el Triángulo egipcio era llamado también Triángulo de Isis y tenía un cierto carácter sagrado, porque el número 3 representaba a Osiris, el 4 a Isis y el 5 a Horus.

"Los egipcios se imaginaban el mundo con la forma del más bello de los triángulos. Este triángulo, símbolo de la fecundidad, tiene su lado vertical compuesto de tres, la base de cuatro y la hipotenusa de cinco partes. El lado vertical simbolizaba al macho, la base a la hembra, y la hipotenusa a lo que sale de la suma de los dos."

—¿Era una representación sexual? —preguntó Freyja.

—Entre otras cosas, pero no era una sexualidad corriente, muchas veces la suma de los dos no era un nuevo niño heredero, sino un ente astral creado a base de la magia sexual —respondió Raví—. A nivel arquitectónico, todas las pirámides de Egipto, excepto la de Keops, incorporan de alguna manera este triángulo rectángulo en su construcción, el cual añade a su sencillez, comprobable al observar el teorema, el hecho de ser el único cuyos lados son enteros consecutivos, obtenidos por proporcionalidad en progresión aritmética. La mención explícita de la relación pitagórica aparece en Egipto, en un papiro de la XII dinastía, hacia 2000 a. C., encontrado en Kahun, en cuatro casos numéricos concretos proporcionales a los del Triángulo egipcio.

Raví bebió un poco de agua.

—¿Adónde quieres llegar? —preguntó Santiago.

Magdalene también se mostró inquieta.

—¿No crees que es demasiado esotérico para la gente común? —preguntó ella.

—Entiendo. Las almas de la actualidad lo recordarán porque todo está grabado en el inconsciente de la mente humana. No hay escape de eso si se abre el archivo mental. El conocimiento está ahí y el recuerdo del viaje del alma también. Déjenme concluir.

Raví proyectó otra imagen.

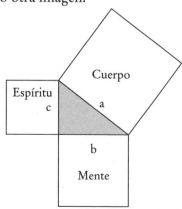

—Aquí viene lo curioso, todas las civilizaciones anteriores a Pitágoras también sabían de esta relación entre la base del teorema y la constitución del ser humano.

Raví proyectó otra imagen.

Todos nosotros conocíamos esos símbolos.

—La triqueta celta —dijo—. Representa la trinidad igual que el teorema de Pitágoras. Hace milenios, los druidas en las tierras de Irlanda y Gran Bretaña sabían de la unión del cuerpo, mente y espíritu con la triqueta, símbolo de magia que representa la santa trinidad de la creación.

"¡Los símbolos y la sentencia que recibí!", pensé.

*No estás solo, estamos para ayudarte.*
*Esperamos seas digno de entrar a los misterios.*

Observé a Raví.

"¿Quién me había enviado eso? ¿Raví me había enviado aquello sin conocerme? No podía ser. ¿Estaba planeado por alguien? ¿Por nuestras almas? ¿Qué estaba sucediendo?"

Raví me notó inquieto.

—La triqueta consta de tres espirales unidas —dijo—. Aparece en varios lugares y periodos muy antiguos; en 3200 a. C. en Newgrange inscrita en piedras de más de sesenta toneladas.

—¡Sesenta toneladas! —exclamó el rector—. Vale acotar que eran de un tamaño inamovible para aquella época sin maquinaria y para los tiempos actuales también. Incluso fueron transportadas varios cientos de kilómetros.

—Ése es otro misterio. La triqueta en las piedras representa la evolución entre el cuerpo, mente y espíritu. Manifiesta el principio y el fin, la eterna evolución y el aprendizaje perpetuo. Entre los druidas simbolizaba el aprendizaje y también la trinidad del Pasado, Presente y Futuro.

Raví hizo una pausa.

Freyja me observó y me señaló el símbolo grabado en su brazo derecho.

—Como todos aquí sabemos según nuestros ancestros druidas —respondió el rector—, ellos eran los únicos que podían portar este símbolo sagrado. Sabían que representa la unión y el círculo de la vida: nacimiento, muerte y renacimiento. Este talismán celta también representa la eternidad dentro del mundo de la magia y los rituales.

—Allí quiero llegar —dijo Raví—, porque todo este conocimiento no solamente es un principio matemático de la trinidad, sino un principio de vida que activará a la masa humana a recordar.

—¿Un principio de vida? —volvió a preguntar Santiago, a quien todavía no le quedaba claro todo aquello.

—Así es: 1, 2, 3, 4, 5, 6, 7, 8, 9 y 10 —contó Raví rápidamente— se unen de manera espiritual. El 1 es el origen infinito; el 2 lo femenino y lo masculino; el 3 la trinidad del espíritu; el 4 los elementos: agua, aire, tierra, fuego; el 5 el poder del mago con la estrella del pentagrama con los cinco sentidos; el 6 los dos triángulos invertidos superpuestos; el 7 los chakras de poder; el 8 el infinito, como arriba es abajo; el 9 el fin de un ciclo de luz y el comienzo de otro más avanzado al unirse en el 10, el 1 del inicio + el 0 de lo infinito. El juego de la vida es que al salir del 0, la unidad del infinito, debemos regresar al 0 a través del 1. Ése es el camino del alma.

Raví hizo una pausa para que comprendiéramos aquello.

—¿Con tantos números no será complicado para las personas? —preguntó Magdalene.

—Estamos viendo el juego por dentro, las entrañas técnicas de la aplicación. Es la forma en que la fecha de la vida y la muerte pueden ser medidas.

—¿Por medio de este proceso puedes calcular el día de la muerte? —preguntó Magdalene.

Raví asintió.

—Con los números de respiraciones, de días y de inclinaciones que tiene cada individuo; mediante el número Pi, el número de la creación unido a los símbolos. Ya sabemos que Pi, o número trascendental, significa que tiene infinitos decimales, pero no es resultado de ninguna fracción ni radicación. Lo encontramos por doquier en geometría y en la creación de la vida y ahí fue que con J. J. descubrimos que podíamos aplicarlo a la información en la vida y muerte de un individuo.

Se produjo un largo silencio.

Raví se volteó hacia mí.

—Agente Parker, policialmente hablando, en la investigación de asesinatos puede saberse mediante una fórmula matemática en qué momento murió o mataron a una persona, ¿verdad?

—Así es —respondí asombrado del nivel de información que manejaba Christopher Raví.

—¿Puede explicarnos por favor?

Me puse de pie.

—Debido a que el metabolismo humano mantiene la temperatura de una persona con vida a 36.5°, al morir el cuerpo deja de producir el calor y por lo tanto comienza a enfriarse. Con la siguiente fórmula matemática los detectives sabemos en qué momento preciso fue la muerte. Escribí en el teclado y apareció en la pantalla:

$$T = T \text{ aire} + (( \text{ cuerpo} - T \text{ aire } ) / ek\text{-}t)$$

—¿Qué significa eso? —preguntó Santiago.

—Esto se traduce de la siguiente manera: donde $T$ es la temperatura del cuerpo, $k$ una constante numérica, $t$ el tiempo en horas desde la medianoche y $e$ llamado número de Néper… así podemos conocer el momento de la muerte.

—Excelente, agente Parker —dijo el rector.

Yo sabía la fórmula, pero nunca la había usado en ningún caso, prefería usar mi capacidad de percepción.

—Ya ven que muchas cosas pueden medirse y averiguarse con un proceso matemático —matizó Raví—. En el plano del infinito prevalece sólo la unidad, pero desde este nivel de dimensión hacia abajo comienzan las polaridades y con ello la sexualidad, la energía vital que tiene que fluir hasta llegar al cuerpo físico. Así el hombre se convierte en canal de la fuerza vital positiva, mientras que la mujer, en canal negativo. Para regresar a la unidad el ser humano se tiene que unir la dualidad en sí mismos, el proceso del retorno a la divinidad.

Aquella información empezaba a encajar en mi mente aunque no terminaba de comprender cómo Raví usaría aquello.

"Matemáticas, símbolos, sexualidad, divinidad, vida, muerte."

—Ve al grano —le pidió Santiago—. No termino de entender lo práctico de esto.

—De acuerdo. Sabemos que Tesla dijo: "Si supieras la magnificencia de los números 3, 6 y 9, tendrías una llave al universo" —explicó Raví—. Así está en el manuscrito de Tesla que se encontró en la tienda de antigüedades en Arizona conocido como el "mapa de la multiplicación". Y eso es lo que hemos realizado con J. J.: hemos unido a Tesla con Pitágoras y los avances de la física cuántica con la sabiduría antigua de las iniciaciones esotéricas. El Proyecto Génesis, enriquecido con la tecnología del juego y la aplicación "Yo Soy", hará que cada usuario sea iniciado como un avatar o adepto y entrará en el juego conscientemente. Cuando los usuarios puedan medir en sus teléfonos y computadoras la base energética de sí mismos, se encaminarán a seguir el sendero interno como un imán que los atrae a su auténtica naturaleza. Cada persona tendrá acceso al conocimiento de las leyes divinas que se encierran dentro de sí misma, y utilizará las dos polaridades que descienden desde su cabeza para buscar unirlas por todo su cuerpo como finalidad de la aplicación. Usarán el sexo como base del juego y eso será magnético.

Raví dirigió una mirada enigmática y cómplice hacia Magdalene.

—Sin duda colocar siglos de investigaciones iniciáticas en la palma de la mano de cada persona, de cada joven de la universidad o de cada alma mundana —agregó el rector—, hará que activen el misterio de sus vidas por la energía sexual.

Raví asintió.

—El sexo será una parte importante de nuestra tecnología. ¿Quién no querrá ver en sus pantallas su nivel de energía sexual desde sus genitales por su médula espinal hasta activar las zonas poderosas del cerebro? Se preguntarán: ¿En qué nivel sexual estás? ¿En el quinto? ¿En el segundo? ¿En el instinto? ¿En el amor? ¿En la conciencia? El iniciado, perdón, el usuario, deberá desarrollar en su cuerpo ambos polos para convertirse en unidad y tendrá todo un compendio de pasos simples para tal fin, y será fácil y emocionante "juntarse a jugar" porque terminaremos con barreras morales o con libertinajes sexuales inconscientes.

—¿No podría ser visto como un poco dogmático? —preguntó Santiago.

—¿Dogmático? Todo lo contrario —respondió Raví—. Dogmático e impositivo sería en culturas donde casan a las niñas de doce o trece años por intereses familiares o, como en Occidente, que se realizan uniones producto de la pasión genital únicamente o el amor de buffet libre. La aplicación mostrará en una persona el nivel de fuego divino, o sea, la fuerza vital sexual; se verá la energía acumulada en el bajo vientre si vive sólo, por y para satisfacer el instinto animal; o, por el contrario, si es una persona con amor incondicional se irradiará el color verde en el pecho, su nivel de deseos, su nivel de felicidad, su nivel de luz en el cerebro y muchos otros detalles. No sólo se interesarán por las facultades de su ADN, el día que morirán, cuáles son sus pensamientos recurrentes, qué sentimientos los embargan en su aura o qué nivel tienen sus chakras.

—¡Será una competencia para perfeccionar la perfección! —remató el rector con ojos encendidos.

Raví asintió ilusionado.

—Entre tantos divorcios y desacuerdos, cuando una de las partes despierte y la otra quede dormida, será de gran utilidad para evitar problemas posteriores —remarcó Raví—. Lo atractivo es que aquí entrará un puntaje evolutivo máximo en el nivel del juego: MM y SS.

—¿Qué es MM y SS? —preguntó Santiago sorprendido—. Explícate. ¿Por qué no has compartido esto en la junta directiva? Es la primera vez que lo escucho.

Raví negó con la cabeza.

—Aunque ellos ven, no entienden y no puedo explicarles todo. Sólo J. J. pudo ver la magnitud espiritual de esta cruzada y de la composición de esta tecnología.

—¿Entonces? ¿Qué significan esas iniciales? —preguntó Freyja.

—Que cada hombre buscará alcanzar el nivel superior dentro del juego y ser un Mago Maestro "MM" y cada mujer una Sacerdotisa Sabia "SS" —dijo Raví—. Ése será uno de los objetivo del juego.

—Ya no buscarán ver superhéroes en el cine, sino que lo realizarán en su propia vida —agregó el rector.

"La transformación espiritual a través de un juego —pensé—. Muy atractivo para estos tiempos."

Magdalene se puso de pie y caminó hacia el rector.

—Evidentemente la gente seguirá en las redes sociales a las personas más perfectas y no a las más *cool* o *snob* como sucede hoy. Las mujeres intuitivas no querrán parejas de bajo nivel emocional y los hombres sensibles y creadores no querrán sino compañía que tenga el mismo nivel que ellos. Supongo que será el fin del apego y de la dependencia emocional —razonó Magdalene.

—Lo explicaste muy bien, querida Magdalene. Lo semejante atrae a lo semejante —respondió el rector—. Cuando dos usuarios sensitivos despierten o desarrollen una pasión similar, al unirse en todos sus niveles y sus chakras, despertarán la clarividencia, potenciarán su intuición... será demasiado tentador para los jóvenes. Como consecuencia será el emerger de la magia sexual y el fin del libertinaje sexual.

Hubo un silencio.

Creo que todos nos imaginamos un mundo con esas características. Freyja se giró al mismo tiempo y nos miramos. Estábamos demasiado sorprendidos por aquel engranaje que Raví y el rector proponían.

—Del mismo modo que los misterios de la vida y del hombre se dividen en grados, será poderosamente atractivo este juego de almas —prosiguió diciendo Raví—. El primer nivel hará que el usuario tenga el dominio de las pasiones y las emociones. El segundo nivel comenzará a dominar la mente. El tercer nivel será energético, emocional y sexual. Y el cuarto nivel le mostrará y hará sentir sus efectos a nivel espiritual.

Raví hizo una pausa y esbozó una sonrisa enigmática.

—Además contamos con un elemento extra.

Su hermano Santiago frunció el ceño.

—¿Cuál elemento extra? —preguntó.

—Cada usuario comprenderá que cuando eleva su nivel espiritual, al mismo tiempo también mejora su economía, su abundancia y su conexión con el universo debido a la potente fuerza de atracción que irradia y no como mal enseñaron que espiritualidad es pobreza —zanjó—. La gente comprenderá de una vez por todas que, a mayor espiritualidad, mayor riqueza y mayores dones de todo tipo.

Hubo un silencio largo. Aquel descubrimiento se perfilaba como una bomba de conciencia en la humanidad.

—Hasta aquí puedo visualizarlo —dije—. ¿Cuándo explicarás sobre la sangre?

Raví y el rector se miraron.

—Desde tiempos inmemoriales se han ofrecido rituales de sangre, y eso oscureció el poder de la magia —respondió Raví, con aplomo—. En sus tiempos, Pitágoras, entusiasmado por el hallazgo al descubrir su famoso teorema, ordenó una hecatombe, el sacrificio de cien bueyes a los dioses, como muestra de alegría y gratitud.

El rector intervino.

—Aunque según los Versos Dorados, síntesis de las doctrinas pitagóricas, la *metempsicosis* o transmigración de las almas era una de las creencias más arraigadas en la comunidad pitagórica, la cual exigía un escrupuloso respeto a la vida animal, lo que obligaba a abstenerse de comer carne y hacer sacrificios. Por tanto, las anécdotas sobre presuntos sacrificios pitagóricos deben ser apócrifas, pero han contribuido a magnificar el halo legendario que envuelve a Pitágoras. Debido a ello, en la Edad Media se le llamó al teorema de Pitágoras *Inventum hecatombe dignum.*

—No entiendo. Entonces, ¿se realizaron sacrificios de sangre o no? —volví a preguntar.

—Unos dicen que sí y otros que no —respondió Raví—. Ante la duda, debemos limpiar el trabajo energético, espiritual y astral de Pitágoras antes de lanzar nuestra tecnología al mercado.

—En el caso de que se haya hecho, siempre me pregunté, ¿por qué era ofrecida la sangre? ¿A quién o quiénes?

Raví y el rector se miraron en complicidad y silencio.

—Mañana lo sabrán. Nos espera un poderoso ritual.

Raví nos estaba haciendo ver el alcance de su "as de espadas".

Imaginé cómo ese producto de última tecnología se promocionaría al salir al mercado. ¿Cómo sería el *marketing* que usarían? ¿Quieres unir espiritualidad y riqueza? ¿Conciencia y sexo? ¿Energía sexual e iniciaciones mágicas? ¿Saber el día de tu nacimiento y el día de tu muerte? ¿Conocer científicamente la naturaleza de tu interior?

Hice una pausa digiriendo aquello. Era indudable que generaría atracción y repulsión por partes iguales.

Otra pregunta surgió en mi mente.

"¿Podría aquella tecnología tener el poder suficiente para activar el deseo de querer descubrir el destino oculto a cada alma?"

# 42

## Dublín, Irlanda
## En la actualidad

Necesitaba tomar aire.

Era mucha información que procesar sobre Pitágoras, Tesla, vida, muerte, sexo, rituales, tecnología, luchas de poder empresarial... Había estado dentro de una reunión privada y me sentí gratificado por que me incluyeran, lo sentía como un proyecto de nobles intenciones, pero yo tenía una misión que resolver y no había conseguido aún nada.

Un ahorcado en circunstancias sospechosas ha estado tratando de contactar conmigo mediante los sueños. No había podido dar con ninguna pista. Empezaba a sentirme en deuda con su muerte y ahora con la desparición de su cuerpo. No había podido armar el rompecabezas ni resolver los acertijos que me habían enviado.

Por experiencia sabía que cuando yo agotaba las instancias racionales y el proceso de investigación tradicional, necesitaba recurrir a mi capacidad empática intuitiva para avanzar, ir al mundo astral donde podía traer información.

Me retumbaban las palabras que el alma de J. J. me dijo en sueños.

"Tetragramatón. Busca en la estrella de cinco puntas. Pitágoras."

¿A qué se refería con buscar la estrella?

—¿Te acerco a algún lado? —me preguntó Freyja a la salida del Trinity College.

Las ráfagas de viento jugaron con su cabellera. Se tapó el cuello con su abrigo. Magdalene y Christopher se habían ido en el coche de ella y Santiago en el suyo en dirección opuesta.

—Creo que caminaré un poco. Voy a aclarar las ideas y hacer unas llamadas.

—De acuerdo —respondió e hizo una pausa un tanto dubitativa—. De todos modos, no es conveniente que te expongas, recuerda que...

—Lo sé, hemos sido amenazados. No te preocupes, me cuidaré.

Freyja me dirigió una mirada con cierta resignación. Sonreí levemente y comencé a andar sintiendo el abrazo del aire helado que circulaba por la amplia avenida...

—Arthur, ¿dónde vas a dormir? —preguntó.

—Supongo que en cualquier hotel. Tengo que hablar con el teniente.

—Como quieras. Sabes que hay espacio en mi casa. Si quieres venir más tarde, estaré allí preparándome para el ritual de mañana.

Incliné levemente la cabeza a modo de agradecimiento.

Evidentemente estar en la casa de Freyja al calor de la chimenea sería lo más cómodo y fácil, pero mi interior estaba intranquilo.

Me alejé caminando a paso ligero con las manos en los bolsillos y me mezclé entre el gentío. A los pocos segundos, vi pasar su Range Rover a gran velocidad.

Después de haber escuchado extrañas teorías sobre sexo, física cuántica, nivel de deseos, iniciaciones, Pitágoras y Tesla, por un instante pude imaginar ese descubrimiento funcionando. ¿Cómo sería el mundo? ¿Menos tenso? ¿Más libre? ¿Más sabio o más libertino? ¿Inyectaría una toma de conciencia? ¿Condicionarían las parejas sus relaciones sabiendo la fecha de la muerte del otro?

Mil interrogantes venían a mi mente.

# 43

Vancouver, Columbia Británica, Canadá
En la actualidad

La madre de Iris fue al baño.

Su amante se había dormido en la cama después de haber estado todo el día con las persianas bajas, ajenos al mundo, inmersos en una maratónica sesión de sexo acumulado.

Se sentó a orinar mientras aprovechaba para ver su teléfono.

Leyó el mensaje de su hija por tercera vez.

> Me alegro que estés pasándola bien.
> Ok, ma, yo me las arreglo. Estoy bien.

Sintió que algo en aquel mensaje de Iris estaba erróneo.

"¿Ok, ma?"

A Iris nunca le había gustado decir la palabra okey, de hecho se irritaba si sus amigas se la decían. Como vegana y respetuosa de la vida, aquella palabra le sonaba a guerra, ya que hacía referencia a la sigla que se usó durante la guerra civil de Estados Unidos en 1861, cuando los oficiales que eran responsables de hacer un informe al regresar las tropas de algún combate, escribían en una pizarra "0 Killed" (0 Muertos) cuando no había bajas.

"Es muy extraño que Iris coloque un okey... ¿Y además la palabra ma?"

Iris siempre llamaba a su madre con su nombre de pila, Alice. Nunca le había dicho mamá porque Iris creía que cada individuo era simplemente una persona, un alma, más allá del rol temporal que le tocaba vivir. La madre en el fondo sospechaba que, como Iris no

237

había crecido con su padre y no había dicho nunca la palabra "papá", le parecía injusto decir "mamá".

"No me cuadra este mensaje. Iris no escribe así", pensó la madre.

Rápidamente tomó papel higiénico, se secó y salió del baño. Confusa y tensionada, caminó rápidamente hacia el dormitorio y sacudió a su amante del hombro.

—¡Despierta! Presiento que algo pasa con mi hija.

# 44

## Vancouver, Columbia Británica, Canadá
## En la actualidad

El captor se aseguró una vez más de que había dejado la puerta bien cerrada.

Caminó hacia el sofá y extrajo de su maletín una serie de cables creados para implantar electrodos en el cerebro.

Ordenó meticulosamente su armamento sobre una pequeña mesita y se colocó unos guantes de neopreno de color negro.

"Debo apurarme."

El rostro de Iris Brigadier era de asombro total. No tenía miedo, sino impotencia por sentir que no había sido lo suficientemente lista. Observó con memoria fotográfica todo a su alrededor. Los cables, el maletín, su teléfono celular, la mochila.

El captor activó una serie de botones y sostuvo un mando a distancia.

Le dirigió la mirada a Iris.

—Tranquila, sólo sentirás sueño. Relájate —le dijo con voz helada.

Iris se movió con fuerza tratando de soltarse.

Fue en vano.

"No puedo perder energía. Necesito pensar."

Ella siempre había sido muy curiosa en su investigación. Y había hablado con Arthur de muchos temas, entre otros, de cómo ese sistema de control mental bajo hipnosis (el cual no era ninguna novedad, ya que cualquier persona podía encontrar información en Wikipedia o en miles de páginas de internet), había dominado la mente de artistas famosos y de personas comunes para fines premeditados.

Oficialmente, el proyecto MK Ultra, también conocido como Programa de Control Mental de la CIA, fue el nombre en clave dado a un programa secreto e ilegal diseñado y ejecutado por la Agencia Central de Inteligencia de los Estados Unidos.

El objetivo era la experimentación en seres humanos. Estos ensayos en humanos estaban destinados a identificar y desarrollar nuevas sustancias y procedimientos para utilizarlos en interrogatorios y torturas, con el fin de debilitar al individuo y forzarlo a confesar a partir de técnicas de control mental. Fue organizado por la División de Inteligencia Científica de la CIA en coordinación con el Cuerpo Químico de la Dirección de Operaciones Especiales del ejército de Estados Unidos. El programa se había iniciado en la década de 1950, oficialmente sancionado en 1953, y no fue sino hasta 1964 cuando empezó a reducir paulatinamente sus actividades, reduciéndolas aún más en 1967 y descontinuado oficialmente en 1973.

Aun así, el programa se siguió usando de manera clandestina. Las estadísticas decían que mayormente se utilizó en ciudadanos estadounidenses y canadienses en contra de su voluntad.

El captor puso un dedo en el entrecejo de Iris.

—Duerme —le ordenó con voz firme.

La mente de la joven se resistió.

El captor extrajo una pequeña botellita del maletín y le roció un espray en las fosas nasales.

"Quiere manipular mi estado mental. Debo generar resistencia."

Iris sabía que un pensamiento o idea se cambia, resiste o transforma con el pensamiento de naturaleza opuesta. Era una cuestión de vibraciones, si lograba mantener su mente constantemente en la vibración elevada, viviría en un mundo de naturaleza radiante y luminosa; si los pensamientos eran negativos, uno mismo se cavaba la fosa en un pantano mental de confusión donde era difícil tener equilibrio.

"Pienso en mi respiración. Pienso en mi poder. Pienso en mi vida", se repitió Iris.

Respiró profundo.

"Soy fuerte. Soy inmutable. Soy poderosa."

El captor esperó un par de minutos a que el espray hiciera efecto.

Iris cerró los ojos.

"Pensará que me duermo, estaré más concentrada si no lo veo."

El captor colocó más de treinta electrodos en la cabeza de Iris e inició la activación del sistema.

"Yo soy poder. Yo soy luz."

Iris comenzó a repetir como un mantra la frase una y otra vez para contrarrestar los efectos.

El captor subió progresivamente la frecuencia del voltaje.

Él sabía cómo funcionaban las ondas cerebrales con la administración de drogas como LSD y otros productos químicos, la hipnosis o la privación sensorial para generar el desorden de personalidad múltiple. Con ello, había ejecutado conductas antinaturales para mantener a individuos en el aislamiento, ejercer diversas formas de tortura, abusos verbales, sexuales y obligarlos a realizar actos en contra de su voluntad.

El captor había colaborado en muchos trabajos. Los datos oficiales indicaban que la CIA utilizó y aplicó el programa en ochenta instituciones, incluyendo cuarenta y cuatro colegios y universidades, como también hospitales, cárceles y compañías farmacéuticas.

Años más tarde, la Corte Suprema de Estados Unidos lo definió como preocupante debido a la investigación y desarrollo de armas químicas, biológicas, radiológicas y materiales capaces de emplearse en operaciones clandestinas para el control del comportamiento humano, por ello ejecutó a la luz pública la prohibición de dicho sistema.

El captor no se movía por la luz pública, sino por oscuros intereses.

El extraño sujeto conocía muy bien el objetivo: "La creación de un esclavo controlado que puede ser activado en cualquier momento para realizar cualquier acción requerida por el controlador".

Con la base de que más de dos millones de estadounidenses habían pasado por los horrores de este programa, sentía que Iris sería presa fácil para que hiciera lo que implantara en su programación.

El captor también tenía experiencia con las prácticas ocultistas de magia negra, para lograr, mediante el mal uso del ocultismo, la manipulación de la mente de la persona en rituales dentro de las sociedades secretas.

Con lo que no contaba aquel hombre era con que Iris Brigadier tenía mucho poder mental.

El captor comenzó a repetir:

—A partir del momento en que diga la palabra "ahorcado" estarás en un trance profundo. A la cuenta de cinco entrarás más y más en tu mente. Dejarás que mi voz sea la guía de tu voluntad. No ofrecerás resistencia…

Iris respiró profundo, consciente del momento que estaba viviendo. Una lucha de fuerzas comenzó a movilizarse en su interior.

"Yo soy. Yo soy poder. Yo soy pura luz", se repetía.

El captor siguió hablando cada vez más bajo.

—Tres, dos, uno —contó lentamente.

Hizo una pausa y dijo:

—Ahora estás bajo mis órdenes. Me entregas tu voluntad. Escucha mis palabras.

Hizo una pausa.

—Ahorcado —dijo el captor con voz intensa.

Iris repitió su mantra con fuerza una y otra vez, aferrándose a él como un náufrago en medio del mar que se aferra a un salvavidas.

# 45

## Dublín, Irlanda
## En la actualidad

"**N**ecesito pensar."

Mi panorama era oscuro. Estaba preocupado. Aunque sabía que de la oscuridad venía la luz, del mismo modo que las nubes negras traían agua clara, tenía mucho trabajo que hacer. Debía elegir entrar a un ritual esotérico, continuar averiguando sobre la muerte de J. J., el paradero de su cuerpo desaparecido, procesar la información futurista que había recibido de Christopher Raví y el rector Demus.

Entré a un bar lleno de gente.

Me senté en la única mesa libre.

Tomé un periódico. Me sentía ajeno al mundo.

Mis ojos se clavaron en un titular:

Se abre una nueva y amplia investigación sobre la muerte de Max Spiers, teórico de la conspiración de treinta y nueve años, quien fue encontrado muerto en Varsovia, Polonia, bajo circunstancias sospechosas.

Max Spiers, conocido como un supersoldado en las redes sociales por sus fans y seguidores, era considerado un maestro en conspiraciones, a quien encontraron muerto en el sofá; su madre está tratando de buscar justicia, e insiste en que lo mataron porque sabía demasiadas cosas referentes a las puertas estelares, los contactos extraterrestres y otros proyectos confidenciales.

"Max se estaba involucrando en áreas muy tétricas y peligrosas y tenía miedo de que, al ganar popularidad y fama, pagara las consecuencias", detalló su madre, Vanessa.

Max había comentado historias de que había sido programado junto a otros investigadores con magia negra, tortura y tecnología. De hecho, Max había adquirido multitud de seguidores que estaban cautivados con sus historias de batallas épicas en el plano físico y astral y en conspiraciones salvajes con respecto a personas muy famosas y poderosas en una guerra por quién controlaría a la humanidad.

Max afirmó que estaba involucrado en varios proyectos secretos y también dijo en varios videos que circulaban por la red que estaba conectado con el Proyecto Montauk y el viaje en el tiempo y la manipulación.

Aquello se refería al *Stargate*, las puertas para acceder a otras dimensiones.

También había revelado información confidencial sobre lo que sucedía en el norte de Irlanda respecto a los grupos que trabajaban creando un nuevo tipo de sangre.

Max estaba en el proceso de recuperación de todo el control de la mente al que había sido sometido.

Por instinto elevé la cabeza y me giré observando a la gente del bar.

Yo conocía el caso de Max. Me habían designado para investigarlo, pero luego los superiores me dijeron que lo harían otras personas. Era un caso todavía sin resolver, a pesar de que había pasado bastante tiempo, un enigma de circunstancias similares al caso J. J. O'Connor.

"No deberías estar aquí, Arthur. Tú ya has sido amenazado dos veces."

Apuré el café y seguí leyendo:

Se sospecha que Max simplemente cambió de equipo y estaba siendo utilizado por otra facción de la sociedad secreta; muchos apuntan a los Illuminati.

Max a menudo hablaba de inteligencia artificial, centros de clonación y guerras espirituales que ocurrían entre facciones y sociedades secretas.

Su madre Vanessa decía: "Mi hijo se encontraba en buen estado de salud y de pronto muere en un sofá. Todo lo que tengo de las autoridades es un certificado de defunción que asegura que Max murió debido a causas naturales. Pero si no hubo autopsia, ¿cómo pueden estar tan seguros? También se niegan a facilitarme cualquier documento relacionado con el caso.

La madre pide que se reactive una investigación acerca de la muerte de su hijo.

Pagué el café y me puse de pie.

Arranqué la hoja del periódico y me la lleve. Salí del bar, me subí el cuello de mi abrigo y me fui cabizbajo caminando a paso veloz por las empedradas calles hacia la esquina. Yo sabía que la teoría que barajaban los familiares de Max no era nueva. La lista de envenenamientos o muertos en circunstancias misteriosas a lo largo de los años era muy extensa. Aún hoy quedaban muchos crímenes sin resolver relacionados con el veneno o muertes similares.

Pensé en J. J.

Iba a resolver aquel caso costara lo que costara.

Detuve un taxi y me subí de inmediato.

Decidí que me convenía dormir en casa de Freyja y acceder a la invitación de participar en el ritual del día siguiente. Analicé la situación. Con urgencia necesitaba hacer tres cosas: llamar al teniente Bugarat, conectarme con mi doble astral en el próximo sueño y obtener más información.

# 46

## Dublín, Irlanda
## En la actualidad

Comencé a atar cabos.

"¿Por qué Iris no me ha vuelto a enviar mensajes ni a llamar?"

El teléfono del teniente no respondía y tenía lleno el buzón de mensajes.

El taxi tardó menos de diez minutos en llegar a casa de Freyja. Estaba hambriento de comida, de información y de un espacio tranquilo para conectarme a mi poder.

Pagué el taxi y me bajé del coche.

Se atravesaron varios estudiantes cantando canciones irlandesas saliendo del bar, vi una pareja joven besándose en la puerta contigua. Las ráfagas de viento helado se filtraban hasta los huesos.

Apuré el paso y subí los escalones del departamento de Freyja. En ese momento escuchó mi teléfono en el bolsillo.

Un WhatsApp con número oculto.

Abrí el archivo.

*La única forma de que resuelvas el proceso iniciático que estás viviendo es activando al Mago.*

# 47

## Dublín, Irlanda
## En la actualidad

Faltaban tres minutos para que dieran las nueve de la noche. Peter Stone estaba pensativo en la lujosa biblioteca de su casa ubicada en el barrio de Merrion Square. Se sirvió un whisky, se desabrochó el nudo de la corbata y se sentó tras su macizo escritorio de roble. Apagó las luces y sólo dejó encendida una tenue lámpara a su lado. Peter Stone pensaba mejor en penumbras.

Tomó su teléfono y realizó una llamada.

Del otro lado alguien contestó.

—¿Cómo va todo? —preguntó Stone.

—Bien. La niña ya tuvo su primera programación —respondió el captor.

—¿Algún inconveniente?

—En absoluto. Una criatura muy dócil —dijo el hombre observando a Iris con los ojos cerrados en el sofá.

—Mejor así. Ya puedes activar la Fase 2.

—Estaba esperando a que usted me lo indicara.

—Es importante que nadie sospeche nada. La Fase 2 debe activarse de inmediato.

Peter Stone hacía referencia al siguiente paso luego de la programación: le inyectarían órdenes mentales específicas y posteriormente la liberarían para que cumpliera el mandato.

—Mañana déjala libre para que proceda a la acción.

El captor asintió obediente.

—Así lo haré, señor.

—Recuerda implantarle la orden tal como te pedí.

El captor esbozó una sonrisa malévola.

—Confundir a Parker.

—De acuerdo. Mantenme informado.

Peter Stone colgó la llamada, tomó su vaso de whisky y lo bebió de un trago. Sus ojos estaban llenos de ambición y poder.

De inmediato, el captor comenzó la activación de la Fase 2 en la mente de Iris Brigadier.

# 48

## Dublín, Irlanda
## En la actualidad

Toqué el timbre.

Unos segundos más tarde Freyja abrió la puerta.

—¡Arthur, qué bueno que decidiste venir!

—Gracias —respondí—, tu casa me servirá para pensar.

—Estamos igual. Pasa que hace frío.

A pesar de la ráfaga helada que sentí en mi espalda, pude percibir una presencia cálida que me empujó hacia dentro.

—¿Qué sucede? —me preguntó Freyja.

—Nada. Olvídalo.

Lo cierto es que yo sabía cuando había presencias invisibles en el ambiente. Estaba seguro de que un espíritu me había recibido en la entrada de su casa.

—¿Quieres beber algo?

—Mejor dicho, comer —respondí—. Necesito calorías y proteína.

Me miró con recelo.

—¿Qué tipo de proteínas? Recuerda que soy vegana.

—Lo que quieras.

—Yo me encargo —dijo—. Me gusta cocinar.

—De acuerdo. Pasaré al baño.

Freyja señaló hacia el corredor al tiempo que iba hacia la cocina. Me lavé la cara y me miré al espejo.

Segundos más tarde, al salir, Freyja había servido dos copas de vino tinto.

—Gracias —dije—. Necesito la fuerza del vino.

—La sangre de la vida —me respondió de espaldas, concentrada en su ensalada.

—¿Cómo dices?

—El vino —respondió—. Es la sangre de la vida de acuerdo con muchas tradiciones.

Asentí y me quedé mirando la copa.

De inmediato me vino un recuerdo de infancia.

"Ésta es la sangre de mi cuerpo, bebed de él."

—Explícame algo —le dije con aquel archivo mental que se había abierto en mi memoria—. De pequeño, de las veces que en el colegio me enviaron forzado a la iglesia de San Patricio, lo que más me impactaba era cuando en la misa el párroco tomaba su cáliz y bebía diciendo: "Es la sangre de Cristo".

Freyja se giró con un gran cuchillo en la mano.

—¿Cómo llamarías al hecho de comer carne humana y beber sangre? —preguntó.

—Canibalismo —respondí sin dudarlo.

Soltó una risa irónica.

—¿Y no es eso lo que representa comer el cuerpo y beber la sangre de Jesucristo cada ritual de domingo?

—¡Pero no es literal! —exclamé.

—A decir verdad, Arthur, a la mente no le importa si es real o imaginario, el subconsciente de la mente, que es donde se activa la magia, no distingue si está sucediendo o simplemente se realiza como rito subliminal e imaginario.

Freyja se acercó, dejó el cuchillo en la mesa y elevó sus manos a mis ojos.

—¿Puedo?

La miré intrigado.

—Adelante.

Puso sus cálidas manos apoyadas en mis párpados. Dejé de ver. Su proximidad me hizo sentir su perfume. Llevaba puesta una fragancia que olía a maderas del bosque.

—Ahora no vas a ver con los ojos físicos —me dijo—. Imagina solamente. Abre tu imaginación.

Respiré profundo.

—Ahora imagina y piensa en una rica hamburguesa, con queso caliente derretido, frescos tomates, albahaca, lechuga orgánica... y un aroma delicioso.

De inmediato vi la hamburguesa en mi mente con total claridad.

—¿Qué sientes? —preguntó.

Tragué saliva.

—Deseo.

—¿Has visto? —dijo, retirando con suavidad sus manos de mis ojos.

Volví a tragar sintiendo crecer el hambre en mi interior.

—La imaginación crea deseo. En este caso, el deseo alimenticio. Pensar e imaginar comida rica te ha disparado el deseo y tu cuerpo segregó en las papilas gustativas un buen chorro de saliva y enzimas digestivas. El deseo se crea aunque no esté la comida.

Freyja volvió a cocinar. Comenzó a oler delicioso.

—Eso sucede con cualquier deseo —agregó.

—Alimento y sexo —dije con certeza—. Los dos deseos básicos del ser humano.

Freyja se giró hacia mí.

—Supongo que… alguna vez, imaginando algo sexual, has tenido erecciones, ¿no es cierto, agente Parker?

La observé, inquieto.

—Entiendo el punto, dijiste que en varias culturas y religiones han hecho rituales con sangre, pero sólo mencionaste la magia de los druidas y el ritual en la religión católica. ¿Qué hay de las otras?

Freyja se giró de espaldas y abrió la nevera. Observé su estilizado cuerpo, era hermosa de los pies hasta su larga cabellera.

—La sangre está por todos lados en los ritos —me dijo girándose.

Sentí que había percibido la energía de mis ojos en su cuerpo. Sabía que la mayoría de las mujeres tenían el sentido interno activado cuando se sentían observadas y deseadas.

—Dime.

Freyja me acercó un plato con aceitunas griegas, crema de hummus de berenjenas y varas de apio. Lo depositó frente a mí y luego acercó otro plato típico irlandés, el colcannon elaborado con puré de papa, col, todo mezclado con cebolla y ajo.

—Ve picando algo.

—Gracias.

Freyja se sentó frente a mí.

—Por ejemplo, la tradición de los judíos tiene una larga y dilatada historia de sacrificios con sangre de animales a lo largo de los siglos. Han matado millones de animales... y esa sangre es un combustible usado para rituales mágicos.

Fruncí el ceño.

—No entiendo. Según creo, tienen un rabino para que la carne sea *kosher*, o sea sagrada.

—Recuerda que el tiempo no borra las acciones, Arthur. De todos modos, eso continúa ya que aún hoy realizan un sacrificio cada día, el pacto de sangre continúa, pero no con animales, sino con... humanos.

De inmediato detuve la vara de apio antes de entrar a mi boca. Me incliné hacia delante.

—¿A qué te refieres? —pregunté inquieto.

—La circuncisión. Es el pacto del pueblo de Israel con una entidad sobrenatural. Esa sangre ritual del recién nacido tiene altas connotaciones de magia y se realiza para recibir lo que piden a cambio: protección, dinero, prosperidad, descendencia.

—Pero...

Freyja me interrumpió.

—La sangre derramada con una intención puede hacer que la fuerza de la vida que contiene la sangre se propague como un tributo, un pago —explicó.

—Mencionaste una entidad sobrenatural... ¿A quién te refieres?

—El mundo está cubierto de entidades invisibles, pero la mayoría de los mortales no se da cuenta —dijo Freyja.

—Me suena —dije—. ¿De qué escritor irlandés es esa frase? Déjame adivinar... ¿James Joyce? ¿George Bernard Shaw? ¿William Yeats? ¿Oscar Wilde?

El rostro serio de Freyja me clavó la mirada como una espada.

—Es mía.

Irlanda ha sido un país de famosos y laureados escritores, pero en la actualidad las mujeres estaban ganando terreno en sabiduría, valor y presencia, tanto literaria como espiritual.

Freyja prosiguió.

—¿Sabes algo de Moloch, la entidad de tiempos inmemoriales? —me preguntó.

Asentí.

—Algo había escuchado. ¿La que pide sacrificios a cambio de favores?

Freyja asintió.

—¿Qué clase de sacrificios?

Hizo silencio.

—Ofrecen sangre a cambio de prosperidad y guía para toda una colectividad.

Hice una pausa para pensar.

—¿Quiere decir que...

Se alzó de hombros.

—¿Hipótesis, realidad, superstición, verdad, mentira? Siempre será de acuerdo con el ojo que vemos las cosas. Lo que es "bueno" para unos, es "malo" para otros. Para ellos está bien entregar la sangre de los recién nacidos al circuncidarlos, como está bien para los católicos imaginar que beben la sangre de Cristo y crear ese poder. Para un pagano en contacto con la naturaleza está bien ofrecer la sangre menstrual a la tierra —hizo una pausa y me observó con sus ojos penetrantes—. ¿Tú sabes que se crea poder con la sangre, verdad?

Asentí lentamente.

—Hay dos elementos mágicos en este planeta —continuó diciendo con voz firme— y la sangre es uno de los dos elementos más poderosos que hay sobre la tierra.

Tomé la copa y bebí un sorbo.

—Por la vida —atiné.

Freyja tomó su copa y brindó conmigo.

—¡Por la vida! —replicó haciendo sonar las copas.

Nos quedamos mirando a los ojos durante unos segundos. Aquella mujer destilaba poder en su presencia y sus palabras, un constante encantamiento y una capacidad para hechizar a cualquiera.

—Tengo una pregunta delicada —dije.

Deposité la copa en la mesa.

—Adelante.

—¿Crees que la muerte de J. J. fue un ritual? Aunque al ser ahorcado deberíamos descartarlo porque no ha habido sangre involucrada.

Sentí el dolor que ella estaba sintiendo al pensar en su hermano muerto. Bajó la cabeza con cierta melancolía. Luego se sobrepuso y me miró con intensidad.

—Los druidas no tememos a la muerte. Lo que haya pasado con J. J. se aclarará y es por un bien mayor. Sólo puedo decirte que conociéndolo, sé al cien por ciento que él no se ahorcó. Hay algo oculto que seguramente tú vas a aclarar y por eso estás aquí. De todos modos, la vida construye y también destruye al mismo tiempo.

Asentí. Noté que Freyja tenía fresco su dolor.

—La presencia de mi hermano no está ahora de este lado de la existencia, pero sé que está vivo en la otra. Mañana en el ritual convocaremos su alma.

Pensé en decirle que había soñado con él y que me había dado un mensaje, pero esperé a otro momento.

—¿Qué sucederá mañana en el ritual? ¿Cómo funciona? —pregunté.

Freyja se llevó la copa a la boca y terminó todo el Malbec.

—El ritual, además de coincidir con una fecha poderosa y mágica a nivel energético, tiene varias intenciones. Despedir el alma de mi hermano será lo principal. Christopher también querrá limpiar lo que Pitágoras hizo al sacrificar la sangre de los trescientos bueyes.

Fruncí el ceño.

—¡Pero eso pasó miles de años atrás!

—Todo queda anotado en el libro de la vida, Arthur. La vida es un libro sin tiempo.

—¿Los registros akáshicos? —pregunté.

—Correcto. Lo que sucedió hace miles de años en la Tierra, está sucediendo en el presente en el mundo de arriba —Freyja señaló hacia arriba con su índice—. Ese sacrificio ha generado un karma para Pitágoras y el proyecto de Christopher incluye el alma del sabio griego en su trabajo. Hay que contrarrestarlo para que el Proyecto Génesis se inicie sin mancha.

—¿Como pagar un tributo? —pregunté.

—Es saldar las cuentas con la vida —respondió.

Me quedé pensando en cómo los rituales mágicos habían sido tan importantes a través de los tiempos.

Freyja se arremangó el suéter color negro y dejó al descubierto una serie de simbólicos tatuajes en el brazo. Uno de ellos tenía el pentagrama mágico, la estrella de cinco puntas.

"¡La estrella de Pitágoras!", pensé.

Mi corazón se aceleró. Cerré los ojos. Las palabras que J. J. me dijo en mis sueños volvieron a mi mente.

*Tetragramatón.*
*Busca en la estrella de cinco puntas. Pitágoras.*

Le dirigí una mirada intensa. Aquella enigmática mujer que me estaba preparando comida era una desconocida y al mismo tiempo sentía que mi alma la conocía desde hacía miles de años.

"¿Sería Freyja la estrella a la que J. J. se refirió?"

Me quedé en silencio viendo cómo terminaba de preparar el plato.

De repente ella se dio vuelta con ímpetu.

—¡Lo has resuelto! —exclamó.

—¿Qué dices? ¿A qué te refieres? —pregunté desconcertado.

Freyja colocó ante mí un plato con la hamburguesa de soya, a la cual le sobresalía una jugosa rebanada de jitomate rojo, lechuga fresca, aceitunas y dos acordeones de pan integral. Olía a hierbas, se veía tierna y cálida.

—¡Ya resolviste tu deseo alimenticio! —me dijo señalando la hamburguesa.

Respiré con cierto alivio.

—Ah, te refieres a…

—Como todo deseo —dijo sonriente—, primero está en tu mente, lo imaginas, lo creas, lo deseas… y ¡aquí está! Lo mejor de todo es que… ¡funciona con la hamburguesa y con todo lo que tu alma se proponga!

—Así parece.

Le hinqué los dientes a la hamburguesa.

—Mmm… gracias por cocinar, está deliciosa.

Acompañé el bocado con otro sorbo de vino. Freyja volvió a llenar su copa y la mía.

—Por cierto, mencionaste que hay dos poderosas energías. Una es la sangre —dije alzando la copa para observar el color del vino a la luz de la lámpara—, ¿y la otra?

Freyja me observó con ojos sabios.

—No es momento de hablar de eso ahora. Disfruta tu comida y satisface tu deseo.

Continuamos la cena en silencio.

Ése fue un momento que no olvidaré, ya que fue la primera vez que me di cuenta de que no sólo deseaba la comida de Freyja, sino a ella misma.

En ese instante recordé las palabras de Oscar Wilde.

"La mejor forma de librarse de la tentación es ceder ante ella."

Justo cuando estaba procesando el deseo de comer con el deseo por Freyja, sonó su teléfono.

Ella llevó el celular a su oído.

—Dime —le dijo con voz familiar a su interlocutor.

Hizo una pausa.

—¿Cómo? ¿Dónde?

Hubo otra pausa breve.

—Ya mismo voy para allá.

Colgó la llamada y me miró con alegría en sus ojos.

—¿Qué ha pasado?

—Era Magdalene. ¡Encontraron a J. J. en la iglesia de San Michan!

Sin dudarlo, dejamos el vino y la comida, tomamos los abrigos y cuando el reloj de pared marcaba las diez y media, salimos del departamento hacia el frío de la noche.

# 49

## Dublín, Irlanda
## En la actualidad

Subimos al Range Rover de inmediato.

A esas horas los cálidos bares de Dublín recién comenzaban su mejor *performance* y eran el refugio de noctámbulos, artistas, turistas y almas solitarias en busca de romance, de escuchar viejas canciones irlandesas que los lugareños se reunían a cantar, sobre todo los hombres, y a beber buena cerveza y finos whiskys.

En la esquina, Freyja debió frenar bruscamente para dar paso a un grupo de amigos que caminaban tambaleantes cantando a viva voz, abrazados con alegría.

—Tranquila. Conduce más despacio.

Freyja hizo oídos sordos, se giró en seco para no demorarse y arremetió por una de las aceras esquivando a los borrachos. El brinco casi me hizo golpear la cabeza contra el techo del coche.

Giró el volante con determinación, aceleró de golpe y el chirrido de los neumáticos en el asfalto se escuchó con fuerza como el rugido de una tigresa.

—¿Qué te dijo Magdalene?

—No mucho. J. J. fue encontrado en la iglesia. Dijo que Christopher había salido temprano y le llamó para contarle.

—¿Nada más?

—¿Te parece poco?

—No, no… es que en el avión Christopher hizo ciertos… experimentos con el cuerpo de tu hermano.

—¿Experimentos? ¿A qué te refieres?

El coche alcanzó los noventa kilómetros en las oscuras bocacalles.

—Es peligroso que vayas tan rápido.

—Sé conducir. Ya casi llegamos. Explícame.

—Supongo que tendrá relación con su descubrimiento —respondí sujetándome del apoyabrazos—. He visto cómo Raví colocaba electrodos en el cerebro de J. J., cables y unos aparatos especiales conectados a su computadora.

—Seguramente es parte del proyecto.

—Ya, pero… es inquietante hacerlo en un cuerpo muerto.

—Sabes que ellos son científicos y están investigando para ir más allá de los límites de la vida ordinaria.

—Christopher habló de resucitar —dije.

Freyja se quedó helada como si la hubiera amenazado con una pistola.

—¿Cómo dices?

—Textualmente dijo que todos podríamos caminar sobre el agua, multiplicar panes, transformar agua en vino o resucitar a los muertos.

—Seguramente lo dijo de manera simbólica.

—No estoy muy seguro.

—¿Y qué sucedería si eso pasara?

—Evidentemente que revolucionaría el mundo. Al parecer Jesús lo realizó, pero nadie más fue capaz de tal proeza.

—Nadie que conozcamos —dijo.

—¿Cómo? ¿A qué te refieres?

—He visto muchas cosas sobrenaturales en los rituales que hacemos, Arthur.

—Me imagino.

—El poder aparece cuando lo convocamos.

Atravesamos el puente del río Liffey y Freyja enfiló directo por Chancery y en unos segundos estuvo en Greek Street para doblar por Mary's Lane.

—Llegamos —dijo Freyja.

Se bajó rápidamente y corrió hacia la iglesia perdiéndose en la oscura noche.

Me quedé pensativo.

"¿Y si aquello fuera parte de un experimento más grande encubierto tras un juego de computadoras y una aplicación para teléfonos y apuntase a devolverle la vida no sólo a J. J., sino a las personas que hayan muerto?"

A juzgar por las series de televisión de muertos vivientes, vampiros, resucitados e inmortales, aquello estaba en el inconsciente colectivo de la especie. Y otro medio planeta creía en la resurrección de los muertos en la hora final.

Si eso fuera así, el doctor Christopher Raví sería el nuevo mesías de la tecnología.

# 50

## Dublín, Irlanda
## En la actualidad

Al entrar en aquella iglesia sentí escalofríos.

En parte debido a que la historia de la iglesia de San Michan era peculiar. Había sido fundada alrededor del siglo XI como capilla para la colonia danesa que se asentaba en aquel territorio. Durante alrededor de cinco siglos fue la única iglesia que existió en la orilla norte del río Liffey y en la actualidad era la única que quedaba de origen vikingo en aquel lado del río. La iglesia me pareció sobria, su interior humilde y bastante pequeña. Lo que llamó mi atención fue un órgano tallado en madera; leí en la placa, decía "Año 1724".

Lo más extraño de aquella iglesia no era sólo su arquitectura, sino que había servido para inspirar a Bram Stoker para escribir su célebre libro, *Drácula*.

Caminamos por un pasillo y vimos a Christopher y la Magdalene de pie junto a un féretro.

—¡Arthur! ¡Por aquí! —exclamó Magdalene produciendo eco en las paredes.

Atravesamos el pasillo rápidamente.

—¿Qué pasó? —preguntó Freyja.

—Las cosas están comenzando a funcionar tal como lo planeamos —respondió Raví.

—Explícanos —le pedí.

—Vengan por aquí —dijo Raví y comenzó a caminar hacia una escalinata aprovechando que, por ser una iglesia pequeña, siempre estaba abierta al público sin necesidad de un vigía permanente.

Lo seguimos.

Luego de un momento se giró hacia nosotros.

—El punto más importante de la iglesia de San Michan está debajo del suelo.

—¿Cómo? —preguntó Freyja—. ¿Dónde está el cuerpo de J. J.?

Raví descendió por las escaleras con cierta dificultad y nosotros también.

—Como podrán ver a continuación, a lo largo de los túneles de piedra de la cripta se reparten numerosas cámaras funerarias.

—¿Tumbas? —pregunté.

—Así es, agente Parker. Lo particular es que los ataúdes de los difuntos están abiertos y se pueden ver los restos humanos totalmente semimomificados.

Observé aquellos cadáveres, parecían de arena.

—¿Son momias? —preguntó Freyja.

—Éstas sí —respondió Christopher señalando hacia una de las tumbas—. Entre las momias destaca ésta que fue de una monja, tiene cuatrocientos años de antigüedad.

Se giró hacia la otra dirección.

—Allí está la de un hombre al que le faltan las manos, probablemente un ladrón para extraerle los anillos o pulseras.

Observé otra que parecía la de un hombre cruzado de lado que se veía que había sido partido en dos para que entrara en el ataúd.

—Christopher, ¿dónde está J. J.? —preguntó Freyja.

Noté que le dirigió una mirada firme a su hermana.

—Aquí —dijo—. En este otro recinto.

Caminamos otros pasos y nos agachamos para entrar en una habitación más pequeña, sólo iluminada por algunas velas. Nuestras sombras se proyectaron en la pared. La habitación parecía haber cobrado vida con nuestra presencia.

Una computadora portátil encendida estaba apoyada sobre una destartalada y sucia mesa de madera húmeda conectada al cuerpo de J. J., que estaba sobre el mismo ataúd que había sido transportado por Raví en el avión desde Canadá a Dublín.

La escena se me hizo fantasmagórica. J. J. se veía inmóvil y con los ojos cerrados, aunque con más color en el rostro. En realidad ya no estaba seguro de lo que estaba observando.

A su lado la presencia de Santiago, hermano de Raví y de otro hombre de espaldas, que yo no conocía, hablando por teléfono.

# 51

## Vancouver, Columbia Británica, Canadá
## En la actualidad

Eran las tres de la tarde cuando Iris Brigadier terminó de recibir su programación mental.

El captor acomodó sus implementos y los guardó rápidamente en su mochila.

"Debo salir de esta casa de inmediato."

Observó el cuerpo dormido de Iris bajo el sedante que le había medicado. Con cuidado comenzó a soltar las cuerdas y por último la mordaza de su boca.

"Ya está preparada."

El captor había implementado el voltaje y el programa mental.

"Debes eliminar a Arthur Parker."

Le dejó un pasaporte falso donde Iris figuraba como mayor de edad y un boleto de avión.

El captor se movió sigilosamente. Había usado guantes para no dejar huellas sobre su trabajo.

"He sido impecable. Me ascenderán."

Aquel hombre sabía que sus superiores eran personas mundialmente influyentes capaces de otorgarle poder.

Hizo una pausa y miró a Iris Brigadier.

—Tuviste mejor suerte que otros. Te salvaste.

Habían sido muchas las veces que aquel hombre le había quitado la vida a personas, ya sea para usarlas como sacrificios o por ajustes de cuentas. No sentía el más mínimo remordimiento.

"La historia indica que hubo más muertes y asesinatos en nombre de Dios que en nombre del diablo", pensaba a menudo.

Tomó la mochila, se giró hacia los lados observando que todo estuviera en orden y salió de la casa de Parker, dejando a Iris Brigadier sobre el sofá a punto de recuperar el conocimiento.

# 52

## Dublín, Irlanda
## En la actualidad

El hombre que estaba hablando por teléfono se abrazó con Raví. Luego de un instante Raví se dirigió hacia mí.

—Agente Parker, le presento a Thomas Dídimo.

Le estreché la mano.

—Dentro de la compañía es mi mano derecha, como J. J.

—Mucho gusto.

—Christopher, ¿quién encontró a J. J.? ¿Qué hace su cuerpo aquí? —preguntó Freyja con firmeza.

Ella caminó hacia el cuerpo de J. J.

Raví le cerró el paso.

—¿Qué haces? —le inquirió ella al ver el brazo de Christopher impidiéndole acercarse.

—No puedes tocarlo. Todavía.

—¡Es mi hermano!

—Tranquila —terció Magdalene—. Te vamos a explicar.

Freyja se mostró intrigada.

—Pues, soy toda oídos. ¿Qué está sucediendo?

Raví trató de serenarla.

—Verás, J. J. está bajo proceso de su misma tecnología. Estamos terminando de ajustar el informe que hemos solicitado. Así tenía que ser, está comprobando en él mismo que el Proyecto Génesis funciona.

—¿De qué hablas? Sigo sin entender.

Tuve que intervenir.

—Christopher, frente a mi presencia como agente policial recuerda que estás bajo interrogatorio. Por favor, habla claro.

—Estamos bajo un gran impacto —dijo Raví observando a su hermano Santiago y a Thomas Dídimo—. Todo por lo que hemos batallado e investigado está funcionado. Mediante el programa hemos podido recibir los primeros datos de su alma —dijo esbozando una sonrisa.

—¿Datos de su alma? —preguntó Freyja, sorprendida.

—Así es. Aquí tenemos la primera descarga —respondió Raví, sujetando la carpeta que Santiago tenía en sus manos.

—¿Qué es eso? —pregunté.

—El informe de su alma. Mediante el sistema de electrodos que le he colocado en el avión en el resto de ADN que quedó activo en J. J., alcanzó el voltaje para acceder a la memoria de su cerebro antiguo y revelar el estado de su nueva condición.

—¿Cerebro antiguo? —preguntó Freyja con molestia en su voz.

—Ése —dijo Raví señalando la cabeza inmóvil de J. J.—. El cerebro que usó durante su vida pasó información a nuestra computadora, pero lo formidable no es que hayamos podido acceder a su memoria, sino a su condición actual.

—A ver —le dije a Raví con firmeza—. ¿Estás diciendo que esa máquina puede recibir información del difunto?

Raví asintió.

—No sólo del difunto... sino del alma en el estado actual —repitió las últimas palabras con lentitud.

Percibí emoción en su tono de voz.

Freyja y yo nos miramos y luego miramos a Magdalene buscando su aprobación. Ella inclinó la cabeza asintiendo.

—¿Qué dice ese informe? —preguntó Freyja.

—Los estudios que veníamos realizando han confirmado que, aprovechando la electricidad del sol y magnetismo de la tierra en este tiempo, pudimos abrir los secretos de la alquimia del ADN humano una vez que ha dejado de existir, ya que la bioquímica alquimia interna funciona para transformar a los mortales desde un estado de miedo, adrenalina, sufrimiento e ignorancia a un estado de endorfinas, serotonina, iluminación y bendición. Todo esto mediante el ajuste de la vibración y la frecuencia (lo que Tesla siempre sostuvo). Raví hizo una pausa y ajustó los controles.

—En este caso —agregó—, la posibilidad de acceder a los registros cerebrales y al actual estado del alma después de abandonar el cuerpo nos situará entre los más grandes inventos de la humanidad.

Se generó un escalofrío como si estuviéramos presenciando una ceremonia sacrosanta.

Aquello sería una gran puerta abierta para la humanidad.

—Pero... ¿esto es real? —preguntó Freyja, que no salía de su asombro—. ¿Se han preguntado lo que sucederá en el mundo con este programa? —señaló la computadora y los cables.

—El fin del miedo a la muerte y del apego —razoné.

—Así es, agente Parker —dijo Thomas Dídimo—. Tanto J. J., como Santiago y yo apoyamos a Christopher desde el inicio.

—¡No sólo ellos! —dijo una fuerte voz masculina que llegaba desde afuera.

Todos nos giramos.

—¡Nicholas! —exclamó Raví, abrazándose con el rector.

—Me sacaste de la cama, querido Christopher. Espero que sea por una buena razón.

—Así es. Todo lo que hemos esperado está funcionando.

—¡Gracias a Dios! —exclamó el rector. ¡Y gracias a Tesla! ¡El gran momento ha llegado!

Santiago y Thomas ajustaron algo en la computadora y los cables.

—Disculpen que interrumpa, señores —dije con voz firme—, estoy presenciando un momento peculiar. Seguramente su proyecto será revolucionario, pero aquí ha habido un suicidio o un crimen y mi obligación es seguir investi...

—Estás haciendo un gran trabajo —me interrumpió Christopher Raví, con amabilidad—. Les ruego que todos escuchen lo que tengo que decir.

—Entiendo su posición como líder de su compañía y su proyecto —repliqué—, pero tenemos que encuadrarnos también en el marco policial. Repito: no es que haya un muñeco frente a nosotros, sino una causa abierta de posible homicidio.

—A ese punto quiero llegar, agente Parker —dijo Raví con un extraño brillo en los ojos—. ¿Acaso no sería mejor preguntarle a J. J. qué fue lo que realmente sucedió?

# 53

# Dublín, Irlanda
## En la actualidad

¿Cómo que preguntarle a J. J.?! ¡Mi hermano está muerto! —dijo Freyja.

—Su cuerpo físico sí, pero su alma no —zanjó Raví.

—Christopher —dijo Freyja, con remarcable molestia—, ya es hora de que nos expliques todo.

Raví se colocó al lado del ataúd.

—Las preguntas cuando alguien muere son: ¿extrañamos el cuerpo físico o el alma del difunto? Si sólo queda el diálogo con el alma sin cuerpo, como en este caso, ¿qué sentimos? ¿Vemos todo más claro o necesitamos los sentidos, brazos, órganos y manos para sentir la presencia del otro? ¿Es correcto decir que lo que importa es sólo el alma? ¿Nos es suficiente que el alma nos revele que está bien y que vive del otro lado cuando el cuerpo físico innerte está frente a nuestros ojos?

—¿Adónde quieres llegar, Raví? —pregunté.

—Al impacto en el subconsciente humano, agente Parker. Allí es donde hay que sanar el miedo a la muerte.

—¿De qué modo?

—Observen.

—Activa el primer archivo que grabamos —le pidió Raví a Santiago y éste activó la computadora. De inmediato comenzó a escucharse una voz por los altavoces.

"Las personas que, por ignorancia más que por otra causa, practican el mal sólo pueden atacar el aspecto inferior de aquellos contra los cuales sienten alguna forma de animosidad o antipatía basados en envidias, celos y afán de poder. Utilizan para este fin cosas físicas o energía etéricamente relacionadas con los sujetos que son centro y blanco de su malas intenciones y actúan luego decididamente contra estas cosas. Eso fue lo que sucedió conmigo."

Freyja dirigió la vista a Magdalene.

—¿Es la voz de J. J.? —preguntó Freyja, titubeante.

Raví asintió.

—El proyecto funciona —respondió Christopher con actitud de triunfo—, hemos podido captar su mensaje desde el otro lado.

Freyja no daba crédito a lo que oía. Si bien muchas veces había hecho rituales druidas para conectarse con el alma de los difuntos cada 31 de octubre, hacerlo ahora con la comprobación científica sería de impacto mundial.

Santiago hizo señas con su mano para que guardaron silencio. Estaba recibiendo más datos.

"Me encuentro en un limbo astral donde vienen las almas que todavía dejaron algo inconcluso en la Tierra. Las partículas atómicas permanecen con actividad y siguen transmitiendo vibraciones en aspectos definidos. Al captar la frecuencia del alma se puede hacer contacto."

Freyja comenzó a emocionarse.

El mensaje de J. J. continuó diciendo:

"Mi padecimiento en el cuerpo sobre el cual actuaron hasta provocarme la muerte física por destrucción de aquellos elementos de defensa fue basado en el poder mágico mal usado."

—¿A qué se refiere? —preguntó Thomas Dídimo.

—Magia oscura —dijo el rector.

"Ellos obedecen a las sombras con el principio de separatividad, niegan la luz espiritual, apuestan al triunfo de la ignorancia, el egoísmo y la mala voluntad sobre las correctas intenciones de los hombres. Van a atacarlos, deben prepararse para la batalla."

Dicho esto, se dejó de escuchar. Santiago trató de recibir más mensajes, pero fue en vano.

—¿A qué se refiere con prepararse para la batalla? ¿Qué hay aquí que yo no sepa? —Freyja observó a su hermana con interrogación.

—Tranquila, Freyja, te explicaré algunas cosas —le dijo el rector acercándose y poniéndole su mano en el hombro.

—Lo que J. J. nos advierte es que hay espías para quedarse con Teosofical Tesla Technologies.

—¿Por qué J. J. habló de malas intenciones, magia negra, bajas vibraciones? —preguntó.

—Estamos siendo observados —dijo Raví—. Mi detención no fue producto del azar. Hay frenos para que no salga a la luz nuestro descubrimiento porque echaría por tierra cientos de falsas teorías.

—Ya puedo imaginar las repercusiones de las religiones fundamentalistas —dijo Magdalene.

—Se elimina al intermediario. Conexión directa con las almas, la revolución más grande de la historia —justificó el rector.

—¿Ésa es toda la grabación? ¿Recibieron más mensajes? —pregunté.

—Tenemos casi una hora completa —dijo Raví.

—Quiero escuchar más —pidió Freyja.

Raví le hizo señas de autorización viendo que Freyja estaba impaciente.

Santiago rebobinó y volvió a activarlo.

"Los oscuros están trabajando principalmente en el plano mental y actúan con pleno conocimiento, persiguiendo unos fines que no atentan solamente contra la seguridad física, emocional o mental de determinados individuos, sino que se enfrentan utilizando grandes poderes invertidos contra el plan de la creación. No quieren el proceso de evolución humana y muy definidamente van contra todos aquellos que, de una u otra manera, han decidido colaborar, como nosotros, en el desarrollo de este plan maestro. La clave para la victoria está en *Fac fixum volatile et volatile fixum.*"

Nos miramos sorprendidos.

—¿Qué significa eso? —preguntó Magdalene.

El rector hizo señas para que detuviera la grabación.

—Hacer fijo lo volátil y volátil lo fijo —tradujo el rector—. Es la re-unión polar de la energía que nos moviliza. Se refiere en latín a hacer la gran obra de los alquimistas interiores. Hacer de "lo fijo" y "lo volátil" la transformación personal.

—¿O sea? —preguntó Thomas.

—Espiritualizar el cuerpo —respondió Raví.

—¿De qué modo? —pregunté.

—Por el único medio posible: la iniciación, agente Parker.

—¿Te refieres a superar pruebas? —dije.

Raví y el rector Demus asintieron.

—Pon el otro archivo para que quede más claro —pidió Raví.

La voz de J. J. volvió a escucharse.

*Solve et Coagula*: dos palabras que sintetizan toda la gran obra personal, y que nos hablan de la disolución y muerte del "hombre viejo", quien debe dar paso al nacimiento de un "hombre nuevo", virtuoso e integrado. Ésa es la razón de esta batalla milenaria. Significa derrumbar un viejo edificio corrompido y construir, usando la magia en sentido positivo, algo nuevo y mejor.

"Mediante este principio, los opuestos son equilibrados y es posible acabar con todo antagonismo entre el espíritu y la materia en un encuentro armonioso donde lo corpóreo es espiritualizado y lo espiritual es corporizado —decía la voz de J. J.—. Analizar todo lo que cada alma es, disolver todo lo inferior que hay en cada ser. Desde este plano se recuerda otra vez el propósito por el que nuestras almas van a la Tierra, el magno secreto espiritual, que no es otra cosa que la ciencia de la transmutación en el interior del atanor, el propio corazón del ser humano."

Freyja tenía los ojos llenos de lágrimas.

—Evidentemente ya sabemos qué está pasando —dijo el rector Demus a Raví.

—No será tan fácil sacar esto al mercado —dijo Santiago.

—Lo haremos —respondió Raví.

—Permítanme compartir mi experiencia y lo que visiono —pidió el rector.

A pesar de que estaba casi oscuro y frío en el sótano de la iglesia de San Michan, comencé a sentir olas de calor en mi cuerpo.

—La batalla está más que clara y seguiremos luchando para triunfar —aclaró el rector—. En lo que debemos pensar es en el impacto que tendremos en la humanidad.

El rector estaba entusiasmado.

Observé el cuerpo innerte de J. J. una vez más.

¿Cómo era aquello posible?

Un descubrimiento tan poderoso como descubrir el Santo Grial o la Fuente de la Eterna Juventud o los misterios de la Piedra Filosofal.

—Les contaré mi historia personal sobre una de las batallas más titánicas que he tenido que vivir en mi camino espiritual —dijo el rector—. Con esto todo les quedará más claro.

—Creo que deberíamos salir de aquí —razonó Santiago.

—Será sólo un momento —dijo el rector—. Ya sabemos que para que nazca lo nuevo, debe morir lo viejo en un proceso metamórfico que conduce de la oscuridad a la luz, de la ignorancia a la sabiduría, del más profundo de los sueños al despertar de la conciencia. *Solve et Coagula* significa transformar y reencauzar nuestras energías para lograr nuestras metas trascendentes, convirtiéndonos en instrumentos eficaces de lo Bueno, lo Bello, lo Justo y lo Verdadero. Y eso es lo que he venido haciendo junto a Christopher y la orden. Ahora bien, los magos negros a los que me referiré, van mucho más allá, no sólo por la inteligencia que despliegan, sino por el gran poder que utilizan. Una de las razones más importantes desde el ángulo de estas consideraciones es que están organizados en forma de logia, siguiendo sus miembros idéntico o muy parecido sistema de entrenamiento y proceso de iniciación a los que se adaptan las gloriosas huestes de la luz.

El rector hizo una pausa. Sentimos un escalofrío ancestral.

—Ellos tienen conocimiento de la ley que regula las energías y fuerzas planetarias —dijo el rector— e invocan espíritus inferiores o elementales de las sombras.

—El común de los mortales le teme a estos temas —dije.

—El avestruz no se salva del peligro poniendo la cabeza dentro de la tierra, agente Parker; debemos enfrentarlos sin miedo. Somos hijos de la luz. El alcance de su poder es enorme y su radio de acción se extiende en medios de televisión, artísticos, políticos y empresas, buscan captar a las almas desde varios frentes que podríamos llamar "normales" para los ojos de personas que no están iniciadas o que no se interesan por despertar.

—Siempre hemos sabido protegernos —respondió Freyja.

—La lucha es en la dimensión sutil a través del cuerpo físico —dijo el Rector—. En cierta ocasión, hace de ello unos años, tuve oportunidad de experimentar directamente sobre mi vida personal el ejercicio de esta ley reguladora de energías. Cuando una persona comienza a vibrar más alto, como consecuencia de un ferviente e intenso deseo de vivir en pos de las leyes del alma, ellos lo captan desde el otro plano y vienen al ataque. Como pasó con Jesús en el desierto.

—Atacado por demonios —dije.

El rector asintió.

—Ellos tratan de contrarrestar la acción sobre la vida mental y psíquica con unas potentes y maléficas influencias provenientes, según pude comprobar más tarde, de ciertas zonas definidas del mal, radicadas en remotos y sombríos lugares del planeta. Ellos forman la llamada logia negra del planeta, una corporación de seres, no me atrevo a llamarlos humanos, que practican conscientemente el mal y se oponen deliberadamente al bien. Estos desgraciados seres, inteligentes pero sin corazón, se alimentan de la sustancia de las sombras, trabajan mayormente durante la noche y se aprovechan de la debilidad espiritual de una parte considerable de la raza humana para el logro de sus innobles fines. Usan las energías de baja vibración generadas por las entidades situadas en el arco de involución de la vida planetaria. Utilizan el poder engendrado por la lucha del deseo inconsumado de los hombres, del oscuro fluir astral y etérico de sus bajas inclinaciones y del terrible choque que en el mundo mental generan las guerras y conflictos.

—¿Ellos se alimentan de esa fuerza y eliminan a los radiantes? —preguntó Thomas Dídimo.

—Así es —respondió el rector—. Toda esa fuerza energética de separación y conflictos es aprovechada por los señores de las sombras, por esos expertos para fomentar dentro de las conciencias humanas las semillas del odio y de la destrucción y se centran preferentemente contra la vida de aquellos que empiezan a liberarse del egoísmo y seguir las sendas de la liberación.

—¿Lo atacaron? ¿De qué manera sintió el ataque? —pregunté.

—¡Ojalá fuera sólo uno! ¡Los ataques, agente Parker! No pude escapar ni a la regla ni al proceso, en lo que al discípulo se refiere: la tentación y el proceso de la crisis. En su interacción, la tentación y la crisis subsiguiente aparecieron en mi vida y constituyen la más amarga prueba del sendero, aquello que místicamente se conoce como la noche oscura del alma. Pero si se mantiene la firmeza espiritual y se acepta noblemente y sin rencor el desafío de los hechos, el alma penetra entonces más profundamente dentro del camino correcto.

—¿Qué sucedió, rector? —preguntó Magdalene.

El rector hizo una pausa, recordando.

—Durante el desarrollo de aquel proceso, me debilité y durante un periodo bastante prolongado de tiempo no me dejaban siquiera dormir. En mi alcoba se daban cita a la hora del descanso nocturno una serie de entidades de aspecto terrorífico que, una y otra vez, me atormentaban con visiones deprimentes que diluían mi imaginación y envenenaban mi ánimo. Me era absolutamente imposible concentrar mi mente. En el desarrollo de mi proceso de ascensión en mi vibración se presentó como un espejo un estado que llamamos de tentación. Tentaciones eran en efecto todas las intromisiones del mal dentro de mi conciencia, es decir, de aquellas visiones morbosas unas, nefastas otras. Toda aquella horrible pesadilla era concretamente una invitación a volverme atrás por el camino mágico espiritual que había emprendido, y me hubiera resultado ciertamente fácil hacerlo, renunciando a la vida de servicio y de comunión con mi destino espiritual y con mi destino académico en el colegio y la universidad.

—Esos ataques los hemos comprobado en muchos rituales —dijo Freyja.

—Donde pueden, atacan, querida. La vida de un discípulo espiritual no es una vida común y corriente, por el contrario, es una vida de constante y diaria toma de conciencia. La tentación hace surgir en la mente las debilidades ocultas del discípulo, incrustadas en los desconocidos repliegues de la conciencia que deben ser destruidas antes de enfrentarse con el poder purificador del fuego iniciático.

—¿Con qué fue tentado, rector? —preguntó Thomas.

El rector soltó una risa.

—Con lo único que se puede tentar al ser humano. Poder, sexo, dominio, gula, engaño... por suerte esos días quedaron atrás.

—Y allí nos conocimos —dijo Raví.

—Allí nos conocimos —respondió el rector con una sonrisa.

—Gracias a Christopher; él me empujó y motivó a crecer y salir del pantano en el que estaba hace ya muchos años. Él me advirtió ya de la existencia de estos llamados arcontes o enviados de las sombras —dijo.

—¿Desde cuándo se conocen? —pregunté.

—Diez años, quizá.

—¿En algún momento perdió la fe? —preguntó Freyja.

—No sabía cuánto podía durar aquel estado de cosas —agregó el rector—, sólo sabía que debía resistir, luchar y apoyarme en el bien de mi alma. Durante el día, mayormente durante el periodo solar, el más favorable para la meditación espiritual, me esforzaba por organizar mis pensamientos esparcidos y debilitados, y dirigirlos hacia el sol y hacia mi alma. La tentación y el proceso de lucha que ella promueve tienen por finalidad purificar el espíritu del hombre y hacerle consciente de los poderes espirituales que en sí mismo residen. Después comprendí que la tentación, en realidad, es un aspecto obligado de la vida de todo hombre y mujer espiritual, ya que a través de un proceso o sistema escalonado de tentaciones, es que el hombre consigue penetrar un día en el sendero iniciático, elevarse sobre ellas y convertirse al fin en un mago blanco. Nuestro querido J. J. estaba en este proceso, por eso lo atacaron.

En ese preciso momento recordé la sentencia recibida:

*La única forma de que resuelvas
el proceso iniciático que estás viviendo
es activando al Mago.*

Evidentemente alguien quería que yo estuviera allí. Pero ¿quién o quiénes?

El rector se colocó al lado de Raví.

—Hay una relación directa, regida siempre por las leyes de analogía, entre las tentaciones, las crisis y los periodos de emergencia espiritual. Son aspectos consustanciales de un proceso único de perfección, de un intento cada vez más definido por penetrar el gran misterio de la vida humana.

—Sin la tentación, el proceso evolutivo de la raza humana sería muy largo —dijo Raví.

—Pero muchos vagabundean de tentación en tentación sin ascender —añadió Freyja.

—Así es, querida, la victoria sólo aguarda a los valientes. Pero la acción obligada de la tentación en la vida del hombre espiritual es una oportunidad infinita de evolución. No es tentado el hombre común, cuya existencia es básica y adormecida, siempre de acuerdo con todo con tal de que no se le arrebaten sus intereses materiales ni se le exijan demasiados esfuerzos. Sólo es realmente tentado aquel que ha visto un rastro de luz dentro de sí y ha decidido seguir este rastro hasta el fin.

—Esto quiere significar que la tentación, como proceso universal de purificación, opera por grados dentro del corazón humano —dijo Christopher— y que a más profundidad de vida y a más riqueza de cualidades, más intensidad de tentación. Por eso J. J. no tenía miedo de realizar esta misión que yo le encomendé. Porque junto a Santiago y Thomas entendía el velo del misterio, cuando un iniciado se tiene que enfrentar con aquella entidad que los esoteristas denominan el Guardián del Umbral.

—Te refieres a…

—Se trata de un misterioso ser astral creado con la sustancia de los bajos pensamientos e innobles deseos generados a través del tiempo, desde que por primera vez el hombre animal de las primitivas razas fue dotado del principio de la mente, hasta nuestros días. Es un Egregor colectivo. Como una nube oscura en la cabeza de los hombres.

—¿El demonio? —preguntó Santiago.

—Le han puesto muchos nombres —dijo el rector—. En realidad lo hemos creado nosotros mismos con el mal uso de la energía.

—Todo ser humano tiene su propio Guardián del Umbral, su propio demonio tentador —agregó Raví—. Asimismo, existe el Egregor a escala planetaria, el Guardián del Umbral del mundo. Si uno mantiene enfocada la intención necesaria para realizar el propósito divino como haremos con nuestra tecnología, enfocados en el proceso de crecimiento personal, se puede desenmascarar al tentador Guardián y destruir esta Hidra de mil cabezas de las tentaciones humanas.

—Es la única forma de invocar y evocar la fuerza mágica en nuestra alma, de otro modo seguiría dormida —remató el rector.

Nos dio la sensación de que el rector se hubiera confesado en aquella iglesia.

—¿Cómo fue que Christopher lo ayudó? —preguntó Magdalene.

—Una noche, mientras me hallaba como desde hacía ya tanto tiempo bajo la presión de las fuerzas negativas a las que anteriormente hice referencia y me preparaba ya a pasar otra noche sin poder dormir y a afrontar pacientemente todas las posibles molestias de aquellas fuerzas que habían hecho ya acto de presencia dentro de mí y a mi alrededor, oí resonar clara la voz del Christopher dentro de mi conciencia.

—¿Tu voz? —preguntó Magdalene asombrada.

Raví asintió.

—Primero nos encontramos en un sueño y al día siguiente en la universidad por primera vez —dijo Raví.

—¿Y cómo fue el sueño? —pregunté.

—En aquella ocasión vi que Christopher se limitó a decirme: "El momento de tu liberación ha llegado. Pronuncia conmigo estas palabras de poder".

—Ni más ni menos, le compartí un mantra secreto para alejar a los demonios —dijo Raví.

—Conocí a Christopher al día siguiente y comenzamos a compartir nuestras inquietudes por Tesla, las vibraciones y la filosofía iniciática de Pitágoras y a filosofar sin parar —rememoró el rector.

Raví soltó una risa.

—Allí comprendimos por qué había pasado por esas pruebas iniciáticas —dijo el rector—; llegamos a la conclusión de que la fuerza de los oscuros en realidad es necesaria.

—¿Cómo dice? —preguntó Santiago.

—Así es. Necesaria para crear resistencia y, de este modo, poder superarnos y superarlos —dijo Raví con voz decidida—. Hay dos posibilidades: nos vencen o, en cambio, los derrotamos y nos hacemos más fuertes. Son niveles, es un juego para las almas, cuanto más avanzas, también más fuertes son ellos, o mejor dicho, envían a seres más fuertes de acuerdo al nivel que cada uno alcanza. La resistencia oscura que ofrecen es para ver si nosotros vamos para la oscuridad con ellos, lo cual es fácil, o bien, activamos el poder del Yo Soy y nos vamos iluminando cada vez más.

"Sin oponentes no hay posibilidad de victoria", me enseñó mi abuela.

—Detrás de la muerte de J. J. no se esconde sólo una patente y un poderoso proyecto, sino una guerra por las almas —dijo Raví.

—Visto de otro modo —agregó el rector—, ellos son la cuerda que nos permite ascender. Porque si la cuerda estuviera floja o no existiera, no podríamos subir y alcanzar la victoria. Es justamente la resistencia de la cuerda lo que hace que sea una escalera... o una horca—se giró para ver a J. J.

—Si los vences avanzas, si caes te vencen —dije.

—Así es. Sacan lo mejor de nosotros —respondió Raví.

—¿Y cuándo terminará esta guerra por las almas? —pregunté.

—En la actualidad está sucediendo más que nunca, agente Parker —respondió Christopher.

En ese momento, todas mis células sintieron el principio de anticipación.

"Qué extraño", pensé. Me sentí inquieto e intranquilo.

—Con nuestro proyecto podremos generar un gran impacto, pero tenemos que estar fuertes para...

Raví no pudo terminar la frase.

Al momento se escuchó un fuerte ruido en la puerta principal, pasos violentos de varias personas y luego, sin mediar tregua, una sucesión de disparos.

# 54

## Dublín, Irlanda
## En la actualidad

Vi todo sucediendo en cámara lenta y al mismo tiempo con el vértigo de una gran velocidad.

Me giré al ver entrar a varios hombres a unos metros de nosotros, luego giré instintivamente la cabeza y observé estupefacto el cuerpo de Christopher trastabillando.

Raví dio varios pasos hacia atrás como si él no creyera lo que estaba sucediendo. Su camisa blanca se tiñó de rojo en el pecho y su cuerpo cayó varios metros más atrás, bajo el altar.

—¡Le dispararon! —gritó Magdalene corriendo hacia Raví—. ¡Christopher! ¡Nooo!

El rostro de Magdalene fue de un terror frío, sus facciones se congelaron con desesperación.

En una fracción de segundo, el rector se agachó rápidamente, tomó a Magdalene tras del púlpito en el que Christopher había caído, la jaló de uno de sus brazos y con fuerza se la llevó por una de las puertas.

Freyja y yo corrimos por la otra puerta mientras sentíamos fuertes ruidos y disparos que repicaban en las viejas paredes de la iglesia.

# 55

# Dublín, Irlanda
## En la actualidad

La situación de aquel fatídico 30 de octubre se agravó cuando nos subimos rápidamente a los coches.

Caía una lluvia torrencial al salir de aquella iglesia. Llovía y tronaba con fuerza en los cielos oscuros, eran los sonidos de una batalla.

Detrás nuestro, cuatro coches iniciaban una persecución a menos de cien metros.

—¡Le dispararon a Christopher! —gritó Freyja acelerando enloquecida por las ahora desiertas calles de Dublín.

Dobló en la siguiente calle, los neumáticos chirriaron y salpicaron agua en el asfalto. El coche derrapó y Freyja casi no pudo controlarlo. Se enderezó y volvió a acelerar. Los perseguidores estaban más cerca.

—¿Quiénes son esos hijos de puta? ¡Nos dispararon a quemarropa! ¡Llama a la policía ahora mismo! —me gritó Freyja desencajada.

Me giré hacia atrás. No se veía casi nada por la lluvia. El limpiaparabrisas estaba al máximo, pero el agua caía con tanto ímpetu que no se veía más que a unos pocos metros.

Agudicé la vista.

—Freyja, ¡es la misma policía la que viene detrás nuestro! ¡Acelera!

En aquel momento Freyja se transformó.

Sentí que algo dentro suyo cambió. Se encendió un espíritu más poderoso de lo que ella era como simple mujer. La que comenzó a conducir ya no era el ser mortal que yo veía. La mujer de largos cabellos negros como cuervos y ojos profundos, la mujer con manos hechiceras y boca sensual dejó paso a un espíritu más elevado.

Fue algo diferente.

Pude sentirlo.

La vibración de una entidad de gran poder se apoderó de cada una de sus células. Bien podría ser el espíritu de Morrigan, Brigid, Epona o cualquier diosa de los druidas.

El acelerador fue apretado por su pie como un gigante que aplasta una multitud de hormigas, y de inmediato el velocímetro marcó ciento setenta kilómetros por hora en la autopista M50 donde el límite es de ciento veinte. Por suerte, a esas horas la autopista estaba casi vacía. El coche cobró tal potencia que su fuerza me impregnó, era el poder que Freyja emitía en esos momentos.

No tuve miedo.

Cerré los ojos y me dejé llevar.

Sus manos me transmitieron una seguridad nunca antes sentida, sólo cuando siendo niño, mi abuela me acariciaba y me contaba historias junto al fuego durante los fríos inviernos irlandeses.

Con la policía pisándonos los talones, la velocidad del coche me hizo sentir que los neumáticos casi no tocaban el suelo, cual unicornio alado que despega con toda su magnitud y deja de apoyarse en la tierra.

Lo realmente difícil fue cuando Freyja frenó el coche en seco, el cual se giró en sentido opuesto, los frenos chirriaron sobre el asfalto soltando un gemido ancestral y desparramando una larga y circular cortina de agua y, como si estuviera poseída, Freyja enfiló el coche en sentido contrario directo a los policías que venían de frente.

# 56

## Dublín, Irlanda
## En la actualidad

Lo que sucedió fue el momento más peligroso de mi vida.

Al observar de reojo el velocímetro a doscientos kilómetros por hora y encima en sentido inverso en una de las carreteras más importantes de Dublín, enfilando contra cuatro coches policiales, la mente comienza a entrar en otro estado de conciencia.

Mi sangre soltaba chorros de adrenalina por mis venas como un salvaje manantial que baja de las montañas. Mis ojos, mis manos, mi corazón, todo estaba en el presente cual *nirvana,* más allá del peligro. No había pasado, ni miedo, ni futuro. Era ese momento sin más. ¿Lo describiría como una experiencia mística? No lo sé, pero el sutil hilo entre la vida y la muerte activó absolutamente todos mis sentidos internos y externos. Todo se movía en el ahora, en varias velocidades, lento, consciente y a la vez a la velocidad de la luz. Dejé de pensar. Estaba allí. Vivo. Entero.

Respiré profundo y cerré los ojos.

Casi de inmediato comencé a ver todo con los ojos cerrados, mi tercer ojo hizo clic como quien enciende el interruptor de una lámpara.

El Range Rover atravesó la autopista como un cometa y los coches policiales no tuvieron más opción que abrirse paso o ser embestidos. En ese momento Freyja emitió un grito con tal poder que activó no sólo su ADN, sino el de todos sus ancestros. Fue un grito a la injusticia, un grito desde los menos favorecidos, un grito lleno de fuerza cósmica, reclamando la justicia de siglos y siglos en que el ser humano había sido pisoteado en su libertad cayendo en trampas de distracción para que su existencia pasara de largo sin pena ni gloria, un grito que despertaba a los más dormidos, que se propagó por kilómetros cual relámpago de luz, y digo relámpago de luz porque si bien la luz viaja mucho más rápido que el sonido, que lo hace a 1 224 kilómetros por hora, quince veces la velocidad a la que iba nuestro coche, sentí que se mezcló con la velocidad de la luz a 300 000 kilómetros por segundo, suficientes para abrir un portal dimensional, una realidad diferente.

Aquel grito mágico fue la experiencia extrasensorial más fuerte que había sentido en mi vida hasta el momento.

Sensaciones de paz, abrazos de conciencia, regocijo del alma, todo mezclado en un instante dentro de mí.

Recién cuando Freyja aminoró la velocidad, abrí los ojos físicos. Nos salimos de la autopista principal por la salida que regresaba a la ciudad y dejamos a los coches policiales muy distantes sin poder seguir nuestro rastro.

# 57

## Dublín, Irlanda
### 31 de octubre, día de los muertos

Dormimos en el *coven*. Desperté a las siete de la mañana entre pieles, almohadones, velas y multitud de símbolos nórdicos. Aquella especie de castillo, que supuse tendría al menos mil años de antigüedad, era un templo, un sitio que emitía una energía cálida, amable y envolvente. Se sintió su poder de inmediato. Todo olía a naturaleza, a bosque, a madera húmeda, a musgo entre los árboles, a incienso y mirra, donde seguramente las puertas de lo sacrosanto se habían abierto más de una vez en multitud de ritos.

Después de la experiencia de la noche anterior, no nos volvimos a dirigir la palabra. Entre Freyja y yo el silencio era el único lenguaje posible después de lo que habíamos vivido.

Había soñado, había dormido mal, pero aun así estaba vivo y a salvo, y eso era lo importante. La espalda y los músculos de todo el cuerpo pesaban y dolían debido al gran volumen de adrenalina que había circulado por mi torrente sanguíneo. Dormí al lado de una mujer que había encarnado un espíritu ancestral. Había visto cara a cara el reflejo de una diosa en cuerpo humano; si bien había conocido muchos *walk in* (los espíritus que se introducen en personas por determinados momentos o por acuerdos de almas para que uno salga y otro entre), sentí que Freyja recibió una iniciación al valor y al poder en aquel momento, había alcanzado el magisterio de su camino espiritual para actuar, pensar, sentir y obrar como una diosa en toda la magnitud de la palabra.

La policía o cualquier periodista podría decir que fue una loca irlandesa conduciendo en sentido contrario bajo los efectos del alcohol, pero lo que sentí y vi me dejó atónito, ya que había sido la primera vez que observaba los cambios en los rasgos faciales, la conducta y todo el entorno de la realidad tangible por otra realidad sobrenatural.

Estaba amaneciendo. Freyja ya se había despertado y estaba sentada junto al fuego en un rincón.

Se acercó como si nada hubiera pasado y me dio una taza de café cargado.

—Bebe.

Sin dudarlo me llevé el café a los labios.

—¿Qué quieres hacer? —pregunté.

—La policía debe haber dado la orden de búsqueda y captura para todos nosotros. No sé qué habrá pasado con Christopher, mi hermana… —hizo una pausa reflexiva—, recién intenté llamarla, pero entra el contestador.

—¿Y el rector? ¿Santiago y Thomas?

Freyja negó con la cabeza.

—No contestan, no lo sé.

—Intentaré llamar a…

Cuando me quise poner de pie, me mareé.

Freyja me sujetó y volvió a sentarme.

—Tranquilo. Deja que tu mente y tu cuerpo procesen lo que ha pasado. Hoy es un día importante a nivel energético.

Me senté, respiré y bebí un poco más de aquel café que me sabía a gloria.

—Halloween —murmuré.

Freyja asintió.

—El día que a los espíritus muertos en la Tierra se les abre un velo entre los mundos.

Las almas difuntas tendrán el permiso de bajar al plano astral terrestre para tener contacto con los que viven de este lado.

—Freyja, creo que todo debe ser cancelado. ¿Crees que se celebrará el ritual luego de lo que ha sucedido? —pregunté—. ¡No sabemos si Christopher está vivo o muerto!

—Lo averiguaremos. De todos modos, si ellos no pueden guiarlo, deberemos hacerlo nosotros dos. Todo el grupo de druidas vendrá al *coven* cuando caiga el sol.

# 58

## Dublín, Irlanda
## En la actualidad

Elías *el Rengo* custodiaba con celo un portafolio de cuero negro en el sótano de un concurrido bar en Lower Baggot Street.

Él era propietario de ese bar y utilizaba la parte baja, con sus rincones antiguos, delimitada por una desapercibida puerta de madera oscura, para llevar a sus amantes, realizar ritos y reuniones secretas.

En la planta alta, la gente escuchaba música tradicional irlandesa ignorando lo que se realizaba debajo.

Aquella mañana del 31 de octubre el primero en llegar a aquella reunión fue Peter Stone. Bajó las escaleras hacia el sótano y golpeó la puerta. El cerrojo se abrió y del otro lado Elías *el Rengo* lo recibió con el saludo de la manera tradicional, estrechando la punta de los cuatro dedos de la mano derecha de manera sutil.

—Siéntate —dijo Elías *el Rengo*.

De inmediato apoyó con énfasis el portafolio en la mesa, lo cual produjo un golpe seco.

—¿Cómo terminó anoche? —preguntó Stone.

Elías le dirigió una mirada intensa.

—Raví está muerto. Los demás lograron escapar.

Peter Stone guardó silencio.

—Supongo que tienes las patentes en el maletín.

Elías *el Rengo* asintió al tiempo que abría y mostraba las carpetas.

—¿Lograste que firmara? —preguntó.

—Sí.

—No voy a preguntar cómo lo hiciste, pero debes haber utilizado el arma secreta.

Elías *el Rengo* volvió a asentir.

—Nos hemos comido los peces gordos, el camino del río está despejado. Vamos a adueñarnos del océano, Peter —dijo Elías.

—¿Qué hay de Paul Tarso? —preguntó Stone.

—Ya sabes que él es muy él. Y no hay espacio para tantos caciques. O estamos contigo o con él.

Los ojos de Peter Stone proyectaron una mirada hundida como dos círculos oscuros y profundos.

—¿Citaste al jefe? —preguntó Stone.

—Está por llegar.

—¿Éstos son todos los papeles?

—Así es. Las patentes son ahora nuestras —respondió Elías *el Rengo*.

—Brindemos por eso, ¿no? Abre una botella.

Elías *el Rengo* dejó su bastón, tomó un whisky de doce años de añejo y lo sirvió sin hielo en dos vasos.

—¡Por el poder! —gimió Stone.

—¡Por El Propósito! —respondió Elías *el Rengo*.

Ambos bebieron un buen sorbo del añejo licor. En ese momento se escuchó un llamado en la puerta.

—Yo abro —dijo Peter Stone.

Se puso de pie con agilidad y caminó varios pasos. Puso su ojo en la mirilla para observar. Se giró hacia Elías *el Rengo*.

—Llegaron los dos —dijo.

La actitud de Elías *el Rengo* y de Stone cambió. Ya no proyectaron el aura de poder absoluto, sino que parecía que recibirían a personas más poderosas que ellos.

Abrió la puerta y ejecutó el saludo de la logia.

—¡Salve El Propósito! —dijo Stone al tiempo que llevaba un puño cerrado a su pecho con énfasis.

—¡Salve El Propósito! —respondieron los dos hombres.

Ambos iban vestidos con un sobretodo largo hasta los pies, sombreros de franela color verde oscuro y un pañuelo en el bolsillo de color negro. El par debía rondar los setenta y cinco años.

—El frío cala los huesos —dijo John Irineo.

Se quitó el sombrero y pasó su mano por los pocos cabellos blancos que le quedaban y por su ajado rostro.

Elías *el Rengo* se anticipó para darle un vaso de whisky a cada uno.

—El frío me pone los huevos pequeños —replicó el otro hombre.

—No hay nada que un buen whisky no caliente, John —dijo Elías *el Rengo*.

El otro hombre, llamado Joseph Caifas, era conocido por su temeridad como juez de la Corte Suprema de Irlanda y de todo el Reino Unido. Al igual que Irineo, eran abogados y jueces de la corte, y en más de una ocasión habían estado en negocios turbios, arreglos clandestinos y reuniones secretas.

—Muy bien, señores, ha llegado la hora esperada —pronunció Caifas con voz intensa.

Los cuatro se sentaron en torno a la mesa y a los papeles que Elías *el Rengo* había depositado.

—La hora del poder —respondió Irineo, al tiempo que se colocó los anteojos de aumento para leer los papeles de las patentes en sus manos—. Con Raví muerto —añadió—, ahora tenemos el camino libre para lanzar nuestra teosofía tan esperada.

—Nos hará ricos —respondió Peter Stone.

—Al principio lo impondremos a capa y espada mediante publicidad y nuestros mecanismos de llegada a la plebe. Una vez la masa lo consuma con los arreglos que nosotros haremos con la aplicación y el juego, las mentes llegarán hasta donde nosotros queramos que lleguen.

—¿Vamos a suprimir las partes esenciales? —preguntó Stone.

—Así es —respondió John Irineo—, dejaremos sólo el entretenimiento. Se divertirán con la cáscara sin conocer nunca el contenido. De esta forma seguirán estando a nuestros pies —remató.

Los cuatro hombres asintieron y alzaron sus vasos con sonrisas maléficas.

Elías *el Rengo* volvió a llenarlos de whisky.

—¿Qué haremos con el resto de la junta directiva? —preguntó.

—Tanto Paul Tarso, como Thomas Dídimo, Magdalene O'Connor y Santiago Raví estarán fuera de juego por un tiempo. El impacto de la muerte de Raví dejará una estela turbia sobre ellos y sobre J. J. Ya tenemos plan para eso —dijo Irineo.

—¿Un nuevo plan? —preguntó Elías *el Rengo*.

Joseph Caifas asintió.

—Simple. De cara a los asuntos legales, haremos ver a J. J. O'Connor como el traidor de Raví y una lucha y rebelión de interés personal. Contando con varios miembros de la Corte Suprema y los jefes de la policía a nuestro favor, nadie sospechará nada. Deberemos ser impecables en armarnos una imagen positiva y de perfil bajo, y aumentar nuestra credibilidad —argumentó Caifas.

—Diremos a rajatabla que nuestra misión es ser los abanderados en llevar el mensaje de Raví y de mostrar su proyecto al mundo —sintetizó Irineo.

Los otros asintieron con mirada cómplice.

—Con ello tendremos negocio para rato.

# 59

## El Mundo de Arriba

Las almas despiertas avanzadas que acababan de dejar de utilizar su prototipo humano llegaban con su aura de color verde esmeralda.

Entre ellas, el alma de Christopher Raví, la cual se reunió con el alma de J. J. Sus energías se interrelacionaron en lo que era similar a un abrazo humano potenciado miles de veces con sentimientos y emociones elevadas. Al no tener más la limitación del cuerpo físico y sus condicionamientos, las almas emitían luces y altas vibraciones para expresar sus sentimientos.

El Consejo de los Nueve Maestros Elegidos recibió el alma de Raví con olas vibratorias de éxtasis. Todos sabían que él tenía una misión y había plantado el germen para que prosperara en el Mundo de Abajo.

—El Padre te está agradecido —le dijo una de las almas sabias del Consejo.

—Mi alma se regocija en ello —respondió Raví—. Acepté la misión y la he cumplido. Dejé abierto el campo de la libertad para que el diseño que sembramos prospere en quien debe prosperar.

Salían rayos dorados de su cabeza que se unían con los del alma de J. J. y del Consejo.

Se produjo el característico movimiento de espiral, el cual se desplegó y todas las almas quedaron alineadas en perfecta armonía.

—En la Tierra ya fue sembrado el germen del Proyecto Génesis para el despertar colectivo de las almas que estén preparadas para sintonizar con ello. Gracias al trabajo que realizaron nuestros dos hermanos —observó a las almas luminosas de Raví y J. J.—, está todo listo para que ahora los que quedan en el Mundo de Abajo continúen la gran obra.

Otra alma del Consejo emitió un pensamiento colectivo.

—Activaremos el Proyecto Génesis desde este plano de conciencia —le dijeron a Raví—. Con ese descubrimiento será la primera vez que el mundo terrenal esté muy cerca de nuestro mundo.

# 60

## Dublín, Irlanda
## En la actualidad

Mientras Freyja se dispuso a organizar el coven para el ritual esotérico, me tomé unos minutos para reflexionar.

Me vino a la memoria el conde Emmanuel Astarot y otras de nuestras largas charlas en España.

—Los pitagóricos sabían que, para el ejercicio de la magia, hace falta realizar cinco fases —me había dicho el conde.

—¿Cinco fases?

—Intención, invocación, imaginación, creación y realización.

—Explícame.

—Lo primero para lograr que la estrella mágica se encienda y se vean realizados en este plano los deseos mentales es la intención. Si un alma tiene la intención de algo, las puertas cósmicas se abren de par en par. El universo es aliado de las almas, no su enemigo.

—Entiendo. Hablas del intento. Supongo que eso requiere determinación.

—Así es, Arthur, intentar significa tentar al alma a realizar algo más grande que lo que imagina, a superar sus propios límites. Por ello, *intentare* es el motor que enciende los deseos. El intento de lograr algo.

—Luego invocar.

—Invocar y evocar, Arthur. Ambas palabras provienen de la misma raíz en latín *vocare,* que significa llamar. Utiliza invocar para el acto de llamar algo que quieres realizar o hacer una invocación a tu ser superior o a un espíritu determinado. Se utiliza para realizar un pedido, un anhelo, una súplica o lo que comúnmente se llama una oración, un rezo, lo cual es lo mismo que un hechizo con otro nombre. En magia, invocar es apelar o llamar algo intensamente. La palabra vocación viene de la misma raíz, *vocare*, significa llamado del espíritu.

—Conde, ¿eso no es lo que realiza la mayoría de la gente? Pedir ayuda a Dios o una divinidad, un santo, un ser espiritual.

El conde rio.

—Si se realiza de forma mecánica, no tiene efecto. El efecto mágico aparece únicamente cuando el mago o la sacerdotisa generan y alcanzan la vibración adecuada. Por ejemplo, si alguien recita como un loro "Padre nuestro, que estás en los cielos…" etcétera, etcétera, no logrará más que recalentar su cerebro. Esa invocación al Padre debe hacerse conscientemente. ¡Y hay miles de invocaciones, Arthur! Piensa por un momento, ¿acaso puedes tú escuchar una abeja a varios kilómetros de distancia? Sólo tomas conciencia de la abeja cuando está cerca de ti, sientes su zumbido. Así igual en la magia. Cuando una persona llama a una entidad sobrenatural para ser escuchada y pedirle algo, ya sea protección, un favor, su presencia espiritual en una ceremonia, la realización de un deseo o simplemente por necesidades de culto, puede hacerse en forma preestablecida o con las propias palabras o acciones del invocador. En la invocación, las entidades espirituales actúan sin manifestarse, o se manifiestan por medio de sus obras y de su intervención en nuestras vidas.

—¿Y evocar?

—Evocar significa reacción, es solicitar una respuesta o llamar para que algo se manifieste; por ejemplo, que aparezca un espíritu o una deidad directamente y te revele información. La evocación llama a que el espíritu invocado se manifieste.

—Hay diferencia.

—Invocar es como si hablaras por teléfono con alguien que puede estar en cualquier otro lado evocar es hablar con la presencia de ese alguien frente a ti.

—Muy preciso ejemplo, conde.

—Arthur, aplica estas palabras a conciencia. Aprende la diferencia. Haz una invocación o invoca a tu ángel guardián, pero asegúrate de evocar la actitud correcta dentro de ti mismo, primeramente.

Asentí.

—La magia es un proceso de dos vías —me había dicho—: la usas para cambiarte a ti mismo, y a cambio te transforma la visión. No se trata de crear un enclave de magia más allá de tu vida cotidiana, sino de permitir la magia día y noche, aquí y ahora, permitiendo la intrusión de lo sobrenatural, el contacto con el mundo real eterno y traerlo a este mundo ilusorio temporal mediante el poder y la energía; todas estas manifestaciones son, sin ninguna duda, reales para el iniciado y una ilusión para alguien dormido.

\* \* \*

La mano cálida de Freyja en mi frente me sobresaltó.

De repente dejé de recordar al conde en mi ojo mental y abrí los ojos.

Ella estaba frente a mí, llena de luz en su rostro.

—Arthur, ¿estás bien?

Sonreí.

—Mejor que nunca.

—Es mejor que te prepares para el ritual. Ya casi es la hora.

\* \* \*

En el pasado no me había dado cuenta de que el conde Emmanuel estaba entrenándome. En realidad, luego de aquel recuerdo, intuí que el conde, sabio y místico, había estado dándome una iniciación sin que yo me diera cuenta.

# 61

## Vancouver, Columbia Británica, Canadá
## En la actualidad

Los dedos de Iris Brigadier estaban tiesos por el frío y por la experiencia a la que había sido sometida por aquel desconocido.

Se sentó cerca de la entrada del enorme y arbolado Stanley Park para tener intimidad, resguardarse de la temperatura y tratar de pensar.

Sentía su cabeza confusa, una bruma mental cual ráfaga invernal paseaba por los pasillos de su cerebro como si hubiera bebido algún licor.

Respiró varias veces y repitió telepáticamente.

"Yo soy. Yo soy poder. Yo soy pura luz."

Aquel mantra había funcionado, o al menos eso sentía ella. Aunque la confusión ya estaba insertada en su mente, aquellas afirmaciones le habían formado un escudo protector contra la programación a la que había sido expuesta.

"Necesito hablar con Arthur urgentemente."

Buscó su teléfono en el bolsillo de su abrigo.

Intentó en el otro. Detrás de sus jeans.

Vacíos.

"¡No puede ser, dejé mi celular en casa de Arthur!"

No recordaba de memoria el número para hablar desde otro teléfono.

"¡Tendré que regresar a buscarlo!"

Un impulsivo mecanismo de defensa mezclado con enojo se apoderó de Iris. Se puso de pie y caminó rápidamente de regreso. Se bajó el cierre del abrigo a pesar del frío, necesitaba el aire fresco.

"¿Estaría todavía aquel hombre?"

Eso sin duda la expondría a un nuevo peligro. Aceleró el paso cada vez más.

"Si lo encuentro, voy a fingir que su programación hizo efecto."

"Arthur debe saber lo que está sucediendo."

En pocos minutos llegó a la casa. La llave de seguridad que Arthur escondía estaba allí, detrás de una planta. La tomó y la introdujo con lentitud en la cerradura.

Abrió la puerta con extremo cuidado para no hacer ruido.

Algo se abalanzó sobre su cabeza.

Sorprendida, Iris se tambaleó hacia un lado por el impacto y cayó al suelo.

—¡Miiiiiiiaaaaaauuuuuuuu!

El maullido de Agni le devolvió el alma al cuerpo.

El gato vino hacia ella en actitud amorosa, en parte como si percibiera el estrés al que ella había estado sometida, y en parte por no aguantar más el hambre.

Iris abrazó a Agni y llevó el índice a sus labios.

—Shhhhh. Mantente en silencio —le susurró.

Luego de observar con sigilo a su alrededor, Iris Brigadier supo que su secuestrador ya se había ido del lugar.

Buscó su celular y no estaba donde lo había dejado.

"Se lo llevó."

Iris se sofocó.

"¡Estoy perdida! ¿Cómo le aviso a Arthur?"

Cerró los ojos y trató de pensar. Por momentos se le dificultaba. La envolvía una extraña sensación. Sentía que estaba en dos lugares al mismo tiempo.

Respiró profundo y de repente recordó.

"¡Arthur ama el *vintage*! ¡Tiene un antiguo teléfono fijo de disco!"

Caminó rápido hacia la oficina y allí estaba el teléfono encima del escritorio.

Una reliquia de los años.

Un teléfono de disco.

Buscó desesperadamente entre la multitud de anotaciones, cuadernos, libros y papeles que había por doquier sobre el escritorio.

Abrió uno de los cajones. Tres libretas. Las hojeó rápidamente. Una tenía dibujos y símbolos. Otra anotaciones de lo que parecían pensamientos de Arthur y otra... ¡Allí estaba!

El directorio de teléfonos.

Encontró rápidamente el número del celular de Arthur y discó.

Observó con ojos asombrados cómo los humanos se comunicaban varias décadas atrás. Le pareció primitivo.

Se hizo una pausa que aumentó su ansiedad. Uno, dos, tres llamadas...

"¡Contesta!"

El teléfono sonó repetidas veces.

—Hola —respondió Arthur.

—¡Arthur! Soy Iris. ¿Me escuchas?

—¡Iris! ¡Gracias a Dios! ¿Estás bien? ¿Dónde estabas? ¿Porqué no respondías?

—Me encontraron en tu casa. Un hombre. Intentó programar mi mente. Estoy bien. He logrado recuperar la libertad, él piensa que logró su objetivo, por eso me liberó.

—¿Qué te hizo?

—Quiso introducir un programa mental.

—¿Cómo dices?

—Bajo hipnosis, tú sabes. No recuerdo cómo aparecí dormida y con los pies y las manos atadas. Luego al darme cuenta de lo que intentaba, hice lo que me enseñaste.

—¿El escudo protector?

—Sí. Mantuve mi vibración y mi mente protegida.

—Bien hecho. ¿Pudiste ver quién era?

—No lo conozco.

—¿Con quién has hablado?

—Con nadie todavía. Iré a ver a mi madre.

—Escúchame. ¿Puedes pensar con claridad?

—No totalmente. Por momentos me siento aturdida.

—Es normal. Para limpiarte de todo rastro ve a la bañera de tu casa, llénala con agua caliente, ponle bicarbonato de sodio y sales minerales; pon música de frecuencia de 432 Hz para que las ondas cerebrales vuelvan a enfocarse y a encontrar tu centro. Pero antes ve a ver al teniente Bugarat. Necesitas explicarle lo que sucedió para que te brinden protección. También busca a la agente Scheffer. Es importante que ellos sepan esto. Diles que hablaste conmigo. Yo también les avisaré ahora mismo. ¿De acuerdo, Iris?

—Así lo haré.

—Gracias a Dios que estás bien.

—A Dios y a las técnicas —dijo.

—No pierdas más tiempo, ve a la jefatura y luego que te escolten a tu casa.

—Ahora mismo tomaré un taxi.

—Te quiero, Iris. Lamento haberte metido en esto.

—No te preocupes. Sabes que nos une el mismo don.

Arthur no podía dejar de sentirse un tanto culpable por involucrarla.

—Iris, todo este peligro viene por el caso del ahorcado. No debí haberte involucrado. Ve a la jefatura ahora mismo. Cuídate mucho —dijo antes de terminar la llamada.

Luego de que Arthur colgó, Iris se quedó en silencio.

Se detuvo como un témpano de hielo.

Al escuchar la palabra "ahorcado" algo se movió en su interior. Aquella palabra retumbó con energía en todo su cerebro. Se puso pálida y sus ojos quedaron como petrificados.

Se había reactivado la palabra clave que el secuestrador dejó en la programación mental a la que Iris había sido sometida.

# 62

## Dublín, Irlanda
## En la actualidad

De inmediato llamé al teniente Bugarat para alertarlo. Nuevamente entró el contestador.

"¿Qué sucede que no puedo comunicarme con él?"

En las últimas tres llamadas se escuchó el buzón de voz.

Grabé el mensaje con bastante preocupación.

"Teniente, tengo novedades urgentes: una niña llamada Iris Brigadier irá a la jefatura. Alguien intentó programar su mente. Ella está al tanto del caso de J. J. O'Connor. Necesita protección. Por favor, comuníquese conmigo por eso y para saber todo lo que está sucediendo aquí. Hemos sido atacados. Le han disparado a Christopher Raví. No sabemos si está vivo. Las cosas están difíciles en Dublín. Necesito hablar con usted."

Colgué la llamada.

Inmediatamente llamé a la agente Scheffer y le dejé un mensaje en el contestador.

"¡Qué extraño!, ¿no atiende nadie sus teléfonos?"

Me quedé absorto y pensativo.

La mirada de Freyja en la otra punta de la sala fue intensa. Ella sabía que yo estaba haciendo todo lo posible por resolver ese caso y sentí su agradecimiento en los ojos.

# 63

## Dublín, Irlanda
## En la actualidad

En unos minutos, aquel coven donde estábamos sólo Freyja y yo comenzó a llenarse.

Había más de cincuenta personas vestidas con indumentarias vikingas, largos cabellos, cuerpos tatuados, rostros de mujeres jóvenes y hombres con barba de mirada intensa.

Comenzaron a encender velas por doquier, la mesa principal se llenó de frutas y alimentos, olía a mirra y el humo de los inciensos se proyectaba como una fina neblina por todo el coven.

Toda Irlanda tenía un rico legado histórico en la tradición de los vikingos, la magia y lo sobrenatural. Estaba presente en cada rincón de la ciudad, sobre todo en el barrio más histórico, Christchurch, el cual era de antaño el corazón del asentamiento vikingo. Si bien el desarrollo urbanístico moderno estaba borrando buena parte de aquel legado, todavía se conservaban en secreto lugares como ese misterioso sitio de cultos ancestrales.

Detrás de mí sentí la mano de Freyja en el hombro.

—Arthur, ¿cómo te sientes?

—Un tanto disperso.

Freyja me acarició.

—¿Sabes algo de Magdalene? —le pregunté—. ¿Qué ha sucedido con Raví?

Freyja cambió el gesto.

—Magdalene está en casa de mis padres. Están hablando con los abogados. Al parecer llevaron a Christopher al hospital.

—¿Está vivo?

—No lo sabe ni mi hermana. No quieren dar su paradero. Al escuchar los disparos, los vecinos intervinieron. Uno de ellos llevó a Christopher al hospital. Magdalene me dijo que los abogados están haciendo los contactos legales correspondientes.

Apreté los dientes. Aquello me pareció muy injusto. El proyecto de Raví era brillante. No podía ser detenido por aquella cobarde forma de ataque. La situación con Iris en Canadá me tenía también muy preocupado. Yo había instalado cámaras en mi casa después de lo que había sucedido. Por más que lo había intentado, la conexión irlandesa y mi teléfono canadiense no se llevaban bien, y el WIFI era nulo en aquel inhóspito lugar.

"Necesito activar esas cámaras."

Sentí la voz de Freyja frente a mí mientras yo divagaba en mis pensamientos.

—Dejemos que Magdalene se encargue de eso —dijo—. Esta noche merece toda nuestra atención.

Asentí.

Observé que ella tenía la mirada más penetrante que le había visto a una mujer.

—¿Estás listo para el ritual?

—¿Qué haremos? ¿Qué debo hacer yo? No estuve nunca en un ritual así —dije.

Me observó como a un niño de primaria.

—Compartiremos el secreto de secretos.

Fruncí el ceño.

—Explícate, ¿a cuál de todos los grandes secretos te refieres?

Freyja esbozó una sonrisa enigmática.

—Que todo es amor.

—Suena poético —respondí.

Freyja negó con la cabeza.

—No es poético, es decididamente científico y místico por partes iguales, Arthur.

—Explícate.

—Somos seres de amor, literalmente *a-mort*, sin muerte. El amor es energía elevada. El sistema entero de nuestro cuerpo debe funcionar con esa energía para permanecer depurado con el voltaje adecuado de electricidad y magnetismo directo en nuestras células. El amor es el combustible de la magia.

Freyja puso su mano en mi hombro.

—Todo está pasando muy rápido en estos tiempos, Arthur. Hoy tenemos que poner toda nuestra intención en que la energía del ritual colabore con el Proyecto aunque Christopher y J. J. no estén.

Asentí pensativo.

—Científicamente se sabe que dentro del átomo hay luz. Y la sangre transporta luz, amor y magia, eso es lo que vamos a encender y hablar con sus almas.

Freyja observó a alguien que venía detrás de mí.

Un hombre la besó con amor filial.

—Arthur, quiero presentarte a Ivan, es uno de nuestros líderes en el coven.

Me giré.

—Encantado.

El hombre asintió y me dio la mano con fuerza.

—Freyja me puso al tanto de todo lo que está sucediendo —dijo con voz tronante.

—Así es —respondí—. Estamos en medio de una tormenta.

—Ahora vuelvo —dijo Freyja—. Terminaré de dar las directivas para la ceremonia.

Me dejó con aquel hombre alto, de barba pelirroja, ojos intensos. Sus brazos y pectorales eran fuertes como los de los guerreros de antaño.

—¿Cuántos rituales has realizado? —le pregunté.

Ivan se puso en cuclillas, yo me senté a su lado, sobre un mullido tapete.

—He estado en muchos —dijo con voz segura—. Todos son diferentes. Pero la fecha de hoy es la más potente para obtener información y conocimientos.

—Lo sé, hoy los velos se abren entre un mundo y otro —dije.

—Así es. Aquí todos somos hermanos, amigos, aunque tengamos apariencias muy diversas. Todos somos libres de crear la comunicación, obtener poder y ascender espiritualmente mientras no perjudiquemos a nadie.

—Las almas se están abriendo —dije.

—Así es, el gran despertar ya está llegando, amigo —respondió Ivan—. Por ahora lo realizamos en secreto como en tiempos antiguos, aunque entre nosotros nada es secreto, al contrario, compartimos todo nuestro saber.

—Cooperación sin competencia, la fórmula para erradicar los egos.

—Me gusta eso —respondió Ivan sonriendo—. Entre nosotros no hay competencia, sino cooperación. Los druidas sólo luchamos contra nuestros demonios interiores. Buscamos iluminar nuestras partes oscuras que vienen a nosotros en los rituales para sanarlas y trascenderlas. Nadie quiere ser más que nadie, lo único que queremos es ser mejores cada día y disfrutar de la vida, del amor, del sexo y comunicar que lo sobrenatural no es más que la naturaleza en su máximo esplendor.

Una mujer se acercó a nosotros.

No llegaba a los treinta. Era estilizada, con el cabello largo de color vino tinto con trenzas de colores, los ojos pintados de azul oscuro y rostro pequeño.

—Ella es Ámbar, mi pareja.

—Encantado.

—Bienvenido al *coven* y a la ceremonia de hoy. Freyja me habló muy bien de ti, ¿Arthur, verdad?

Asentí.

Observé el ambiente. Parecía que la belleza estaba por todos lados, en la decoración, en los cuerpos, en los ideales.

—Espero que hoy obtengas respuestas —dijo ella.

—Aprovecharé el ritual, créeme, lo necesito —respondí—. Tengo algunas preguntas.

—Hace falta más conocimiento para efectuar una pregunta que para dar una respuesta —dijo Ivan.

—¿Qué te inquieta? —dijo Ámbar.

—Hablé con Freyja sobre la sangre. Me dijo que es el elemento más valioso ofrecido en los rituales.

Ámbar asintió y le echó a Ivan una mirada cómplice.

El hombre me clavó la mirada haciéndome saber que lo que iba a decirme era de suma importancia.

—El oxígeno es electricidad en forma gaseosa envuelto en el aire —dijo Ivan—. Ésa es nuestra principal fuente de energía y sustento. Nuestra fuerza, el maná de vida, viene del aire que respiramos y de la calidad que mantiene dentro de nuestro cuerpo. Nuestra sangre está compuesta de plasma, agua y minerales y, en esta época presente, la sangre tiene un componente que se ha ido degradando: el hierro.

Hizo una pausa.

—Aquí es donde entra el cambio—agregó.

—¿Un cambio en la sangre? —pregunté extrañado.

—Así es, en la sangre y en la Era de Hierro que ha ido degradando al ser humano.

—No te entiendo, explícate.

—Piensa en términos de metales: oro, plata, cobre, hierro, todos tienen diferente valor porque tienen diferente conducción y poder, ¿verdad? El hierro, el componente actual de la sangre, sirve para conducir la electricidad dentro de nuestro cuerpo. Somos, a efectos prácticos, prototipos eléctricos de carne, hueso y sangre. Nuestro cerebro es el procesador, el corazón es la batería y el motor; el pulmón es el filtro de aire, el estómago es el triturador de sólidos para convertirlos en líquidos y el intestino absorbe el líquido que recibe del estómago y elimina el exceso en forma sólida. ¿Correcto?

—Eso es ciencia y medicina. ¿Adónde quieres llegar?

—Nuestra sangre en el principio, cuando el hombre estaba unido al gran espíritu, era plasma puro, cristalino como el agua. No contenía ningún metal. El plasma es electricidad líquida que se autorregula y sustenta de manera autónoma sin necesidad de comer cosas sólidas; con tan sólo respirar correctamente, no obstruir los conductos con toxinas y mucosidad, ni poner demasiada resistencia en el sistema, el cuerpo se mantiene vivo debido al buen electromagnetismo que circula dentro.

Comprobé que la imagen no reflejaba realmente el interior de las personas, nunca podría haber sospechado que, aquel hombre que tenía la apariencia de un vikingo, hablaría como un científico.

—Según tengo entendido —dije—, eso es algo que los yoguis, místicos y ascetas siempre han realizado.

—Exacto. Pero hemos caído en una trampa mortal con nuestra propia sangre.

—¿Una trampa? ¿A qué te refieres? —pregunté.

Había un gran movimiento en el *coven*, las mujeres iban y venían acomodando gemas, varas de poder y avivando el fuego en el centro.

Nos apartamos con Ivan y Ámbar hacia un costado.

—Seguramente sabes que nuestros fluidos son salados porque somos en parte agua marina; gracias a los minerales se puede lograr una perfecta conducción eléctrica en el cuerpo, y porque somos un fractal de la madre terrenal, funcionamos de la misma manera, a base de vibración, magnetismo y electricidad. Por eso Christopher amaba a Tesla y sus enseñanzas. Porque él comprendió que el ser humano también es eléctrico y magnético. Por ende para nosotros el consumo de agua marina es bueno dentro del proceso de desintoxicación del templo humano para limpiarlo y subir su vibración.

—Además ayuda a una mejor conducción eléctrica y a equilibrar el pH de nuestra sangre.

—Así es, Arthur, la sangre actual de mucha gente sufre de acidosis por la mala alimentación debida a la ingesta de metales pesados como el hierro, mercurio, azufre y, lo peor, cadáveres de animales putrefactos y derivados de ellos. Son comidas erróneas que carbonizan y ensucian los cristales. El peor veneno se encuentra en las bebidas carbonatadas, las harinas, la comida refinada.

—La alimentación afecta la calidad de la sangre —razoné— y, al tener la sangre más densa, afecta también bajando la vibración personal, por ende una persona atraerá situaciones pesadas a su vida.

—Lo has dicho muy bien. Muchos productos bajan la vibración de la sangre, todo lo artificial y procesado como el alcohol, drogas, fármacos.

—¿Soluciones? —pregunté.

—El agua marina, sin duda. Porque entra en sintonía con nuestro plasma, ya que está hecho de ella y eso sube la frecuencia, proveyendo los minerales adecuados para su mejor desempeño bioeléctrico.

—¿Dices que debemos beber agua de mar? —pregunté.

—Así es. Para subir la frecuencia de la sangre. La manera de beberla es poner mitad agua dulce regular y la otra mitad agua de mar, más un limón exprimido.

—Suena simple.

—Es un suero isotónico listo para beber cada mañana en ayunas y al atardecer. ¿Entiendes por qué nuestra sangre es la clave para la ascensión? Ella tiene memoria, energía, frecuencia y vibración. Dependerá de su calidad y espesor que el cuerpo se ilumine y ascienda. La magia, la meditación y la alimentación son claves en el proceso global. Esto es lo que el proyecto de Christopher hará en la gente. Nos devolverá el gran regalo.

Hice una pausa.

—¿Qué regalo? —pregunté.

Ivan esbozó una enigmática sonrisa.

—Devolvernos el recuerdo perdido.

# 64

## Dublín, Irlanda
## En la actualidad

Las palabras de Ivan eran directas y seguras.

—¿El recuerdo perdido? —pregunté.

—El recuerdo de quienes somos ha sido sepultado bajo una capa de creencias muertas —reafirmó Ivan—. El ser humano ha olvidado quién es y de dónde viene.

—Usaron una artimaña inculcando una mala educación para consumir alimentos bajos en vibración y ralentizar el cerebro y la sangre —añadió Ámbar.

—Suena siniestro —respondí.

Ámbar se aproximó.

—Yo misma he consumido frutas y verduras y he sentido que mis percepciones aumentaron. A partir de allí he podido incrementar mi energía y activar mis dones espirituales.

—Coincido en eso —dije—. Desde hace años que no como ningún animal y también he sentido lo mismo.

—Es la clave para generar una fotosíntesis en las células, los átomos y el ADN —agregó Ivan—. Lo más importante que debes saber sobre la sangre, Arthur, es que en las eras doradas antiguas, el ser humano evolucionado estaba preparado para no comer, podía hacer ayunos por tanto tiempo porque en realidad no había necesidad de comer, ya que la comida es la que introduce hierro en la sangre.

—Insistes con el hierro. ¿Qué tiene de particular? ¿Dices que el cuerpo está preparado para no comer? Eso sí es difícil de digerir —dije un tanto incrédulo.

Pensé en toda la historia antigua. Aquello no coincidía con la ferocidad de los hombres que iban a luchar y encontrar dónde comer un pedazo de carne o cualquier cosa que encontraran.

—Arthur, escucha con atención. La historia de más de veinte mil años atrás descendió de la Era de Oro a la Era de Plata, de la Plata al Cobre y por último descendió a la Era de Hierro. En la Era de Oro el hombre era un semidiós, tenía varios poderes intactos. Te diré un ejemplo, el más grande iniciado de los tiempos recientes, Jesús, quien tenía en su sangre plasma puro, con un gran voltaje eléctrico, quiso enseñarle a los discípulos precisamente eso. Piensa por un momento: aquel famoso ritual de la "última cena" en realidad era un ritual de iniciación. ¿Sabes cuál era el objetivo del ritual de la última cena? —Ivan hizo una pausa para que yo pensara—. ¿Adivinas? Sí —afirmó Ivan con voz segura—, era dejar de comer sólidos para siempre y así lograr la iluminación definitiva, o sea vivir de la luz, de ahí la llamada última cena, ya que realmente en esos tiempos sólo se debía comer una vez, cuando se iba el sol.

Hice un gesto de asombro.

—No te sorprendas de que la última cena fuera un ritual esenio que se hacía entre iniciados para dejar de comer completamente. Ellos ya se habían desintoxicado previamente, a base de ayunos, enemas y laxantes más una dieta basada en alimento vivo sin cocinar, frutas, algunas verduras y hojas verdes. Aquel ritual sería distorsionado por la futura iglesia, como tantas otras cosas.

Hice una pausa.

—No sólo algunas comidas son difíciles de digerir —dije—, esa idea lo será también para mucha gente.

—Si uno sale de su limitada caja mental y observa verá que todo está interconectado —afirmó Ivan—. La importancia de la sangre está en todas las historias y culturas. La sangre de Cristo, la sangre de Odín, la sangre de los linajes sagrados, incluso la gente que sigue el camino de la oscuridad, como los vampiros que buscan el intercambio de la sangre para transformar a los humanos en otra cosa.

Hice una pausa mental. Aquella conversación me pareció surrealista.

Al notarme un tanto abrumado por la información, Ámbar se giró sobre su asiento.

—Las tres S del poder. Todo iniciado lo sabe, sss —susurró ella, como si me compartiera un gran secreto olvidado.

—¿A qué te refieres?

—Sol, sangre, semen.

No supe bien por qué, pero sentí que todo mi cuerpo se encendió con sus palabras. Hasta creí sentir una erección. Respiré profundo. Sus palabras parecieron activar un recuerdo ancestral.

—La sangre es esencia, el sol es poder y el semen es energía creadora —dijo.

—Si no sintonizamos primero las energías sexuales entre Ámbar y yo —añadió Ivan—, ella me sacaría el semen en un instante, como le sucede a muchos hombres. Las mujeres tienen un poder magnético sin límites.

—Arthur —dijo Ámbar—, la energía sexual, solar y la sangre son las herramientas de los iniciados para el éxito de la magia, la alimentación y los rituales.

Freyja apareció por detrás de mí y colocó su mano en mis hombros. La sentí caliente y encendida.

—Es la hora —dijo.

Ivan asintió y continuó su explicación.

—Arthur, queda más que claro que los gobiernos de las sombras han maleducado al ser humano para que vea al sol como algo dañino y perjudicial; le enseñan a la gente a derrochar su semen y contaminar la sangre con base en la alimentación. De ese modo no tocará la alta frecuencia. Un plan macabro, ¿entiendes? Una encubierta esclavitud implantando programas basura en la mente a través del sistema escolar, de los medios masivos de comunicación y de la tecnología actual que conocemos y de la que sólo el gobierno oscuro sabe y usa en secreto, utilizando el miedo y la especulación como armas primordiales. Se aprovechan de la ignorancia general para poder carbonizar nuestros cristales preciosos que son todas las glándulas, y así ir transformando nuestra sangre en un líquido más espeso y oscuro.

—¿Cómo dices? ¿Manipulan la sangre? Explícate.

—Entiende bien algo, Arthur, este proceso lleva muchos siglos, viene desde el pasado remoto, la Era de Oro, donde se hizo la reprogramación de la humanidad para convertirnos en lo que somos ahora, perdiendo nuestra espiritualidad, o sea, nuestra conexión con nosotros mismos y con la tierra, conectándonos a esta ilusión efímera.

—¿A qué te refieres con la Era de Oro? —pregunté.

—La época donde el cuerpo no tenía hierro en la sangre, sino oro —afirmó Ivan.

—¿Cómo dices? ¿Oro en la sangre? —pregunté asombrado.

—Así es. Entre el reinado de Babilonia a Persia comenzó a decaer del oro a la plata. En el reinado de Grecia decayó de la plata al cobre. En el Imperio romano ya no fue cobre, sino hierro. Aún estamos en el reino romano, la Era de Hierro en la sangre, en el corazón, en los ideales.

Hizo una pausa. Sabía que yo necesitaba digerir aquella información.

—Asombroso.

—Todos los metales tienen niveles de vibración —explicó—. Y afectan nuestro ADN. En Babilonia había estatuas de oro, Persia tenía estatuas de plata, Grecia tenía estatuas de bronce, Roma tiene aún hoy estatuas de hierro.

Fruncí el ceño.

—Entiendo lo de las estatuas, pero… ¿los metales en la sangre de los seres humanos? No alcanzo a comprender cómo hoy día eso es relevante.

Ámbar intervino.

—Los metales en la sangre hacen que una persona vibre de una forma u otra. Es clave en la evolución. Seguramente has escuchado o visto: los aviones militares, en la actualidad, arrojan metales pesados en diminutas e invisibles partículas de polvo por los cielos del mundo entero, con los llamados *chemtrails,* lo cual significa "químicos volátiles".

—Claro, pero…

Ámbar me interrumpió.

—Su objetivo es que esos humos químicos sean inhalados inadvertidamente por la población. Los polvos químicos tienen metales pesados y van directo al cerebro provocando la aparición de emociones de baja frecuencia como el miedo, enojo, depresión y todo lo que mantiene al ser humano pegado a los instintos del cerebro reptiliano. Al mismo tiempo impiden el contacto del ser humano con los positivos y elevados fotones que emite el sol y que van a las células para colaborar con la evolución del ADN.

Resoplé con cierto fastidio. Aquello era una auténtica guerra encubierta que la mayoría no sabía. No sólo había escuchado sobre los aviones químicos, sino que había visto en los cielos las extrañas estelas que formaban e innumerable cantidad de videos en YouTube.

—Escucha con atención —dijo Ivan, como si fuera un antiguo vikingo preparándose para ir a combatir—. Cada persona es un cristal en potencia, de allí que el máximo estado de conciencia se denomine Cristo. Cristo es cristal. Lo que mal conocemos como anticristo significa anticristal, o sea, los oscuros buscan opacar y carbonizar nuestros cristales del ADN para debilitar el poder personal espiritual, el legado de nuestro origen.

Empecé a sentir cierto mareo, bien por la nube de incienso y mirra que ya dominaba la sala o por aquella información poderosa.

Entendí claramente el valor del proyecto al que Christopher Raví había dedicado todo su estudio. Su descubrimiento haría detonar la conciencia a nivel masivo de una población adormecida e hipnótica para salir de aquella trampa existencial.

Comenzaron a sonar los tambores con embriagante intensidad. Aquella percusión activó aún más mi fuerza interna.

—Los rastros químicos que son rociados en el cielo se componen de varios metales pesados que caen al suelo a través de la lluvia —dijo Ivan—. La mayor parte es de aluminio, así contaminan el suelo y son absorbidos por las plantaciones y los alimentos para luego ser ingeridos por nosotros. La función de los rastros químicos es doble: lanzar metales pesados en la atmósfera y causar precipitación para contaminar el suelo con los metales a través de la lluvia y, por otro lado, bloquear la transformadora luz solar, que es la carga electromagnética que da potencia al ADN y a toda la vida en la tierra.

—Una trampa maquiavélica —dije.

Ivan asintió.

—La historia no convencional enseña que los seres humanos fueron extrayendo de la tierra y retirando los metales más conductivos y abundantes, dejando sólo los metales menos conductivos. El primer metal que comenzó a ser extraído de la tierra en grandes cantidades fue el oro. En el pasado, el oro era el metal más abundante de la tierra.

—Pero el oro sigue siendo lo más valioso —dije.

—Comercialmente sí. Pero ya no es parte de las partículas de la sangre; con el correr de las eras fue cambiando y ahora lo que está en nuestra sangre es el hierro y éste sirve para conducir electricidad extraída del oxígeno de nuestros pulmones. ¿Entiendes? Si contaminan el aire y los alimentos, inevitablemente absorberemos lo que haya en la tierra y en el aire.

—Nuestros ancestros dijeron que no siempre tuvimos hierro en la sangre —agregó Ámbar—. Tenemos hierro hoy porque estamos en el penúltimo reino de la Era de los Metales. El valor de un metal está directamente relacionado con su capacidad para conducir electricidad. Cuanto más conductivo, más caro. El oro es caro porque es uno de los metales que más se utiliza en circuitos eléctricos de mejor calidad, de ahí el oro monoatómico tan preciado por seres oscuros, a quienes ayuda a prolongar sus vidas, ya que protege su ADN y conduce mejor su electromagnetismo, mientras que el aluminio y el hierro son baratos porque son malos conductores.

Estaba asombrado con esa teoría que Ivan estaba compartiendo. Freyja y Ámbar a mi lado ya la habían escuchado varias veces, pero aun así ponían toda su atención.

—Pero dices que esos metales están ligados a la alimentación. Explícame más de eso.

—Arthur, todos los metales se encuentran en el suelo de la tierra. Los árboles y todas las demás plantas comestibles que usamos como alimento ya no tienen un suelo con oro para absorberlo. El alimento ya dejó de contener oro. La segunda opción de la planta fue absorber plata, la tercera cobre, la cuarta hierro. A través de este proceso, el metal conductivo de nuestra sangre fue siendo sustituido lentamente por elementos cada vez peores al consumir esos alimentos.

Freyja intervino.

—El oro monoatómico y la plata coloidal son líquidos que activan la vibración al consumirse.

Los circuitos médicos avalaban aquello, pero yo no sospechaba que estaba relacionado con la vibración de la sangre.

—Nuestro tiempo de vida en el cuerpo físico es un reflejo de la oxidación del metal en la sangre —añadió Ámbar—, por ello no hay que comer cosas que roban el agua a las células como harinas, carnes, alcohol, vinagres y muchas otras cosas. El hierro se oxida rápidamente, por ello el ser humano vive poco. El oro no reacciona con el oxígeno, así es que un organismo puede vivir por más tiempo.

Aquella teoría empezaba a encajar.

Ivan apoyó su mano en la empuñadura de su espada.

—El oro es un metal noble —dijo—. La idea de "sangre noble" y la realeza viene de ese principio. Los reyes de la antigüedad eran los que tenían más oro en la sangre. La sangre que tiene un cien por ciento de oro en lugar de hierro, es azul, no roja.

—Por ello se decía que los monarcas eran de sangre azul —dije.

—Así es. El color de nuestra sangre es debido a la oxidación del hierro en agua salada. Cuando nuestra sangre tenga cien por ciento de aluminio en lugar de hierro, tendrá el color de arcilla porque el aluminio oxidado es marrón. Ése es el plan de los gobiernos oscuros.

Ámbar intervino.

—La gente muere antes de ciento veinte años por consumir una dieta basada en carbono y metales pesados. Nuestra sangre fue diseñada por la naturaleza para ser agua pura y cristalina, el resto es tóxico.

Ivan asintió.

—Nosotros somos almas de oro para cambiar la Era de Hierro —dijo.

Freyja agregó:

—Christopher le pidió especialmente a Ivan que diseñara el área de transformación de la sangre en el Proyecto Génesis —dijo ella.

—Así es, Christopher me solicitó que diseñara una nueva forma de alimentación para purificar la sangre y eliminar todos los metales pesados de los cuerpos físicos para así iluminarlos y convertir a los seres humanos en seres de cristal multidimensional. Él sabía que el cuerpo es un laboratorio iniciático para descubrir el misterio de la existencia.

Hicimos una pausa pensando en Christopher.

Había pensado en todos los frentes para darle evolución a la gente. ¿Estaría aún con vida?

Los tambores aumentaron su intensidad.

Ivan se acercó a mi oído y elevó la voz.

—El tiempo para activar la luz es ahora —me dijo—, debemos vencer la idea de la élite controladora que intenta transformar al ser humano natural en una criatura artificial, llena de metales, con una sangre totalmente espesa, densa y compuesta de hierro y aluminio, y que busca carbonizar todos nuestros cristales y entrar en la era del anticristo, o sea sin cristales, sin poderes, sin magia, para ser seres máquinas, asexuales... ¡Somos cristales llenos de luz y de magia, Arthur! Un cristal muere sólo cuando ha sido carbonizado. Cuantos más metales consumimos o absorbemos, más cristales son sustituidos en nuestro cuerpo por elementos de carbono.

Me sentía tan encendido por las palabras de Ivan como si tuviera que salir a combatir con guerreros de antaño.

Sonó una campana y los tambores cesaron.

—Ya es la hora —dijo Freyja, tomando mi mano—, es tiempo de que activemos la magia y sigamos los pasos del ritual.

# 65

## Vancouver, Columbia Británica, Canadá
## En la actualidad

Mientras en Irlanda llegaba la noche, en Vancouver todavía era de día.

Iris Brigadier había quedado aturdida con la palabra "ahorcado" que reactivó la programación mental a la que había sido expuesta.

En su confusión, Iris sabía que debía ir a ver al teniente Bugarat.

Caminó en las frías calles absorta por la gente y por los coches. Enfiló directamente por Georgia Street hacia la delegación policial.

"Debo cumplir el mandato", se repetía a sí misma.

"Debo obedecer."

Sentía que dentro suyo no era del todo ella misma, estaba ligada a algo diferente, a una fuerza ajena que había sido implantada en su ser.

Por momentos volvían oleadas y cambiaba sus pensamientos.

"Yo soy, Yo soy poder, Yo soy luz", repetía.

Se detuvo en medio de la esquina.

Su mente se debatía entre un pensamiento de luz y otro pensamiento de obediencia.

Debía elegir.

La programación que había recibido de aquel hombre era intensa. Había caído en las garras de un hombre acostumbrado a hacer aquellos trabajos.

Sus dones extrasensoriales y el vínculo de amistad y amor que la unía a Arthur le indicaban que algo no estaba bien dentro suyo.

"Estoy confundida."

En un rincón de su mente escuchaba: "Obedece".

Y por oleadas repetía: "Yo soy luz".

Ambas órdenes eran opuestas.

Iris Brigadier prosiguió su caminar hipnótico hasta llegar al cuartel de policía.

Subió las escaleras ignorando a los dos agentes que estaban en la entrada. Por lo general los policías canadienses eran amables y serviciales. Se dirigió a la oficina y atravesó varios escritorios donde algunos agentes atendían llamadas y escribían partes policiales.

Al final del pasillo Iris vio salir a un hombre del baño.

El teniente Bugarat se giró sorprendido al ver a Iris Brigadier caminar hacia él.

"¿Qué hace esta niña aquí?", se preguntó con una expresión helada en el rostro.

Iris levantó la mirada y lo vio más de cerca.

Un súbito escalofrío le recorrió la columna.

# 66

## Dublín, Irlanda
## En la actualidad

¡Esta noche vamos a acabar con todos! —gritó Peter Stone golpeando con su puño sobre una dura mesa de roble. Por sus informantes distribuidos por toda la ciudad, Stone se había enterado de que Christopher Raví estaba en el hospital todavía con vida, aunque agonizante, y que varios miembros de un grupo que trabajaba con Raví preparaban un aquelarre de poder.

El iracundo Stone se hallaba en medio de una reunión junto con Elías *el Rengo*, Mattew Church y Paul Tarso envueltos en una decisiva discusión con un testaferro y media docena de secuaces de baja reputación que hacían los trabajos sucios.

—¡Cómo puede ser que esté todavía con vida! —volvió a gritar Stone al testaferro policial.

—Señor, no creo que sobreviva a los disparos.

—¡Encima dejó escapar a los demás! ¡Debió haber barrido con todos! —los ojos de Peter Stone estaban rojos de ira.

—Cálmate, Peter, los tenemos acorralados —dijo Paul Tarso, con la mente un poco más calmada—. ¿Qué pueden hacer?

—Tú sabes las cosas que se pueden crean en los rituales. Si mueven la energía a su favor deberemos contrarrestar. Las patentes no serán nuestras si alguno de los miembros de la junta se opone al lanzamiento.

—¿Y Santiago Raví? —preguntó Paul Tarso al testaferro policial.

—Desafortunadamente su hermano logró escapar con los demás.

Elías *el Rengo* guardó silencio, respiró profundo y se mantuvo pensativo.

Luego de un momento caminó lentamente apoyado en su bastón, se acercó a Peter Stone y le susurró al oído.

—No te preocupes, nosotros tenemos un as de espadas en la manga —los ojos de Elías *el Rengo* parecían los de un demonio—. ¿Por qué no cambias la orden y realizamos un rito especial y... sacrificamos a esa niña que encontraron en Canadá y que andaba husmeando?

Stone imaginó ofrecer aquella inocente con su sangre y energía a la entidad astral maléfica con la que trabajaban.

No era la primera vez que ofrecían la sangre de personas para obtener favores a cambio de sacrificios. Lo habían realizado muchas veces con famosos artistas y gente del mundo del espectáculo que estaba dentro de aquella siniestra logia cuando ya no les servían o se querían salir.

Elías *el Rengo* dejó a Stone pensativo y, para bajar la tensión en los demás miembros de la reunión, trató de establecer un nuevo plan.

—Tenemos que contraatacar con sigilo y efectividad antes de que la prensa haga más grande la noticia sobre el ataque a Raví —dijo Elías *el Rengo* con expresión maquiavélica—. Esta noche es decisiva para eliminar a todos de una sola vez. Escúchenme con atención.

Aquel siniestro grupo comenzó a gestar un nuevo golpe a sangre fría.

# 67

## Dublín, Irlanda
## En la actualidad

En el *coven* todo estaba dispuesto. Me impactó ver la multitud de velas encendidas sobre un altar, algunos hombres portaban espadas y todas las mujeres estaban vestidas con largas túnicas moradas, blancas y verdes. Olía a incienso. Aquel viejo castillo se había transformado en un atemporal espacio místico. Cualquier persona que entrara allí podía pensar que era una época ancestral, tres, cinco, incluso diez mil años antes de Cristo. La atmósfera era electrizante. Eran casi cincuenta almas de poder.

Los hombres portaban tatuajes de runas, barbas en punta, prominente musculatura y espadas afiladas; llevaban la mirada consciente de los seres despiertos.

Varias mujeres, por no decir todas, también tenían tatuajes en el cuerpo con símbolos e inscripciones; coronas de abedul en la cabeza, unas sobre largas cabelleras rojizas, otras largos cabellos negros; los ojos pintados con sombras oscuras, igual que las uñas negras como el onix, otras rojo como el jaspe, otras azules aguamarina simbolizando la oscuridad insondable. Aquellas almas que elegían seguir un culto transmitido por generaciones querían usar una llave espiritual que se había salvado de las cruentas inquisiciones religiosas. Aquellas sacerdotisas emitían al mismo tiempo poder, mezclado con la gótica sensualidad del insondable misterio femenino. Verlas era como entrar a una cueva oscura.

—¡Preparen el círculo sagrado! —dijo Freyja, quien sería la Gran Maestre druida del ritual, ya que no estaban presentes Christopher ni Magdalene.

Pronunció aquellas palabras antes de que viera llegar a Santiago por la puerta principal. El hermano de Raví, con el rostro tenso, traía noticias no muy alentadoras.

—Christopher está en el hospital, inconsciente, luchando entre la vida y la muerte.

—¿Qué quieres hacer? —le preguntó Freyja.

—Lo que Christopher hubiera pedido, seguir adelante —respondió Santiago—. Si nuestras vidas están en juego por la causa para la que trabajamos, hoy más que nunca debemos activar todo nuestro poder. El atentado que recibimos no puede quedar así.

Comencé a sentir energías rondando a mi lado. Percibía la electricidad en el ambiente. Un poder sobrenatural se estaba gestando.

Por otro lado, estaba intranquilo por la conversación que había tenido con Iris. Aquello me distraía.

"Qué paradójico —pensé—, dentro de pocos minutos tendré una comunicación con almas de otros mundos; mientras que aquí en la tierra, aún no puedo tener buena conexión tecnológica."

# 68

## Dublín, Irlanda
## En la actualidad

La campana volvió a sonar.

Ivan se aproximó hacia mí. Tenía los ojos encendidos y despedía una intensa vibración.

—Arthur, será mejor que uses esta ropa.

Me entregó una larga túnica con capucha color azul oscuro con ribetes dorados.

De inmediato me desnudé y coloqué la túnica sobre mi piel.

—Es el momento de iniciar nuestra ceremonia —dijo Freyja engalanada con una túnica verde esmeralda con ribetes dorados como el oro. Con su cabello negro y largo lucía como una emperatriz de tiempos antiguos.

El resto del grupo se aproximó y se colocaron unos al lado de otros formando un círculo de unos treinta metros. Freyja me observó detenidamente, ya con la túnica sobre mi cuerpo, como si estuviera mirando a un Arthur diferente.

Me hizo un gesto sutil para que me colocara a su lado.

Caminé lentamente y me puse a su derecha.

Todos me observaron directamente a los ojos. Sentí que me llegaba una ola de intenso poder. Aquellos iniciados tenían la experiencia de muchos rituales. Esas miradas aprobaban mi cercanía con ella.

Coloqué la capucha sobre mi cabeza. De inmediato sentí que mi personalidad se desvanecía en algo más grande.

Al cubrirme ya no era *yo*, éramos *nosotros*.

Los tambores disminuyeron y Freyja cerró los ojos.

Ámbar se alejó y caminó un par de pasos hacia su derecha recogiendo algo con sus manos. Tomó un objeto que se me hizo como una vara mágica de madera de unos treinta centímetros que estaba sobre el altar, ubicado al lado de una espada, una copa, un pentagrama, varias velas encendidas, agua, sal, incienso y una deidad femenina y otra masculina.

Luego se detuvo frente a Freyja y le entregó la vara de poder. Freyja la sujetó con firmeza y otra mujer vino por detrás de ella y le colocó una corona con dos largos cuernos engalanada por verdes hojas de abedul, uno de los árboles sagrado de los druidas.

Aquella corona pagana desprendía un intenso poder.

"La está coronando", pensé.

—Desde tiempos inmemoriales —dijo Ámbar— la coronación fue la más alta distinción a un ser humano. ¡Que esta noche tu corona humana alcance tu mayor estatura y se te abran las puertas del infinito! —exclamó.

Como si fuera un anillo mágico, Freyja se irguió y portó con fuerza y magisterio aquella corona que muchas veces había colocado a su hermana Magdalene. Ella sería la sacerdotisa de aquella noche.

Sonaron los tambores.

Freyja respiró profundo y dijo:

—Estamos listos para abrir el contacto con el mundo invisible como magos y sacerdotisas. Que el divino femenino y el divino masculino y todos los espíritus y almas que frecuentarán este lugar nos otorguen el privilegio de iniciarnos en un estado de comunicación directa con lo más alto, la *alma mater* que ha creado todas las cosas.

Los tambores subieron la percusión.

Freyja alzó la voz.

—¡Que la fuerza de la magia cósmica se active en el alma para iluminar el nuevo reino de la Tierra!

Otra mujer hizo sonar la campana nuevamente. Freyja puso su vara de poder sobre su cinturón y extrajo de su costado izquierdo una daga de larga hoja y de fuerte empuñadura que ocultaba bajo su túnica.

—Abriré los portales con el ritual del pentagrama —dijo con autoridad—. Vamos a delimitar el círculo mágico para colocarnos como sabias sacerdotisas y magos maestros en el espacio entre dimensiones que nos dará acceso para invocar y evocar energías elevadas y afinadas con nuestra intención.

Freyja se colocó frente al altar hacia el Este y realizó un movimiento diciendo:

—Ejecuto el signo de entrada al portal mágico.

Ella extendió ambos brazos hacia delante, apuntando con su daga.

—Visualizamos la energía mágica entrando al cuerpo desde un punto superior del universo hacia la cabeza, atravesándonos hasta el suelo.

Todos imaginamos esa fuerza.

—Dirijamos ahora esta energía hacia el pentagrama del centro. Extendamos los brazos y abramos las piernas —dijo.

Nos movimos como una sola energía.

"El hombre de Vitrubio."

Una vez hecho el movimiento entre todos, Freyja se colocó ergida con los pies juntos y dijo:

—Haremos el signo de entrada —elevó la mano izquierda, alzó su daga y la colocó en medio de los labios—. Con este signo ahora enfocamos el flujo energético hacia el pentagrama y protegemos nuestra energía.

Freyja alzó los brazos horizontalmente hacia los lados, sosteniendo la daga con la punta hacia arriba en la mano derecha y formó una cruz.

"La Cruz Cabalística."

Extendió los brazos en cruz con las palmas hacia arriba y elevó la cabeza hacia las estrellas. Todos hicimos lo mismo; de inmediato ese símbolo nos hizo sentirnos poderosos.

—Nos visualizamos haciéndonos cada vez más y más grandes y altos —exclamó Freyja—. ¡Nos colocamos en el mismísimo centro del universo!

Cerré los ojos y vi claramente con mi ojo mental la cruz que formaba con los brazos extendidos, tal como los símbolos que estaban en el altar.

—Ahora visualizamos una esfera de un color más brillante que mil soles, en un punto por encima de nuestras cabezas.

Algo se iluminó con intensidad encima mío y de todo el grupo.

—Llevamos el dedo índice derecho a esta esfera de luz y la hacemos descender, al centro de la frente —pidió Freyja.

Lo hicimos.

—Ahora la luz baja desde la frente hasta la cintura y desciende a través del cuerpo hasta los pies y hasta la eternidad —dijo—. ¡Respiren este aire mágico!

Freyja llevó el dedo índice al hombro derecho. Todos hicimos lo mismo.

—Ahora visualizamos que la esfera de luz atraviesa el cuerpo y llega hasta el corazón, para después extenderse hacia el hombro y de allí hasta el infinito.

Una oleada de poder me inundó por completo.

—Coloquemos las manos frente al pecho, dejando esa luz dorada y brillante en el interior del corazón, donde mora el alma —dijo.

Luego extendimos nuevamente los brazos en cruz, como en la posición inicial.

El coven aumentaba en electricidad.

Freyja se movió y dijo:

—Voy a trazar en el aire el pentagrama mágico —su daga abrió una línea de abajo arriba para invocar las fuerzas de todos los puntos cardinales y realizó el movimiento en el aire con extrema precisión.

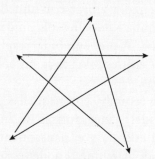

Luego Freyja se movió en sentido de las agujas del reloj y continuó diciendo:

—Invoco a los espíritus sabios del Sur.

Su mano derecha se movió con maestría.

Hizo el mismo pentagrama mágico en el aire de cara a los espíritus del Oeste y finalmente lo trazó con los espíritus del Norte. Con un movimiento lento se colocó otra vez de cara al Este.

—¡Que la señal de la vida se active! —dijo Freyja ya en trance profundo.

El grupo cerró los ojos.

—Comencemos las siete inspiraciones sagradas —ordenó Freyja.

Todos comenzamos a respirar al unísono y rítmicamente. Lenta y conscientemente respiramos de aquella manera. Sentí que éramos antenas energéticas con los pies conectados a la Tierra y la corona conectada al infinito.

El aire se volvió intenso. Respirar al mismo tiempo, con la intención y la imaginación, desplegó un enorme poder colectivo.

Luego de unos minutos Freyja dijo:

—Con la mayor pureza del pensamiento iniciaremos ahora los siete ejercicios de la respiración para que la energía sexual se eleve para abrir la corona.

El grupo de iniciados comenzó a respirar alternadamente por una de las fosas nasales mientras tapaba la opuesta.

Al hacerlo, yo también percibí cómo los átomos de mis células comenzaban a encenderse como círculos de luz. Sentía claramente cómo el nivel de energía crecía en mi cuerpo y entre todos los presentes.

Calor. Energía. Poder.

Mi cuerpo comenzó a vibrar con aquellas respiraciones. El poderoso grupo respiraba como una sola unidad. Todo se expandía, todo se interconectaba. Aquel zumbido respiratorio era un sonido ancestral, místico, erótico. Por toda mi columna sentía fuertes corrientes bioeléctricas.

La voz de Freyja retumbó entre aquellas paredes.

—¡Magos de poder! ¡Sacerdotisas de antaño! ¡Recuperar la memoria! ¡Dirijan la energía y el pensamiento al corazón donde mora el Átomo Sagrado para que el poder cósmico se reactive!

Activar aquel Átomo interior fue la completa alineación con el poderoso ejército de átomos divinos que vibraban por todo el cosmos. Mi mente, mi cuerpo y mi alma se llenaron de amor. Un amor elevado recorriendo la sangre, las células, el ADN. Aquel Átomo

Maestro, el Átomo Secreto en el cofre de nuestro corazón y por el que tantos místicos habían dedicado su vida, se encendió en mi corazón. De inmediato vi cómo se encendieron los billones de átomos en todas mis células, percibí que todas estaban conectadas con ese Átomo Maestro. Las células eran las estrellas dentro de mi cuerpo. ¡La magia nos conecta con todas las estrellas!

Súbitamente aquella energía-presencia-alma, ese océano de conciencia que la humanidad llama Dios, me inundó por completo.

# 69

## Dublín, Irlanda
## En la actualidad

No supe por cuánto tiempo estuvimos danzando al son de los poderosos tambores.

No recuerdo en qué momento nos desnudamos, fue una sensación tan natural como llevar la cara, las manos, los brazos o el cuello desnudos como todo mortal lo hacía a diario. En aquella ceremonia los cuerpos eran instrumentos mortales cargados de vida transportando el tesoro de sus propias almas.

¿Dónde quedaba la vergüenza y la pena por el cuerpo?

Había desaparecido totalmente.

¿Dónde estaba enquistada la telaraña de la moralidad?

Se disolvió en un océano de absoluta conciencia.

¿En qué rincón había espacio para sentir que el cuerpo era algo que había que ocultar?

Un remolino de inteligencia había desvanecido toda sombra psicológica.

Éramos todos naturales. Uno con la naturaleza.

Los tambores nos habían transportado a otro mundo, a otro plano de conciencia. Sutilidad, sudor, seducción, conciencia... Habíamos abandonado la Tierra, estábamos en ella como si camináramos por el agua o el fuego... pero con la conciencia allí y en muchos lados a la vez.

Las mujeres danzaban como diosas con sus cuerpos tatuados, con gemas colgando del cuello y coronas de cuernos en la cabeza. Los hombres desplegaban poder, virilidad y magnetismo. Un aura de sexo, mística y trascendencia inundaba el aire como una fragancia de inmortalidad. Cuando llegó el clímax de los tambores, jadeábamos con nuestras respiraciones y la voz de Freyja retumbó con un grito primitivo:

"¡Entrar al abismo insondable!"

"¡Vencer las resistencias!"

"¡Fundirse con el infinito!"

Se escuchó un gran suspiro colectivo y jadeos de éxtasis. Todos dejamos caer el cuerpo sobre las peludas alfombras como una hoja de otoño que cae de los árboles.

Respiré lento para bajar las pulsaciones. Abrí las piernas y extendí los brazos. Poco a poco mi mente se serenó igual que los latidos de mi corazón. Entré a una paz profunda. Casi ni escuchaba mi respiración. De pronto salí del cuerpo físico con mi cuerpo astral como cada noche al ir a dormir, sólo que allí estaba plenamente consciente de aquel viaje.

Comencé a ver sutiles imágenes. Como si fueran fantasmas o cuerpos de pura luz.

Voces.

Susurros.

Movimientos rápidos.

"Bzzzz... ssssvvvvv... shhhhshshsh... bbbbbzzzzshhhh."

No lograba entender lo que decían.

Los susurros continuaban y las siluetas se movían a mi alrededor con gran velocidad.

De pronto, como quien hace contacto con una emisora radial de frecuencia modulada, escuché claramente en tono burlón.

"¿No sabes quién eres aún?"

"¿Tienes miedo de saberlo?"

"¿Qué haces aquí sin escudo ni espada?"

No entendía qué querían decirme ni quiénes eran aquellas presencias.

Yo sabía que al atravesar el umbral del velo astral podía encontrarme con cualquier tipo de entidad.

Súbitamente aquellos seres se acercaron más.

Provocaban burla, parecían rebeldes, se movían con intención de fastidiarme. En un instante, como un veloz flash, les vi el rostro oscuro, carentes de belleza, secos de vida.

A mi lado, la presencia astral de Freyja, reconfortante. Irradiaba una luz potente y magnética.

—¡Vienen los demonios! —dijo ella.

—¿Demonios? —pregunté.

—¡Enfréntalos! —emitió telepáticamente al mismo tiempo que me entregaba una dorada espada astral con varios símbolos tallados en la hoja.

Tomé la espada con ambas manos. Todo sucedía a gran velocidad. Sentía vértigo del instante presente como un carrusel en un parque de diversiones, todo se movía. Sentía que el pensamiento que escogía provocaba la realidad que se presentaba al instante. Creaba la realidad con lo que yo pensaba. Sentí el poder de la espada que me entregó corriendo por mi ser; eso detonó mi propio poder.

Me sentí león, tigre, guerrero.

Tomé la espada con ambas manos y observé un fuego prístino que encendió mi aura y mi energía.

Los demonios agudizaron las danzas y las burlas.

"Eres débil. No puedes resolver nada. Inútil."

No sentí ira ni enojo, sólo los observaba.

Comenzaron a girar y a llegar más demonios.

"Imbécil. Únete a nosotros. Somos una legión."

Alcé la espada y comencé a moverla como si fuera un vikingo o un guerrero ateniense listo para luchar. Al intentar atravesarlos, la espada pasó de largo sin causar ningún daño.

Se burlaron con risas estridentes.

Freyja se acercó hacia mí.

—¡Arthur, los demonios no están afuera de ti! ¡Están en tu interior!

Fui consciente, al escuchar aquellas palabras, de que los demonios ¡salían de mi interior! Eso me proyectó al instante hacia una amplia sala cubierta de espejos. Observé mil rostros reflejados, todos diferentes, aunque todos eran míos. Mi presencia estaba en todos los rostros.

"¿Quién soy?"

Sentí llegar nuevas presencias.

Me giré y sorprendido distinguí las almas de Christopher Raví, del conde Emmanuel y de J. J. a mi lado.

Susurros rápidos.

—Son demonios interiores, te hablan en todo momento para desorientarte del camino —dijo Raví.

—Tienes que destruirlos dejando de pensarlos, dejando de sentirlos —dijo el conde Emmanuel.

Vinieron otros tres demonios de tenebroso y espectral aspecto que se presentaron con actitud de lucha.

—¡Véncelos! —exclamó J. J.

"Las almas de ellos están aquí", pensé, un tanto aturdido.

Los demonios se acercaron a gran velocidad. Me rodearon. Disparaban lenguas de fuego por la boca. Sentí el calor. Desprendían un olor nauseabundo que me adormeció.

Por un momento me quedé inmóvil, paralizado, como un témpano de hielo.

"Esto no es real."

—¡Sí que lo es! —gritó un demonio—. ¡La mente es una realidad, estúpido!

Daban vueltas a mi alrededor.

"Todo es mente. El universo es mental", alcancé a recordar.

Sentí un arrebato de poder.

¡Aquel combate estaba en el reino de la mente! ¡El reino donde todos los días la población sobre la Tierra tiene su batalla sin excepción! ¡La guerra entre lo oscuro y lo radiante!

Todos debíamos escoger.

—¡Pelea o únete, cobarde! —gritó otro demonio.

Al fondo de un túnel, Freyja me observaba con mirada expectante.

"Yo soy poder. Yo soy luz", pensé.

De pronto, con mi pensamiento decidido, alcé la espada. La empuñadura me hizo sentir la fuerza creadora del universo. La elevé hacia lo alto. De su punta se proyectó un rayo que conectó con todas las estrellas.

—¡Estás abriendo un portal! —dijo Freyja.

Los demonios retrocedieron al mismo tiempo que sacaban la lengua y emitían fuego.

"Ven con nosotros."

"Tendrás más poder."

"Todo lo que tú quieras."

"Serás el amo."

Cambiaban de forma y se transformaban en mujeres llenas de lujuria que dejaban caer saliva por sus labios.

Sentí las oleadas de energía densa que disparaban hacia mí. Me tentaban cada vez con más fuerza.

"Usan la tentación", recordé por una décima de segundo las palabras del rector Demus.

Los demonios fortalecían aquellos bajos deseos y eso me llegaba como un imán. Aquella fuerza se proyectaba debajo de mi ombligo como una telaraña viscosa que me jalaba hacia ellos.

Respiré profundo.

Respiré otra vez tratando de estar consciente.

Un carrusel de imágenes en el vértigo de mi mente se movía como un cúmulo de flashes: el cuerpo de J. J. ahorcado, los tres tipos que entraron en mi casa, Christopher sacrificado por su proyecto, el rector escapando con Magdalene, Iris en peligro; los símbolos que recibí se deslizaban frente a mí.

La triqueta, la estrella mágica, las cruces...

—¡No puedes resolverlo! —gritaban los demonios—. ¡Nunca lo averiguarás!

Desde otro lado, como un eco, escuché una voz tronante:

*"Conoce lo que has sido en el pasado, lo que eres ahora y lo que serás en el futuro."*

Al mover mi espada y apuntarla hacia los demonios, comprendí.

La conciencia era una fuerza energética y se podía activar para evitar caer en la viscosidad de las oleadas demoniacas. Las realidades estaban libres para usarlas con la fuerza de voluntad. Fui consciente de recibir una lección: toda la realidad del ser humano se movía de acuerdo a donde enfocaba su voluntad y pensamiento.

Los demonios susurraban en mi oído.

No les seguí prestando la energía de mi atención.

En cambio, me giré con gran poder, sosteniendo mi espada que destellaba luz en cada movimiento y comencé a cortarlos en pedazos. Uno a uno fueron desintegrándose, al mismo tiempo, mi conciencia y la luz que proyectaba se expandían y sentí que aumentaba mi estatura. Me hice gigante. Mi respiración movía el suelo que pisaba a cada paso.

Los demonios, en cambio, se hicieron pequeños. De esos tres se hicieron miles y se multiplicaron en pequeñas formas. Por oleadas, volvieron descontroladamente hacia mí, como si fueran mosquitos en mis oídos.

"¿Cómo luchar contra miles?"

Moví mi espada a diestra y siniestra. Al tiempo que conseguía derribar algunos, otros se multiplicaban en igual proporción.

"¿De dónde salen?", pensé.

Luego de preguntarme aquello, otra presencia con una luz cegadora y con la voz llena de paz, dijo:

—Tus demonios interiores siempre vienen con buenas intenciones. Cielo, infierno, ángeles, demonios, entidades; todo está en tu interior, no fuera de ti.

No reconocía aquella presencia debido a su luz.

—¿Acaso crees que no debes vencerlos? ¿Crees que necesitas trascender e iluminar tu oscuridad o permanecer en la ignorancia? Todos los iniciados debieron enfrentarse a ellos, en el mercado o en el desierto, da igual. Están en todo momento, en realidad...

—¿Quién eres? —pregunté.

—Cuanto más difícil la lucha, más grande el tamaño de la gloria —dijo la presencia.

Hice un espacio, reflexivo.

—¿Quién eres? —volví a preguntar.

Se hizo una pausa que duró una eternidad.

Sentí una emoción que se elevó hasta el infinito. Conocía esa alma desde mucho tiempo atrás. Aquella entidad me inundó de amor, cariño, comprensión.

Y de pronto, lo supe.

Era ella, mi primera maestra, la iniciadora de mi alma juvenil. Escuché claramente la voz de... ¡Mi abuela!

—Querido Arthur, sin oponentes no hay posibilidad de victoria.

# 70

## Dublín, Irlanda
## En la actualidad

E ntré en un sopor consciente. Como si flotara en una dimensión aún más sutil. Mi cuerpo se agigantó.

—A... buela... ¿eres tú?

La presencia se hizo más visible.

—Arthur, donde estoy he sido tu abuela, pero también soy ahora miles de otras cosas —dijo riendo.

—¡Abuela! —exclamé con mi corazón inundado de amor.

Su imagen totalmente nítida generaba un halo luminiscente a su alrededor.

—¿Cómo que eres miles de otras cosas?

—Arthur querido, en este nivel de conciencia un alma no se identifica solamente con el rol que tuvo en la vida en la Tierra. Todas las posibilidades están disponibles. No hay límites. Somos quienes somos. Somos esencias en evolución y transformación sin los filtros e impedimentos que teníamos en la Tierra. Al ser luz, podemos ser lo que nosotros queramos. Proyectamos energía y conciencia, ése es el mayor poder de todos los universos, grábalo bien en tu ser.

Estaba infinitamente conmovido.

—Amado Arthur, si aplicas esa fórmula en la Tierra, podrás tener los mismos dones que nosotros de este lado.

Emití una ola de energía elevada.

—Abuela... yo... te amo.

Un enorme y delicado abanico de vibrantes colores salió de su aura y se mezcló con la mía. El amor se interconectó generando una potente unidad espiritual.

—¡Estás ahí! ¡Estás viva! La muerte...

—¡... no existe! ¡Somos almas inmortales, Arthur!

Comencé a llorar.

Pero no era un llanto de lágrimas por una pérdida, sino un llanto de éxtasis por ese mágico reencuentro.

Me fundí en éxtasis con el alma de mi abuela.

Las almas se traspasaban mutuamente como llamas de fuego que, al mezclarse, formaban una llama más grande. ¡El amor! ¡Eso era el amor, un fuego vivo, una luz que al compartirse se expandía! ¡Dar! El secreto de los secretos. Dar amor. Dar ese fuego. Y al darlo se expandía, crecía, se volvía más intenso.

De inmediato mi abuela me transmitió pensamientos cual flechas de oro. Esos pensamientos entraron directamente a mi interior, se grababan en medio de mi frente.

"El cielo y el infierno se crean en cada pensamiento que eliges."

"Las almas son burbujas de luz que viajan a donde quieran."

"La luz es un espacio de paz inconmensurable."

"Volvemos a la Tierra o a otros diferentes planetas para aprender."

Los susurros telepáticos de mi abuela aumentaban. Como estaban cargados de verdades vibratorias, atrajeron a otras presencias luminosas que escuchaban aquellos mensajes:

"Nunca morimos, vivimos en diferentes cuerpos."

"El ser humano puede vivir más de cien años."

"El oro es la esencia real de la sangre."

"En otros planetas, las almas viven aún más tiempo."

"Todo es un *continuum* ahora."

Los pensamientos se superponían unos a otros y se integraban en mi conciencia.

Luego de un instante cesaron. La energía se calmó y me reconfortó. Mi corazón latía intensamente. Respiré profundo. De inmediato me sentí centrado por las respiraciones.

—Abuela, ¿cómo puedo resolver el caso que estoy investigando?

Ella se expandió hacia atrás.

—Arthur, una comisión de almas elevadas estamos ayudando desde este lado para que la luz apoye ese descubrimiento.

—¿Por qué tratan de matar a quienes trabajan para eso? —pregunté.

—Hay almas que buscan sus propios intereses. Arthur, no hay alma que tarde o temprano no regrese a la Fuente.

—¡Pero están matando a los creadores del proyecto!

—Dios no juzga ni castiga —dijo—. Hay un amor inconmensurable por cada alma. Ahora necesitas vencer a tu oponente para saberlo.

—¿Mi oponente? Abuela... ¡No te vayas! —su imagen comenzó a difuminarse.

—Has ganado una batalla a los demonios, pero no la guerra. Tu alma será probada ahora a un nivel más alto —dijo ella.

Luego se acercó a mí y susurró:

*"Conoce lo que has sido en el pasado, quién eres ahora y lo que serás en el futuro."*

Brinqué de sorpresa.

—Abuela, pero esa frase...

Al instante su imagen se desvaneció.

Me vi solo frente a la inmensidad del universo.

"¿Cómo sabe esa frase? ¿De qué se trata todo esto? ¿Cómo podía ella conocer...?"

Comencé a escuchar otras voces.

Susurros graves.

Sonidos intensos.

Me giré y detrás mío apareció la presencia de un enorme ser con cuernos en la cabeza, pechos de mujer, falo de hombre, piernas de carnero.

Me sorprendí de un cambio tan abrupto.

"Todo sucede en la mente", recordé.

Ya había visto la imagen de ese ser mitológico.

—¿Cernunnos? ¿Pan? ¿Baphomet? —pregunté un tanto confuso.

La imagen sonrió.

—Llámame como quieras. Yo soy el iniciador. Puedo ser la oscuridad insondable o el bautismo de luz. Soy la puerta que conduce a la perdición o a la elevación. Soy lo que cada alma debe atravesar. Soy el pecado y también la liberación. Soy el espejo de lo que cada uno lleva dentro.

Luego de decir aquello proyectó un pentagrama que giraba en el aire. Dorado, rojizo, por momentos oscuro, por momentos brillante.

"La estrella de cinco puntas. El Tetragramatón."

La imagen por momentos quedaba con la punta hacia arriba y se iluminaba, y por momentos se giraba hacia abajo donde se oscurecía.

"La magia tiene el efecto que yo mismo le impongo con mi elección y con mi voluntad."

El pentagrama me estaba revelando las intenciones de mi alma. Hacia arriba, la evolución hacia la luz; hacia abajo, las fuerzas involutivas, la oscuridad.

"Yo puedo elegir", pensé.

El mitológico ser giró la estrella más y más como si esperara mi elección.

—¿Por qué haces girar la estrella frente a mí? —le pregunté telepáticamente a la entidad.

—Debes elegir —respondió—. No son los elegidos, sino *los que eligen* los que tienen el triunfo.

Su voz retumbó cual primitivo eco en la profundidad de mi mente. La imagen cambió y de inmediato la entidad me situó frente a una gran biblioteca.

—Escoge —me dijo.

Me deslicé por un pasillo donde innumerables libros estaban disponibles. Uno de aquellos libros se encendió frente a mí generando un destello lumínico. Con una mano sostuve la espada y con la otra lo toqué. De inmediato accedí a un registro que manifestó su conocimiento sin que tuviera que hojear sus páginas.

Acto seguido, aquella información comenzó a brotar en mi inconsciente telepáticamente.

"El pentagrama ha sido adaptado y reinterpretado desde la antigua Mesopotamia hasta la actualidad —decía el libro—. La estrella de cinco puntas es el símbolo de la mística en el alma humana. Sus elementos, la base de la vida: tierra, agua, aire, fuego y espíritu. La escuela de Pitágoras lo contempló como místico y a partir de esta escuela fue un elemento de la Cábala y la magia europea. Los pitagóricos usaban la pentalfa como las cinco puntas del espíritu. El pentagrama fue el emblema de las almas en juego: con la punta hacia abajo, como elemento vinculado a la oscuridad; con la punta hacia arriba, la virtud del alma victoriosa."

Yo sabía aquello.

La lucha por las almas había estado desde el comienzo de los tiempos. El pentagrama era la elección psicológica de cada ser. Libertad, voluntad, creación o esclavitud, sumisión, obediencia.

La pregunta que cada iniciado debía hacerse: ¿Hacia dónde enfocar la estrella mágica?

La voz de aquel libro continuó:

"El significado original del pentáculo en el pasado no fue negativo, o en relación con la figura del mal; el pentáculo, al igual que todos los símbolos paganos, fue transformado en un símbolo demoniaco y vinculado a las fuerzas oscuras con el desarrollo de la religión católica. A partir de aquí los maléficos tomaron el símbolo y lo volvieron con la punta hacia abajo, es decir, hacia el mal."

En mi ojo mental pude ver todas las persecuciones y asesinatos por los que miles de magos y sacerdotisas del pasado habían sufrido a causa de la magia, por ser un medio que comunicaba al ser humano con Dios de manera directa.

Aquel libro continuó mostrándome su contenido:

"El pentáculo fue un símbolo sagrado en la práctica de cultos, relacionado con la diosa del amor, Afrodita; la realización de la fuerza, la belleza y sobre todo la sexualidad mística. El pentagrama es una representación del microcosmos y macrocosmos que combina en una sola señal la mística de la creación o la totalidad de los procesos en que se basa el cosmos.

"El pentáculo es el juego por el que debe pasar el alma: el agua, la tierra, el aire, el fuego para que el espíritu, cuando ha completado su ciclo de existencia, se convierta en parte de la unión cósmica, se una a la Fuente. Como resultado de esta unión, el alma crea una vida de conciencia superior."

En ese momento comprendí lo que había sucedido con aquel poderoso símbolo.

"Mancharon la imagen del pentagrama con la calumnia que corrió por los siglos cual reguero de pólvora."

—Todos los seres tienen el pentagrama dentro —dijo el ser mitológico.

De inmediato se manifestó el dibujo del hombre de Vitrubio; tenía los brazos y las piernas extendidas.

—Elige tu estrella —repitió la entidad, poniéndose de pie con autoridad—. Soy el iniciador —repitió—, soy el bautismo de luz o el señor de las tinieblas, tú eliges.

En medio del frenesí y la tensión que sentía, Freyja apareció frente a mí y su imagen se triplicó, estaba vestida como una deidad, la triple diosa.

—Elige —repitió Freyja tres veces, una desde cada diosa—. Tus elecciones te darán la fertilidad y abundancia o la sequía y pena.

Observé a Freyja y a la entidad. El libro que tenía en mis manos susurró: "Las tres diosas son los tres grados del rito de iniciación".

"Debo elegir. En eso consiste el proceso mágico."

La estrella de cinco puntas volvió a girar frente a mí cambiando de colores, con la velocidad de la bola que corre en la ruleta aún sin saber en qué número caerá.

"Elegir el poder de la luz o las fuerzas de las tinieblas."

La fuerza interior de coraje, conciencia, amor, entusiasmo y creación que sentí en mi naturaleza interior se expandió y explotó en mi pecho. De pronto esa fuerza creció como un chaleco salvavidas que se infló más y más hasta explotar. En aquel estruendo se hizo añicos, primero la biblioteca, la imagen de la triple diosa, mi espada y por último la entidad sobrenatural.

Aquella explosión provenía de mi alma. Un *big bang* en mi conciencia.

"¡Que se haga la luz!", decreté con un poder que nunca antes había sentido.

No necesitaba más aquella biblioteca, ni símbolos paganos, ni cruces religiosas, ni demonios, ni dioses, ni entidades, ni medallas milagrosas.

"¡Yo Soy el que Soy!", expresé con inmensa emoción.

Expandí mis brazos y de mi boca salieron decretos que se expandían por todo el universo.

—¡Yo soy el pentagrama erguido que expresa el dominio del Espíritu sobre los elementos de la naturaleza!

¡Las criaturas elementales del fuego, el aire, el agua y la tierra están a mi servicio!

¡Los demonios tiemblan y corren aterrorizados en la presencia de este mágico símbolo!

¡El pentagrama es la estrella de mi alma encendida!

¡Yo soy el pentagrama apuntando hacia el cielo! ¡Enciendo el estado crístico en mí!

¡Yo soy un iniciado que se convierte en una estrella de luz!

Estaba de pie con las manos y las piernas extendidas. Sentí que la magia estaba en mí, no en ídolos, talismanes o amuletos.

"Yo soy el cristal."

Todo se había evaporado, no estaba ni la entidad ni Freyja. El universo entero estaba dispuesto para crear.

Los números del cosmos me revelaban sus fórmulas, las palabras me enseñaron la sabiduría del silencio, las notas musicales soltaron exquisitas sinfonías.

"¡El sentido de la vida es el que yo quiera darle!", pensé.

"¡Ése es el sentido de la vida!"

"¡Todo está dispuesto para la victoria de acuerdo a las elecciones que hagamos!"

En aquel momento entendí profundamente el trabajo de Christopher Raví.

"¡El Proyecto Génesis le dará a cada persona el poder de reactivar la magia en su alma! ¡La victoria de la luz en la Tierra! ¡Las almas iluminándose como estrellas mágicas!"

# 71

## Dublín, Irlanda
## En la actualidad

En mis visiones regresó la imagen de la entidad andrógina.

—Veo que has elegido —dijo con tono neutral.

—Pensé que ya había alcanzado la victoria definitiva —respondí—. ¿Por qué estás aquí nuevamente?

La entidad iniciadora sonrió y sus cuernos se alzaron.

—El universo es un espiral. A una victoria le sigue otra batalla, es la ley de la evolución.

La entidad elevó su brazo derecho hacia arriba y el izquierdo hacia abajo.

—*Solve y Coagula* —dijo con voz tronante—, resolver y coagular, separar y unir, eso significa convertir la piedra en oro. Transformar al hombre profano en hombre iluminado. Mis brazos enseñan que como arriba es abajo. Lo terreno y lo divino se entremezclan en un juego.

—¿Quién eres? —volví a preguntarle.

La entidad rio de buena gana.

—Todas las culturas me han puesto muchos nombres.

Sus ojos eran intensos y proyectaban al mismo tiempo fuerza y poder.

—Soy el inicio del proceso alquímico, la unión de las fuerzas de oposición para crear la luz astral. Soy el Guardián del Umbral. Los sumerios me llamaron Pazuzu, los griegos Prometeo, los celtas Cernunnos, los ingleses me llamaron Herne, otros me llamaron Pan, los templarios me llamaron Baphomet. Soy la otra cara de la moneda. Dicen de mí que soy *Bap metis*, el bautismo de luz; otros dicen que soy *Bafemetus*, bautismo de sabiduría; y si lees al revés mi nombre, soy *Temohpab*, en hebreo la serpiente de los orígenes; los alquimis-tas se refirieron a mí como *Bafens Mete*; los sufís me dijeron *Abu Fimat*, padre del entendimiento; también me conocerás como Luci-fer, el portador de la luz.

La entidad volvió a reír.

—¿Crees que puedes etiquetar con un solo nombre a la muer-te y a la vida, a la oscuridad y a la luz? Pequeñas ilusiones mortales queriendo atrapar la realidad infinita.

Hubo un silencio. Yo siempre había tenido aquella imagen como el símbolo del mal o de la traición.

Me surgían preguntas.

¿Atravesar su portal equivalía a iluminar la oscuridad?

¿Se unirían todas las partes humanas para recordar la totalidad de lo divino?

—Leo tu pensamiento —dijo la entidad—, muchos han usa-do mi símbolo hacia el mal, otros, muy pocos, para girar la moneda.

—Explícate.

—Muchos me ofrecen sacrificios y sólo se quedan con esta cara de la moneda, desde guerras hasta ritos de sangre. Logias hambrien-tas de poder se ocultan y dan rienda suelta a sus obsesiones en mi nombre. Sólo quieren poder. Eligen mi cabeza de cabra e invierten la estrella mágica. En cambio otros, muy pocos, escogen la vara de Her-mes y la sabiduría. *Solve* es separar y *coagula*, unir, son los poderes de ser "atado o desatado". Muchos se quedan atados a los instintos animales y muy pocos escogen ser desatados, quieren fama, dinero, cosas del mundo material.

El rostro de aquella entidad con cabeza de cabra tenía una expresión neutra. No era demoniaca, feroz o monstruosa ni tampo-co divina; cambiaba con mi expresión como un espejo que demos-traba las intenciones de quien se refleja ante su rostro.

Las dos serpientes que se entrelazaban en su columna se movi-lizaron.

—¿Quién eres realmente? —volví a preguntar.

—¿Ésa es la pregunta que me haces a mí o a ti? Esa pregunta es la que todos deben hacerse —respondió la entidad—. Para algu-nos soy el enemigo secreto, el adversario que deben vencer; para otros soy el portador de la luz.

—¿Vencerte? ¿De qué modo?

Imaginé mi espada astral como instinto de defensa.

La entidad emitió una carcajada de buena gana.

—No es por medio de la espada. Muchos han usado mi poder para hacer brujería barata, para utilizar el poder de la carne sobre el espíritu. ¿Eso quieres tú?

Me sentí nuevamente indefenso sin mi espada.

—Pensé que al elegir la luz había ya vencido para siempre.

—Las elecciones son constantes, criatura. ¿Acaso has visto una moneda de un solo lado? Todo tiene su contraparte. Yo soy la contraparte de quien tú buscas.

—No entiendo.

La entidad cornuda me tomó de las manos.

—Te mostraré la oscuridad.

Se abrió un portal y, cual veloz agujero de gusano, me mostró una pantalla con imágenes de personas haciendo gestos obscenos, tirando besos lascivos, mostrando el cuerpo como simple mercadería de lujuria, apologías del deseo animal.

—Desperdician su existencia —dijo la voz—. Me los trago, los devoro, porque no pueden atravesar el muro que les pongo. Estoy por todos lados ofreciéndoles vencerme, pero son débiles. Las almas débiles se quedan en mis dominios, las fuertes alcanzan la victoria.

La entidad abrió otra visión ante mí y mostró su rostro oculto en los argumentos de películas de televisión, en la manipulación de noticieros y periódicos, en la política, en las drogas, en los sacrificios, en los *posts* que muchas personas colocan en las redes sociales.

—Estoy dentro de su psiquis, se dejan dominar —dijo.

Recordé palabras del sabio griego Platón.

"La batalla está dentro de cada uno."

La entidad recuperó su imagen y se colocó cara a cara conmigo. Sentí su olor, su presencia, su densidad.

—Soy el reverso de la moneda —repitió nuevamente.

—¿Qué hay del otro lado?

—Para saberlo debes responder las preguntas del portal.

—¿Qué preguntas? ¡Dímelas!

Hizo una pausa, me observó con expectativa y dijo:

"¿Cuál es tu propósito?"

"¿A qué has bajado a la Tierra?"

"¿Cuál es la misión de tu alma?"

Su rostro dibujó una enigmática sonrisa, mitad malévola, mitad divina.

—A no ser que conozcas las respuestas, seguirás viviendo como una criatura mortal en la oscuridad —agregó—. Únicamente quien se inicia en los misterios las puede responder.

Aquellas preguntas me empoderaron.

—¡Tú eres la oscuridad! —respondí con voz intensa—, ¡quieres tentarme! ¡Yo voy a proteger mi alma!

La entidad cambió la expresión de sus ojos.

—Eres un alma valiente, criatura. Muchos escapan de mi oscuridad en busca de luz, sin darse cuenta de que la luz está en el corazón de la oscuridad.

Con sus palabras comenzaba a comprender. ¡Yo estaba librando la batalla que todos deben librar! La batalla que los iniciados habían tenido que enfrentar, el gran acertijo existencial en la vida humana. Desfilaron ante mí los recuerdos de Jesús, Hermes, Hércules, Platón, Arquímedes, Pitágoras, Buda, Osiris, Odín, Isis...

"La noche oscura del alma", pensé.

—Si un hombre desea estar seguro del camino que sigue, debe cerrar los ojos y caminar en la oscuridad —pronunció.

Su energía se volvió densa y espesa. Se venía frente a mí como si quisiera devorarme.

Un viento intenso comenzó a soplar en mi contra. Tuve que generar una gran resistencia con todas mis fuerzas. El viento que salía de su interior duplicó las fuerzas y luego me aspiró en sentido inverso hacia su boca, queriendo tragarse mi alma. Saqué fuerzas de mi ser y empujé a la entidad con vehemencia a través de mi fuerza de voluntad.

Emitió una estridente carcajada y volvió a incorporarse.

En ese momento supe que no podría luchar con las mismas armas. Ojo por ojo no sería la fórmula para vencerlo. Recordé al pequeño David venciendo al gigante Goliat al quitarle la visión.

Me había hecho caer en la trampa.

Lo que la entidad quería era luchar, se hacía más grande con la guerra para sacar los instintos de combate de mi interior. Comprendí lo que debía hacer. Necesitaba transformar mi impulso de super-vivencia en confianza existencial. ¿Me estaba haciendo un favor? ¿Estaba siendo mi rival para que yo sacara lo mejor de mí o en cam-bio me dejara arrastrar en las bajas fuerzas oscuras?

Esta vez el viento energético que yo le envié estuvo lleno de amor y comprensión. Me concentré únicamente en mi Átomo Maes-tro, en el centro de mi pecho. De ese átomo original creció un rayo de luz intenso y, debido a la potencia descomunal que ejercí con mi alma, la entidad se desplomó.

Lo vi claro, aquella figura arquetípica del otro lado de la natura-leza oscura estaba ejerciendo un papel, un rol, en realidad se ofrecía como oponente para que de mi oscuridad naciera la chispa magis-tral que encendía mi alma. Los billones de células de mi cuerpo se encendieron como estrellas.

"El bautismo de luz."

Al sentir el poder de mi amor cual espejo, mi alma tomó con-ciencia de sí misma y la imagen arquetípica se deshizo cayendo al suelo y transfigurándose en una moneda de plomo. La oscura mone-da giró varias veces sobre el suelo hasta caer del lado opuesto.

De inmediato, el otro lado de la moneda se transfiguró en oro radiante. Apareció una luz cegadora. La contraparte de mi psiquis se movilizó y sentí una vibración en mi pecho cual terremoto a pun-to de explotar.

Había vencido lo diabólico.

Había elegido lo divino.

Lo último que vi fue un gran cuervo que se marchaba lejos, al mismo tiempo que se acercaba una paloma blanca volando sobre mi cabeza.

Lo que viví a partir de allí fue pura gloria.

# 72

# Dublín, Irlanda
## En la actualidad

Esa luz me impulsó hacia arriba donde nadie podía verme, ni tocarme, ni tentarme.

No estaba ni el grupo del ritual, ni Freyja, ni nadie.

Permanecí en éxtasis como en un espiral sin fin.

Flotaba.

La luz se ancló en mi interior. En realidad no había dentro y fuera, no había división posible.

¡Todo es luz!

Había vencido al oponente, la sombra de mi alma, el anticristo dentro de cada individuo.

La voz de la luz emitió una vibración.

—El alma, a través del cuerpo físico, debe enfrentarse a la oscuridad para ser iniciado en la luz antes de que pueda recibir la verdadera identidad.

"Yo Soy", afirmé.

Sentí una conciencia limpia como un cristal sin mancha y sin ningún rastro de oscuridad.

"¿Aquello era el cielo? ¿El paraíso?"

Una presencia a mi lado percibió mis pensamientos.

—¿Quién eres?

Hubo un silencio.

—Yo soy tú —dijo la voz.

—¿Cómo puedo hablar conmigo mismo?

—Yo soy el Ángel de la Presencia, tu Yo Superior, la conciencia que nunca muere.

—¿Soy Arthur y también soy tú?

—Así es —respondió la conciencia—, tú y yo somos uno. Tú tienes un tiempo limitado, Arthur, luego como una gota te fusionarás conmigo y seguiremos el viaje unidos en el océano de la existencia.

Sentí aquella grandeza en sus palabras.

—Te lo explicaré de otro modo —dijo el Ángel.

De inmediato creó un tablero de ajedrez frente a nosotros.

—¿Ajedrez? —pregunté.

—El ajedrez es algo más que un simple juego. Es luz, es oscuridad, es conocimiento, vida, muerte...

—Explícame.

El Ángel hizo una pausa.

—El origen del ajedrez se pierde en la noche de los tiempos, pertenece a un tiempo inmemorial. En los tiempos míticos, cuando el hombre vivía en perfecta armonía con el universo —comenzó diciendo—, los juegos poseían un carácter sagrado y no eran sólo simples pasatiempos. El ajedrez ha conservado vestigios de ese carácter sagrado.

Apareció un impresionante juego con todas las fichas alineadas y relucientes en enormes espacios.

—La tradición hermética de los iniciados sabe que, lejos de ser un simple juego, el ajedrez simboliza el juego del alma.

—Revélame su significado —le pedí.

—La vida es un tablero de ajedrez —dijo— en el cual cada uno de nuestros actos es una jugada —aseveró.

—¿Nuestros actos son jugadas o movimientos dentro del juego?

—El juego del ajedrez es la representación de una batalla entre dos bandos.

"Blanco y negro."

—La luz y las tinieblas. La batalla espiritual entre el bien y el mal que toda alma debe librar. Y hay sólo una sutil diferencia, como el dial que sintoniza uno u otro con el pensamiento y la emoción. Es muy fácil pasarse de un lado a otro.

"El tablero es el lugar donde se desarrolla la trama del juego, es un cuadrado, una cuadrícula de sesenta y cuatro casillas formada por un diagrama de ocho por ocho, los canales hacia el infinito, '8'. Las casillas del tablero están divididas en treinta y dos cuadrados blancos y treinta y dos cuadrados negros intercalados. El bien y el mal se oponen, pero también se complementan, porque uno no existe sin el otro, como ocurre con todos los pares de opuestos y complementarios del universo.

El Ángel vació el tablero y aparecieron las fichas.

—A simple vista, el ajedrez podría calificarse simplemente como un juego mental, como tantas cuestiones en la vida —dijo—; sin embargo, existe otro aspecto oculto.

—¿Un significado secreto? —pregunté.

—Muchos llegaron a conocerlo. Atlantes, egipcios, persas, hindúes, vikingos, bizantinos, griegos, cátaros, templarios, druidas e iniciados gnósticos europeos de sociedades secretas accedieron a los símbolos que el ajedrez esconde. Para los conocedores de su aspecto esotérico, el ajedrez simbolizó la transmisión del conocimiento y el saber iniciático.

—Revélame ese saber.

—Las personas constituyen simples fichas —dijo el Ángel—, manejadas por desconocidas fuerzas invisibles ocultas. Tales fuerzas mecánicas pueden ser, para cada alma, de tipo evolutivo o de tipo involutivo.

—¿Somos fichas de un juego cósmico? —pregunté.

—Así es. Cada uno de los actos del alma constituye una jugada de crecimiento personal. Las jugadas pueden ser mecánicas e inconscientes, o bien conscientes y evolucionadas. Sabiendo usar las fichas, cada alma es influida por los dioses o por los demonios.

—¿Pero cómo decidir eso? —pregunté.

El Ángel me observó con mirada compasiva.

—La única forma de que conozcas el juego es jugando —respondió—. La pregunta es: ¿Estás listo para jugar la partida que decidirá el rumbo de tu vida?

# 73

## Dublín, Irlanda
## En la actualidad

Vas a conocer el juego —dijo el Ángel.

Me impulsó con fuerza dentro del tablero.

—Los cuatro lados del tablero también representan los cuatro elementos de la naturaleza: fuego, aire, agua y tierra, los principios de la magia de la vida —agregó.

—¿Todos juegan? —pregunté.

—Todo lo que existe tiene que jugar, inevitablemente. Todo ser humano está dentro del juego. Juega tanto la madre que se conforma con ser madre y no se interesa en otra cosa que su rol, como el inventor que usa su creatividad y realiza su destino, los que ven la vida pasar tanto como los que hacen de su vida una obra de arte, los que desperdician su tiempo como aquellos que lo invierten en superarse. Todo ser humano tiene su alma en juego; lo sepa o lo ignore, no quiere decir que dejará de jugar.

Entendí claramente.

—¿Blancas o negras? —preguntó el Ángel.

Hice una pausa. Observé el tablero.

—Si no eliges, estás destinado a que te den lo que otros quieran darte —replicó.

—Elijo las blancas —dije.

Todas las piezas se formaron al instante por el ejercicio del pensamiento. Eran altas, inmaculadas, significativas.

—Tú mueves —pidió el Ángel.

Moví el peón dos casilleros hacia delante.

El Ángel hizo el mismo movimiento como si se reflejara en un espejo.

—Los peones son las almas dormidas, los soldados rasos que trabajan para un rey que desconocen; son los neófitos, las personas que aspiran a ganar conciencia y poder. Los peones, hasta que no trabajen arduamente para su liberación final sobre sí mismos, se debatirán entre lo blanco y lo negro —dijo.

Volví a mover otro peón.

—El peón posee movimientos muy limitados: sólo puede avanzar hacia adelante, en línea recta, de casilla en casilla, como un alma dormida que va paso a paso entre sufrimientos por la vida y siente que pierde el juego en el dolor.

—¿Está destinado a la derrota?

—¡No! ¡Tiene el germen de la victoria! Si el peón logra llegar hasta la octava hilera, puede recuperar cualquiera de las piezas más valiosas capturadas de su color, incluida la reina. ¡El peón tiene gran potencial de transformación!

—Supongo que significa que cualquier alma puede iluminarse.

—Exacto. El peón blanco representa la potencialidad de la esencia luchando con la ayuda del rey, la reina y todos los demás contra las fuerzas antagónicas a su desarrollo.

—¿Y el peón negro?

—El peón negro simboliza las fuerzas del ego, el falso yo, la personalidad que niega al yo superior. Cuando un peón blanco es devorado a causa de una mala jugada, significa que el ego está ganando. Es muy común sobre el tablero de la vida.

La conciencia movió el caballo.

Lo observé.

El caballo se movió en forma de "L".

—Esta pieza puede saltar sobre las demás —dijo—. El alma que juega como el caballo tiene fuertes luchas entre la parte animal y su esencia humana y espiritual. El caballo es como un potente centauro, aunque ciego, se mueve con la flecha de la fuerza de Eros, el deseo. El alma está aún viviendo como animal y salta sobre los demás. De todos modos, el caballo tiene a su favor la fuerza, el valor, la valentía. Su objetivo es eliminar el ego animal.

Pensé en la cabeza de cabra de la entidad que había vencido. Era el símbolo del animal en el hombre.

Rápidamente me agilicé y moví más peones.

Mi conciencia hizo lo mismo.

Saqué el alfil de mi costado derecho.

—El alfil es una de las piezas más poderosas de los antiguos misterios. Representa la fuerza motora del sexo y su efervescente energía viril —matizó.

Observé la pieza y su carácter fálico.

—El alfil es la labor alquímica interna del fuego secreto sexual, el cual puede tener tres estados: ser sólo una chispa inicial, una poderosa llama o una brasa destinada a ser ceniza y apagarse. El trabajo del alma es usar la llama sexual a su favor para iluminarse y evitar que se apague progresivamente. Sin este fuego sexual, el juego del alma no tiene motor.

—¿El sexo es clave en el juego? —pregunté.

—¡El sexo es la energía para ganar el juego! Puede incendiar o iluminar —respondió el Ángel—. Mover esta pieza con maestría es fundamental.

—Mucha gente dirá que usa bien su sexo —dije.

—No es así. La mayoría de las almas gasta la energía del sexo en juegos pasajeros de poca importancia cuando necesita tomar conciencia de que, literalmente, está en juego su destino y su fuerza vital.

Hice una pausa y procedí a mover la torre.

—Al mover la torre —dijo—, mueves la roca sobre la que está cimentada la Piedra Filosofal. Las dos torres representan las dos columnas que están a la entrada de todo templo.

Me quedé mirando las dos torres.

—Esta ficha simboliza la confusión de la Torre de Babel dentro de la cabeza, la confusión mental de miles de pensamientos diarios luchando en la mente de cada ser humano. En su contraparte positiva, simboliza la toma de conciencia para subir de nivel y ver todo más claro, la clarividencia.

Aquellas explicaciones me estaban ofreciendo la comprensión del más misterioso juego simbólico de la vida humana.

—Los iniciados deben subir a su propia torre —agregó.

Moví la reina.

—En el ajedrez, la reina es la pieza más importante junto con el rey. Es la más valiosa y llena de poder, sólo ella puede moverse tantas casillas como desee.

Al pensar en la reina recordé a Freyja.

—La reina es la madre, la mujer, la amiga, la compañera, la anciana, la sacerdotisa, la hembra, la diosa… el principio femenino; Lilith y Eva y millones de generaciones de féminas que han estado desde el inicio. La reina en el alma es el poder de la naturaleza, la fuerza electromagnética que da poder a la vida por medio del sexo. La reina es la diosa de la magia sexual. La reina puede ser la tentadora o la liberadora del rey. De acuerdo a como la reina se mueve en el interior de su alma, puede activar el fuego sexual para iluminar o, por el contrario, bajar hacia los infiernos atómicos del hombre.

De inmediato vi a dos Freyjas frente a mí.

Me sorprendí al verla con dos caras.

—Siempre ha existido y existirá una cruenta lucha entre la reina blanca y la reina negra disputándose a la humanidad.

Una de las reinas sacaba la lengua lujuriosamente, se tocaba el sexo, dejaba caer la saliva con lascivia sobre su pecho, me tentaba a que la penetrara, me mostraba sus pezones llenos de fuerza, su pubis húmedo, sus uñas largas… su lujuria.

Sentí la atracción.

Me ofrecía sexo, poder, pasión…

La otra Freyja, con una corona dorada en su cabeza, emitía un rayo de conciencia y se colocó desnuda frente a mí. Sentí su corriente sexual equilibrada aunque intensa, y me ofreció un poderoso rayo desde su pecho.

Ese rayo se conectó a mi pecho inmediatamente e hizo contacto con mi Átomo Maestro. Me sentí unido a ella como reina llena de mágica fuerza femenina. Una lágrima cayó por su mejilla. Llevé mi dedo hacia ella y la bebí.

De inmediato sonrió y toda su expresión cambió.

Me vi en un espejo.

La imagen majestuosa de mí mismo se reveló con prístina presencia.

"El rey."

Tenía el poder de moverme en todas las direcciones, hacia delante o hacia atrás, casilla a casilla como si cada movimiento estuviera estrechamente ligado con la conciencia.

—Si pierdes al rey, pierdes el juego —dijo el Ángel.

Me sentí valioso una vez más.

—Cuando se produce jaque mate a tu propio rey, viene la muerte; cuando vences al otro rey significa que estarás libre de tu yo falso, del ego.

Me elevé y vi el juego desde arriba.

Había dos reyes.

—El rey blanco es eterno e inmortal —añadió el Ángel—. Hay otro rey, su antítesis, el cual cumple con su rol en el tablero de la vida. El rey negro señala la fuerza oscura del oponente y mueve la fuerza del ego animal.

Debía elegir otra vez.

En ese instante, la voz de mi Ángel retumbó con la fuerza ancestral de miles de generaciones pasadas.

—Arthur, ¿quieres ser un peón o un rey? ¿Estás listo para activar al rey mago que siempre has sido?

# 74

## Dublín, Irlanda
## En la actualidad

El plan "caza de brujas" que Elías *el Rengo* le comentó a Peter Stone estaba en marcha.

—¡Muévanse! ¡Rápido! —ordenó el jefe del equipo policiaco que trabajaba para ellos.

Más de veinte efectivos se subieron a los coches civiles en busca de los sobrevivientes del atentado a Raví. Más de una docena se dirigió hacia el *coven*.

El resto tenía orden de arrasar en los principales lugares donde podrían haber ido Magdalene, Thomas y Santiago. Peter Stone estaba empecinado en eliminar a todo aquel que no comulgara con sus torcidos intereses.

Los neumáticos chirriaron y los coches salieron en diferentes direcciones a gran velocidad. Había comenzado a llover y el frío exacerbaba el ímpetu iracundo de aquel egregor mental.

"¡Acaben con todos!", había ordenado Stone.

Su plan se orientaba para que aquella noche del 31 de octubre fuera recordada como la más sangrienta celebración de Halloween de todos los tiempos.

## 75

Vancouver, Columbia Británica, Canadá
En la actualidad

Cuando Iris Brigadier vio los ojos del teniente Bugarat, un escalofrío se apoderó de ella.

Los pensamientos le venían como flechas invisibles a su mente.

"Debes matar a Arthur Parker."

"Yo soy, yo soy luz, yo..."

Se sentía confundida.

Veía imágenes de Arthur, de su madre, de Agni, de ella misma amordazada horas antes.

"¿Qué me está pasando?"

"¿Quién soy?"

Rememoró su programación, se vio sedada y con su captor frente a su indefenso cuerpo.

Las paredes de la jefatura le sabían a encierro; de pronto sintió que le faltaba el aire.

—Niña, ¿qué haces aquí? —le preguntó un oficial de policía.

Iris siguió caminando sonámbula entre los escritorios y las mesas del despacho.

—¡Ey, tú, detente ahora mismo! —le gritó el policía.

Otros oficiales se giraron sorprendidos al ver que Iris no obedeció ni se jactó de aquel agente policial. No era la primera vez que alguien entraba a la jefatura borracho, sonámbulo, desesperado o con un arma. A juzgar por los casos de adolescentes que entraban armados a los colegios y disparaban a quemarropa, los oficiales se alertaron. Como estaban sucediendo acontecimientos inesperados y muertes extrañas, los policías corrieron velozmente hacia ella para detenerla.

El teniente Bugarat se adelantó.

—Está bien, agente, yo me ocupo —le dijo.

El teniente tomó a Iris de la mano y la llevó a su despacho, cerrando la puerta tras de sí.

# 76

## Dublín, Irlanda
## En la actualidad

Había hablado con el Guardián del Umbral, el señor de la oscuridad y con el Ángel de la Presencia, la conciencia de mi ser. Estaba confundido y desorientado cuando la mano de Freyja se posó sobre mi pecho.

—¡Arthur! ¿Estás bien?

—¿Eh?

—¡Mírame a los ojos! —ordenó.

Por un momento no supe dónde me encontraba.

—Respira. Enfócate en mis ojos —repitió.

Emití un suspiro.

Empecé a darme cuenta de la realidad tridimensional.

Freyja se agachó y me abrazó.

—Ha sido un trance muy profundo —dije.

—Lo sé —respondió—. Estuve allí contigo.

Freyja me dio un vaso de agua. Estaba extremadamente sediento y lo bebí totalmente.

—Sentí tu presencia —dije.

—Estamos terminando el ritual. Ponte de pie.

Me incorporé con dificultad. Observé al grupo y el grupo me devolvió la mirada como si no fuéramos nosotros los que habíamos vivido la experiencia en el plano astral.

Freyja comenzó a recitar palabras y todos formamos un círculo. Se sentía calor, intensidad, fuerza y conexión.

Freyja alzó un cáliz y dijo:

—Que la sangre de los ancestros reivindique nuestras intenciones. Que las almas de los que ya partieron nos orienten en nuestro camino. Que nuestra alma sepa escoger cuál es el pensamiento y la emoción para elevarnos.

Por todo mi cuerpo se deslizaba una sutil corriente energética, sobre todo en mi espalda y en mi cabeza. El centro de mi pecho emitía un palpitar constante.

De pronto escuché sonidos que parecían venir del *coven*. No supe por qué, pero mi corazón se aceleró. Sentí peligro. Observé que Freyja y todos los demás permanecían con los ojos cerrados terminado de recitar las palabras para cerrar el ritual. Traté de ver si alguno más escuchaba los ruidos de afuera. En ese momento, los profundos ojos de Ivan se clavaron en los míos.

"¿Lo escuchas?", pensé.

Y tal como si le hubiera transmitido por telepatía mi pensamiento, Ivan se giró cuando escuchó que una puerta del *coven* era derribada por la fuerza. Más de una docena de hombres fuertemente armados irrumpió, como piratas saltando a un barco cargado de joyas, por la puerta trasera.

—¡Mátenlos a todos! —se escuchó.

El aire se llenó de tensión al instante.

El grupo se deshizo de inmediato y comenzó a correr en diferentes direcciones. Todo se volvió confuso y surrealista.

Me quedé tieso.

Todo sucedía como en otra velocidad.

Mi cuerpo fue jalado con fuerza hacia la salida. La mano de Freyja me llevó con un gran ímpetu.

—¡Corre! ¡Debemos salir de aquí! —gritó.

De pronto, las ráfagas de pistolas daban contra las paredes hasta que el atemorizante sonido de una ametralladora automática plasmó aquel lugar con sangre y gritos.

Mi túnica se tiñó de rojo. A pocos metros, Ivan se enfrentó a pelear contra ellos, sacó su espada y comenzó a moverla a diestra y siniestra, hiriendo a dos de ellos.

Cuando yo estaba saliendo, más impulsado por Freyja que por mi voluntad, vi cómo las balas alcanzaron su pecho y sus brazos. Su sangre salpicó hacia los lados. Por última vez me dirigió la mirada como queriendo decirme: "Haz lo que tengas que hacer para que el mundo sepa lo que hemos hablado".

Casi todas las mujeres del *coven* estaban cayendo alcanzadas por el fuego de las armas.

Fue un espanto.

El *coven* se tiñó de rojo.

Freyja me jaló más fuerte del brazo, corrimos rápidamente hasta que atravesamos la salida.

Una vez más, parecíamos estar destinados a la libertad.

# 77

## Dublín, Irlanda
## En la actualidad

No se cómo hicimos para subirnos al coche. En menos de unos segundos que parecieron siglos estábamos otra vez escapando.

—¡Noooooooo! —gritó con fuerza al mismo tiempo que aceleraba a máxima velocidad.

Mi corazón latía intensamente. Un cambio tan abrupto me mareó. Me miré el pecho. Estaba lleno de sangre. Me toqué los costados buscando heridas. No venía de mí, era sangre de los compañeros del ritual. Sangre de Ivan, de Ámbar, de los iniciados druidas. Mi rostro y mis manos estaban ensangrentadas. Me giré hacia ella, también estaba igual. Estábamos teñidos de sangre.

Freyja dobló bajando por el puente en dirección contraria y se coló en una pequeña callecita empedrada que hacía como un codo.

—¿Por qué? ¡Por quéeeeeee! —gritó Freyja.

El coche iba dando tumbos y derrapando por las estrechas calles. Miré hacia atrás.

—No viene nadie —le dije mientras bajaba la ventanilla.

—¡Otra vez! ¡No puede ser! —exclamó ella.

—¿Quiénes son? ¿Qué está pasando? ¡Han matado a muchos deliberadamente! —dije.

A duras penas giró el coche y nos metimos a las frondosas calles de Phoenix Park a pocos cientos de metros del alto obelisco Wellington.

—Frena aquí. Ya estamos lejos —le dije.

Giró entre la espesura de los árboles y estacionó el coche. Apagó las luces y nos quedamos en silencio en la más profunda oscuridad.

Golpeó el volante varias veces expulsando su enojo y su impotencia.

—¡Mataron a nuestros compañeros! —gritó.

Apoyé mi mano en su hombro.

Freyja se quebró en un llanto desgarrador.

Dejé que llorara para desahogarse. Después de la energía que llevábamos en el ritual, de la gran carga magnética elevada, aquella abrupta experiencia fue literalmente el polo opuesto.

Me quedé con la mente en blanco.

Después de unos minutos nuestras emociones parecieron aquietarse.

Necesitábamos pensar.

—¿La policía nuevamente? —pregunté.

Freyja negó.

—Esto viene de otro lado. Alguien no quiere que este proyecto se expanda —dijo cabizbaja.

—¿Quiénes? —pregunté.

—No lo sé.

Hice una pausa.

Mi mente empezó a atar cabos.

—Estamos llenos de sangre —dije—. ¿No crees que al haber hablado sobre la sangre con Ivan y Ámbar, algo sucedió? ¿Quizá me explicó todo eso como intuyendo que dejaría su sangre en el *coven*? —hice una pausa tratando de sentir las intuiciones que recibía—. Tengo una idea revoloteando en mi interior —proseguí—. En este ritual no has usado la sangre para ningún sacrificio, ¿verdad?

Freyja negó con la cabeza.

—¿Recuerdas por lo que pasó Pitágoras en la antigüedad?

Freyja se giró hacia mí.

—¿Te refieres a que sacrificó la sangre de trescientos bueyes?

—Sí.

—¿Y qué tiene que ver con todo esto?

—Puede que sea un pago kármico. Quizá la sangre que se ha derramado en el *coven* sea el pago para saldar las cuentas.

Freyja respiró profundo.

—Si es así, me parece injusto.

—Quizá el alma de Ivan y los demás supieron eso y se autoentregaron en sacrificio —especulé—. Ambos sabemos que el alma elige cómo morir, Freyja. Todo lo elegimos nosotros.

Freyja no terminaba de aceptar esa descabellada hipótesis.

—¿Crees que ellos eligieron morir y ofrecer su sangre para que la fuerza pitagórica vuelva a emerger? —preguntó.

Ni Freyja ni yo dijimos nada más.

Por primera vez volvió a suspirar.

Fue un suspiro de esperanza.

Nos quedamos en silencio, permitiendo que la noche y el bosque nos abrazaran en necesario anonimato. Los árboles nos protegían, eran cómplices de nuestra misión.

Debía hablar con el teniente y solicitar refuerzos. Después de todo, yo estaba allí como detective.

Algo me quemaba dentro.

Tuve la extraña sensación, a pesar del caos en el que estábamos metidos, de que las piezas sueltas de un gran y misterioso rompecabezas comenzaban a unirse.

—Freyja, necesito hacerte una pregunta. ¿Cuál era el nombre completo de tu hermano?

—¿Mi hermano?

—¡Sí! Tu hermano, J. J. ¿Por qué lo llamaron siempre con las iniciales?

Ella hizo una pausa y frunció el ceño recordando.

—Desde el colegio le hacían *bullying* por su nombre. Siempre quiso que lo llamáramos por sus iniciales. Nos tenía prohibido mencionar su nombre o revelarlo.

—Entiendo… pero ahora él no está aquí, ¡necesito saber!

—Se lo juré —respondió.

—Freyja —dije con vehemencia—. ¡Es importante que sepa su nombre!

Mi mente parecía intuir lo que iba a responder.

Se giró hacia mí como si fuera a traicionar la memoria de su hermano.

—El nombre completo de J. J. era… John Judas.

Mi corazón lo supo de inmediato.

En aquel momento lo vi todo claro.

\* \* \*

Tardé en poder articular las palabras.

—¿Para qué querías saber su nombre? ¿Qué piensas? —preguntó Freyja.

—Creo que hay una gran obra de teatro, un juego que las almas juegan a través de los tiempos, de los cuerpos, de los roles, de los objetivos que buscan alcanzar —respondí.

—¿Qué tiene que ver esto con J. J.?

—Involucra a J. J., a Christopher, a Santiago, al rector Nicholas Demus, a Magdalene… ¡Tiene que ver con todos!

La imagen de un gran juego a gran escala se aclaró en mi mente.

—Es como una obra de teatro a través del tiempo —dije.

—¿De qué hablas? —preguntó confundida.

—Tu hermano J. J. fue asesinado para ser visto como traidor de la compañía y sembraron pruebas para que pensáramos que se ahorcó cuando, en realidad, fue colgado por mentes llenas de celos y envidia debido a la proximidad que tenía con Christopher.

Hice una pausa.

Ella no lograba ver el trasfondo.

—¿Qué quieres decir? No te entiendo —dijo ella.

—Que J. J. fue asesinado igual que… Judas.

—¿Judas? ¿Te refieres al discípulo de Jesús? —preguntó asombrada.

—¡Así es! —respondí.

Me giré con vehemencia.

—Piensa por un momento. Sé que puede sonar descabellado —dije sintiendo que me salía de los límites de la cordura—, pero tú sabes que la historia oficial de la Iglesia dice que Judas fue un traidor a la empresa que Jesús tenía, ¿verdad? Que él lo vendió por unas monedas, ¿no es cierto?

—Sí, eso es lo que ha quedado en la historia —respondió.

—¿Y qué tal si la auténtica historia fue que ni Judas se había ahorcado ni J. J. tampoco? ¿Qué sucedería si del mismo modo que J. J. tuvo un contacto estrecho con Christopher en el Proyecto Génesis, lo tuvo en el pasado Judas con Cristo?

—¿Qué quieres decir? Eso es…

—Que del mismo modo en que J. J. y Christopher trabajaban para lograr el mismo objetivo en Teosofical Tesla Technologies, Judas hubiera sido el único que comprendía la obra iniciática de Jesús y únicamente hizo lo que Jesús necesitaba para acceder al estado de Cristo, venciendo la muerte.

Freyja, incrédula, negaba con su cabeza.

Arremetí.

—¡Jesús únicamente se podía convertir en Cristo, el inmortal, al resucitar en su cuerpo físico!

Freyja hizo una pausa silenciosa para pensar en eso.

—Si fuera así, cambiaría totalmente la historia —dijo.

—Piensa en eso —dije con emoción—. Christopher Raví y J. J. vivieron algo similar a lo que Jesús vivió con Judas... un proyecto de liberación, un mensaje, una junta directiva dividida en una empresa, tal como los apóstoles asustados ante el juzgamiento de su maestro; un proyecto de vida eterna desde lo teosófico ahora a nivel tecnológico, un juicio de gente que se le vino en contra, una compañera como Magdalene para seguir su cruzada; Santiago, un hermano fiel...

—De ser así, si se comprobara que J. J. fue ahorcado igual que Judas... ¿entonces, quién lo hizo? —preguntó.

Solté una risa irónica.

—Los egos dominados por la envidia —dije—. Como J. J. era íntimo confidente de Christopher, lo sacaron del camino por intereses y celos. Del mismo modo, Judas había sido el gran amigo e iniciado más cercano de Jesús y el único que...

—... ¡Que comprendía la parte mágica del plan de Cristo y su misión!

Nuestras mentes se enfocaron en esa idea.

—¡No puede ser cierto! —dijo ella, como justificando su credibilidad en aquella insospechada teoría—. Entonces, si todos representan un papel y son almas en juego, el rector Nicholas Demus...

—¡Es Nicodemo!

# 78

## Monte de los Olivos, Jerusalén

### Año 0 de la era actual contando a partir de Jesús
### Año 2 698 para los chinos
### Año 3 761 para los judíos

El viento soplaba suave y cálido sobre la prístina ciudad de Jerusalén. A lo lejos, las casas de adobe se agrupaban humildemente alrededor de los templos.

La gente estaba inquieta.

Corrían rumores de peligro entre los seguidores del maestro. Los escribas, fariseos y mandatarios de la ley se reunían en secreto especulando sobre qué hacer frente al magnetismo de un hombre que estaba queriendo cambiar las leyes establecidas.

En lo alto del Monte de los Olivos, el maestro se había apartado de la gente que lo seguía para hablar en privado con su discípulo más cercano.

Muchas palabras había enseñado aquel hombre de rostro alargado, ojos brillantes, cabellera larga y barba en punta, como los antiguos persas. Su túnica color azafrán le llegaba hasta las sandalias.

—Necesito tu ayuda —le dijo el maestro a su discípulo.

—Lo que pidas, maestro. ¿Qué necesitas?

—Después de lo que le ha sucedido a Juan, las cosas están desbordándose. Presiento que ahora el peligro vendrá sobre mí.

El maestro se refería a que el rey Herodes había decapitado a Juan el Bautista.

—¡Maestro! ¡Debes protegerte! Ya se rumora que hay reuniones secretas de los escribas para hacerte callar.

—No he venido a callar mi voz, sino a usarla para despertar almas.

—Lo sé, rabí. ¿No sería conveniente esperar a que pase el peligro?

El maestro lo miró con ojos emotivos.

—Tengo un trabajo que hacer.

—Y lo estás haciendo, rabí. La gente está feliz con tus enseñanzas, pero el sanedrín judío no ve con buenos ojos tu prédica.

—Lo sé. Aun así, yo debo pasar la prueba.

—Rabí, ¿qué quieres que haga? Haré lo que sea para ayudarte —dijo el discípulo.

El maestro hizo una pausa.

—He dado enseñanza abiertamente en templos y plazas. Todo el mundo ha visto lo que el hijo del Hombre puede hacer. No han creído ni aun habiendo visto. No se puede poner vino nuevo en vasijas antiguas.

El discípulo asintió.

—Lo sé.

—También he dado enseñanzas más profundas a un círculo más pequeño de gente que está preparada para entender esas palabras.

El discípulo asintió nuevamente y pensó en las innumerables reuniones junto a sus compañeros, muchos se quejaban de no entenderle totalmente.

El maestro se giró cara a cara con el discípulo y le colocó las manos en los hombros en señal de conexión fraterna.

—Tú, Tomás, mi hermano Santiago y Magdalena han sido los únicos que han entendido la profundidad del mensaje y a quienes he podido hablar sobre el origen y los misterios de todas las cosas.

El discípulo sintió que la emoción lo desbordaba.

—Y estoy profundamente agradecido de ello, rabí. Te amamos y haremos lo que sea para protegerte.

—La labor que me espera es la iniciación final, nadie puede protegerme.

—No te entiendo, rabí.

El maestro caminó hacia el árbol de olivos. Su discípulo lo observó mientras se alejaba varios pasos. Luego se acercó nuevamente hacia él. Lo vio mucho más alto que de costumbre, mientras el viento jugaba con sus largos cabellos.

—Explícame por favor, rabí.

—La gente ha visto cómo el hijo del Hombre ha caminado sobre el agua, cómo el poder del amor y la fe ha regresado la vista a los ciegos, me han visto resucitar a los muertos.

El discípulo asintió.

—Aun viendo no han comprendido. Aun diciéndoles que esas y muchas otras cosas superiores a las mías, cualquiera puede hacerlas, no creen ni tienen fe en sí mismos. Prefieren seguir obedeciendo y no reclamar el poder que el Padre otorga a todos por igual.

El discípulo guardó silencio.

Sucesivas noches había pasado el maestro hablando con él sobre cuestiones más privadas, sobre enseñanzas de la iniciación que un hombre debe hacer para conocer a Dios.

—Te he dicho que hay cielos sobre cielos. La creación del Padre avanza en su evolución. Como sus hijos, debemos hacer lo mismo.

—Sí, lo sé.

—Yo también debo hacerlo.

El discípulo frunció el ceño.

—¿Qué debes hacer, rabí?

El maestro miró al horizonte.

—La transfiguración final, la quinta iniciación.

El maestro le había explicado cómo dominar los elementos de la materia, le había permitido caminar sobre el agua, dominar el fuego, le explicó cómo había vencido el combate con el demonio en el desierto. De todas aquellas cosas hablaba el maestro con su discípulo más cercano.

—Me has enseñado las pruebas en que has salido victorioso, amado maestro. Hemos visto cómo caminabas sobre el agua, incluso Pedro lo hizo hasta que fue invadido por el miedo ¿Qué obra te aguarda ahora? ¿En qué debo ayudarte, rabí? Haré lo que me pidas.

El maestro esbozó una sonrisa.

—Quiero que hables con los soldados y que les digas que estoy listo para entregarme.

Una mueca de dolor se impregnó en el discípulo.

—¿Por qué, maestro? ¡No puedo hacer eso!

—Es necesario como iniciación final y para demostrar la victoria del hijo del Hombre.

El discípulo comenzó a llorar.

—¿Por qué me pides eso? ¿Qué pensarán los demás? Ya es suficiente su envidia por pasar demasiado tiempo a solas recibiendo tus enseñanzas. Ellos sienten celos de mi presencia contigo. Me preguntan sobre qué hablamos, me hostigan para que les cuente. Pero he mantenido los secretos que me has revelado, rabí.

El maestro abrazó al discípulo con amor filial.

—Mi querido Judas —dijo el maestro—, el brillo de tu estrella eclipsará a todas las demás. Serás más grande que todos ellos, tú sacrificarás al hombre en el que vivo. Judas, la estrella que señala el camino es la tuya.

El discípulo rompió a llorar como un niño desamparado.

—No me pidas eso, maestro. No puedo entregarte.

—Deja tu corazón en paz porque yo necesito que lo hagas. Jesús, el hombre que ves aquí frente a ti, dejará de ser el hombre mortal para renacer como la conciencia de *Christos*.

El maestro lo miró a los ojos y a lo profundo de su alma. Intentaba explicarle que *Christos* era un estado de la conciencia, no un título espiritual. *Christos* era la gran iniciación que permitía ser ungido con el fuego de la eternidad al vencer la muerte con el cuerpo humano.

—Si te entrego, tal como me pides, los escribas le darán orden a Pilatos para matarte.

—Eso es precisamente lo que quiero que suceda, Judas.

—¿Quieres morir? ¿Quieres dar la vida? ¿Por qué no huir a predicar en otros lados menos hostiles?

El maestro negó con la cabeza.

—La prueba a la que me enfrento como hombre es vencer la muerte. Necesito morir para renacer. El alma que el Padre nos ha dado es lo más valioso que poseemos por los siglos de los siglos.

Hubo un silencio.

Judas comprendió la proeza espiritual que aquello generaría.

—¿Dices que tú mismo podrás renacer luego de muerto?

El maestro asintió.

Una brisa cálida los envolvió y varias palomas volaron en torno a ellos.

—Revivir el cuerpo es la prueba final de mi alma. Eso le dará esperanza a todos los iniciados que entienden los misterios de la vida y la muerte. Es precisamente por los poderes que la gente se asombra. Otros profetas han hablado del amor y yo sería uno más de ellos sin las obras que el Padre hace a través mío.

—¡Te harán sufrir, rabí!

—Cuanto mayor es el oponente, mayor es la gloria de la victoria, Judas —dijo el maestro—. Mantente alejado de los otros y te explicaré los misterios del Reino. Es un espacio inmenso y sin fronteras que no ha visto el ojo de ningún ángel, que ninguna reflexión del corazón ha llegado nunca a comprender.

Judas guardó silencio como siempre que el maestro le daba una enseñanza. Necesitaba procesar aquellas palabras. Aquel gran desafío.

—Haré lo que sea, amado maestro, para estar a tu lado y comprender la profundidad de todo lo que enseñas.

—Vas a sufrir tú también, Judas. Y es probable que no entiendan lo que yo te pido. Y es probable que te acusen por haberme entregado. A sus ojos serás un traidor. Incluso es probable que no alcances a ver la proeza del hijo del Hombre cuando regrese de la muerte.

Judas estaba atónito.

El maestro soltó una luz intensa por sus manos hacia el corazón y la piel de Judas.

El maestro pudo ver el futuro: Pedro lo negaría tres veces. Ésa era una de las razones por la que aquella enorme tarea le era confiada a Judas, su mejor amigo.

—Entrégame —dijo sin vacilar—. Será el inicio del camino a mi muerte, pero también me habrás ayudado a renacer.

Judas respiró profundo. Sintió el aire espeso y caliente llegando a sus pulmones, su alma sostenía una pesada carga con esta responsabilidad.

—Esta noche lo anunciaré en la cena —dijo el maestro—. Quiero que Pedro y los demás sepan que la hora final se acerca. La gloria que traerá será la recompensa para todos los iniciados que vengan tras de mí y entiendan el proceso que sus almas necesitan realizar para regresar a la luz.

# 79

## Bosque del parque Phoenix, Dublín
## En la actualidad

Después de hablar con Freyja sobre aquella teoría, ella había movido el coche a una zona más frondosa aprovechando la parte más boscosa entre las setecientas hectáreas de aquel parque.

No supe si fue por seguridad o porque estaba nerviosa al escuchar la visión de los hechos tal como la presentía. Los vidrios se empañaron por nuestra respiración. Bajé la ventanilla para que entrara una ráfaga de aire fresco.

Olía a árboles, a césped mojado, a jazmines.

De pequeño había recorrido aquel parque de extremo a extremo, sabía que dentro había monumentos históricos, un castillo, un dolmen de tres mil años de antigüedad y el zoológico, el cual siempre me negué a visitar por estar en contra de los animales encarcelados.

Por un momento la historia de aquel parque me invadió y sentí cómo el Arthur actual le agradecía al Arthur adolescente haber aprendido su rica historia, ya que en el siglo XIII parte de lo que hoy es el parque pertenecía a los enigmáticos e iniciados Caballeros de la Orden de Malta.

Había estudiado la historia de aquel famoso parque en el colegio. En 1537 Enrique VIII confiscó esas tierras que fueron devueltas a los Caballeros de la Orden de Malta por la reina Mary en 1557. En el mismo año Elizabeth I volvió a confiscarlas. En 1611 fueron concedidas a Sir Edward Fisher, quien las vendió al reino en 1618. Los años pasaron hasta que, en 1662, el duque de Ormonde convirtió el área en un parque y coto de caza para el rey Carlos II. Recién en 1747 lord Chesterfield, lord teniente de Irlanda, implementó muchas mejoras y abrió el parque al público.

Nunca iba a sospechar, en mi adolescencia, que años más tarde estaría envuelto en medio de una encrucijada sin resolver, acertijos del pasado y enigmas existenciales.

Lo cierto era que allí estábamos Freyja y yo, sosteniendo la hipótesis de una historia que sólo conocían las raíces de los árboles y las paredes de los castillos.

Las frases retumbaban en mi mente después de las fuertes vivencias astrales que había tenido. Freyja estaba en *shock* por las muertes de los compañeros que habían sido acribillados.

—Estoy cansada de luchar —dijo con voz abatida.

—Lo sé, Freyja, lo sé, pero las batallas más duras están reservadas para los guerreros más valientes.

Apoyé mi mano en su hombro y acaricié su cabello.

—Sé que es duro aceptar ver a tus compañeros muertos, ver cómo les quitaron la vida.

Freyja guardó silencio, cabizbaja.

—Recibí enseñanzas en el ritual.

—Lo sé —susurró.

—¿Tú también entraste en mi viaje? ¿Cómo pude tener esas experiencias extrasensoriales con el ritual? Nunca antes había tenido vivencias astrales tan fuertes. ¿Había alguna droga en la bebida?

Yo sabía de experiencias con ciertos hongos que provocaban alucinaciones, alteraban las percepciones y la visión interna.

Freyja se giró y me miró a los ojos.

—Arthur, yo...

Se frenó en seco.

—Debes descubrir el significado por ti mismo —dijo.

Fruncí el ceño.

—Eso intento.

Al parecer Freyja tenía más información que no podía o no quería compartirme.

Las lágrimas resbalaron por sus femeninas mejillas. En medio de aquel trance no pude evitar acercarme y besar las lágrimas que habían llegado cerca de su boca. Al sentir el calor de sus labios mezclados con sus lágrimas nuestras almas sentían conocerse desde siempre. En mi interior una puerta ancestral se abrió de par en par con ese beso. No era un beso común entre dos personas que sentían una fuerte atracción, era al mismo tiempo el comienzo y la culminación de una misteriosa iniciación espiritual.

"El beso iniciático."

Nos abrazamos durante varios minutos, protegidos por la noche, los búhos, los árboles y el silencio.

—Ven. Acompáñame —dijo ella.

Nos bajamos del coche hacia un frondoso árbol. Nos sentamos bajo su copa.

—Haz lo que yo hago —me dijo.

Freyja comenzó a respirar profunda y rápidamente durante un par de minutos.

De pronto mi conciencia se expandió otra vez con aquella poderosa forma de respiración.

—Lo que te dio el efecto de las visiones en el ritual no fueron sólo los ritos, las invocaciones y la energía del grupo, sino las técnicas de respiración.

Sentí el oxígeno recorriendo todas las partes de mi cerebro. Era una llave secreta que los yoguis, místicos e iniciados de todos los tiempos conocían.

—La respiración es la vida —dijo ella muy lentamente—, y eso abre los secretos que hay dentro de nuestra alma.

—He visto la oscuridad y la luz —dije.

—La luz y la oscuridad no son otra cosa que Dios jugando consigo mismo.

Respiré aquellas palabras y su fragancia. El tiempo pareció detenerse. La vivencia del ritual me había impulsado a un estado de conciencia de suprema agudeza y sensitividad.

Aquella sensación de efervescencia en mis sentidos y en mi tercer ojo se incrementó cuando sentí el abrazo de Freyja y su boca en mi oído.

Freyja soltó más información.

—Las siglas TTT no sólo significan Teosofical Tesla Technologies —pronunció lentamente—, sino también templo, tentación, transfiguración.

Hice una pausa, asombrado.

—¿Cómo dices? Explícate.

—Son los pasos de la iniciación. El templo es el cuerpo —dijo ella—. En el cuerpo es donde se libra la batalla de la oscuridad y la luz. En el "templo" del cuerpo es donde aparece la "tentación" —enfatizó—. Si la vences, pasas a otro nivel de iniciación mágica; si en cambio la tentación te vence, sigues estando en la rueda de los deseos, en el grupo de los mortales comunes, de los que siguen luchando con la pegajosa telaraña de los deseos.

Inhalé profundo.

—Continúa.

—Si vences la tentación, lograrás acceder a la transfiguración —remató ella.

No lograba entender.

—¿Qué es la transfiguración? ¿Cambiar la forma?

Freyja exhaló y sentí su cálido aliento lleno de vida.

—La transfiguración es el cambio de humano mortal hacia el recuerdo de que somos almas-dioses-eternos. El despertar a la apoteosis. De eso se trata el juego de las almas.

Asimilé lo que Freyja me estaba explicando. Las tres "T" de la iniciación. Era el proceso de la ascensión del alma. Por un lado pensaba, ¿qué hacía metido en todo aquello? Por otro, las palabras del conde Emmanuel me confirmaban que todo sucedía en su momento exacto. "Estás listo para ser iniciado."

Nos quedamos abrazados generando calor con nuestros cuerpos. No supe cuánto tiempo pasó hasta que mi rostro sintió que los primeros rayos de sol se asomaban por el Este.

—Está amaneciendo —susurró—. Vamos a finalizar el ritual —dijo ella.

Me costaba articular las palabras.

—¿Cómo lo haremos?

Clavó los ojos en los míos.

—Como siempre que se hacen las cosas maravillosas, por el arte de la magia.

Su tristeza se había evaporado por el largo abrazo que experimentamos y sentí que su energía había recuperado el poder.

Pronunció lentamente:

—Sol. Sangre. Semen.

Freyja se quitó la túnica manchada de sangre y quedó desnuda frente a mí. Ella tomó su cuchillo y realizó un pequeño tajo en su dedo. Un hilo de su sangre corrió levemente.

Giró su exquisito cuerpo hacia el mío. Observé su piel, sus caderas, sus tatuajes, su pubis empoderando su sexo.

Me quité la ropa lentamente.

Ambos quedamos desnudos.

De inmediato se subió sobre mí y sentí su piel, su pecho con mi pecho, su respiración compartida. Mi boca inhalaba el aire que ella exhalaba y ella inhalaba mi aire.

Clavó levemente su cuchillo en mi dedo anular y mi sangre se fusionó con la suya. Luego me entregó su cuchillo.

Supe qué hacer.

Elevé el cuchillo con mi mano derecha y tracé con poder la estrella del pentagrama en el aire, abriendo un portal, y lo envolví en un círculo sobre toda la estrella.

Freyja recitó una invocación.

"Yo soy una puerta de vida. Yo soy conocedora de los misterios. Yo soy una diosa en cuerpo femenino. Recibo los dones del cielo para compartirlos contigo. Tú eres el fuego del hombre en el alma. Tú eres el cosmos en forma humana. Nos abrimos a vivir el misterio de misterios."

Dejé el cuchillo sobre el pasto y ella me susurró al oído.

—Entra a mi puerta sagrada. Recibe mi cuerpo, mi sexo y mi alma.

Sentí que el universo estaba en su interior, ella era el universo.

Freyja deslizó sus manos por mi espalda, jalándome hacia ella como un imán. A pocos centímetros de mi boca, susurró:

—Penétrame.

# 80

## Vancouver, British Columbia
## En la actualidad

Iris Brigadier estaba sentada en el escritorio del teniente Bugarat. Estaba aturdida como si estuviera drogada. El teniente había bajado las cortinas de su oficina para que ningún otro subalterno viera lo que ocurría allí.

—¿Qué haces aquí? —le preguntó el teniente a Iris con los ojos llenos de ira y una gran molestia en su voz—. ¡Se supone que tendrías que haber volado a terminar con Parker!

Iris estaba famélica y aturdida, sentada como zombie.

El teniente la observó detenidamente.

—¿Dónde está el pasaporte y el boleto que te di?

La revisó rápidamente.

Llevaba aún la documentación. Observó otra vez el ticket y su reloj. El vuelo era para dentro de una hora y diez minutos.

—¡Maldición! ¡Debo poner a esta niña en ese avión!

El teniente sabía que en vuelos internacionales debía estar tres horas antes en el aeropuerto.

La observó con detenimiento. Sus pupilas indicaban que estaba bajo el efecto de la hipnosis.

"Reforzaré la programación."

El teniente se dio la vuelta y extrajo un pequeño aparato manual de su maletín. Colocó los cables en el cerebro de Iris y activó un voltaje. El aparato comenzó a emitir ondas al cerebro reptiliano de Iris. Su rostro comenzó a sentir el impacto. Sus pupilas se dilataron aún más.

El teniente Bugarat sostuvo el artilugio encendido y aumentó el voltaje. Durante varios minutos inyectó aquel refuerzo.

"Ya está."

El teniente lleno de tensión, cual doctor Frankenstein, manipulaba a su criatura artificial.

Se inclinó en cuclillas y observó los ojos de Iris.

—Escucha mi voz. Mi voz te ordena. Tú obedeces. El ahorcado espera que elimines a Arthur Parker. Viajarás a su encuentro para eliminarlo. Obedece. Haz tu trabajo. Estás lista para poder lograrlo.

Luego de programarla se incorporó y pensó por un momento.

"Debo salir de aquí sin que los agentes sospechen."

Durante unos instantes pensó alternativas para su plan.

Tomó a Iris de la mano y se dispuso a salir con ella. Observó por la mirilla de la persiana de pliegues. Sólo había tres agentes de guardia sentados en sus escritorios con cara de poco trabajo.

"Es ahora o nunca."

El teniente Bugarat respiró profundo, tomó a Iris de la mano y se dispuso a salir.

—Llevaré a esta niña a su casa. Se perdió —mintió.

—De acuerdo, teniente. ¿Todo está bien? —preguntó un policía.

—Afirmativo —respondió con un despreocupado y fingido tono de voz.

El policía asintió mientras atendía una llamada telefónica.

—Descanse, teniente, ya es tarde.

—Hasta mañana.

Rápidamente Bugarat subió a Iris a su coche y salió a toda velocidad hacia el aeropuerto.

# 81

## Aeropuerto de Vancouver, Columbia Británica
## En la actualidad

El teniente condujo su Volkswagen azul oscuro con la sirena de policía encendida para que le dejaran la vía libre.

Había hecho una llamada a un contacto del aeropuerto.

—Necesito despachar a mi sobrina con acceso inmediato. ¿Puedes gestionarlo? —preguntó el teniente.

—Te debo una de la vez pasada —dijo la voz del interlocutor—. Avísame cuando estés aquí. Te espero en la entrada B12.

—Allí estaré en unos minutos.

"La suerte está de mi lado."

Sonrió maliciosamente y aceleró los tramos finales. Estacionó el coche. Bajó a Iris y caminaron a paso veloz. La niña iba sonámbula por el pasillo. El teniente mostró su identificación policial al guardia.

—Pase, teniente.

Avanzó otro tramo y enfiló a paso ligero. Comenzó a sudar a pesar del frío de la noche. Observó el cartel. B7. Faltaba un trecho. Avanzó a paso ligero. Un par de personas lo observaron extrañados por la forma en que jalaba a la niña.

"Pierden el vuelo", pensaron.

B10... B11...

"Ya casi."

El contacto le había dicho que lo esperaba en la puerta para hacer subir a la niña inmediatamente.

El teniente miró su reloj. Faltaban sólo veinte minutos para el despegue.

"Llegaré."

Jaló a Iris que casi arrastraba los pies.

Se frenó, se puso en cuclillas y la miró a los ojos. Seguía programada, pero estaba confusa.

—Ahorcado —dijo el teniente con fuerza—. ¡Tienes una misión y la vas a cumplir! Se incorporó nuevamente para iniciar su carrera. Faltaba sólo una entrada.

En el momento que comenzó a caminar a mayor velocidad, dos agentes del aeropuerto le cerraron el paso.

—¡Alto! ¡Teniente Bugarat! ¡Deténgase y levante las manos! —gritó una voz.

"No puede ser —pensó el teniente al tiempo que su corazón parecía salírsele del pecho—. ¿Qué está sucediendo?"

Al girarse vio venir a la agente Scheffer con la pistola en la mano acompañada de media docena de agentes de policía.

—Agente Scheffer… ¿Qué está haciendo? —preguntó tratando de ejercer su superioridad.

—Teniente Richard Bugarat, queda detenido por el secuestro de una menor y por ejercer técnicas de programación mental. Tiene derecho a un abogado, todo lo que diga será usado en su contra.

El teniente se quedó tieso.

"No puede ser verdad. Estoy soñando."

Su mente daba vueltas.

De inmediato dos policías lo separaron de Iris y otros dos lo esposaron frente a los asombrados pasajeros que creían ver la filmación de una película, ya que en Vancouver se filmaban cientos de ellas al año.

El teniente se puso pálido como un cadáver.

La agente Scheffer se acercó a su rostro.

—Hipócrita —susurró.

Los demás agentes que sostenían a Iris la sentaron y los otros dos se llevaron al teniente esposado por la espalda, confuso y abatido.

A unos doscientos metros la madre de Iris y su novio venían corriendo escoltados por otros dos agentes.

La madre corrió hacia ella y la abrazó sollozando.

—Iris… mi amor, ¿qué te han hecho? Soy yo, mamá. ¿Me escuchas?

—Tardará en recuperarse —dijo la agente Scheffer—, pero estará bien.

* * *

La madre de Iris, viendo que la conducta y las respuestas de su hija no eran las habituales y usaba extrañas palabras, le pidió a su novio que la acompañara a la casa de su amigo Arthur.

—Algo no anda bien —le había dicho la madre a su novio—. Iris no es así. Si está aquí quiero saberlo.

La madre obligó al novio a profanar la puerta de la casa de Parker con un cúter. Al entrar, vio el suéter de Iris sobre el sofá, observó al gato Agni con extraña actitud hostil. La mesa de Parker estaba en desorden.

—Algo no está bien —dijo la madre.

Cuando encontraron las cámaras de la grabación vieron a un hombre haciendo la programación MK Ultra en la mente de Iris. De inmediato la madre y su novio avisaron a la agente Scheffer, que se dirigió a la casa de Parker.

La agente Scheffer, sorprendida, reconoció al teniente Bugarat y de inmediato llamó a la jefatura donde los agentes le dijeron que el teniente había salido con una niña.

Confiando en su instinto policial, la agente Scheffer envió una circular para vigilar las salidas de tierra, agua y aire del teniente y una menor.

Fue producto de la suerte, el destino, la sincronicidad, la ley de atracción, el sexto sentido, la intuición femenina o simplemente que el bien siempre triunfa sobre el mal el hecho de que la agente Scheffer se dirigiera al aeropuerto en el momento exacto.

* * *

En dos horas Iris Brigadier había recuperado la conciencia luego de que un experto le quitara la hipnosis.

En parte también había sido gracias a Agni. Era sabido que los gatos limpian cualquier interferencia de energía, magia oscura o ataques psíquicos. En la cama de su casa, ya acostada, Iris abrazaba a Agni como abrazaba a su oso de peluche por las noches cuando era una niña de cinco años.

Dos agentes policiales se habían quedado en la casa montando guardia para evitar cualquier tipo de represalia.

La madre estaba junto a ella en su habitación.

—Que descanses, mi niña, te amo. Perdóname, de ahora en adelante te cuidaré. Te amaré. Te agradeceré diariamente.

—Ya estoy bien, mamá.

—Lo siento —dijo la madre una vez más con ojos húmedos.

Iris sonrió y le dio un beso.

—A veces el peligro despierta las almas. Otras veces es el conocimiento. A cada uno le llega su despertar de un modo u otro —dijo Iris.

—Estoy orgullosa de ti.

—Gracias, mamá. Es tarde, ve a dormir. Estoy bien.

La madre se incorporó, caminó hacia la salida y se volteó para dirigirle una mirada amorosa antes de cerrar la puerta tras de sí.

Una vez que Iris quedó sola, salió de la cama y se dispuso a encender una vela blanca. Agni se acostó a su lado.

—Aún tenemos un trabajo que hacer —le dijo Iris al gato.

Abrió un cajón y extrajo una vara de madera de unos cuarenta y cinco centímetros.

"Mi varita mágica."

Iris la estrechó con fuerza y añoranza. Habían sido muchas las veces en que ella había hecho magia y lanzado hechizos.

Se puso de pie y extrajo su túnica de uno de sus cajones. Se colocó el ropaje sobre su pijama y con la capucha cubrió su cabeza.

Comenzó a pronunciar palabras en latín. Trazó un círculo en el aire e invocó protección. La llama de la vela se movió ondulante y emitió más luz.

"Debo transmitirle información telepática a Arthur. Él todavía está en peligro."

Iris Brigadier, cual sacerdotisa y maga del medievo, dirigió su varita mágica hacia el Este e invocó las fuerzas angélicas que lo gobernaban. Hizo lo mismo con los demás puntos cardinales y con las huestes espirituales que gobernaban sus portales.

Una vez hecha la iniciación del ritual lanzó su hechizo al éter con poderosas palabras en latín. De inmediato Agni percibió la corriente mágica en el ambiente al escuchar el ancestral sortilegio.

Iris había nacido con aquel don, como a muchos empático-intuitivos les era familiar. Iris dirigió esas fuerzas invisibles a la conciencia de su amigo.

Ella sabía que la luz y el pensamiento podían dar siete vueltas y media a la tierra en un segundo. También sabía que la información podía saltar de una mente a otra de inmediato más allá de las distancias.

Aquella facultad ya estaba comprobada de manera científica en la teoría de los cien monos o la llamada ley de la transmisión por los campos morfogenéticos, aunque los científicos no hablaban de magia, sino de evolución colectiva.

Para Iris, la magia era el *bluetooth* de la conciencia.

# 82

## Bosque del parque Phoenix, Dublín
## En la actualidad

Los primeros tibios rayos de sol nos daban en el rostro, sentimos su calor y, a pesar del frío, el cuerpo de Freyja sudaba y su piel se adhería a la mía.

¡Qué deleite estar unidos y absorber su fragancia, su piel, su alma! Experimentábamos una intensa fusión física y espiritual. La energía llegaba en olas hacia el área del tercer ojo, y de pronto todo empezó a dar vueltas en mi interior. En ese momento éramos más que hombre y mujer, éramos arquetipos. La fuerza de la magia sexual nos impulsaba más profundo dentro de los misterios del universo. No había límites, caímos en un espiral infinito.

Su cuerpo, sus labios, su vagina húmeda fueron un portal que me mostraba los misterios de la humanidad. Freyja se movía muy lentamente, todo estaba sucediendo en otro tiempo y espacio, en el aquí y ahora eterno. Nada era bueno, nada era malo, todo estaba como tenía que estar, todo fluía, todo estaba unido.

¡Todo es Uno!

¡Todo el universo está haciendo el amor!

¡Todo se crea por el poder de la magia!

Sentí ese poder en mis venas, en mi ser.

El Primer Poder.

Una corriente intensa de tal injerencia sobre la naturaleza que ésta obedecía mi voluntad. Tuve la certeza de que si emitía un pensamiento o ejecutaba un decreto desde la conciencia de lo invisible, éste se materializaría en el plano físico de inmediato. La fuerza que mantenía el universo. El orden estaba en mí y yo en el orden, la voluntad estaba en mí y yo en la voluntad. El amor vencía a las fuerzas del caos.

¡Qué extremo éxtasis! ¡Qué corriente constante de magia!

Sentía el germen de la manifestación mágica en todo momento.

Se nos abrían las puertas del ocultismo de par en par, desvelando la ignorancia para saberlo todo.

La estrella del pentagrama de Pitágoras se encendió delante de nosotros y desfilaron los símbolos iniciáticos de todos los tiempos. Recordé, intuí, sentí, imaginé, recibí, me proyecté, me sumergí, me expandí, me transfiguré junto a Freyja; el principio femenino, la puerta al universo a través de la poderosa magia sexual.

Mago y Sacerdotisa, éramos suprema voluntad y la imaginación sin límites, Él y Ella, Uno.

La espada era nuestra imaginación, el cáliz su sexo, mi falo la vara mágica de poder.

¡Qué gran fuerza estábamos recibiendo!

¡Qué regalo para nuestras almas!

¡Qué placer extremo para nuestros cuerpos!

La energía que producía la magia sexual era el vehículo para pasar de una dimensión a otra. Sólo iniciados y magos conseguían entrar allí. Con el frenesí del fuego mágico en la piel y el calor respiratorio sentí claramente cómo descendieron dos coronas energéticas en nuestra cabeza, coronas de fuego, de luz, de poder, coronas mágicas, coronas santas, coronas de un prístino magnetismo cual imán que atraía hacia nosotros cualquier cosa que deseáramos.

"La coronación iniciática."

El único deseo era el de ser, existir, saber que éramos eternos.

Freyja respiró profundo:

—Busquemos la Eucaristía —dijo.

Al principio no supe qué era lo que quería decir. Pero al pronunciar aquella palabra en mi visión apareció un águila en lo alto con todo su esplendor y un león de prístina belleza a nuestro lado.

"El momento de la consagración", pensé.

Sentí la fuerza del león potenciando el entorno y la libertad del águila liberándonos de cualquier rastro de atadura.

Freyja era el águila y yo era el león.

De inmediato su cuerpo comenzó a moverse más rápido. Sentí que se acercaba el frenesí sexual. Por su boca abierta jadeaba intensamente, se abría al infinito. Ella estaba lista para saltar desde la cúspide del éxtasis. Con varios movimientos intensos de su pelvis se dejó ir, se disolvió como agua en el océano, me compartió su esencia abriéndose como una fruta llena de jugo. En ese momento Freyja dejó salir su néctar, su leche de vida, su elixir que la hizo renacer. Sentí el chorro caliente como lava de un volcán en las entrañas de la tierra llegando a mí, absorbiendo su líquido inmortal. Me aspiró como un imán y le devolví con impulsos creadores mi otra parte, el mágico néctar creado cuyo origen celestial provenía de las estrellas. Su orgasmo y el mío fueron una sola sinfonía, dos ríos unidos en un océano, un alma adherida a otra alma como dos llamas de fuego que no conocen límites.

No sé cuánto tiempo pasó.

Freyja se aquietó.

—La Eucaristía —volvió a decir, al momento que separó su sexo del mío.

Respiró profundo y muy lentamente introdujo dos dedos en el interior de su sexo. Extrajo su líquido orgásmico junto a mi néctar. El pan era el cuerpo, el vino era el semen unido a sus fluidos, la sangre se magnetizó, elevaba su poder, su frecuencia, su vibración.

—Éste es el fruto de la Gran Unión —dijo con actitud sagrada— la fuente de la magia vital, el elixir.

Dicho esto comenzó a pronunciar palabras de poder. Aquellos pasos marcaban la gran diferencia entre la magia sexual ceremonial que estábamos viviendo y lo que sucedía en el mundo que usaba el sexo en su superficie como un desahogo o una simple fuente de placeres sin llegar a la profundidad de sus misterios.

Freyja llevó sus finos dedos a la boca y bebió la mezcla de los mágicos fluidos. Inmediatamente acercó sus dedos y me dio de beber a mí. Sentí que mi cuerpo absorbía una parte suya, una sustancia sagrada.

—Éste es el fruto que crea vida, el cuerpo de la conciencia. El cuerpo que vuelve mágicos a quienes lo beben, lo absorben, lo sienten. La bebida que activa el cristal en el alma de cada mago.

El fruto era el principio creador de todas las cosas.

Lo sentimos crecer, expandiéndonos en conciencia.

¡Cuánta belleza!

¡Cuánta gloria!

¡Cuánta magia!

Nos quedamos abrazados, inmersos en éxtasis en medio del bosque.

El sol se alzó por el horizonte, brillando sobre nuestra corona, sellando aquel rito alquímico. En ese momento la quinta esencia suprema de los secretos de la alta magia, la vida, el sexo y las almas se había revelado en nosotros.

Algo sagrado había sido creado.

Sentimos una presencia astral.

Vi al Ángel de la Presencia, el ser prístino de luz frente a nosotros en el plano etérico. Aquella bella criatura, como Eros y Psique, como un duende, una burbuja de conciencia, un brote que germinaba por el impacto de la energía que se había movilizado. Aquella entidad mágica estaba a nuestro lado desde el momento que nacíamos en la tierra, para seguir abriéndonos el camino a la puerta de lo invisible.

Habíamos activado la fuerza del Padre, el Dios, la Madre, la Diosa y el gran espíritu santo inmortal.

# 83

## Carcasona, sur de Francia
## Año 1209

Al sentir los crecientes ataques de la Iglesia y la Inquisición, los líderes cátaros decidieron dispersarse y ocultar su gran tesoro heredado de los tiempos del maestro.

Muchos se habían quedado estoicamente en Francia, detenidos, culpados sin juicio alguno y posteriormente asesinados; otros se infiltraron en la plebe y otros cátaros habían escapado hacia Inglaterra.

Tres de ellos debían trasladar el valioso objeto hacia las colinas del Reino Unido.

—Es la única forma de que esté a salvo —habían dicho.

Uno de ellos era Lucrecia. Escondió el cáliz bajo su vientre y se marchó junto a Larisse y Gertrudis.

Sólo al salir de la agobiante ciudad y de toda la revuelta sangrienta que corría por sus calles se sintieron a salvo. A pesar de que sabían que cientos de cátaros iban a ser arrasados por la ira de la Inquisición, debían salir de allí para cumplir su misión.

Lucrecia tenía en su mente el grito ciego que arrasaba en las calles de Carcasona:

"¡Convertíos a la fe, herejes! ¡Los mataremos a todos si no lo hacéis!"

Era una escena cruel, injusta. Los cátaros no lograban entender qué parte del mandamiento del maestro no comprendían aquellos enceguecidos hombres. "No matarás. Amarás a tu prójimo como a ti mismo."

Pero no podían cambiarlos. Estaban ciegos de creencias, de dominio y poder, impulsados por el terrorismo religioso.

Lucrecia se volvió hacia la ciudad que se veía a lo lejos y se bajó del caballo. Se colocó de espaldas a la ciudad y de frente hacia las nuevas tierras, a las cuales se dirigían; elevó el cáliz al cielo ejecutando una poderosa invocación.

—*Hoc poculum est novum temporum erit molesta est usque adhuc initiat felis.*

Dicho esto los tres maestres cátaros comenzaron a cabalgar sin mirar atrás.

Las palabras que había pronunciado Lucrecia quedarían grabadas en el viento a lo largo de los siglos: *"Este cáliz estará protegido hasta que los tiempos de nuevos iniciados lo activen otra vez".*

Los caballos tomaron velocidad con dirección a las costas de Francia. Los esperaban más de tres meses con sus duros días y frías noches, hasta conseguir los trasbordos hacia Inglaterra.

Las colinas inglesas mantendrían oculto aquel objeto durante siglos.

# 84

## Jerusalén, Año 0
## Los apóstoles luego del arresto de Jesús

Pedro se encontraba muy apenado, en un rincón de la casa de Tomás.

—¡Lo has negado tres veces tal como el rabí lo predijo! —le increpó Pablo.

Pedro no podía levantar la mirada del suelo.

—Tuve miedo —respondió Pedro.

—Debemos comprender a Pedro —intercedió Tomás—. Cualquiera hubiera podido hacer lo mismo.

—¡Yo no lo hubiera negado! —se jactó Pablo.

—¡Ni yo! —gritó Mateo.

Todos estaban visiblemente nerviosos, dolidos y confusos.

—¡Maldito Judas! ¡Lo traicionó! —gritó Pablo, mientras caminaba nerviosamente en círculos alrededor de la única luz que entraba desde una pequeña ventana.

Magdalena estaba sentada en silencio en un rincón.

Al ver que la tensión crecía, se puso de pie.

Pedro le dirigió una mirada molesta.

—¿Qué ganaremos con maldecir? —preguntó Magdalena—. ¿Qué ganaremos con inculpar? Ya se lo llevaron y me temo que así es como él quería.

—¿De qué hablas, mujer? —preguntó Pablo despectivamente—. ¿Acaso crees que nuestro maestro quería morir?

—De su boca nos lo ha dicho varias veces. Sé que le pidió a Judas que lo entregara, el rabí se lo pidió.

Pablo estaba furioso.

—¡Si el rabí hubiera tenido un plan secreto nos lo habría contado a todos nosotros, no sólo a Judas!

La sola idea de que Judas era el elegido de tamaña tarea llenó de celos a los hombres.

Los demás discípulos estaban cabizbajos.

—Quizá Judas era el único que entendía por qué lo hacía. A ustedes les habló muchas veces de enseñanzas que no comprendieron.

—¡¿Qué dices?! ¡Deja de blasfemar, mujer! —gritó Pedro—, o correrás con el mismo castigo que recibió Judas.

Pedro se puso de pie en actitud amenazante.

—Sólo digo que deben estar en paz. No es momento de confrontaciones —respondió Magdalena con voz suave.

—¡Vete de aquí! —gritó Pablo—. No es asunto de mujeres.

Magdalena sintió que corría peligro. Una corriente de culpa, ira y celos invadió a los discípulos.

Allí estaba naciendo el germen de una gran confusión, una culpa colectiva que se propagaría por siglos, como un veneno espiritual durante futuras generaciones.

# 85

## Dublín, Irlanda
## En la actualidad

El teniente Bugarat fue obligado a confesar quiénes lo habían contratado para ejercer el espionaje y las actividades delictivas para beneficiar a los líderes que secundaban a Christopher Raví y su empresa.

Por los videos que lo inculpaban se desmembró una tenebrosa organización que utilizaba el control mental, secuestros y programaciones para influir en la mente de personas inocentes obligándolas a ejecutar actos ilegales.

De inmediato se generó una circular oficial al gobierno de Irlanda para la detención de los líderes, bajo los cargos de alta traición, asesinato y apropiación de patentes intelectuales de manera ilegal bajo extorsión.

Peter Stone, el traidor primordial a la causa de Raví, se veía como el principal culpable de toda la barbarie ocasionada, de ocultar los motivos reales del proyecto de Raví y de liderar a todos los cabecillas que lo secundaban. Paul Tarso, que tenía un sucio historial, Elías *el Rengo* y Mattew Church fueron detenidos y obligados a confesar. También cayeron por la presión de la investigación sus respectivos jefes, el juez de la Corte Suprema Joseph Caifas y John Irineo como cabecillas de la secta que llamaban "El Propósito".

La agente Scheffer sería ascendida como nueva teniente de la jefatura relevando al teniente Bugarat quien, junto a todos los involucrados, iría a juicio.

# 86

## Dublín, Irlanda
### Una semana más tarde

Después del ritual con Freyja todo era diferente. Mi sensibilidad y percepción extrasensorial estaban a flor de piel.

Había sido informado de lo sucedido con el teniente Bugarat y la organización para la que trabajaba de manera encubierta.

Al revisar el informe policial comprendí que el motor de todo aquello era el afán de poder, los celos y envidias para hacer ver a J. J., mano derecha de Christopher Raví, como el traidor de un plan maestro y para tener las patentes exclusivas de un gran negocio. Yendo con mi mente al origen de todo el trasfondo de la traición en Teosofical Tesla Technologies, no pude sino sentir algo muy peculiar por ciertas similitudes extrañas.

Me encontraba en uno de los lujosos salones de eventos del hotel The Westbury en Dublín, donde daríamos una conferencia de prensa a los medios periodísticos que se habían hecho eco mundial de todo lo ocurrido. Había explotado una olla de vapor con aquella noticia, la cual sería favorable para lanzar el Proyecto Génesis.

El rector Demus, Magdalene, Santiago, Freyja y yo ocupábamos una larga mesa frente a nuestros respectivos micrófonos.

Antes de iniciar la conferencia me acerqué a ellos y murmuré:

—Es asombroso cómo la vida da vueltas en su juego.

El rector dejó salir una sonrisa nostálgica.

—Así es, agente Parker. Somos piezas de un gran ajedrez.

Me quedé pensativo observando a los periodistas.

No podía dejar de hacerme mis propias preguntas.

"¿Había sido Judas el traidor o bien la mano derecha de Jesús y por ello blanco de envidias, de la misma manera que J. J. con Christopher Raví?". "¿Judas se había suicidado como decía la historia oficial o bien lo habían quitado del camino?"

"Un tema demasiado espinoso para hablarlo en aquella conferencia de prensa —pensé—, pero que dejaba abierta la puerta de la inteligencia hacia otras posibles realidades."

Lo que me quedaba claro era que el ser humano tenía las mismas emociones y las mismas pruebas desde la antigüedad hasta los días actuales. Celos, traiciones, envidias, esa gran caja de Pandora que había que limpiar en el corazón humano.

Como detective sabía que muchísimos descubrimientos en el terreno de la arqueología, la historia, la geología, la astronomía, la paleontología, la política y la metafísica eran silenciados o ridiculizados para no alterar la historia oficial, la cual había sido escrita por manos egoístas y dedos ambiciosos de poder.

La voz de una mujer comunicó que se iniciaba la conferencia de prensa.

La primera pregunta fue de una periodista de la BBC:

—¿Qué piensa, detective Parker, de que el teniente para el que trabajaba estaba dentro de una turbia y siniestra organización?

—Es la vieja historia de siempre —dije—. La gente busca poder afuera porque no puede encontrar su poder interior. Para tener poder no hace falta manipular a los demás, sino centrarse en la propia creatividad. Los valores de cada alma determinan su destino. Una organización más que cae.

Ésa fue la única pregunta que me hicieron, las demás preguntas, durante la siguiente media hora que duró la conferencia de prensa, estaban ligadas a temas legales y derechos de patentes.

Al finalizar la conferencia nos reunimos en el lobby privado del hotel The Westbury para coordinar los detalles de los siguientes movimientos con el rector, Magdalene, Santiago, Freyja y yo.

\* \* \*

Algo me inquietaba.

—Rector —le dije—, Tesla dejó muchos inventos que fueron negados en su época y que en el futuro se usarían, ¿verdad?

—Así es, agente Parker, la bombilla fluorescente, los mensajes inhalámbricos, la electricidad, por mencionar sólo algunos —respondió.

—A eso quiero llegar. Tesla dijo en una de sus frases más celebres que "la electricidad está en todos lados, sólo hay que hacer contacto con ella". Según tengo entendido, Tesla tenía una manía obsesiva con los números, ¿verdad? En particular por el número tres. Se sabe que cada vez que iba a un hotel, la habitación tenía que ser divisible por el número tres.

—Así es —dijo el rector—, ¿qué tiene que ver eso ahora?

Hubo un silencio.

—Según me explicó Freyja —agregué—, en la magia es igual: se debe hacer una devolución triple por cada pedido al poder del universo, tres veces de retribución por una que pides.

El rector asintió.

Todos guardaron silencio.

—Quiero que pensemos en esas palabras de Tesla —dije—. La electricidad está en todos lados, sólo hay que hacer contacto con ella —repetí—. Christopher sabía eso, ¿verdad, rector?

—¡Claro que lo sabía, era un estudioso de Tesla! ¿Qué quieres decir exactamente?

—Que usó ese principio para asegurar la patente original.

—No entiendo —replicó Magdalene.

—¡Creo que Christopher dejó tres patentes diferentes!

—¿Tres patentes? —preguntó ella.

—Así es —dije sonriente—. Christopher tomó precauciones y pensó en todo. ¿Cómo harías para que nadie pueda robar esos papeles siguiendo los principios de Tesla sobre la electricidad?

Se produjo un silencio.

—¡Tesla le dejó en bandeja a Christopher la forma para que la patente original del Proyecto Génesis fuera intocable e inalámbrica! —exclamé.

Tardaron sólo unos segundos en darse cuenta.

"¡La nube!"

—¡Así es! —exclamé—. ¡Christopher guardó los documentos en una nube virtual! ¡Está encriptado en una cuenta en la memoria informática y sólo se puede acceder desde su computadora!

—¡Rápido! Tráela de inmediato —ordenó el rector.

—¿Cuál será la contraseña? —preguntó Magdalene.

Observé la pantalla titilando y cerré los ojos.

A mi mente vinieron imágenes.

J. J. ahorcado. Christopher asesinado. La biblioteca del Trinity College. Nikola Tesla. La estrella mágica del pentagrama de Pitágoras.

Súbitamente, una respuesta apareció en mi ojo mental.

El cáliz está en el pentáculo

De inmediato tecleé las palabras con cuidado.

"Contraseña incorrecta."

Busqué otras opciones.

—Prueba con mayúsculas —dije.

Al cabo de un instante, Magdalene movió la cabeza negativamente.

—Estamos perdidos —dijo el rector—, la cabeza de Christopher podría haber puesto cualquier cosa como contraseña.

Probamos con Tesla, con minúscula y mayúsculas.

Lo intentamos durante varios minutos sin éxito.

"Piensa, Arthur, ¿cuál es la contraseña?"

Mi mente necesitaba descansar. Por un momento quería olvidarme de todo aquello. Me vi dentro de mi bañera con agua caliente, con velas, relajándome.

"¿En qué estoy pensando?"

No comprendía qué significaba aquello. Sabía que los símbolos nos revelan mensajes, pero, ¿qué tenía que ver la bañera, mi lugar favorito, la tina caliente donde me aislaba de todo y me sentía a salvo?

Mi mente divagó con las imágenes: las velas, el agua, la relajación, sentí como si estuviera allí. De pronto, en mi imaginación, la tina se rompía en mil pedazos y el agua se escurría.

"Una tina rota… ¿Qué significa esto?"

Un súbito eureka recorrió todo mi ser.

—¡La tina! —exclamé eufórico—. ¡Latín! ¡La contraseña está en latín!

### Et Calicem Est In Pentacle

—¡Bingo! —exclamó el rector al ver que pudimos acceder.

La carpeta en la computadora nos permitió acceder a todos los documentos que avalaban la legitimidad de los derechos. Magdalene abrió el PDF con todos los mapas, diseños, indicaciones y fórmulas matemáticas en más de dos centenares de páginas.

Estábamos emocionados.

—¡Un momento, vuelve al inicio! —exclamó el rector.

Magdalene regresó el ratón de la computadora y volvimos a la primera casilla. Decía:

ACTIVAR EN CASO DE QUE ALGO ME SUCEDA.

—¡Christopher dejó indicaciones! —exclamó Magdalene.

A continuación, leyó en voz alta:

Rector Demus, por favor, ocúpate de los papeles originales de Tesla en el Trinity College y atiende todos los asuntos legales con respecto a eso.

Magdalene y Santiago, manejen desde Dublín la sede central y coordinen todo para iniciar cuanto antes el lanzamiento del proyecto desde Irlanda.

Freyja y Arthur deben viajar a Glastonbury, en Inglaterra, allí van a ser recibidos con la tercera patente que contiene los derechos originales completos.

"¿Aquello era todo?"

Freyja y yo nos miramos extrañados.

"¿Viajar a Inglaterra?"

# 87

## Consejo de Almas
## El Mundo de Arriba

Los niveles de júbilo espiritual aumentaron en la reunión de las almas Oyentes y los Nueve Maestros del Consejo Supremo al recibir el alma de Christopher Raví y de John Judas O'Connor en la luz.

—El Plan se ha llevado a cabo —emitió telepáticamente uno de los maestros.

El entorno vibró en alta frecuencia y el campo colectivo se expandió atrayendo miles de almas de otras partes del universo.

De inmediato, un Ángel Solar que guardaba la memoria infinita pronunció:

—Hemos proyectado un nuevo diseño para los hombres y ambos han realizado la obra a la perfección —le dijo el Ángel Solar a Christopher y J. J.

Todo iniciado poseerá el poder invocativo de las fuerzas constructoras para colaborar con el gran Plan y activar la memoria original.

Los Nueve Maestros del Consejo Supremo emitieron la vibración de la conciencia elevada.

El Proyecto Génesis estaba a punto de iniciarse.

# 88

## Glastonbury, Inglaterra
## Una semana más tarde

De acuerdo con las indicaciones que Christopher Raví había dejado en su computadora, seguimos las coordenadas señaladas.

Estábamos dispuestos a iniciar de inmediato el lanzamiento mundial de la obra de ingeniería tecnológica y teosófica que tan minuciosamente había sido planeada.

Freyja y yo volamos a Londres, rentamos un coche y llegamos a Glastonbury. Era de noche cuando atravesamos la abadía hacia Chilkwell Street pasando por el Chalice Well, la famosa fuente de agua donde existía el mito de que María Magdalena había estado allí con José de Arimatea. Aceleré y doblé la calle estacionando el coche en Wellhouse Lane.

Eran pasadas las siete de la tarde y ya se perfilaba una noche estrellada cayendo como un manto inmaculado sobre aquel hermoso paraje.

Atravesamos la calle a pie, en la entrada se encontraba un campesino, tenía rasgos de ser un hombre humilde y callado. Supuse que era el guardia nocturno.

—Buenas noches, ¿cómo llego a la torre? —pregunté.

—Por allí —señaló.

Me miró a los ojos. Los suyos eran claros y transparentes y su cabello color rojizo, claro indicio celta de su genética.

—Si desean, pueden tomar los caballos porque la cuesta es empinada.

Por un momento, un extraño pensamiento surgió en mi mente.

"El ajedrez. El peón, el caballo."

Freyja y yo nos subimos a los caballos.

Avanzamos entre arbustos por un escarpado camino. Los grillos y algún búho sonaban leves a lo lejos.

A menos de ciento cincuenta metros, entre la espesura del bosquecillo, otro hombre con una capucha extendió el brazo.

"¿Qué hacen aquí a estas horas?"

No supe si fue un saludo o la indicación de hacia dónde nos debíamos dirigir.

Indicó hacia la diagonal.

"El alfil", pensé.

El camino verdoso se abría paso conforme avanzábamos bajo la noche.

Lentamente caminamos otro tramo y pudimos divisar un gran monumento en lo alto de la colina de Glastonbury.

De pronto, un silencio absoluto y allí estaba.

"La torre."

La brisa movilizó nuestras capas. Nos colocamos la capucha y avanzamos colina arriba hacia su interior. Conforme subíamos hacia la cúspide se podían ver las luces del pueblo y se repiraba un aire ancestral, mágico, ceremonial.

Aquel sitio conocido como Somerset estaba coronado por la Torre de San Miguel Arcángel, nombre que había sido dado por la Iglesia, aunque mucho tiempo antes *Tor* era una palabra de origen celta que significa "colina cónica".

Los antiguos celtas británicos la conocían como *Ynys yr Afalon*, la isla de Ávalon, o *Ynys Wydryn* o *Ynys Gutrin*, que significa "isla de cristal".

"El cristal, *Christos*."

Desde tiempos antiguos la torre se había asociado con el nombre de Ávalon y con el descubrimiento de dos ataúdes con los nombres de rey Arturo y la reina Ginebra en 1191. Con el resurgimiento en el siglo XIX del interés por la mitología celta, aquella torre se asoció a *Gwyn ap Nudd*, el primer Señor del Inframundo y rey de las hadas. La entrada a *Annwn* o Ávalon era el acceso a la tierra de la magia, la tierra de las hadas.

Estudios arqueológicos más recientes lo denominan como Templo de las Estrellas, un zodiaco astrológico de enormes proporciones excavado en la tierra. La teoría había sido presentada por primera vez por Katharine Maltwood, una artista investigadora de lo oculto, quien afirmaba que el zodiaco había sido construido hacía cinco mil años.

Lo más notorio y relevante era que muchísimos investigadores lo mencionaban como posible ubicación del Santo Grial llevado allí por José de Arimatea y María Magdalena al escapar de las persecuciones en Jerusalén luego de la muerte de Cristo.

Caminando lentamente, entramos a la alta torre con la cabeza cubierta. Aquellos sólidos pilares de piedra parecían observarnos. Sentí claramente los cuatro puntos cardinales dentro de aquella añeja construcción.

"¿Por qué Christopher nos habrá hecho venir aquí?"

Mi mente sintió la poderosa energía del lugar y se proyectó imaginariamente hacia las mismísimas entrañas de la Tierra para luego ascender, como un tubo de luz, hacia lo alto de las estrellas. Sin duda, era una ubicación muy especial en la Tierra y en el cosmos.

Nos quedamos de pie inmóviles y observamos hacia las estrellas.

—Este lugar tiene una fuerza telúrica especial —dijo Freyja y me observó con sus pupilas llenas de amor.

De pronto nos embargó la paz. Una paz indescriptible. Todo comenzó a girar aunque nosotros permanecíamos centrados y quietos como la punta de un compás que se aferra a la tierra mientras su circunferencia se mueve vertiginosamente.

—Es un portal —dije.

Sabíamos que en varios puntos del planeta había puertas dimensionales. Aquella fuerza nos jaló hacia su interior etérico.

Un mismo pensamiento cruzó la mente de Freyja y la mía.

"Ávalon."

De manera sublime e inesperada, más de un centenar de encapuchados con túnicas hasta los pies aparecieron frente a nosotros con actitud solemne, casi inmaculada.

Uno de los encapuchados caminó directo hacia mí.

Sus prístinos ojos se clavaron en los míos.

Se inclinó haciendo una reverencia.

—Bienvenidos a Ávalon.

Detrás de él, otra de las siluetas con la cabeza encapuchada caminó hacia nosotros.

Levantó las manos y las colocó en mi hombro derecho.

—Lograste tu iniciación, querido Arthur.

Su voz me resultó conocida.

Se acercó a pocos centímetros de mi rostro y pude ver su inconfundible sonrisa.

—¡Conde Emmanuel! —exclamé atónito.

—Aquí soy uno más —dijo, minimizando su título de nobleza—. Soy un alfil dentro de un gran tablero mágico.

Hizo una pausa, solemne.

Toda mi vida comenzó a pasar frente a mis ojos. Repasé mis días de detective, mi adolescencia, mis amigos, las enseñanzas de mi abuela, el conde Emmanuel y sus largas charlas... mi infancia... me vi como bebé... aquello parecía una regresión a mi concepción.

Pasó un instante que pareció durar siglos.

Fuimos rodeados por todos los presentes que portaban antorchas de fuego. La imagen estremeció mi piel y mi alma. Sentí la energía de Freyja a mi lado. Sentí la energía de aquel círculo iniciático que se expandía como una fragancia metafísica.

Me volví hacia el conde Emmanuel.

—¿Tú lo planeaste todo? —pregunté.

—Yo no, todos nosotros —dijo el conde, señalando a los encapuchados allí presentes.

Sentí la mirada de todos sobre nosotros.

—¿Entonces tú...?

El conde asintió.

—Necesitábamos un brazo ejecutor de todo el proyecto y lo financiamos filosófica y económicamente desde un inicio. Yo soy el tío de Christopher. Él era la persona exacta para llevar adelante todo. Él me comentó la idea del proyecto, la compartí con todos y fue aceptada.

Sentí un gran asombro.

—¿Christopher Raví era tu sobrino?

—Así es, Arthur. Y un gran compañero de la orden.

Los cabos comenzaban a atarse.

El conde prosiguió:

—Somos los que fuimos. Somos los que somos. Somos los que seremos —me dijo—. Te hemos estado guiando para que recuerdes.

Mi mente armó todas las piezas y recordó los anónimos envíos.

**Ha llegado tu hora de ser iniciado, querido Arthur.**

**Esperamos seas digno de abrir la puerta de los misterios.
No estás solo. Estamos contigo.**

—Pero, ¿cuándo…?

Recordé de inmediato todas las charlas que había tenido anteriormente con el conde. Habían sido el preámbulo de aquel viaje iniciático de mi alma y no me había dado cuenta.

—¿Por qué tú? ¿Por qué debías iniciarme?

Fue la primera vez que vi lágrimas en los ojos del conde.

—Me lo pidió tu abuela antes de morir. Ella pertenecía a la orden.

Un chispazo de emoción recorrió toda mi alma.

—Tu abuela y yo éramos grandes amigos. Compañeros del camino de lo oculto y herederos del linaje cátaro y druida. Fuimos iniciados en los misterios de la Alta Magia. Me pidió que te iniciara para que recordaras quién eres, Arthur. Fue su última voluntad y la he cumplido.

Comencé a sentir lágrimas brotando por mis ojos. Freyja me apretó la mano haciéndome sentir que estaba allí conmigo.

Con claridad, sentí el alma de mi abuela a mi lado, abrazándome.

El conde se acercó a mi oído.

—Tu abuela me dejó también una enseñanza en caso de que tuvieras éxito. Guárdala como un tesoro, querido Arthur. Lo has logrado.

Mi corazón se aceleró.

El conde susurró:

—Siempre están disponibles en el futuro las llaves de los candados que han permanecido cerrados en el pasado.

Fue una flecha de conciencia directo a mi ser.

Sólo pude decir gracias en silencio. Todas aquellas tardes junto a mi abuela habían sido insospechadas iniciaciones, lecturas y enseñanzas que habían dado su fruto.

Un profundo regocijo brotó dentro de mí hacia el linaje de magos y sacerdotisas.

El conde Emmanuel se aproximó y dijo:

*Conoce quién has sido en el pasado,*
*quién eres ahora y*
*lo que serás en el futuro.*

Lloré con alegría al escuchar aquella frase enigmática:

—Tú eres el rey mago que siempre has sido —susurró—. ¿Lo recuerdas, Arthur?

Un canal se abrió en mi mente hacia una vida que no parecía ser la que estaba viviendo.

"Una torre."

"Campos verdes."

De pronto, un hombre de elevada estatura caminó hacia mí. Traía una larga vara en la mano derecha envuelta en una túnica azul.

Mi rostro comenzó a transfigurarse, me vi con una larga barba en punta, un yelmo, poderoso, fuerte, alto… ése era yo.

El mago se detuvo a pocos metros.

—¿Merlín? —dije.

El rostro del mago sonrió emocionado.

—Arthur —dijo—. Qué regocijo volver a encontrarte, mi rey. Bendigo tu iniciación.

Nos abrazamos.

—Has activado la estrella en tu interior —dijo Merlín—. Tú eres Arthur, el rey Arthur.

Al oír aquellas palabras sentí un poder inmenso. Mis sentidos se abrieron, mi ADN desplegó su potencial y recordó, mis venas se hincharon sintiendo la sangre que llevaba vida como ríos por mi cuerpo.

Dejé de sentirme como Arthur, el detective, sentí que mi alma no tenía nombre, era un mago, un rey, un buscador, un iniciado en los misterios.

—Arthur, tú y Freyja son rey y reina de esta gran obra —dijo Merlín señalando hacia Ávalon.

Freyja me miró emocionada.

—El recuerdo emergerá en tu mente, mi reina —le dijo Merlín.

El conde se giró hacia el círculo de iniciados y dijo:

—Vamos a activar el Proyecto Génesis para el gran despertar global desde este punto cósmico del planeta. Y ustedes dos serán quienes le den inicio.

Dicho esto, dos encapuchados se acercaron lentamente con algo en las manos cubierto por una tela azul y roja de terciopelo. Por intuición, supe lo que debía hacer. Me incliné sobre mi rodilla y uno de ellos colocó una corona de oro astral en mi cabeza y otra corona en la cabeza de Freyja.

Se produjo un emotivo silencio.

—¡Por Arthur y Ginebra! —exclamaron.

No había tiempo ni espacio en el júbilo del reencuentro.

Luego trajeron una caja y me la entregaron.

La abrí cuidadosamente. En su interior, una piedra circular de cuarzo transparente.

"Un cristal grabado."

La extraje con sumo cuidado. Freyja y yo la observamos detenidamente.

Tenía un grabado de la estrella mágica con un hombre expandido.

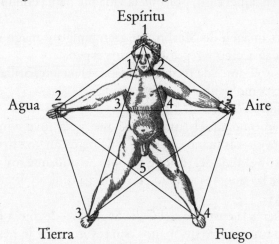

Espíritu

Agua

Aire

Tierra

Fuego

Mis ojos no podían despegarse de la imagen.

"¡Pitágoras, Leonardo, Tesla, Jesús... todos los iniciados lo sabían!"

Le di la vuelta al cristal.

"¡La fórmula del Proyecto Génesis!"

La multitud elevó las antorchas de fuego y comenzó a cantar una bellísima melodía.

De mi piel, de mi sangre y de mi pletórico corazón brotaba una sensación de expansión y gozo. En ese preciso momento supe por qué estaba en aquel caso, por qué la vida me había conducido hacia ese laberinto.

La alta imagen de Merlín, mi gran amigo y mago de sonrisa enigmática, se acercó y regresó con una espada.

La observé antes de recibirla, estaba reluciente, brillante, inmaculada. Fue como recibir a una gran amiga.

"Excálibur."

En medio de aquel ritual tomé aire y sostuve con fuerza la empuñadura en mis manos, la elevé y decreté con voz firme:

—Yo soy el alma del rey que siempre he sido, que soy y que seré.

Una de las mujeres avanzó con su larga túnica y le entregó una copa a Freyja.

—Tú serás la custodia del Cáliz Sagrado —le dijo a Freyja.

Ella lo tomó entre sus manos con reverencia y lo besó.

Luego de un momento en el que todos absorbimos aquel sacro poder, se produjo una poderosa vibración en el ambiente. Colores violetas, dorados y verdes se expandieron por el éter, danzando como auroras boreales. Todos los iniciados nos unimos en la luz de Ávalon.

La mágica ciudad etérica se activaba nuevamente.

# Epílogo

## Dublín, Irlanda
### Una semana más tarde

Caminaba de la mano con Freyja por las empedradas calles de Dublín.

Después de tantas emociones queríamos simplemente sentir el placer de salir a caminar, respirar el aire, ser almas anónimas en un mundo hambriento de fama.

Caía la tarde y un prístino sol anaranjado se escondía ya por el horizonte con romántica pereza, mientras nos dirigíamos rumbo a la añeja fábrica de cerveza Guinness. Se nos antojaba tomar un buen vaso de la oscura bebida irlandesa.

Necesitábamos reflexionar y organizar nuestro futuro.

—¿Qué piensas? —me preguntó.

Ella tenía los ojos brillantes, todo su cabello cayendo por la espalda, y una ajustada blusa con un pantalón negro.

—Tenemos una gran responsabilidad —dije, sabiendo lo que vendría—. El Proyecto Génesis ya está en manos de la gente.

—¿Imaginas a cuántas almas beneficiará? —preguntó.

—Serán miles que despertarán al desarrollar los pasos iniciáticos para suscitar la magia.

Me detuve al doblar la esquina y la miré a los ojos.

—El alma recordará quién es y cuál es su misión —dije.

—Se abrirá el cofre del conocimiento para descubrir sus secretos y vencer sus propios demonios —agregó.

Ambos lo sabíamos.

—Así es. Como lo indica la historia oculta de los magos, el viaje personal del alma, cuando vive en el cuerpo físico, es dejar de ser un simple peón adormecido y despertar al rey y la reina que cada conciencia lleva dentro.

—Todos somos reyes y reinas de nuestra propia vida —dijo—. La magia está en la vida misma.

Nos abrazamos como si abrazáramos al universo entero.

Sentí el palpitar de su corazón con el mío.

—Se va a generar un gran movimiento —vaticinó.

Seguimos caminando hacia la cervecería, doblamos por la extensa circunferencia hacia Market Street. En la esquina, un anuncio en las marquesinas publicitarias promocionaba una nueva película en el cine. Sobre el anuncio se veía una atractiva mujer de cabello rojizo que caminaba junto a un grupo de hadas.

El anuncio decía:

*¿Qué harías para cambiar el mundo
si tuvieras una varita mágica en tus manos?*

Freyja y yo nos miramos asombrados.

—¡Qué mensaje tan acertado para estos momentos! —exclamó.

—¿Te imaginas a cada persona sabiendo usar una varita mágica? —pregunté.

—Peligroso y liberador al mismo tiempo, de acuerdo a cómo se use —razonó—. Ser experto en la magia requiere práctica, estudio y un corazón noble.

Ambos intuimos que con el legado que Christopher nos había dejado con su tecnología, pronto la magia se extendería nuevamente por el mundo.

Estábamos por entrar a la fábrica, mezclándonos entre el gentío y los turistas, cuando escuchamos el freno seco de una camioneta Jeep en la esquina.

Del vehículo bajó un niño de unos catorce años, de rizos dorados y sonrisa amable. Caminó a paso veloz hacia nosotros.

—Señor, me entregaron este sobre para usted.

Dicho esto, el joven sonrió, me entregó el sobre y regresó corriendo velozmente hacia el coche.

—¡Espera! —grité, pero el niño siguió corriendo sin mirar atrás.

Corrió hacia el Jeep que lo aguardaba con el motor en marcha. De un salto se subió a la camioneta y se alejaron a gran velocidad.

Freyja y yo cruzamos la mirada.

—¡Ábrelo! —exclamó.

Observé el sobre y deslicé mis manos con sumo cuidado.

Dentro sólo había una nota.

La leímos al mismo tiempo.

*Pronto llegará una nueva iniciación.*
*El Proyecto Génesis puede tener resistencias poderosas.*
*Prepárate para desvelar los secretos*
*de la actual y la antigua monarquía.*
*Vas a luchar con otros reyes y otras reinas.*

*En breve recibirás más instrucciones.*

*Te contactará alguien llamado Adán Roussos, no lo conoces,*
*él será quien esté contigo en esta nueva operación.*

Aquellas palabras aceleraron mi corazón. No supe por qué aquel nombre me resultaba familiar.

"Adán Roussos", susurré.

Freyja y yo nos miramos. Era evidente que alguien estaba observando nuestros movimientos.

Con voz segura le dije a Freyja:

—Si tenemos la tecnología, la magia y la corona, es hora de que comencemos a usarla.

Continuará…

Visita *www.proyecto-genesis.com*
Ingresa al Club de Magos y Sacerdotisas.

*Almas en juego* de Guillermo Ferrara
se terminó de imprimir en septiembre de 2018
en los talleres de Litográfica Ingramex, S.A. de C.V.
Centeno 162-1, Col. Granjas Esmeralda,
C.P. 09810 Ciudad de México.